Silke '06

BASTEI
LÜBBE

Von Susanne Kraus ist außerdem bei Bastei Lübbe Taschenbücher erschienen:

15316 Der Knochenpoet

Über die Autorin:

Susanne Kraus (geboren 1966 im sauerländischen Brilon) studierte Osteuropäische Geschichte, Französische Philologie und Slavistik. Anschließend war sie in der Presse- und Öffentlichkeitsarbeit tätig, unter anderem in einer diakonischen Einrichtung für Menschen mit geistiger Behinderung und in der Pressestelle der Stadtverwaltung Kaiserslautern. Seit 2004 ist sie in der Stadtbibliothek Kaiserslautern beschäftigt. »Das Flammensiegel« ist die Fortsetzung ihres ersten historischen Romans »Der Knochenpoet«, der im Mai 2005 als Buchtipp des Monats bei Bastei Lübbe erschienen ist.
Besuchen Sie die Autorin auf ihrer Homepage: www.susanne-kraus.homepage.t-online.de!

SUSANNE KRAUS

DAS FLAMMEN SIEGEL

HISTORISCHER ROMAN

BASTEI LÜBBE

BASTEI LÜBBE TASCHENBUCH
Band 15491

1. Auflage: Mai 2006

Vollständige Taschenbuchausgabe

Bastei Lübbe Taschenbücher in der Verlagsgruppe Lübbe

Originalausgabe

Dieses Werk wurde vermittelt durch die Literarische Agentur
Thomas Schlück GmbH, 30827 Garbsen
Einbandgestaltung: Bianca Sebastian
Titelbild: Cameraphoto Arte Venezia/Bridgeman Giraudon
Satz: hanseatenSatz-bremen, Bremen
Druck und Verarbeitung: Nørhaven Paperback A. S., Viborg
Printed in Denmark
ISBN-13: 978-3-404-15491-3 (ab 01.01.2007)
ISBN-10: 3-404-15491-6

Sie finden uns im Internet unter
www.luebbe.de

Der Preis dieses Bandes versteht sich einschließlich
der gesetzlichen Mehrwertsteuer.

LOMBARDEI, August 1159

1. Tag

»Des Nachts auf meinem Lager suchte ich,
den meine Seele liebt.
Ich suchte; aber ich fand ihn nicht.«
Das Hohelied Salomos 3, 1

Seit mehr als einem Jahr trug ich den Schleier einer verheirateten Frau, aber mein Bett war einsam wie das Nachtlager einer Nonne. Mit meinem Ehegatten verbanden mich nur noch die Erinnerung an die wenigen gemeinsam verbrachten Stunden und ein kleiner Stapel Briefe. Den letzten hatte er mir am Weihnachtsfest geschrieben, das er am Hof des Kaisers in Alba feiern musste. Und jetzt war Erntezeit, falls es in diesem von Barbarossas Truppen zerstörten Land überhaupt noch irgendetwas zu ernten gab. Seit genau 221 Tagen war ich ohne jede Nachricht von meinem Mann. Wo steckte er bloß?

Als Kammerzofe der Kaiserin war ich mit meiner Herrin ins Kriegsgebiet gereist und hatte meine ganze Hoffnung darauf gesetzt, ihn hier in der Lombardei wiederzusehen. Aber gleichgültig, an wen ich mich wandte, niemand kannte Trushard von Köln. So sehr ich auch suchte, ich fand keine Spur von ihm.

Den letzten Rest Zuversicht hatte ich verloren, als der Kaiser am Morgen mit einem kleinen Gefolge in den Burghof eingeritten war. Er hatte das Lager vor der feindlichen Stadt Crema, die er mit seinen Truppen abriegelte, verlassen, um seiner lang entbehrten Gemahlin in San Bassano einen Besuch abzustatten. Der Marktflecken lag nicht weit von Crema entfernt. Inständig hatte ich gehofft, dass er Trushard mitbringen würde, aber ich wurde bitter enttäuscht. Die Tränen schossen mir in die Augen, als ich sah, wie die Kaiserin ihrem Gatten mit wehendem Schleier entgegeneilte und er sie freudestrahlend in die Arme schloss.

Den Rest des Tages verkroch ich mich in den Weinkeller. Das war der einzige Ort in dieser mit Menschen voll gestopften Burg, an dem ich mich ungestört ausheulen konnte. Erst am Abend raffte ich mich auf, meine Zufluchtsstätte zu verlassen, denn bald würden die Mägde kommen, um Wein für das Festmahl zu holen.

Widerwillig schleppte ich mich zu der Halle, in der das ach so glückliche Wiedersehen des kaiserlichen Paares mit einem üppigen Schmaus gefeiert werden sollte. Als Kammerzofe konnte ich nicht einfach wegbleiben.

Und so hockte ich neben meiner Freundin Gisla wie ein Trauerkloß inmitten der lärmenden Festgesellschaft. Überall an den langen Bänken und Tafeln wurde gegessen, gelacht und geplaudert. Nur ich brachte keinen Bissen herunter.

Die wenigen Männer, die der Kaiser mit in die Burg genommen hatte, bildeten einen bunt zusammengewürfelten Haufen: ein stiller Ritter, ein ausgesprochen kostbar gewandeter Adeliger, ein fetter Zisterziensermönch und ein südländisch aussehender Mann, den ich überhaupt nicht einordnen konnte. Sein brauner Leinenrock war abgetragen und geflickt, aber seine Bewegungen kündeten von der Eleganz und dem Selbstbewusstsein lombardischer Kaufleute. Die vier saßen an der Tafel, die an der Fensterseite der schmucklosen Halle aufgebaut worden war, der Mönch und der Südländer ganz in der Nähe des kaiserlichen Paares, das auf einem Podest am Kopfende des Saales thronte. Der Adelige hatte seinen Platz ein Stück weiter entfernt, in der Mitte der Tafel, und der stille Ritter brütete ganz am Ende vor sich hin.

Ich beneidete sie um ihre Plätze, denn sie bekamen wenigstens ein bisschen frische Luft ab. Die halbkreisförmigen Fenster waren zu klein für die vielen Menschen in der Halle, aber da sie zum Serio hinausführten, durften sie nicht größer sein, weil sie sonst ein allzu leichtes Angriffsziel für feindliche Pfeile und Geschosse gewesen wären. Schließlich bildete der Fluss die Grenze zwischen dem kaisertreuen Cremona und dem kaiserfeindlichen Crema. Doch die abgestandene Luft, in die sich der stechende Gestank schwitzender Körper und der Geruch dampfender Fleischspeisen mischten, war unerträglich. Unter meinem Schleier quollen Schweißtropfen hervor und rannen mir über die Wangen. Die Öffnung des Steinkamins kam mir vor wie ein riesiges Maul, das meinen verschwitzten Körper verspottete. Wenn es nicht so rußgeschwärzt gewesen wäre, hätte ich nie geglaubt, dass es in diesem heißen Land jemals Feuer gespuckt hatte.

Mit der rechten Hand fächelte ich mir Luft zu und versuchte, den jämmerlichen Vortrag des Minnesängers Guillaume zu ignorieren. Der selbst ernannte Künstler mühte sich redlich, seinem Rebec so etwas wie eine Melodie zu entlocken, aber er brachte nur ein Kratzen hervor, und seine Stimme schepperte wie Blech. Dazu warf er seine mit einem Brenneisen gekräuselten Locken dann und wann theatralisch nach hinten.

Guillaumes Darbietung, die sich eher durch Mut als durch Wohlklang auszeichnete, weckte in mir das Verlangen nach dem vollendeten Gesang meines Mannes. Auch Trushard war ein fahrender Spielmann gewesen, bevor er widerwillig in die Dienste des Kaisers getreten war. Wann würde ich endlich wieder seine samtweiche Stimme hören und ihm dabei zusehen können, wie er mit bunten Bällen jonglierte und mit Messern auf eine Holzscheibe zielte? Die Sehnsucht nach meinem Mann war eine nagende Ratte tief in mir, und ich spürte, wie sie von Tag zu Tag wuchs und gedieh. Ich beschloss, das verdammte Vieh in lombardischem Rotwein zu ersäufen, hob den Becher an meine Lippen und trank ihn in einem Zug leer.

Doch es half nichts. Die Ratte wühlte immer heftiger. Würde ich meinen Mann überhaupt noch einmal wiedersehen, oder war er umgekommen bei einem der gefährlichen Aufträge, die er als Bote für Barbarossa mitten im Kriegsgebiet erledigen musste?

»Wisst Ihr etwa nicht, wer ich bin?« Die donnernde Stimme, die sich mühelos über Guillaumes Gekrächze hinwegsetzte, riss mich aus meinen Gedanken. Erschrocken sah ich hoch. Nur wenige Schritte von mir entfernt stand der kostbar gewandete Adelige, den Barbarossa mitgebracht hatte, und stritt mit dem Truchsess. Dabei reckte er die Brust so weit nach vorne, dass es aussah, als müsste er jeden Augenblick das Gleichgewicht verlieren, und plusterte sich auf wie ein Gockel.

»Graf Wichtig«, wie ich ihn unwillkürlich im Stillen nannte, trug einen mit reich bestickten Borten verzierten dunkelblauen Seidenrock. An jedem Finger glänzte ein Goldring. Sein weizenblondes, kinnlanges Haar war so akkurat geschnitten, als habe man ihm einen Kessel über den Kopf gestülpt. Das bartlose Kinn war sorgfältig rasiert. Die Spitze seiner langen Nase bog sich nach unten. Eine feuerrote Narbe auf der linken Wange verriet, dass er erst vor kurzem in ein heftiges Gefecht verwickelt worden war.

»Seit Karl dem Großen gehören wir zu den mächtigsten Adelsgeschlechtern des Reiches«, schnaubte der Wichtigtuer. »Ich bin einer der engsten Vertrauten von Herzog Heinrich von Bayern und Sachsen und verlange, dass man mich meinem Rang entsprechend ganz vorne beim Kaiserpaar platziert!«

Auch meine Freundin Gisla beobachtete die Auseinandersetzung und rückte ein Stück näher. »Graf Otto hat sich wirklich kein bisschen geändert, seit ich ihn das letzte Mal sah«, flüsterte sie mir zu. »Da war er hinter mir her wie der Leibhaftige, aber ich habe ihm natürlich einen Korb gegeben.«

Wieder einer von Gislas Verehrern, dachte ich seufzend. Welcher Mann – abgesehen von meinem Trushard natürlich – war eigentlich nicht völlig vernarrt in sie? Sie sah ja auch wirklich gut aus: fein geschnittene Gesichtszüge, große graue Augen, volle Lippen und ein perfekt geformter, überaus weiblicher Körper, den sie mit eng geschnittenen Seidenkleidern gekonnt zur Geltung brachte. Am meisten aber beneidete ich sie um ihre Haare: üppige Wellen, die wie Blütenhonig schimmerten. Ich selbst war mit störrischen Locken geschlagen, deren Farbe an ganz gewöhnliche Erde erinnerte. Und erst meine Augen! Erbsengrün! Nichts in meinem viereckigen Gesicht war zart und weiblich, wie es die Männer so gerne mochten: weder die gerade Nase noch der energische Mund. Wenn ich wenigstens eine hinreißende Figur gehabt hätte – aber nein! Früher war ich klein und dick gewesen, heute war ich klein und mager, denn die Sorge um meinen Mann raubte mir jeglichen Appetit.

»Weißt du, was Otto damals zu mir sagte?« Gisla dämpfte ihre Stimme noch mehr. »Es sei doch eine große Ehre für mich, dass seine Wahl auf mich gefallen wäre. Und überhaupt würde ich eine Liebelei mit ihm gewiss nicht bedauern, denn er trüge seinen Beinamen – der Stier – völlig zu Recht. Und dann deutete er stolz auf seine lange Nase. Na, du weißt ja, was man sich über lange Nasen erzählt ...« Sie kicherte.

Ich warf noch einmal einen Blick zu dem Grafen. Die Antwort des Truchsesses konnte ich leider nicht verstehen, da Guillaume nun an einer besonders dramatischen und lauten Stelle des schier unendlichen Liedes angelangt war, aber die Bewegungen des Truchsesses sahen beschwichtigend aus.

Otto musste so um die dreißig sein, schätzte ich. »Ist der Graf etwa noch nicht verheiratet?«, fragte ich verwundert. »Immerhin ist er nicht mehr der Jüngste.«

Gisla schnaubte. »Du bist schon so lange am Hof und hast immer noch nichts über die Männer gelernt! Mädchen, in deinem hinterwäldlerischen kleinen Lautern mögen die Kerle ja noch einigermaßen treu sein, weil sie das Geschwätz der Nachbarn fürchten, die jeden Seitensprung mitbekommen. Aber die Adeligen kümmert es nicht, was andere von ihnen denken. Sie heiraten irgendeine standesgemäße Weibsperson, die möglichst viel Besitz mit in die Ehe bringt, und dann suchen sie sich ihr Vergnügen bei einer anderen, während die arme Gattin den Rest ihres Lebens nur mit diesem schrecklichen Kerl verbringen darf. Was glaubst du, warum ich noch nicht verheiratet bin? Als Hofdame der Kaiserin hätte es mir an Auswahl wahrlich nicht gemangelt, aber ich lasse mich nicht wie eine Sklavin behandeln. Einmal hätte ich fast geglaubt, den Richtigen gefunden zu haben, aber dann …« Gislas Blick verlor sich.

»Und ich habe den Richtigen gefunden und muss doch wie eine Witwe dahinsiechen«, sagte ich bitter. »Dabei bin ich noch so jung!« Halt suchend umklammerte ich das Holzamulett, das mein Mann für mich geschnitzt hatte und das ich Tag und Nacht an einem Lederband um den Hals trug. Meine Fingerspitzen fuhren über das wohl vertraute Spiralmuster.

Tröstend strich Gisla über meinen Arm. »Rotrud, hast du eigentlich daran gedacht, dass der Kaiser die meisten Männer aus seinem Gefolge im Marktflecken untergebracht hat? Hier in der Burg war kein Platz für sie. Vielleicht ist Trushard ja in San Bassano?«

Bei den Worten meiner Freundin wurde mir leichter ums Herz. Wie hatte ich Schaf bloß glauben können, dass der Kaiser nur von ein paar Männern hierher begleitet worden war!

Das wäre viel zu gefährlich gewesen. Es mochte also durchaus sein, dass mein Mann heute nach mir gesucht und mich nicht gefunden hatte.

»Ich werde die Männer aus Barbarossas Gefolge befragen. Selbst wenn Trushard nicht mitgekommen ist, wissen sie vielleicht, wo er sich aufhält.« Von neuer Hoffnung erfüllt, stand ich auf.

Vorsichtig schlängelte ich mich zwischen den Bänken hindurch, bis ich zum hinteren Ende des Saales gelangte. Als ich zur Fensterseite ging, achtete ich darauf, mit dem weiten Rock nicht an den Speeren, Streitäxten und Schilden hängen zu bleiben, die an der Wand lehnten.

Der Truchsess hatte anscheinend klein beigegeben, um einen Riesenkrach zu vermeiden, denn er geleitete Graf Otto zu einem Ehrenplatz ganz nach vorne, gegenüber von dem fetten Mönch, den Barbarossa mitgebracht hatte. In den Augen des Grafen blitzte es triumphierend. Ich entschied, Otto den Stier erst dann zu befragen, wenn mir die anderen Männer nicht weiterhelfen konnten. Ich hatte weiß Gott Kummer genug, da wollte ich mich nicht auch noch von diesem unangenehmen Zeitgenossen anraunzen lassen.

Der Ritter schien mir dagegen der geeignete Mann zu sein, um mit der Befragung zu beginnen, denn er sah genauso trübsinnig aus, wie ich mich fühlte. Er hatte sich ans hinterste Eck der Tafel verkrochen – weitab von den anderen kaiserlichen Männern. Auch seine Sitznachbarn aus dem Gefolge der Kaiserin hielten Abstand, als fürchteten sie, seine Traurigkeit könne ansteckend sein.

Er hatte den Kopf in beide Hände gestützt und starrte reglos auf den Zinnbecher, der vor ihm stand. Das Tischtuch an seinem Platz war so makellos, als hätte ich es gerade erst aus Beatrix' Truhe geholt. Das ließ nur einen Schluss zu: Auch er hatte, genauso wie ich, keinen einzigen Bissen gegessen.

Trotz meines eigenen Kummers regte sich Mitgefühl in mir, in das sich leider Gottes auch, wie ich mir beschämt eingestand, eine unziemliche Neugier mischte. Welche Sorgen ihn wohl plagen mochten?

Vom anderen Ende der Tafel drang lautes Lachen zu uns. Der fette Mönch aus Barbarossas Gefolge klatschte sich vor Vergnügen auf die Schenkel. Ruckartig hob der traurige Ritter den Kopf und blickte fassungslos zu dem Ordensbruder hinüber, als könne er nicht glauben, was er sah und hörte.

Und auch ich war erstaunt über das Bild, das sich meinen Augen bot. Ein Zisterzienser, der beim Essen anscheinend kein Maß kannte und außerdem auch noch zu Scherzen aufgelegt war! Angeregt plauderte er mit seinem Sitznachbarn und lachte immer wieder laut auf. Der Orden war für seine harte Askese bekannt, und ich wunderte mich, dass er einen solch lebenslustigen Bruder in seinen Reihen duldete. Oder war er als Spätbekehrter gerade erst aufgenommen worden und hatte noch Mühe, sich an die strenge Ordensregel zu gewöhnen? Der Mönch hatte die Mitte seines Lebens bereits überschritten, denn der dunkle Haarkranz, der seine Tonsur umgab, war von grauen Strähnen durchzogen.

Ich huschte näher zu dem traurigen Ritter, fasste mir ein Herz und tippte ihm leicht auf die Schulter. Erschrocken zuckte er zusammen und fuhr zu mir herum.

Gut sah er aus. Bronzefarbene Haut, halblange braune Locken und ebenmäßige Gesichtszüge. Aber unter den Augen, die die Farbe unreifer Oliven hatten, zeichneten sich dunkle Ringe ab. Er schien durch mich hindurchzusehen, als weilte er an einem anderen Ort.

Um ihn aus seinen Gedanken zu reißen, sprach ich lauter als üblich. »Entschuldigt bitte, aber kennt Ihr zufällig einen Boten, der in Barbarossas Diensten steht und Trushard von Köln heißt?«

»Trushard *wer*?« Er schien nur mühsam in die Wirklichkeit zurückzufinden.

Geduldig wiederholte ich meine Frage.

Allmählich löste sich seine Erstarrung. »Ach ja, dieser riesengroße Bote, der immerzu traurige Liebeslieder singt und Messerwerfen übt. Natürlich kenne ich den. Wenn auch nur flüchtig.«

Mein Herz hüpfte. »Könnt Ihr mir sagen, wo er sich gerade befindet und wie es ihm geht?«

»Warum wollt Ihr das wissen? Seid Ihr sein Eheweib?« Seine Aufmerksamkeit schien plötzlich geweckt zu sein. Der gedankenverlorene Ausdruck in seinen Augen war verschwunden. Interessiert und ohne eine Spur von zudringlicher Neugier musterte er mich.

Stumm nickte ich.

»Bitte setzt Euch doch.« Mit der Hand deutete er auf seine rechte Seite. Er wusste also etwas über Trushards Verbleib. Waren es gute oder schlechte Neuigkeiten? Rasch schlüpfte ich zu ihm auf die Bank, denn ich hatte das Gefühl, meine butterweichen Knie würden jeden Augenblick nachgeben.

»Entschuldigt, ich vergaß, mich vorzustellen«, fuhr der trübsinnige Ritter fort. »Ich bin Franz von Kesselheym.«

Das also war jener Ritter, dessen Name in aller Munde war, weil er sich im Kampf gegen die Mailänder und ihre Verbündeten so ausgezeichnet hatte. Er stammte aus einem uralten Geschlecht mit Sitz am Bodensee, das die besten Ritter des Reiches hervorgebracht hatte. Seiner edlen Abkunft machte er, den Erzählungen zufolge, wahrlich alle Ehre. Tapfer sei er, so hieß es, und außerdem freigebig, barmherzig und maßvoll im Essen und Trinken – kurzum: ein Vorbild für alle Knappen und Ritter. Unter anderen Umständen hätte ich mich geehrt gefühlt, ihn kennen zu lernen, aber jetzt wollte ich von ihm nur eines wissen: Wo steckte mein Mann?

Der Ritter räusperte sich. »Euren Gatten habe ich zum letzten Mal vor mehr als einem halben Jahr gesehen, als der Kaiser ihm auftrug, kreuz und quer durch Italien zu reisen, um die fälligen Abgaben einzutreiben.«

Ein lebensgefährlicher Auftrag, denn so mancher griff gewiss zur Waffe, um die Abgaben nicht herausrücken zu müssen. Mein Herz krampfte sich zusammen. »Habt Ihr eine Vermutung, wo er sich jetzt befinden könnte?«, bohrte ich verzweifelt nach.

Bedauernd schüttelte Franz den Kopf. »Mehr kann ich Euch auch nicht sagen.«

Gerade wollte ich ihm für seine Auskunft danken und mich erheben, um den fetten Mönch zu befragen, da brach Guillaumes Gekrächze unvermittelt ab. Sofort verstummten auch die Gespräche.

Ich sah mich um und bemerkte, dass sich der Kaiser von seinem Lehnstuhl erhoben hatte. O nein. Ausgerechnet jetzt, wo ich vor Ungeduld brannte, würde Barbarossa bestimmt eine unendlich lange Rede halten, um seinen Kriegern für ihre Treue zu danken und sie zu weiteren Taten anzustacheln.

Seit unserer letzten Begegnung in der Pfalz zu Lautern hatte sich Kaiser Friedrich kaum verändert. Nur seine milchweiße Haut war von der italienischen Sonne rötlich gefärbt worden. Trotz der Beschwerlichkeiten des Krieges pflegte sich der Kaiser so sorgfältig wie immer. Seine blonden Locken, die bis zu den Ohren reichten, der rötliche Backenbart und der Schnurrbart waren akkurat geschnitten. Ein eingesticktes Rundmedaillon mit einem Adler schmückte den purpurfarbenen Seidenrock, an dem sich keine einzige Knitterfalte erkennen ließ. Verbittert dachte ich, dass Barbarossa wenigstens einmal meinen Mann hätte aussuchen können, um seine Briefe an Beatrix überbringen zu lassen. Der Kaiser wusste sehr wohl, dass wir verheiratet waren, aber ein

Bote und eine Zofe waren anscheinend zu unwichtig. Warum sollte er auch nur einen Gedanken an unser Wohlergehen verschwenden!

»Von Gottes Gnaden bin ich zum Kaiser gekrönt worden.« Barbarossas Stimme war klar und hoch. »Mir steht es zu, in Italien Abgaben einzuziehen und die Rechtsprechung auszuüben. Dennoch weigern sich Mailand und einige andere lombardische Städte, meine Oberhoheit anzuerkennen. Die Aufrührer widersetzen sich damit der göttlichen Ordnung. Wer sich mir nicht unterwirft, versündigt sich.«

Mit unterdrückter Wut hatte ich zugehört. Von wegen Sünde und göttliche Ordnung! Sünde war es, wenn man den heiligen Namen des Herrn für irdische Zwecke missbrauchte und tausende von unschuldigen Menschen in den Kampf schickte! Am liebsten wäre ich schreiend aufgesprungen. Nur wegen dieses sinnlosen Krieges befand sich mein Mann in Gefahr. Und nicht nur meiner. So viele Frauen warteten schon seit über einem Jahr in Deutschland auf die Rückkehr ihrer lang entbehrten Gatten. Gewiss, auch der Kaiser riskierte sein Leben im Krieg, aber er tat es wenigstens für *seine* Ehre und *sein* Geld, während die meisten seiner Männer alles zu verlieren, aber nichts zu gewinnen hatten. Ich biss mir auf die Lippen, um meine Wut hinunterzuschlucken.

»Einige von Euch haben sich in den Kämpfen um Mailand tapfer geschlagen«, fuhr der Kaiser fort. »Im letzten Jahr haben sich die Mailänder unterworfen, doch dann haben sie den Friedensschwur gebrochen. Der Krieg muss weitergehen. Eine kleine Stadt wie Crema wagt es, sich den kaiserlichen Befehlen zu widersetzen.« In seinen hellen Adleraugen blitzte es. »Das ist unerhört! Was werden erst die großen Städte tun, wenn sie sehen, dass ein solches Verhalten nicht bestraft wird? Uns bleibt nichts anderes übrig, als ein Beispiel unserer Entschlossenheit zu geben. Wir können und dürfen nicht länger hinnehmen, dass die Rebellen die Ehre des Reiches mit Füßen treten.«

Bis auf Franz hieben alle Männer begeistert auf die Tischplatten. Es war einer dieser Augenblicke, in denen ich ausnahmsweise froh darüber war, eine Frau zu sein. Wenigstens musste ich mich nicht verstellen und Zustimmung heucheln. Als ob es dem Kaiser um die Ehre des Reiches ginge! In Wahrheit wurde dieser Krieg um des schnöden Mammons willen geführt. Die fünfzehntausend Mark Silber, die das kaisertreue Cremona für die Zerstörung von Crema zahlte, waren ein – im wahrsten Sinne des Wortes – gewichtiges Argument. Und die Erträge aus den Abgaben und Hoheitsrechten, die jährlich in Reichsitalien eingezogen wurden und die der Kaiser den lombardischen Städten abnehmen wollte, betrugen dreißigtausend Pfund Silber. Das war viereinhalb Mal so viel, wie alle deutschen Städte zusammen jedes Jahr an den Kaiser zahlten.

Barbarossa wartete, bis sich das Raunen und Klopfen gelegt hatte, dann räusperte er sich. »Obwohl Crema zur Grafschaft und zur Diözese von Cremona gehört, hat es sich einfach von seiner Mutterstadt losgesagt und mit dem feindlichen Mailand verbündet«, fuhr er fort. »Ich habe die Rebellen vor mein Gericht geladen. Aber trotz der Geiseln, die die Cremasken schon im vergangenen Herbst auf dem Reichstag in Roncaglia stellen mussten, sind die Bürger nicht erschienen. Die Cremasken widersetzen sich meinem Befehl, ihre Befestigungen zu schleifen. Dann haben sie auch noch zusammen mit den Mailändern die Stadt Lodi, die sich unserem kaiserlichen Schutz unterstellt hatte, angegriffen. Uns blieb daher nichts anderes übrig, als die Cremasken zu Reichsfeinden zu erklären und zu belagern.«

Der Kaiser ließ in seiner Rede wirklich nichts aus. Nie würde ich mich daran gewöhnen, dass die ausführliche Darlegung all dessen, was ohnehin jeder Zuhörer längst wusste, zu solch festlichen Anlässen gehörte. Ungeduldig zupfte ich an meinen Tütenärmeln herum. Ich wollte endlich mit der Befragung weitermachen.

Der Kaiser wandte sich zu seiner Gemahlin. Beatrix war ohnehin eine Augenweide, aber heute Abend übertrumpfte sie sogar Venus an Schönheit, wie ich neidvoll feststellte. Vor Wiedersehensfreude leuchteten ihre blauen Augen wie funkelnde Saphire, die Wangen waren zart gerötet, und ihr Kirschmund schien immerfort zu lächeln. Für ihren Gatten hatte sie sich herausgeputzt und ihr prachtvollstes Seidengewand aus entstielten Pfauenfedern angezogen, das im Licht der Abendsonne blaugrün schillerte wie die Oberfläche eines Sees. Über das Haar hatte sie einen fast durchsichtigen Schleier gelegt, sodass der Kaiser durch das hauchdünne Stück Stoff hindurch ihre goldenen Flechten bewundern konnte.

»Seit Wochen trotzen die Cremasken unserer Belagerung«, fuhr Barbarossa fort. »Aber die Kaiserin hat die Gefahr nicht gescheut und Nachschubtruppen über die Alpen gebracht. Mit dieser Verstärkung und Gottes Hilfe werden wir die Cremasken in kürzester Zeit besiegt haben. Wir dürfen nicht vergessen: Hier in der Lombardei herrschte schon Krieg, bevor unsere Truppen eintrafen. Da sie keinen Herrn über sich haben, der für Ordnung sorgt, bekämpfen sich die Städte untereinander. Viel unschuldiges Blut wird in diesen erbitterten Auseinandersetzungen vergossen. Daher gibt es auch lombardische Städte, die treu zu uns halten. Ich bin sicher: Bald wird ein goldenes Zeitalter des Friedens und des Rechts anbrechen. Dafür kämpfen wir, und dafür wagen wir unser Leben!« Unter lauten Beifallsrufen ließ sich der Kaiser wieder auf seinem erhöhten Sitz nieder. Ich atmete auf. Endlich war er fertig mit seiner Rede.

Vom Gang ertönte das rasche Klacken von Stiefeln. Franz zuckte zusammen, griff sich achtlos ein Stück Fladenbrot und umschloss es mit der Faust. Warum war er so schreckhaft?

Ein kräftiger Mann in Kettenhemd und Helm stürzte herein, rutschte über die Fliesen bis ans Kopfende des Tisches, fiel auf die Knie und riss sich den Helm vom Kopf. »Majestät, die Cremasken haben einen Ausfall gewagt!«

Die Gespräche verstummten schlagartig. Ein pickeliger Jüngling ließ die Fleischplatte fallen, die er gerade hereintrug. In der plötzlichen Stille klirrte das zerspringende Geschirr so laut, dass alle zusammenfuhren.

Hoffentlich war Trushard nicht ausgerechnet jetzt im Lager vor Crema eingetroffen, nachdem er monatelang unterwegs gewesen war. Unmöglich war es nicht. Das Lager war sehr groß, und es mochte gut sein, dass Franz ihn dort nicht gesehen hatte. Die Angst fuhr mir wie ein glühender Schürhaken in den Unterleib.

Der Kaiser sprang auf. »Was ist passiert? Berichtet!«

Der Bote war noch außer Atem. »Ihr wart heute Morgen gerade fortgeritten ... Auf einmal schrecklicher Lärm hinter dem Tor von Ombriano, das Eure Ministerialen bewachen ... Und dann stürmten Massen von Reitern daraus hervor! Mit Feuer und Waffen!«

»Wie viele waren es genau?«, forschte der Kaiser.

Der Bote überlegte kurz. »Mehrere hundert in jedem Fall, ich schätze zwischen vierhundert und sechshundert.«

Barbarossa wurde blass. »Mein Gott, so viele! Und unsere Leute? Nun sagt schon!« Seine Stimme war schrill vor Erregung.

Der Bote senkte den Kopf. »Überaus tapfer haben sie Widerstand geleistet, aber die Cremasken schafften es trotzdem, in unser Lager zu gelangen. Euer Bruder, Pfalzgraf Otto, Graf

Robert von Bassavilla und andere Edle, die sich mit ihren Rittern in der Nähe befanden, sind den Ministerialen zu Hilfe gekommen. Gemeinsam haben sie nach erbitterten Kämpfen mehrere Cremasken getötet und die restlichen so erbarmungslos verfolgt, dass sie sich in Todesangst in den Wassergraben vor der Stadt geworfen haben und ertrunken sind.« Der Bote schluckte und fügte mit leiser Stimme hinzu: »Es gibt viele Tote, auch auf unserer Seite.«

Heilige Margarete, schütze meinen Mann, wo immer er sich befinden mag, betete ich in Gedanken, während ich das Amulett mit beiden Händen umschloss.

Nachdem der Bote seinen Bericht beendet hatte, brach ein Sturm der Empörung los. Die Männer sprangen von den Bänken und schrien wild durcheinander.

»Diese lombardischen Schweine!«

»Wartet nur, das zahlen wir euch heim!«

»An den Galgen mit ihnen! Tod den Cremasken!«

Barbarossa bedeutete dem Boten, sich zurückzuziehen.

Ich warf einen Blick in die Runde. Der pickelige Bursche, der die Fleischplatte hatte fallen lassen, stand wie vom Blitz getroffen und machte keine Anstalten, die Scherben zusammenzukehren. Außer den Hofdamen waren nur Franz und der fette Zisterziensermönch sitzen geblieben. Die beiden wechselten einen langen Blick. Die kleinen dunklen Augen des Mönchs, die mich an unsere boshafte Sau daheim auf der Burg Beilstein erinnerten, funkelten Franz verärgert an.

Der Ritter senkte den Kopf. »Unsere armen Leute. Der Herr sei ihren Seelen gnädig«, murmelte er vor sich hin, dann öffnete er langsam die Faust. Brotkrümel rieselten auf die Tischplatte.

Nachdem sich der Mönch hastig bekreuzigt hatte, griff er nach einem dicken Stück Schinken und biss herzhaft hinein.

Barbarossas kräftiger Hals lief rot an. Ich kannte dieses Anzeichen nur allzu gut. Gleich würde ein Zornesausbruch folgen.

Der Kaiser ballte die Fäuste. Seine Stimme brachte das Durcheinander im Saal zum Verstummen. Die Männer setzten sich wieder.

»Anstatt in Demut um Gnade zu bitten, wie es solch elenden Rebellen zustünde, wagen sie es noch, uns anzugreifen! Aber niemand fordert ungestraft den Kaiser heraus. Wer sich durch Sanftmut nicht auf den rechten Weg zurückbringen lässt, wird die gerechte Strafe erhalten. Mit der Nachsicht ist jetzt Schluss. Wir werden nicht eher ruhen, bis wir alle ihre Söhne und Enkel ausgerottet und jeden Stein ihrer verdorbenen Stadt zertrümmert haben!«

Zustimmende Rufe wurden laut. Der feiste Mönch brummelte halbherzig etwas vor sich hin, dann widmete er sich wieder seinem Schinken. Franz wischte sich den Schweiß von der Stirn und lockerte die Schnüre am Kragen seines hellgrünen Rocks. Seine Augen glänzten fiebrig.

Trotz – oder gerade wegen – meines eigenen Kummers regte sich mein Mitgefühl. »Ist Euch nicht wohl?«, fragte ich ihn. »Kann ich Euch helfen?«

Ohne mich eines Blickes zu würdigen, stand Franz auf und verließ den Saal. Der dicke Mönch warf einen bedauernden Blick auf den Schinken, wischte sich seufzend die Hände am Tischtuch ab und lief dem Ritter hinterher.

Barbarossa wartete, bis sich der Lärm wieder gelegt hatte, dann fuhr er fort: »Morgen kehren wir ins Lager zurück, und dann werden uns die Cremasken von einer anderen Seite kennen lernen. Wehe den Besiegten!«

Die Männer trommelten so heftig auf die Tische, dass die Weinkrüge ins Wanken gerieten. Einige stürzten um, und blutrote Bäche schlängelten sich um die Speiseplatten. Hoch aufgerichtet und mit blitzenden Augen wie ein Racheengel stand

Barbarossa an seinem Platz. Beatrix erhob sich und legte zum Zeichen der Zustimmung ihre kleine Hand auf seinen Arm.

Mich hielt es nicht mehr länger in der Bank. Über Trushards Verbleib musste ich mir Gewissheit verschaffen. Er war ein Bote des Kaisers, genau wie der Mann, der die schlechte Nachricht überbracht hatte. Er würde vielleicht am ehesten wissen, wo sein Leidensgenosse steckte. Hastig sprang ich auf und lief zur benachbarten Tafel, an der sich der Bote erschöpft niedergelassen hatte. »Ihr kennt doch bestimmt Trushard von Köln?« Meine Stimme zitterte. »Wisst Ihr zufällig, wo er ist und wie es ihm geht?«

Der Bote sah mich betroffen an. »Er war bei den Kämpfen im Lager dabei. Als ich ihn das letzte Mal sah, war er von mehreren Cremasken eingeschlossen. Trushard hatte schon eine klaffende Wunde am linken Oberarm, und seine Kraft ließ nach.« Er zögerte kurz, dann setzte er hinzu: »Ich habe gesehen, wie ein Cremaske mit dem Schwert ausholte und auf Trushards ungeschützten Kopf zielte.«

* * *

Auf seinen ungeschützten Kopf, mein Gott! Dann hatte es keine Rettung für Trushard gegeben. Mein Mann, der wegen seiner extremen Magerkeit den Spitznamen »Knochenpoet« erhalten hatte, alleine im Kampf gegen mehrere Krieger! Im Handumdrehen mussten sie ihn überwältigt haben, zumal ihm die Wunde auch noch am linken Arm zugefügt worden war. Und Trushard war Linkshänder …

In stummem Entsetzen presste ich die Hand vor den Mund. Abrupt drehte ich mich um, schleppte mich kraftlos zu meinem Platz und ließ mich auf die Bank sinken. Ich presste die Beine zusammen, ballte die rechte Hand zu einer Faust und biss auf die Fingerknöchel, um zu verhindern, dass ich meinen Schmerz hinausbrüllte. Mit der linken Hand drückte ich den rechten Arm ganz fest an den Körper. Ich kauerte mich zusammen wie ein Kind, das Schutz sucht.

»Was ist passiert?«, fragte Gisla erschrocken.

Ich bekam kein Wort heraus. Die Tränen strömten mir über das Gesicht, aber ich hatte noch nicht einmal mehr die Kraft, mein Taschentuch aus dem Ärmel zu ziehen und sie abzuwischen. Vor meinem inneren Auge tauchte ein entsetzliches Bild auf: ein Cremaske, der meinen Mann erschlug. Unwillkürlich zog ich den Kopf ein, so wie Trushard es in seinen letzten Augenblicken getan haben mochte. Ich sah das Schwert, das auf seinen Kopf niedersauste, und ... Mein Verstand weigerte sich zu begreifen, was danach geschehen war.

Gisla tupfte mir die Tränen ab. Taktvoll, wie sie war, schwieg sie.

Wenn wir nicht im vergangenen Jahr in die Dienste von Beatrix und Barbarossa getreten wären, würde mein Mann noch leben, und wir würden als freie Spielleute durch die Lande ziehen. Aber das Angebot des Kaisers, Trushard als Boten zu beschäftigen, war einem Befehl gleichgekommen. Wir hatten nicht den Mut gefunden, uns zu widersetzen.

»Kann ich dir helfen?« Wie von ferne drang Elisabeths leicht quietschende Stimme an mein Ohr. Gewiss war die klatschsüchtige Hofdame nicht gekommen, weil sie sich Gedanken um mich machte, sondern weil sie darauf brannte zu erfahren, was passiert war, damit sie es unter dem Siegel der Verschwiegenheit noch heute Abend überall herumerzählen konnte.

Es gab niemanden am Hof, den ich mehr hasste als dieses heuchlerische Weibsbild. Obwohl Elisabeth genauso wie ich erst neunzehn Lenze zählte, hatte sie schon das Gehabe einer alten Jungfer. Ich verstand nur zu gut, warum kein Mann sie zur Gattin nehmen wollte, denn sie war nicht nur boshaft, sondern auch ausgesprochen hässlich mit ihrem käsebleichen Vollmondgesicht, den grauen Glotzaugen, den weit auseinander stehenden Vorderzähnen und der schwabbeligen Figur.

Meine Freundin ließ die Hand mit dem Taschentuch sinken. »Danke, wir kommen alleine zurecht«, erwiderte sie höflich, aber bestimmt.

Ohne sich von Gislas Antwort beeindrucken zu lassen, plumpste Elisabeth neben mir auf die Bank. »Die Kaiserin schickt mich. Sie möchte wissen, wie es ihrer Kammerzofe geht.«

Durch meinen Tränenschleier hindurch blinzelte ich zum kaiserlichen Paar. Angeregt plauderten die beiden miteinander und schienen niemanden sonst im Saal wahrzunehmen. Ich bezweifelte, dass Beatrix heute Abend an irgendjemand anderen als an ihren Gatten dachte. Elisabeth log. Wie so oft. Obwohl sie stets behauptete, sie wäre lieber in ein Kloster gegangen als an den kaiserlichen Hof mit seinen ach so liederlichen Sitten, gab es bis auf die Wollust keine Todsünde, die Elisabeth nicht schon begangen hatte. Aber die Kaiserin schätzte die Hofdame, weil sie aus einem ehrwürdigen Ministerialengeschlecht stammte. Ich durfte es mir mit ihr nicht verderben. Außerdem würde sowieso bald jeder wissen, dass ich Witwe war.

Ich schluckte die Tränen hinunter, die sich in meiner Kehle sammelten, und brachte mühsam hervor: »Mein Mann … Er … Er war bei dem Überfall dabei. Er wurde zuletzt gesehen, als er gegen mehrere Cremasken kämpfte. Sie hatten ihm schon eine schwere Wunde zugefügt. Und dann … dann …« Meine Stimme versagte. Ich brachte es nicht über mich, die Wahrheit auszusprechen.

»Alllmächtiger!« Elisabeths Nasenflügel blähten sich auf wie bei einem Jagdhund, der die Fährte verfolgte. Wahrscheinlich witterte sie eine hoch interessante Klatschgeschichte. »Das ist ja schrecklich.« Aber es klang eher erfreut.

Hastig rutschte sie näher, bis ihre zuckende Nasenspitze ganz dicht vor meinem Gesicht war. »Und was ist dann passiert?« Aufgeregt fingerte sie an ihrem schweren Goldkreuz herum, das von zwölf Perlen und einem Amethyst geschmückt wurde. Die Edelsteine seien Symbole für das himmlische Jerusalem, hatte sie mir einmal erklärt. Aber der kostbare Schmuck passte so gar nicht zu ihrem schlichten, ungefärbten Leinengewand, mit dem sie offensichtlich den Eindruck von Demut hervorrufen wollte.

Beim besten Willen konnte ich nicht weitersprechen. Um Elisabeth nicht vor den Kopf zu stoßen, zog ich mein Taschentuch heraus und heulte hinein.

»Rotrud braucht Ruhe«, sagte Gisla energisch. »Wir ziehen uns jetzt zurück. Komm.« Sie griff nach meinem linken Arm.

Elisabeth langte nach meinem anderen Arm und krallte ihre Fingerspitzen hinein. »In der Burgkapelle wirst du die nötige Ruhe finden. Ich begleite dich gerne dorthin. Gemeinsam können wir für deinen Mann beten.« Ich bezweifelte, dass ihre Gebete im Himmel Gehör fanden, aber ich hütete mich, das zu sagen.

Resigniert ließ ich mich von Gisla und Elisabeth hochzerren und fortschleppen. Als wir die Tür erreicht hatten, stürzte mir Guillaume entgegen. »Rotrud, ein Mönch hat nach Euch verlangt«, stieß er hervor. »Ihr sollt sofort in die Schmiede kommen.«

Verwundert starrte ich den Minnesänger an. »Schickt Euch der Zisterzienser, den der Kaiser mitgebracht hat?«

Affektiert schüttelte er seine künstlichen Locken. »Nein, dieser fette Kerl war es nicht. Der Mönch kommt gerade aus dem Lager vor Crema.«

Eine schreckliche Ahnung stieg in mir auf. Ein Geistlicher

aus dem Lager! Bestimmt war er geschickt worden, um mir die Nachricht vom Tode meines Mannes zu überbringen. Warum sonst hatte er als Treffpunkt ausgerechnet die Schmiede ausgesucht, den einzigen Ort, an dem sich bei dieser Hitze und um diese Tageszeit bestimmt niemand aufhielt? Wahrscheinlich hatte der Mönch Trushard mit den Sterbesakramenten versehen und war gekommen, um mir einen letzten Gruß von meinem Mann auszurichten.

»Wie hieß der Mönch denn?«, fragte Gisla.

Guillaume schnaufte verächtlich. »Es ist nicht meine Aufgabe, mich um derlei zu kümmern. Ich muss mich jetzt auf meinen nächsten Auftritt vorbereiten, um das kaiserliche Paar mit meiner Kunst zu erfreuen. Das erfordert meine ganze Konzentration.« In seinen lächerlichen Schnabelschuhen stolzierte er davon.

Elisabeth verstärkte den Druck auf meinen Arm. »Ich komme gerne mit dir.«

Bloß das nicht! Die schreckliche Nachricht wollte ich lieber alleine entgegennehmen. »Ich weiß eure Anteilnahme sehr zu schätzen. Doch es geht mir schon wieder viel besser.« Sanft, aber bestimmt befreite ich mich aus dem Zugriff von Gisla und Elisabeth, steckte mein Taschentuch in den Ärmel zurück und gab mir einen Ruck.

Mit durchgedrücktem Kreuz verließ ich den Palas. Erst jetzt nahm ich wahr, dass es inzwischen dunkel geworden war. Durch die Nacht, die meine Seele umfing, hatte ich das Schwinden des Tageslichtes gar nicht bemerkt.

Wie eine Schlafwandlerin überquerte ich den quadratischen Burghof, der von zahlreichen Fackeln erleuchtet wurde, und ging an dem mächtigen Wachturm vorbei. Wer nicht zum Festschmaus eingeladen war oder im großen Saal bedienen musste, hatte es sich im Freien gemütlich gemacht. Wegen der unerträglichen Schwüle war an Schlaf ohnehin nicht zu denken, und so hatten sich größere und kleinere Runden in allen Ecken des Hofes zusammengefunden, um zu erzählen, zu singen und Wein zu trinken. Um mich herum genossen die Menschen ihr Leben, während ich gleich den Todesstoß entgegennehmen musste.

Die Gemäuer atmeten eine dumpfe Hitze aus. Die Luft schien stillzustehen. In diesem Land kühlte sie selbst in der Dunkelheit nicht ab. Nur mit Mühe setzte ich einen Fuß vor den anderen. Es kam mir vor, als ginge ich zu meiner eigenen Hinrichtung. Der Weg zog sich schier endlos hin, dabei musste ich nur den Burghof überqueren. Die Schmiede war wegen der Brandgefahr weit entfernt vom Palas errichtet worden, an der schräg gegenüberliegenden Hofecke, zwischen den Ställen und dem Burgtor.

Je näher ich dem Treffpunkt kam, desto langsamer wurden meine Schritte, als könnte ich das Unausweichliche dadurch wenigstens noch ein bisschen hinausschieben. Zögernd blieb ich vor dem offenen Fachwerkverschlag, der an die Burgmauer gebaut war, stehen.

In dem schwachen Mondlicht, das in den vorderen Teil der Schmiede fiel, konnte ich nur die Umrisse einer hohen, schwarzen Gestalt erkennen, die ihr Gesicht in einer Kapuze verbarg und so düster wie ein Abgesandter aus dem Reich des Todes wirkte. Das musste der Mönch sein, obwohl er für einen frommen Bruder erstaunlich kräftig war. Seine Figur erinnerte mich eher an einen Ritter, der es gewohnt war, mit dem Schwert zu kämpfen. Reglos und stumm wie eine Eiche stand er da. Warum sagte er nichts? Gewiss fiel es ihm schwer, die richtigen Worte zu finden, um mir die Nachricht vom Tod meines Gatten zu überbringen.

Ich würgte den Kloß hinunter, der sich in meinem Hals zusammengeballt hatte, und räusperte mich. »Seid gegrüßt, Ehrwürdiger Vater. Ihr hattet nach mir verlangt.«

Das Schweigen dehnte sich und verstärkte meine schlimmsten Befürchtungen.

»Es geht um meinen Mann, nicht wahr?«, setzte ich hinzu, während sich meine Finger um das Holzamulett krallten. »Ich ... ich weiß schon, was Ihr mir sagen müsst. Er wurde im Kampf gegen mehrere Cremasken schwer verwundet und ist seinen Verletzungen erlegen.«

Der Mönch trat zögernd einen Schritt vor, aber noch immer konnte ich sein Gesicht nicht erkennen.

»So sprecht doch, ich bitte Euch!«, rief ich verzweifelt aus. »Ist er wenigstens im Frieden mit Gott gestorben? Hat er seine Sünden bereut? Denkt Ihr, er wird ins Himmelreich gelangen, obwohl er jahrelang als Spielmann durch die Lande gezogen ist?«

»Du glaubst auch jeden Mist, den die Pfaffen erzählen«, quoll es undeutlich unter der Kapuze hervor.

Eine Geisterstimme! Vor Schreck schrie ich auf. Hatte ich schon solche Wahnvorstellungen, dass ich meinte, die Stimme meines verblichenen Gatten zu hören? Ich raffte meinen Rock und wollte davonstolpern, aber auf einmal kam Leben in den Mönch. Mit einem Satz war er bei mir und zog mich in den Verschlag hinein. »Sei still«, zischte die Geisterstimme. »Oder willst du, dass der ganze Hof bei unserem Wiedersehen dabei ist?«

Ich hob den Kopf und blinzelte. Mit der freien Hand riss sich der Mönch die Kapuze vom Kopf. Ein Schwall dunkler Locken quoll daraus hervor. Nachthimmelschwarze Augen lachten mich an. Frech und putzmunter wie eh und je. Allmächtiger! Er war es wirklich! Und so kräftig! Aus dem Knochenpoeten war ein Muskelpoet geworden. Mit einem Knall zerplatzte das elende Rattenvieh in mir, und ich fühlte mich beschwingt wie eine Feder, die durch die Luft segelt.

Mit der rechten Hand umfing Trushard meine Taille und

küsste mich. Er musste sich tief zu mir herabbeugen, denn ich war schrecklich klein, und er war schrecklich groß. Längst hatte ich vergessen, wie warm und zart sich ein Kuss anfühlte. Unsere Lippen öffneten sich so gierig, als wären wir Ausgehungerte, die nach einem Stück Brot schnappten.

Meine Hand ertastete den rauen Wollstoff der Kutte, schlich sich an Trushards rechtem Arm hoch und verfing sich in seinem weichen Lockengewirr. Mein Liebster gab ein sanftes Schnurren von sich, dann spürte ich seine Hände im Nacken. Ein Schauer lief meine Wirbelsäule hinunter. Ich konnte mein Glück noch gar nicht fassen. Er war tatsächlich hier, bei mir!

Nur widerwillig ließen wir voneinander ab. Ich drehte sein Gesicht zur Öffnung des Verschlags und musterte es im Mondlicht: die hohe Stirn, die breiten Wangenknochen, die nach unten hin schmaler wurden, die feine Nase, die sich am Ende keck nach oben bog, den viel zu großen Mund mit den schön geschwungenen Lippen – dem Herrn sei Dank, kein einziger Kratzer!

Ich fuhr mit meiner Nase dicht an seinem Hals entlang und labte mich an dem balsamischen Geruch seiner Haut, der mich immer an Sandelholz erinnerte.

Trushard presste sich fest an mich und seufzte wohlig auf. »Ich habe dich so vermisst«, wisperte er. »Noch nicht einmal schreiben konnte ich dir, denn ich habe keinen Boten gefunden, der dir meine Briefe hätte bringen können.«

Den Klang seiner samtweichen Stimme hätte ich am liebsten in einem Kästchen eingeschlossen, um mich immer an ihm erfreuen zu können. »Wie hast du es geschafft, den Cremasken zu entkommen?«, fragte ich.

Er grinste. »Wie du siehst, bin ich mittlerweile wieder so stark wie früher, bevor wir uns kennen lernten. Als Bote kann ich mir wenigstens gutes Essen leisten. Gegen die Cremasken habe ich mich ganz tapfer zur Wehr gesetzt. Aber als der eine auf meinen Kopf zielte, wusste ich, dass ich keine Chance mehr hatte, und habe mich ergeben. Zum Glück beherrsche ich die lombardische Sprache perfekt. Ich habe ihnen weisgemacht, ich wäre ein edler Ritter, und sie bekämen für mich ein hohes Lösegeld.«

Mein Mann als Ritter von vornehmer Herkunft! »Und das haben sie dir abgenommen?«, fragte ich erstaunt.

»Warum nicht?« Trushard grinste noch breiter. »Immerhin hielt ich ein Schwert in der Hand. Das war zwar nicht mein eigenes, sondern eines aus dem Nachbarzelt, das ich mir einfach gegriffen hatte, aber du kannst mir glauben, ich sah damit ganz imposant aus.«

Ich stellte mich auf die Zehenspitzen und wuschelte mit beiden Händen durch seine Locken. Wie oft hatte ich im vergangenen Jahr davon geträumt, die seidige Pracht zu berühren! »Und dann?«, hakte ich nach.

»Weit sind sie mit mir nicht gekommen.« Trushard lachte laut auf. »Sie waren so dumm, mich nicht zu fesseln, weil ich ihnen mein großes Ritterehrenwort gegeben hatte, nicht fortzulaufen. Mit gezückten Schwertern trieben sie mich vor das Lager. Aber dann tat sich eine Lücke zwischen ihnen auf. Ich habe die Stimme eines der Cremasken nachgeahmt und in der lombardischen Sprache ›Achtung Falle!‹ geschrien. Sie waren kurz abgelenkt, und das habe ich mir zu Nutze gemacht. Mit meinen langen Beinen war ich ihnen im Nu entwischt.«

Einen wahrhaft schlauen Kerl hatte ich da geheiratet. Trushard war mit vielen wundersamen Fähigkeiten gesegnet. Eine davon war das Bauchreden. »Und was soll die Maskerade mit der Kutte?«, fragte ich weiter.

Trushard spielte mit den Zöpfen, die unter meinem Schleier hervorlugten. »Auf dem Weg hierher habe ich in einer Kirche meine Wunde versorgen lassen. Der Priester hat mir die Kutte geliehen und gemeint, einen besseren Schutz gebe es in diesen Zeiten nicht. Selbst die rohesten Krieger würden es nicht wagen, einen frommen Mann anzugreifen.«

Frommer Mann, pah! Ich wusste es besser. »Warum hast du Guillaume nicht gesagt, wer du bist?« In meine Wiedersehensfreude mischte sich ein leiser Ärger. »Das hätte mir eine Menge Ängste erspart.«

»Meinst du diesen Kerl mit den künstlichen Locken und den Schnabelschuhen? Der sah einfach zu schmierig aus. Ich wollte nicht, dass er dir die Nachricht von meiner Ankunft mit einem anzüglichen Grinsen überbringt und am ganzen Hof herumtratscht, dass sich heute Nacht in der Schmiede ein Liebespaar vergnügt. Schließlich habe ich dieses wenig lauschige Plätzchen ja ausgesucht, weil man hier ungestört ist.« Trushard löste das Haarband, das meinen linken Zopf zusammenhielt.

»Das war eine gute Idee«, lobte ich ihn. »Wo den ganzen Tag über das Feuer glüht, wird sich bei der Hitze niemand freiwillig aufhalten. Wir müssen nur aufpassen, dass unsere Kleidung nicht dreckig wird bei all dem Ruß, der hier herumfliegt.«

»Meine ist sicher eingepackt.« Trushard deutete auf ein Bündel, das neben dem Schleifstein lag. »Sobald ich kann, werde ich die hässliche Kutte wieder ablegen.«

»Mit dem Ausziehen können wir gleich beginnen.« Ich knotete seinen Gürtel auf und legte ihn neben das Bündel.

»Als ich dich vor der Schmiede stehen sah, hat es mir die Sprache verschlagen«, sagte Trushard leise. »Ein ganzes Jahr lang habe ich nur für diesen Augenblick gelebt, und ich konnte kaum glauben, dass er endlich gekommen war.«

Trushard entfernte das Haarband des zweiten Zopfes, nahm mir den Schleier vom Kopf und löste die Flechten. »Wenn ich dich doch nur im Licht sehen könnte«, raunte er mir ins Ohr. »Ich liebe das leuchtende Grün deiner Augen.« Er nahm meine Hand und zog mich tiefer in die Dunkelheit hinein. »Komm. Heute Nacht haben wir ein ganzes Jahr nachzuholen.«

Ich folgte ihm. Ganz hinten, in der Mitte der Schmiede, befand sich die wuchtige Esse. Rechts und links davon standen zwei große Tische, die mit Kettenhemden, Schwertern, Pfeilspitzen und allerlei Werkzeug übersät waren. Dahinter waren wir für den Rest der Welt so gut wie unsichtbar. Trushard führte mich zum linken Tisch hin, vorbei an einem Amboss und einem Wasserbottich.

Mit jedem Schritt wurde es dunkler, denn das Mondlicht reichte nur aus, um den vorderen Teil der Schmiede notdürftig zu erhellen. Fußbreit für Fußbreit tasteten wir uns vorwärts. Der Gestank nach Feuer und heißem Metall schlug sich auf meine Lunge. Beim Atemholen drang mir ein widerlich brenzliger Geschmack in den Mund.

Als wir hinter dem Tisch angekommen waren, wurde mir plötzlich schwindlig. Die Hitze, der Gestank, die Aufregungen – es war wohl mehr gewesen, als ich verkraften konnte. Ich ließ Trushards Hand abrupt los, um mich an der Tischplatte abzustützen – und griff in einen Haufen spitzer Nägel.

»Autsch!« Erschrocken zog ich die Hände zurück. Dabei streifte meine Rechte einen Holzstiel, an dem ein dickes Stück Eisen hing – ein Hammer! Er fiel vom Tisch. Auch das noch!

Ich bückte mich, um ihn aufzuheben. Da mit dem Schmied nicht gut Kirschen essen war, wollte ich, dass er sein Reich am nächsten Morgen genauso vorfand, wie er es verlassen hatte. Vorsichtig tastete ich mit den Händen den Boden ab.

»Was machst du denn da?«, fragte mein Gatte ungewohnt begriffsstutzig.

Meine Finger erfühlten einen harten, runden Knochen, der

von feinstem Wollstoff umhüllt war – eine Kniescheibe! Ich zuckte zurück. Da lag jemand und schlief! Oh Gott, hoffentlich hatte ich ihn nicht mit dem Hammer getroffen!

»Pscht!« Mit rasendem Herzen horchte ich in die Schwärze hinein, konnte aber nichts hören. Wer auch immer hier lag – falls ich ihn verletzt hatte, musste er doch wach geworden sein! Oder war er so betrunken, dass er gar nichts mehr mitbekam?

»Hier liegt jemand. Ich bin gegen den Tisch gestoßen. Da ist ein Hammer hinuntergefallen und hat den Schlafenden wahrscheinlich getroffen«, sagte ich verzweifelt.

»Ach, du dickes Ei!«, kam es wenig hilfreich von Trushard zurück.

Ich nahm allen Mut zusammen und tastete erneut nach dem Menschen. Mit beiden Händen erfühlte ich einen kräftigen Männerschenkel und wunderte mich über den feinen Wollstoff, aus dem die Beinlinge gemacht waren. Der Schmied konnte sich solch teure Kleidung nicht leisten. Womöglich hatte ich einen Ritter verletzt. Ich spürte, wie mir noch mehr Schweiß aus allen Poren brach. Aber welcher vornehme Herr legte sich zum Schlafen in diesen stinkenden Verschlag?

Meine Finger fanden den Hammer. Tatsächlich, er war auf den Oberschenkeln des Schlafenden gelandet. Mein Herzschlag setzte aus. Ich legte den Hammer zur Seite und umkreiste mit den Fingerspitzen vorsichtig die Stelle, an der ich ihn gefunden hatte. Blut konnte ich nicht erspüren. Der Stoff war trocken.

Ich musste den Schlafenden wecken, um mich zu vergewissern, dass mit ihm alles in Ordnung war. »Aufwachen!«, rief ich. Mit der rechten Hand fuhr ich an der Seite des Körpers entlang, bis ich eine Männerschulter erreichte, und rüttelte kräftig daran.

»So wacht doch auf!« Ich war den Tränen nahe.

Keine Reaktion. Immer noch diese unnatürliche Stille.

»Rotrud, hast du ihn etwa getötet?« Trushards Stimme klang heiser.

»Der Hammer ist auf den Beinen aufgeschlagen. Davon stirbt man doch nicht.« Ich beugte mich hinunter und näherte mein Ohr dem Oberkörper, weil ich seinen Herzschlag hören wollte. Ein harter Stiel streifte meine Wange. Erschrocken griff ich danach. Meine Hände fuhren in die Höhe, konnten aber keine Spitze erspüren. Du liebe Güte, wie lang war denn der Stiel? Es musste ein Jagdspieß oder eine Lanze sein.

Erst jetzt begriff ich, was das bedeutete. Hastig rutschten meine schweißnassen Hände den Stiel wieder hinunter – und griffen in eine klebrige Flüssigkeit hinein, die den Stoff durchtränkt hatte. Blut! Wer auch immer hier lag – er war tot. Ermordet. Der Schreck durchzuckte mich von Kopf bis Fuß.

Lauerte der Täter hier etwa noch in der Dunkelheit? Die Erinnerung an den Mörder, der mich im vergangenen Jahr bei der Leiche angetroffen und anschließend gejagt hatte, überfiel mich wie ein wildes Tier. Voller Panik erhob ich mich und stolperte hinaus.

»Nun sag schon, was ist mit ihm?«, rief Trushard. Als er keine Antwort bekam, hechtete er hinter mir her.

Erst in der Mitte des Burghofs blieb ich stehen und sah meinem Mann in die Augen, während ich nach Luft rang. »Kaum bist du zurück, gibt es wieder Ärger«, stieß ich hervor. »Du ziehst das Unglück nahezu magisch an. Ich hoffe nur, dass wir ausnahmsweise einmal nicht im Kerker landen.«

* * *

Wir hatten Glück. Diesmal wurden wir nicht ins Verlies geworfen, obwohl in Barbarossas Blick Misstrauen glomm. Ich konnte es ihm nicht verdenken. Der Kaiser war für sein ausgezeichnetes Gedächtnis bekannt und erinnerte sich mit Sicherheit daran, dass Trushard und ich im vergangenen Jahr als Angeklagte vor seinem Gericht gestanden hatten.

»Ist doch seltsam, findet Ihr nicht?«, fragte der Kaiser gedehnt, während er neben Trushard zur Schmiede schritt. Mein Mann hatte ihn unter dem Vorwand, er habe eine dringende Nachricht für ihn, aus dem Saal geholt. »Wieso seid ausgerechnet Ihr immer in irgendwelche Mordfälle verwickelt?«

Auf diese Frage hätte auch ich gerne eine Antwort gewusst.

»Wer ist der Tote eigentlich?«, forschte Barbarossa weiter.

»Keine Ahnung«, erwiderte mein Mann. »Es war stockfinster, und er hat sich nicht vorgestellt.«

Ich trottete hinter den beiden her, wie es sich für ein braves Weib geziemte, und bemerkte mit einer gewissen Befriedigung, dass sich der Kaiser, der nur von mittlerer Größe war, neben meinem baumlangen Mann wie ein Zwerg ausnahm.

Schweigend gingen wir vorbei an laut schwatzenden, ausgelassenen Grüppchen. Der Wein tat offenbar seine Wirkung. Alle waren so sehr in die Gespräche vertieft, dass niemand dem Kaiser Beachtung schenkte.

»Hier entlang!« Trushard schritt als Erster in den Verschlag und beleuchtete mit einer Fackel den Weg. Ohne zu zögern, folgte Barbarossa ihm in die Schmiede.

Abwartend blieb ich draußen stehen. Obwohl ich das klebrige Blut am Brunnen abgewaschen hatte, spürte ich es immer noch an den Fingerspitzen. Ich hoffte inständig, dass mir der Anblick der grausig zugerichteten Leiche erspart blieb.

Plötzlich hielt der Kaiser inne und straffte die Schultern. »Mein Gott, das ist ja Franz!«

»Doch nicht etwa Franz von Kesselheym?« Die Frage war mir herausgerutscht, ehe ich sie zurückhalten konnte. Ich würde es nie lernen, in Anwesenheit hochgestellter Persönlichkeiten nur dann zu sprechen, wenn ich gefragt wurde. Es fehlte nicht an gutem Willen, aber meine Zunge war schlüpfriger als ein Stück Seife. In gespieltem Entsetzen verdrehte Trushard die Augen.

Barbarossa schnellte herum und musterte mich mit gerunzelter Stirn, als habe er meine Anwesenheit völlig vergessen. »Genau der ist es. Kommt her!« Gebieterisch winkte er mich heran.

Folgsam näherte ich mich, geziert den Rock hebend, wie ich es bei einigen Hofdamen beobachtet hatte. Ich hoffte, mit dieser anmutigen Geste meinen Ausrutscher wettmachen zu können.

Der Kaiser hob die Augenbrauen. »Rotrud von Saulheim, ich kann mich noch gut an Euren Auftritt vor meinem Gericht erinnern. Dank Eurer grünen Augen und Eures eigenwilligen Benehmens vergisst man Euch nicht so leicht. Ihr seid doch inzwischen das Eheweib von Trushard, oder?«

Ich nickte, dann schlug ich die Augen nieder, wie es sich für eine Frau in Gegenwart des Kaisers schickte.

»Also Rotrud, wenn Ihr schon ein so undamenhaftes Interesse an dem Mord zeigt, könnt Ihr den Toten auch untersuchen«, forderte er mich auf. Klar, dass der Kaiser versuchte, diese unangenehme Aufgabe abzuwälzen. Das hatte ich nun davon, dass ich so vorlaut gewesen war.

Mit einem mulmigen Gefühl im Bauch ging ich rechts um den Amboss herum, wobei ich mich aufmerksam nach allen Seiten umsah. Der Boden war voller Ruß, aber ich konnte nirgendwo Schleifspuren entdecken, sondern nur verwischte Fußabdrücke, die zum Tatort führten. Der Tote musste allem Anschein nach an der Stelle, an der wir ihn gefunden hatten, ermordet worden sein. Er lag zwischen Tisch und Wand, die Füße nur etwa einen Schritt entfernt von der hinteren linken

Ecke, in der mehrere Jagdspieße lehnten. Der Kopf zeigte schräg nach vorne, zur Öffnung des Verschlags.

Gefühle konnte ich mir im Beisein des Kaisers nicht leisten. Ich biss die Zähne zusammen, um den aufkommenden Ekel zu unterdrücken, und ging in die Hocke.

Der Jagdspieß steckte in der Brust, dort, wo sich das Herz befand, und ragte eine Manneslänge in die Höhe. Ein großer Blutfleck breitete sich um die Tatwaffe herum aus. Die Arme lagen ausgestreckt neben dem Körper. Das Gesicht von Franz war wie mit einer wächsernen Maske überzogen. Es sah aus, als habe jemand den Lebensatem aus seinem Körper gesogen und nur eine leere Hülle zurückgelassen. Die Augen waren starr und gebrochen wie bei einem wilden Tier, das Jäger getötet hatten. Aber wer hatte Franz, das Vorbild aller Ritter und Knappen, so bestialisch zur Strecke gebracht?

Sachte schloss ich die Augen des Toten. Der Kaiser sprach ein kurzes Gebet.

»Unfassbar«, murmelte er. »Ein unersetzlicher Mann, vor allem jetzt, bei der Belagerung. Er konnte besser kämpfen als zehn Ritter zusammen. Ich verstehe es nicht. Wer hätte denn einen Grund gehabt, ausgerechnet ihn zu ermorden?«

»Oft sind es gerade die Besten, die Hass und Neid auf sich ziehen«, gab Trushard zu bedenken. »Es muss jemand aus unseren eigenen Reihen gewesen sein. Die Burg ist zu stark bewacht, als dass sich jemand von außen hätte einschleichen können.«

»Wir müssen den Feind bekriegen, nicht uns.« Der Kaiser klang erregt. Sein Hals war wieder rot angelaufen. »Wenn wir Schwäche zeigen, werden die Cremasken sie ausnutzen. Im eigenen Lager darf keine Unruhe entstehen, sonst werden wir die Stadt niemals einnehmen. Wir müssen den Mörder finden, und zwar so schnell wie möglich!«

Ich hob den Kopf des Toten und befühlte ihn sorgsam.

Aber ich fand nichts, außer einer kleinen Beule am Hinterkopf, wo er bei seinem Sturz aufgeprallt war.

»Trushard, leuchte doch bitte mal hierher«, forderte ich.

»Habt Ihr etwas entdeckt?« Gespannt beugte sich der Kaiser zu mir herunter.

Erst im Schein der Fackel konnte ich die rötlich blauen Totenflecken am Hals erkennen. Ich drehte den Oberkörper der Leiche zur Seite. »Vorne auf der Kleidung findet sich kein Ruß, dafür aber auf dem Rücken. Nach der Tat ist Franz sofort nach hinten gefallen, das heißt, er stand seinem Mörder gegenüber.« Stirnrunzelnd besah ich die blutverschmierten Hände, die Franz auf die Wunde gepresst haben musste. Alle Fingernägel waren unversehrt, und ich fand weder Haare noch Stoffreste, auch an dem scharfkantigen Siegelring nicht. Die Handgelenke waren frei von Hautabschürfungen oder blauen Flecken. »Es gibt keine Kampfspuren und auch keine Zeichen von Gegenwehr«, stellte ich fest. »Der Mörder muss Franz also überrascht haben.«

Am Gürtel des Toten hing ein kleiner Lederbeutel. Ich öffnete ihn. Er enthielt ein paar Münzen, einen Holzkamm und ein Siegel mit hölzernem Knauf. Ich hielt es ins Licht, um es genauer zu betrachten. Die kreisrunde Platte wurde durch eine merkwürdige Gravur geschmückt: lauter senkrecht verlaufende Wellen, unten viele und oben ganz wenige, sodass sie ein Dreieck bildeten. In den Zwischenräumen hingen noch Reste von hartem roten Wachs. Darunter stand eine Inschrift: *Flammae irae.*

Trushard beugte sich zu mir herunter. »Die Flammen des Zorns«, übersetzte er. Diese merkwürdigen Gebilde sollten also Flammen darstellen – ein hoch auflodерndes Feuer.

»Was für ein ungewöhnliches Siegel«, sagte ich stirnrunzelnd, während ich es hin und her drehte. »Vor allem frage ich mich, wem es gehört, denn Franz trägt seinen Siegelring an der rechten Hand.« Ich legte das Flammensiegel zur Seite, drehte die Hand um und musterte den Ring erneut. »Er zeigt ein Wappen mit einem Eber.«

»Das ist das Wappen des Geschlechtes der Ritter von Keselheym«, bestätigte Trushard. »Und mit diesem Ring siegelte Franz auch seine Briefe. Im Herbst letzten Jahres habe ich einige Schreiben von ihm mitgenommen, als ich ohnehin auf dem Weg zum Bodensee war. Wo hat Franz bloß das zweite Siegel her?« Eingehend betrachtete er es. »Üblicherweise wählt man als Bild ein Porträt oder ein Wappen. Ich komme im ganzen Reich herum, aber ich kenne niemanden, der ein solch ungewöhnliches Flammensiegel benutzt, weder ein Geschlecht noch eine Stadt oder einen Bischof.«

»Und niedrig geborene Personen benutzen keine Siegel«, ergänzte ich. »Wozu auch? Wer nicht lesen und schreiben kann, muss keine Briefe verschließen. Und wer nichts zu verschenken hat und keine Rechte verleihen kann, hat auch keinen Grund, eine Urkunde auszustellen.«

Erwartungsvoll sah ich den Kaiser an. Wenn es irgendjemanden gab, der dieses Siegel kennen musste, dann er. Schließlich erhielt er viele Briefe, auch ausländische. Sogar aus den entferntesten Reichen im Orient. Aber Barbarossa wich meinem Blick aus.

Nachdem ich beim Kaiser sowieso schon unangenehm aufgefallen war, brauchte ich mir keine damenhafte Zurückhaltung mehr aufzuerlegen. »Selbst Ihr kennt das Siegel nicht, Majestät?«, hakte ich nach.

Barbarossa zögerte kurz. »Ich denke, es hat nichts mit dem Mord zu tun.« Dann sah er Trushard und mich durchdringend an. »Was hattet Ihr beiden eigentlich in der Schmiede zu suchen?«

Diese Frage hatte ich befürchtet. Ich beugte mich tief über die Leiche und tastete sinnloserweise den Oberkörper ab.

Aber mein wortgewandter Trushard war nicht um eine Ausrede verlegen. »Ich wollte mich hier umziehen.« Er deutete auf das Bündel, das noch unberührt neben dem Schleifstein lag. »Beim Überfall im Lager hatte ich einen heftigen Kampf mit einigen Cremasken. Nur mit größter Anstrengung konnte ich ihnen entkommen und als Mönch verkleidet hierher flüchten. Aber in dieser abgetragenen Kutte wollte ich Euch nicht unter die Augen treten. Außerdem war meine Wunde wieder aufgebrochen und musste versorgt werden.«

Barbarossa verzog spöttisch den Mund. »Ihr wolltet Euch umziehen, so so. Und ganz zufällig trefft Ihr hier auf Euer Weib und auf eine Leiche.«

»Ich habe nach Rotrud schicken lassen, damit sie mir behilflich ist.« Trushard log, ohne rot zu werden. »Schließlich kann ich die Wunde mit einer Hand schlecht verbinden.«

»Und das ging nur mit offenem Haar?« Der Kaiser musterte erst mich und dann meinen Schleier, den Trushard neben seinem Bündel abgelegt hatte.

Um von dem unseligen Thema abzulenken, mischte ich mich hastig ein: »Noch etwas ist merkwürdig. Franz war den ganzen Abend über sehr bedrückt. Wenn wir herausfinden könnten, warum, würde uns das vielleicht einen wichtigen Hinweis auf den Mörder liefern.«

Barbarossa wandte sich an Trushard. »Dann findet es heraus«, befahl er. Entsetzt sah ich zum Kaiser auf. Meinte er allen Ernstes damit, dass mein Gatte die gefährliche Aufgabe übernehmen sollte, einen Mörder zur Strecke zu bringen?

»Wie Ihr wünscht, Majestät«, erwiderte Trushard. Hörte ich da etwa ein leises Zähneknirschen?

»Damit keine Unklarheiten entstehen: Ich beauftrage Euch hiermit offiziell, den Mord an Franz von Kesselheym aufzuklären. Ihr habt die Gelegenheit zu zeigen, was in Euch steckt. Bringt mir den Verbrecher, und ich werde Euch großzügig entlohnen. Vier Tage gebe ich Euch Zeit, nicht länger! Wir müssen den Mörder finden, bevor sich Angst und Misstrauen im Lager ausbreiten. Untersucht zuerst die Schmiede und zieht Euch um. Ich warte, bis Ihr wieder im Saal seid, dann werde ich den Mord bekannt geben, während Ihr darauf achtet, ob jemand merkwürdig reagiert.« Ohne Trushards Entgegnung abzuwarten, drehte sich Barbarossa um und ging gemessenen Schrittes davon.

Als die Dunkelheit den Kaiser verschluckt hatte, war es mit Trushards Selbstbeherrschung vorbei: »Immer bin *ich* derjenige, der die gefährlichen Aufträge erhält! Mörder haben die fatale Neigung, denjenigen, der ihnen auf die Schliche kommt, umzubringen, bevor er sie verraten kann. Dabei bin ich gerade erst dem Tod entkommen!«

Und auch ich fürchtete, Fortunas Gunst allmählich zu stark in Anspruch zu nehmen. Aber ich ließ mir nichts anmerken, um Trushard nicht zu entmutigen. »Du wirst sehen, zu zweit schaffen wir das schon«, redete ich ihm gut zu. »Mit deiner Klugheit und deinen wundersamen Fähigkeiten nimmst du es mit hundert Mördern auf.« Ich glaubte meine Worte selber nicht, doch ein verzagter Trushard hatte schon halb verloren, und deshalb durfte ich nicht den geringsten Zweifel zeigen.

An Trushards schiefem Lächeln erkannte ich, dass ich ihn nicht ganz überzeugt hatte. »Heute Nacht hatte ich eigentlich Besseres vor, als einen Mörder zu suchen«, erwiderte er seufzend.

Im Geiste ging ich noch einmal durch, was beim Festessen im Saal passiert war. Mir fiel der Blick ein, den Franz mit dem fetten Zisterziensermönch ausgetauscht hatte. Kurz darauf war der Ordensbruder dem Ritter hinterhergelaufen – vielleicht sogar bis in die Schmiede? »Ich habe schon einen Ansatzpunkt für die Suche gefunden.« In kurzen Worten schilderte ich Trushard meine Beobachtungen.

»Ein fetter Zisterzienser ... Davon gibt es wirklich nur einen: Zäsarius«, meinte Trushard nachdenklich. »Er ist mit seinem Abt in den Krieg gezogen, aber nach einigen Monaten hatte der gute Abt offenkundig keine Lust mehr auf Waffengeklirr und Todesnähe und ist wieder in sein Kloster zurückgekehrt. Jetzt befehligt Bruder Zäsarius die Mannen, die das Kloster stellen musste. Seit sein strenger Abt nicht mehr im kaiserlichen Heer ist, blüht Zäsarius auf. Im Krieg schert sich niemand um die Ordensregel, und das nutzt er aus. Er schlägt sich den Wanst voll, wo immer er kann.«

»Aber wo hat er das viele Essen her?«, fragte ich. »Ich dachte, im Krieg wäre die Versorgung nicht so gut.«

Trushard grinste. »Wenn man die richtigen Leute kennt, hat man immer genug zu essen. Und als Beichtvater ist er sehr beliebt, weil er eingedenk seiner eigenen Schwächen mit den Sündern so nachsichtig ist. Ja, ich glaube, wir haben wirklich einen guten Ansatzpunkt für unsere Ermittlungen.« Trushard klang schon viel zuversichtlicher. Mit neuem Schwung machte er sich daran, die Kleidung zu wechseln.

Da es zu lange gedauert hätte, Zöpfe zu flechten, legte ich den Schleier einfach über das offene Haar. Während Trushard noch mit Umziehen beschäftigt war, nutzte ich die Zeit, um den Tatort zu untersuchen. »Die Schmiede ist ein idealer Ort, um jemanden umzubringen«, sagte ich nachdenklich, während ich mit der Fackel umherwanderte und in die Ecken leuchtete. »Hier konnte der Mörder sicher sein, nicht gestört zu werden, und er konnte fest damit rechnen, dass die Leiche erst bei Sonnenaufgang gefunden wird. Durch die Totenstarre wäre es dann unmöglich gewesen, den genauen Zeitpunkt der Tat festzustellen.«

»Außerdem gibt es hier zahlreiche Waffen«, ergänzte Trushard und schlüpfte in einen eleganten, krapproten Bliaut, dessen linker Ärmel zerrissen war und einen großen Blutfleck aufwies. »Der Mörder brauchte bloß zuzugreifen.«

»Schau mal her.« Ich deutete auf eine Stelle an der Wand, direkt neben den Jagdspießen. Dort war der Ruß leicht verschmiert.

Trushard trat näher. »Es sieht aus, als habe hier jemand gesessen. Aber warum?«

Ich zuckte die Achseln. »Vielleicht zum Nachdenken?«, schlug ich vor. »Oder es waren zwei, die sich hier verkrochen haben, weil sie etwas zu besprechen hatten. Einer setzte sich vor die Wand, und der andere kauerte vor ihm.«

Ich drückte Trushard die Fackel in die Hand und schnürte seinen Bliaut zu. »Mit etwas Glück finden wir Rußspuren an einem Kleidungsstück. Dann haben wir den Mörder.«

»Dein Wort in Gottes Ohr«, brummte er skeptisch.

Bevor wir zum Palas gingen, machte ich meinen Mann noch auf etwas aufmerksam: »Ist dir aufgefallen, dass der Kaiser ausweichend reagierte, als ich ihn nach dem Flammensiegel fragte?«

Trushard nickte. »Ich fand es auch merkwürdig. Gerade der Kaiser hat doch das größte Interesse daran, dass der Mörder entlarvt wird. Und um das zu schaffen, sind wir auf jeden Hinweis angewiesen, vor allem, was dieses ungewöhnliche Siegel betrifft. Im Gegensatz zu Barbarossa glaube ich, dass es der Schlüssel zur Lösung des Falles ist.«

* * *

Eine schwere Alkoholwolke drang uns entgegen, als wir die Tür zum Festsaal öffneten. Mit hängenden Köpfen saßen die Männer über ihren Weinbechern. Wut und Schock waren der bitteren Erkenntnis gewichen, dass die Cremasken mit dem

Ausfall ihre Stärke gezeigt hatten und nicht ans Aufgeben dachten. Die Belagerung würde sich hinziehen – Gott allein wusste, wie lange noch – und auch viele unserer Leute das Leben kosten. Die Nachricht vom Mord würde den Männern wohl den Rest geben.

Kaum hatten wir den Saal betreten, da erhob sich auch schon der Kaiser. Augenblicklich wurde es mucksmäuschenstill.

»Ich habe eine traurige Mitteilung zu machen«, erklärte er. »Einer unserer tapfersten und besten Ritter, Franz von Kesselheym, ist ermordet worden.«

Sofort ruckten die Köpfe hoch. Mein Blick glitt zu unserem Verdächtigen. Zäsarius hielt mitten in der Bewegung inne. Er hatte die Hand um ein Hühnerbein gekrallt, um es zum Mund zu führen, drehte dann aber den Kopf zum anderen Ende der Tafel, zu dem Platz, auf dem Franz gesessen hatte. Nur der Weinbecher und die Krümel von dem zerdrückten Fladenbrot erinnerten an den Mann, der noch vor wenigen Stunden geatmet hatte.

In der Mitte der Tafel, an der auch der Mönch saß, waren zwei Plätze frei. Wie günstig. Die Männer auf der Bank rutschten geistesabwesend zur Seite und ließen uns hineinschlüpfen.

Prüfend glitt mein Blick über die Gäste. Die klatschsüchtige Elisabeth kam heute voll auf ihre Kosten. Sie saß wieder an ihrem Platz und fingerte freudig erregt an dem dicken Goldkreuz herum. Ihre Augen leuchteten so erwartungsvoll wie bei einem Kind, das ein kostbares Geschenk bekommt.

»Franz wurde mit einem Jagdspieß umgebracht. In der Schmiede.« So wortkarg hatte ich den Kaiser noch nie erlebt. Er rang sichtlich um die passenden Worte. »Mit den Ermittlungen habe ich den Reichsministerialen Trushard beauftragt.« Mit einer Geste deutete er auf meinen Mann. Bedächtig richtete Trushard sich auf.

»Wer heute Abend etwas beobachtet hat oder etwas Wichtiges weiß, das im Zusammenhang mit dem Mord stehen könnte, muss es Trushard mitteilen. Wir dürfen nicht eher ruhen, bis wir den Mörder gefasst haben.« Allmählich lockerte sich Barbarossas Zunge doch. Sein Blick war hart und kalt. »Wir werden ihn der verdienten Strafe zuführen. Der Galgen ist noch viel zu gut für diesen Verbrecher.«

Trushard setzte sich wieder und tastete unter dem Tisch verstohlen nach meiner Hand. Während der Kaiser an die Taten von Franz erinnerte und seine ritterlichen Tugenden lobte, sah ich mich wieder um. In fast allen Gesichtern las ich dasselbe: eine Mischung aus Betroffenheit, Entsetzen, Angst und Trauer.

Nur die Männer, die der Kaiser mit auf die Burg gebracht hatte, verhielten sich anders. Zäsarius hatte das Hühnerbein zur Seite gelegt. Anscheinend war ihm zum ersten Mal an diesem Abend der Appetit vergangen. Unruhig rutschte er auf der Bank hin und her, wobei er sich wiederholt auf die Lippen biss. Ihm gegenüber thronte Graf Otto, dessen Miene gleichmütig wie die eines Schachspielers war. Ich hatte den Eindruck, dass ihn der Tod von Franz völlig kalt ließ. Sein Sitznachbar, der südländische Mann aus Barbarossas Gefolge, der mir schon beim Essen aufgefallen war, weil seine abgewetzte Kleidung nicht zu seiner stolzen Haltung passte, verschränkte die Arme vor der Brust und starrte zur Decke. Spöttisch verzog er die Mundwinkel.

Mein Interesse war geweckt, und ich betrachtete ihn näher. Seine schulterlangen Haare, üblicherweise das Vorrecht von Ministerialen, reichen Bürgern und Adeligen, verrieten, dass er trotz seiner armseligen Kleidung kein einfacher Knecht sein konnte. Außerdem säße er dann nicht ganz vorne an der Tafel, so dicht beim Kaiser, sondern im Hof beim Gesinde. Mit seiner gebräunten Haut, der geraden Nase und dem langen, schmalen Antlitz sah er gut aus. Aber aus den dunklen Augen blitzte der Fanatismus – wie bei einem Menschen, der nur ein Lebensziel hat und alles dafür tun würde, um es zu erreichen. Ich zupfte Trushard am Ärmel und deutete mit einem fragenden Nicken auf den Südländer.

»Das ist Arnaldus aus Lodi«, flüsterte mein Mann mir zu. »Die Mailänder und ihre Verbündeten haben die Lodesen im vergangenen Jahr gewaltsam aus ihrer Stadt vertrieben. Dabei ist die Familie von Arnaldus gestorben, und er hat seine ganze Habe verloren. Um sich zu rächen, hat er eine große Schar von armen Kriegsopfern um sich gesammelt. Sie werden ›die Söhne des Arnaldus‹ genannt. Waffen besitzen sie nicht, aber sie kämpfen mit ihren Händen. Tag und Nacht setzen sie den Cremasken mit Geschossen und Steinen zu und haben schon viele Feinde verletzt. Als Anerkennung für seine Verdienste hat der Kaiser ihn im Lager aufgenommen und versorgt ihn seitdem.«

Mein Blick wanderte wieder zu Zäsarius zurück. Der Mönch war auffallend blass. Mit zitternden Händen goss er sich einen Becher Rotwein ein. Über der ungefärbten Kutte trug er ein schwarzes Skapulier, an dem wir sicherlich keine Rußflecken finden würden. Er trank einen tiefen Schluck, dann blickte er sich suchend um und winkte einen pickeligen Burschen, der bescheiden mit gefalteten Händen in einer Ecke stand, zu sich heran. Das war doch der Jüngling, der die Fleischplatte zerdeppert hatte, als die Nachricht von dem Ausfall gekommen war!

Zögernd stolperte das schmächtige Kerlchen näher. Als er den Mönch erreicht hatte, sah ich, dass Tränen über seine Wangen liefen. Demonstrativ blieb er vor der Tafel stehen, aber Zäsarius streckte den rechten Arm aus und zog ihn neben sich auf das Ende der Bank. Der Jüngling blieb auf der äußersten Ecke sitzen und legte beide Hände auf die Tafel.

Arnaldus, der auf der anderen Seite von Zäsarius saß, blieb reglos, aber sein Blick bekam etwas Lauerndes.

»Oh Enno, es tut mir so Leid«, sagte Zäsarius, doch der Angesprochene drehte den Kopf zur Seite.

»Kennst du diesen pickeligen Jüngling?«, fragte ich Trushard leise.

»Das ist der Knappe von Franz«, flüsterte er zurück. »Ich werde mir ihre Überraschung zu Nutze machen und die Männer des Kaisers jetzt gleich befragen, bevor sie sich fangen können. Vielleicht geben sie dann ungewollt etwas preis.«

Während Trushard aufstand und nach vorne ging, beugte sich Graf Otto zur anderen Seite der Tafel und legte seine kräftige Hand Besitz ergreifend auf Ennos Händchen. »Sorge dich nicht«, sagte er zu ihm. »Ich nehme dich in mein Gefolge auf. Du hast dich vor Mailand wacker geschlagen. Solch einen tapferen Knappen kann ich gut gebrauchen.«

»Danke, Herr«, presste Enno hervor.

Als Trushard die vier erreicht hatte, beugte er sich ein Stück zu ihnen hinunter und räusperte sich. Ich spitzte die Ohren. Zum Glück waren die Männer links und rechts neben mir so niedergeschlagen, dass sie keinen Mucks von sich gaben. »Entschuldigt die Störung«, sagte Trushard ehrerbietig. »Ich würde Euch gerne im Auftrag des Kaisers ein paar Fragen zu Franz stellen.«

Graf Otto knurrte unwillig, und der junge Bursche sah Trushard aus seinen tränennassen Augen erschrocken an. Mit einem falschen Lächeln auf den Lippen rutschte der Mönch zur Seite und machte meinem Mann Platz. Der Graf hielt Ennos Hand fest umklammert. Wie ein Adler, der seine Beute nicht loslässt, schoss es mir durch den Kopf.

Verstohlen musterte ich Enno. Er mochte etwa fünfzehn oder sechzehn Lenze alt sein. Ohne die Pickel wäre er durchaus nicht unansehnlich. Die Gesichtszüge waren regelmäßig, die Nase gerade und die Lippen wohlgeformt. Seine braunen Locken waren gepflegt, und an dem dunkelbraunen Rock konnte ich keinen Flecken erkennen. Mit etwas Glück mochten die Pickel von selbst wieder verschwinden, denn unter einem solchen Ausschlag litten viele heranwachsende Jungen, obgleich es Enno besonders schlimm getroffen hatte. Da und dort hingen Blutstropfen an den Pickeln, und über das schmale Kinn verliefen frische Kratzspuren. Enno hatte furchtsame kleine Augen wie eine Maus. Immer noch rannen die Tränen über seine Wangen. Er tupfte sie mit dem Ärmel ab, sehr darauf bedacht, mit der Hand nicht die Pickel zu berühren.

»Kanntet Ihr Franz von Kesselheym gut?«, begann Trushard das Gespräch.

Der Mönch raffte sich als Erster zu einer Antwort auf. »Er kam ein paarmal zu mir, um geistlichen Beistand einzuholen.«

»Was wollte er genau?«, hakte Trushard nach.

»Das unterliegt dem Beichtgeheimnis«, erklärte Zäsarius. »Aber ich kann Euch so viel verraten, dass wir lange Gespräche darüber geführt haben, wie ein wahrhaft frommer Lebenswandel aussieht. Wir waren uns darin einig, dass es zuallererst darauf ankommt, ein reines Herz zu behalten und sich nicht von der Schlechtigkeit der Welt beflecken zu lassen.«

Ein unerschöpfliches Thema, das mir aber so gar nicht zu einem verfressenen Mönch zu passen schien. War die Völlerei nicht eine Todsünde? Welch heilige Belehrung sollte ein Mönch erteilen können, der selbst allzu sehr von irdischen Begierden geplagt war?

Trushard wandte sich zu Arnaldus. »Und Ihr? Kanntet Ihr Franz von Kesselheym?«

Arnaldus' Gesicht sah aus wie eine Maske. »Nur vom Sehen. Im Lager haben wir uns ein paarmal kurz zugenickt, wenn wir uns zufällig begegnet sind. Das war alles. Auf dem Ritt hierher hat Franz kein Wort gesprochen.« Das Deutsch von Arnaldus war fast akzentfrei. Nur das R rollte er sehr stark.

»Und Ihr?« Trushards Frage galt Graf Otto. Der Adelige sah meinen Mann von oben herab an, als wäre er es nicht wert, dass er seine Aufmerksamkeit an ihn verschwendete. Widerwillig öffnete er den Mund. »Ich schließe mich der Antwort meines Vorredners an. Auch ich kannte Franz nur vom Sehen.« Das wunderte mich nicht. Ein vornehmer Herr wie »Graf Wichtig« legte bestimmt keinerlei Wert darauf, sich mit Personen abzugeben, die unter seinem Stand waren, mochten sie auch noch so viele Verdienste gesammelt haben.

»Hatte Franz Feinde?«, erkundigte sich Trushard.

Der Mönch schüttelte den Kopf. »Er war ein vorbildlicher Ritter. Niemand hatte einen Grund, ihn umzubringen.« Zäsarius zögerte kurz. »Allerdings hat ein gewisser Dietrich, der Knappe von Wolfhart dem Bären, Franz oft belästigt. Dieser Dietrich neigt dazu, Streit nicht mit Worten, sondern mit Gewalt auszutragen.« Ich horchte auf. Noch ein Verdächtiger! Oder wollte der Mönch nur von sich ablenken?

»Worum ging es bei diesen Belästigungen?«, bohrte Trushard weiter.

Zäsarius faltete die dicken Hände über seinem Wanst zusammen. »Dietrichs Vater Wilhelm ist ein ähnlich wilder Raufbold wie sein Sohn. Als Wilhelm widerrechtlich das benachbarte Kloster überfiel, wurde der Kaiser sehr zornig und befahl ihn vor sein Hofgericht, um ihn für diese Schandtat zu bestrafen. Der Termin ist für Michaeli anberaumt. Dietrich will dem Kaiser vorher den Standpunkt seines Vaters erläutern, um die Angelegenheit gütlich und ohne Gericht zu regeln. Daher hat er Franz gebeten, ihm als Fürsprecher beim Kaiser zu dienen und ihm eine Audienz zu verschaffen. Aber Franz hat Dietrichs Bitte abgelehnt, weil er einem Schurken nicht helfen wollte.«

»Franz schien sehr verstört zu sein heute Abend«, stellte Trushard fest. »Wisst Ihr, was mit ihm los war?«

Der Mönch zuckte die Achseln. »Wahrscheinlich plagte ihn wieder einmal die Sehnsucht nach seiner Familie«, erwiderte er seufzend. »Je länger der Krieg dauerte, desto trauriger wurde er. Ihr müsst wissen, Franz hatte drei reizende Kinder und eine wunderbare Frau.«

Enno gab ein unwirsches Knurren von sich, aber der Mönch beachtete es nicht.

Trushard sah Zäsarius bohrend an. »Ihr seid Franz hinterhergelaufen, als er den Saal verließ.«

Gelassen erwiderte der Mönch den Blick. »Ich wollte ihn fragen, ob ihn etwas bedrücke, und ihm Trost zusprechen. Aber vor dem Palas hat ihn Dietrich abgefangen und belästigt. Deshalb bin ich in den Saal zurückgegangen.«

»Und Ihr, wart Ihr die ganze Zeit über an Eurem Platz, oder habt Ihr den Saal zwischendurch verlassen?«, fragte Trushard in die Runde.

»Ich habe das heimliche Gemach aufgesucht«, erwiderte Arnaldus, ohne zu zögern.

Enno tupfte sich die letzten Tränen von den Wangen und schniefte. »Ich habe beim Auftragen der Speisen geholfen, obwohl das eigentlich die Aufgabe der Pagen ist. Aber heute Abend wurde jede Hand gebraucht. Bei der Hitze habe ich zwischendurch immer mal wieder eine Pause gemacht.«

Graf Otto antwortete erst, als Trushard ihn bohrend ansah. »Mir war heiß«, ließ er meinen Gemahl von oben herab wissen. »In diesem kleinen Raum« – abfällig schürzte er die Lippen, um zu demonstrieren, dass er weitaus größere und prächtigere Hallen gewohnt war – »wurde es mir zu stickig. Ich wollte im Burghof frische Luft schnappen.«

Trushard zog das Flammensiegel aus dem Beutel. »Kennt Ihr dieses Siegel?« Trushard hielt es hoch, sodass die vier es gut sehen konnten. Aber alle schüttelten einträchtig den Kopf.

Zäsarius' Miene verriet keine Regung. »Wem soll es gehören?«

»Kennt Ihr das Siegel?«, wiederholte Trushard seine Frage.

Graf Otto ließ Ennos Hand los und verschränkte die Arme vor der Brust. »Nein.« Seine Stimme klang fest.

Mein Mann sah seine Sitznachbarn der Reihe nach an. »Wir haben dieses merkwürdige Siegel bei der Leiche von Franz gefunden. Könnt Ihr Euch erklären, wie es dorthin kam?«

Enno krallte die Finger in das Tischtuch. Zäsarius starrte auf seine gefalteten Hände, und um Arnaldus' Mundwinkel zuckte es, als ob er sich heimlich über etwas amüsierte.

Es war Otto, der sich schließlich zu einer Erklärung aufraffte: »Bestimmt hat Franz das Siegel irgendwo gefunden und wurde getötet, bevor er es dem Besitzer zurückgeben konnte. Im Krieg gehen oft Dinge verloren.« Ich glaubte ihm kein Wort. Warum bloß verhielten sich alle Personen, die wir nach dem Siegel befragten, so merkwürdig? Welches Geheimnis steckte dahinter?

Trushard wandte sich an den Knappen. »Ihr habt Glück, dass Ihr so schnell einen neuen Herrn gefunden habt.«

»Enno ist ein junger Mann, für den die Treue die vornehmste aller Tugenden ist«, antwortete der Graf an Stelle des Knappen. »Sie paart sich bei ihm mit Tapferkeit und Aufrichtigkeit.« Er seufzte. »Was ihm an körperlicher Kraft fehlt, lässt sich mit gezielten Übungen und einer guten Ernährung aufbauen.«

Trushard packte das Siegel wieder in seinen Beutel. »Habt Dank für Eure Auskünfte.« Er erhob sich, kam gemessenen Schrittes auf mich zu, reichte mir die Hand und zog mich vorsichtig hoch.

»Die lügen uns was vor«, raunte ich Trushard zu, während ich mich in seinen unverletzten Arm hängte. »Vor allem Zäsarius.«

Er nickte grimmig. »Aber was kann ein frommer Mönch zu verbergen haben?«

* * *

Die Befragung war mühsam. Niemand von denen, die im Burghof saßen, erinnerte sich mit Bestimmtheit daran, jemanden gesehen zu haben, der zur Schmiede gegangen war. Angesichts der vielen leeren Weinkrüge wunderte mich das auch nicht. Die einen konnten gar nicht mehr reden, die anderen nur unzusammenhängendes Zeug lallen, und der Rest zuckte die Achseln. Entmutigt gingen wir auf das letzte Grüppchen zu, das sich gegenüber dem Eingang zum Palas niedergelassen hatte. Mir fiel auf, dass sich Elisabeth seit geraumer Zeit im Hof herumdrückte und da und dort ein Schwätzchen hielt. Bestimmt hoffte sie, etwas Interessantes aufschnappen zu können, das sie weitertratschen konnte.

»Ja, glaubt Ihr denn, ich hätte an so einem schönen Abend nichts Besseres zu tun, als mir zu merken, wer wann wohin ging?«, ereiferte sich eine dicke Magd.

Trushard beugte sich zu ihr hinab und zwinkerte ihr verschwörerisch zu. »Ich bin sicher, Euren scharfen Augen entgeht nichts, selbst wenn Ihr Euch amüsiert.«

Die Magd plusterte sich auf. »Nun ja, mir ist wirklich etwas aufgefallen«, räumte sie zögernd ein. »Da war so ein kräftiger Bursche mit eingedrückter Nase, der ist hinter dem gut aussehenden Ritter, der aufgespießt wurde – wie hieß er doch gleich …?«

»Franz«, half Trushard bereitwillig aus. Elisabeth wanderte zur nächsten Magd, die ein Stück näher bei uns saß, und drehte ihren Kopf in unsere Richtung.

»Also, der ist hinter dem Franz hergerannt, als er den Palas verließ, und hat heftig auf ihn eingeredet. Aber dieser Franz wurde immer ärgerlicher, bis der junge Kerl ihm mit triumphierendem Gesichtsausdruck etwas gesagt hat. Daraufhin wurde Franz ganz blass. Wortlos hat er sich umgedreht und ist weg.«

»Und wo ist Franz dann hin?« Ich bewunderte Trushards Gelassenheit im Umgang mit der Magd, die es sichtlich genoss, ihn zappeln zu lassen.

»Dahin.« Die Dicke zeigte mit dem Daumen in die Richtung, in der die Schmiede lag.

»Ist ihm jemand gefolgt?« Trushards Stimme war immer noch erstaunlich sanft.

»Der hässliche Bursche ist ihm ein paar Schritte hinterhergelaufen. Dann blieb er stehen, so als ob er nicht recht wüsste, ob er dem Franz weiter folgen oder lieber umkehren sollte.« Die Magd hob die Schultern. »Was er dann letzten Endes gemacht hat, weiß ich nicht. Der Hans hat ein Lied angestimmt, und dann haben wir alle mitgesungen. Wie ich schon sagte, ich hatte Besseres zu tun, als den ganzen Abend über aufzupassen. Bin ja schließlich keine Torwächterin.«

Trushard zauberte ein Lächeln auf sein Gesicht. »Ihr habt uns sehr geholfen. Allerbesten Dank.«

Elisabeth verabschiedete sich unvermittelt von ihrer Gesprächspartnerin und schielte zu uns herüber.

»Wer ist denn dieser junge Mann mit der eingedrückten Nase?«, forschte ich, als wir zurück zum Palas liefen, um dem Kaiser Bericht zu erstatten.

»Dietrich, der Knappe, den Zäsarius erwähnt hat«, erwiderte Trushard. »Ich kenne die Geschichte leider nur zu gut. Ich habe es mir eben in der Halle nicht anmerken lassen, weil ich hoffte, jemand würde etwas Interessantes ausplaudern. Natürlich war *ich* derjenige, der von Babarossa mit der Vorladung zu Wilhelm geschickt wurde. Ein lebensgefährlicher Auftrag – wie immer.« Trushard starrte missmutig auf seine Fußspitzen. »Ich wollte den Brief nur schnell abgeben, aber wie die meisten Ritter kann auch Wilhelm nicht lesen und hat mir befohlen, ihm den Inhalt vorzutragen. Kaum war ich fertig, bin ich aus dem Saal gestürmt, Richtung Ställe. Wilhelm brüllte mir hinterher, dann liefen ein paar Burgmannen mit gezückten Schwertern auf mich zu, aber Gott sei Dank war ich schneller. Wie der Blitz saß ich auf meinem Pferd und ritt davon. Ich hatte nur Glück, dass mich der mitleidige Torwächter sofort hinausließ. Er wusste wohl, was mir blühte. Ich war bestimmt nicht der erste Bote, der auf dieser Burg als Überbringer einer schlechten Nachricht umgebracht werden sollte.«

»Dietrich hatte also einen guten Grund, Franz zu ermorden«, stellte ich fest. »Und er hatte die Gelegenheit.«

»Es wird nicht mehr lange dauern, dann ist er noch gewalttätiger als sein Vater. Schon im zarten Alter von vier Jahren hat er seine Fäuste entdeckt. Die platte Nase stammt von einem schlecht verheilten Bruch, den er sich damals bei seiner ersten Prügelei geholt hat.« Trushard seufzte. »Wir sollten Dietrich mal genauer befragen, auch wenn ich nicht glaube, dass es uns weiterbringt. Wenn er wirklich der Täter ist, wird er es wohl kaum zugeben. Und wie sollen wir nachweisen, dass er es war, der in der Einsamkeit der Schmiede zugestoßen hat?«

* * *

Wir mussten nicht lange nach ihm suchen. Er kam uns entgegen, in der Hand einen Krug. Gewiss war er auf dem Weg zur Burgküche, um Wein zu holen.

Der Kampf, den er als vierjähriger Knirps angezettelt hatte, musste ziemlich heftig gewesen sein. Unterhalb des Nasenbeins knickte die Nase schroff nach unten ab. Sie war an das viereckige Gesicht gedrückt, als habe man ein Stück Teig platt geklopft. Wie ein Büschel Stroh wuchs das Haar aus der niedrigen Stirn empor. Aus Dietrich würde eher ein Raubritter werden als ein ehrenhafter Vertreter seines Standes. Aber genau deshalb konnte ich nicht glauben, dass er Franz umgebracht hatte. Ein starker Knappe wie Dietrich war es gewohnt, die Fäuste zu gebrauchen. Er hatte es gar nicht nötig, eine Waffe zu benutzen. Nur Feiglinge – oder Frauen? – griffen zu einem Spieß.

Trushard stellte sich ihm mitten in den Weg. Dietrich knurrte unwirsch und wollte sich an ihm vorbeischieben, aber Trushard packte ihn am Rock. »Hier geblieben. Wann hast du Franz zum letzten Mal gesehen?«

Der Knappe drückte Trushards Hand beiseite und baute sich breitbeinig auf. Graue Augen, hart wie Kieselsteine, musterten meinen Mann argwöhnisch. »Beim Essen«, stieß er hervor. Die wulstigen Lippen stülpte er beim Sprechen vor wie ein Karpfen, der nach Luft schnappte.

Elisabeth setzte sich, einige Schritte von uns entfernt, auf eine Steinbank vor dem Wehrgang, breitete ihre Röcke aus und sah mit unverhohlener Neugier zu uns herüber.

Ich drückte mich ein Stück zur Seite und dann an Dietrich vorbei, um zu sehen, ob sich auf seinem Rücken Rußspuren fanden. Aber auf dem rostroten Wollstoff ließ sich nichts erkennen. Ich blinzelte Trushard zu und schüttelte andeutungsweise den Kopf.

Dietrich drehte sich zu mir um, den platten Schädel vorgeschoben wie ein angreifender Widder. »Was schleichst du so um mich herum?«

Ich bückte mich. »Irgendwo hier muss mein Taschentuch liegen. Ah, da ist es ja.« Unauffällig zauberte ich es aus meinem Flügelärmel und tat so, als würde ich es vom Boden aufheben. Rasch schob ich es an seinen Platz zurück und stellte mich wieder neben meinen Mann.

Trushard zog die Augenbrauen hoch. »Dietrich, du lügst. Man hat dich beobachtet, wie du Franz abgepasst hast, als er aus dem Palas kam.«

Durch eine Zahnlücke spuckte Dietrich auf den Boden. »Wir hatten einen kleinen Streit, na und? Den hatten wir oft.« Die Finger fest um den Henkel des Kruges geklammert, schob er sich an meinem Mann vorbei.

Mit seinen langen Beinen machte Trushard einen Satz und baute sich vor ihm auf. »Unser Gespräch war noch nicht beendet. Immerhin warst du der Letzte, der Franz lebend gesehen hat.«

Dietrich reckte den Kopf hoch. »Habe schon gehört, dass der Franz tot ist. Aber was geht dich das an?«

»Der Kaiser hat mich beauftragt, den Mörder zu finden«, gab Trushard zurück.

Dietrich ließ seinen Blick über den Burghof schweifen. Die Treppe, die zum Wehrgang führte, betrachtete er ein wenig länger, dann musterte er Elisabeth, die genau daneben saß. Schließlich wandte er sich wieder Trushard zu. »Ich bin immer für ein offenes Wort zu haben. Nur zu! Du willst doch wohl sagen, dass du mich verdächtigst, oder?«

»Ich stelle nur Tatsachen fest, nichts weiter«, erwiderte mein Mann betont ruhig. »Bisher bist du der Einzige, der gesehen wurde, wie er Franz in Richtung Schmiede nachlief. Pech für dich, dass du auch der Einzige bist, der einen Grund hatte, ihn umzubringen. Ich finde, wir sollten uns mal gemeinsam mit dem Kaiser unterhalten über das, was du heute Abend so getrieben hast. Das könnte ein sehr aufschlussreiches Gespräch werden.«

Mit einem Mal schleuderte Dietrich meinem Mann den Krug entgegen und hechtete los, auf die Treppe zu, die zum Wehrgang führte.

Trushard war so verblüfft, dass er gar nicht erst versuchte, den Krug aufzufangen, und ihn einfach an sich abprallen ließ. Dann riss er sich aus seiner Erstarrung und rannte Dietrich hinterher. Elisabeth schnellte von der Bank hoch und verfolgte das Geschehen mit weit aufgerissenen Augen.

Noch ehe ich meinen Rock raffen konnte, hatte Trushard den Knappen bereits eingeholt und krallte sich mit der unverletzten Rechten in seinen Arm. Mit angehaltenem Atem verfolgte ich, wie Dietrich meinem Mann einen heftigen Schlag auf den Verband versetzte und sich von ihm losriss.

»Autsch!« Trushard verzog das Gesicht und hielt sich den verwundeten Arm, vor Schmerz unfähig, sich zu rühren.

»Hilfe!«, schrie ich, so laut ich konnte, während ich auf Dietrich zustürzte. Ich verwünschte den viel zu langen Rock des Gewandes, den ich umständlich mit beiden Händen hochheben musste, damit er mich nicht beim Laufen behinderte.

Elisabeth stand wie angewurzelt vor der Bank, das schwere Goldkreuz mit beiden Händen umklammernd. Dietrich hastete auf sie zu, packte sie und hielt sie dicht vor seinen Körper. Mit Entsetzen sah ich, dass an ihrem Hals ein Dolch aufblitzte. »Wenn ihr näher kommt, steche ich zu«, drohte Dietrich.

Sofort blieb ich stehen. Trushard rührte sich nach wie vor nicht.

Jetzt erfährt Elisabeth mal am eigenen Leib, wie es ist, wenn man in Not gerät, schoss es mir durch den Kopf. Ihr verzückter Blick fiel mir wieder ein, als sie von Trushards scheinbar aussichtslosem Kampf gegen die Cremasken erfahren hatte. Ich hatte geweint – und sie hatte sich daran ergötzt! Das Leid anderer Menschen war ihre höchste Freude, jetzt konnte sie selber diese Freude auskosten. Und hätte sie sich nicht so neugierig im Hof herumgetrieben, wäre sie Dietrich gar nicht erst in die Hände gefallen. Doch dann tadelte ich mich für meine unchristlichen Gedanken. Den Tod verdiente niemand, selbst Elisabeth nicht.

Inzwischen hatte sich um uns ein kleiner Kreis von Gaffern gebildet.

»Was' n los?«, lallte eine Frau und hickste.

»Zwei Männer haben sich um ein Weibsbild gestritten.« Einer der Bogenschützen aus dem Gefolge der Kaiserin rülpste. »Jetzt ist der eine mit ihr abgehauen.«

»Glaub ich nich! Hicks.« Das war wieder die betrunkene Frau. »Die war doch hässlich. Hicks.«

»Im Krieg muss man nehmen, was man kriegen kann«, stellte der Bogenschütze fest. »Gibt ja nicht viele Weiber hier.«

Immer mehr Neugierige versammelten sich um uns. Vom Tor torkelten mehrere Bogenschützen herbei.

»Lass mich los«, flehte Elisabeth ihren Peiniger an. »Ich habe dir doch gar nichts getan.«

»Halt's Maul!« Dietrich drückte die Spitze des Dolches ein wenig fester an ihren Hals. Elisabeth quiekte erschrocken auf.

»Gib die Dame frei! Du machst damit alles noch schlimmer. Wenn du ihr auch nur ein Härchen krümmst, wird die Kaiserin vor Zorn außer sich geraten. Und dann gnade dir Gott.« Trushard hatte den verletzten Arm vor den Oberkörper gepresst.

Dietrich schüttelte den Kopf. »Ich gebe meine Geisel nicht frei. Es liegt an euch, ob ihr sie wohlbehalten zurückbekommt.« Er warf einen prüfenden Blick in den Burghof, als schätzte er ab, ob es nicht vielleicht doch möglich war, mit Elisabeth ungehindert zum Tor zu gelangen. Aber mittlerweile hatten sich dort zu viele Neugierige versammelt. Der Weg war ihm versperrt. Er wandte den Kopf hoch zum Wehrgang. Dort war niemand zu sehen. Ich ahnte, was der Knappe vorhatte: Er wollte von der Brustwehr aus in die Tiefe springen. Genau unter der Burg floss der Serio entlang. Mit Schaudern dachte ich daran, dass der Fluss breit und tief war.

»Ich werde jetzt mit der Dame verschwinden, und niemand von euch wird mich daran hindern«, erklärte Dietrich. »Wagt es nicht, die Burg zu umstellen. Sobald ich das Knarren des Tores höre, schneide ich meiner Geisel die Kehle durch. Verstanden?«

Trushard nickte. »Bleibt stehen!«, rief er den Bogenschützen und Gaffern zu.

Fieberhaft überlegte ich, wie ich Trushard helfen konnte, Dietrich dingfest zu machen und Elisabeth zu retten. Wenn ihr etwas zustieß, würde man meinen Mann dafür verantwortlich machen. Trushard selber konnte nichts unternehmen, denn jede seiner Bewegungen wurde von dem Knappen misstrauisch beobachtet.

Ich wog ab: Wenn ich nichts tat, würde Dietrich mit Elisabeth verschwinden. Bis unsere Männer die Burg umrundet hatten und auf der anderen Seite des Serio ankamen, war er längst auf und davon. Elisabeth würde den Sturz bestimmt nicht überleben, denn sie konnte nicht schwimmen. Wenn ich mich einmischte, bestand die Gefahr, dass Dietrich seine Drohung wahr machen und ihr die Kehle durchschneiden würde. So oder so war sie in höchster Gefahr, aber vielleicht konnte ich sie retten, wenn ich schneller war als er.

Mit angehaltenem Atem beobachtete ich, wie Dietrich mit seiner Geisel rückwärts die Treppe zum Wehrgang hochstieg, vorsichtig Stufe um Stufe erklimmend. Die Bogenschützen hatte er fest im Blick.

Und genau das war meine Chance. Der Knappe achtete zwar auf die Männer – aber nicht auf die Frauen. »Warte noch ein kleines Weilchen, und dann lenk Dietrich ab«, raunte ich meinem Mann zu. Er nickte.

Unauffällig bahnte ich mir einen Weg durch die Menge, hin zum Tor, das von zwei Knechten bewacht wurde, einem Lombarden und einem schwabbelbäuchigen Deutschen, der erst vor kurzem zu Beatrix' Gefolge gestoßen war.

»Gebt mir Pfeil und Bogen«, zischte ich dem Deutschen zu.

Ungläubig starrte er mich an. »Was wollt Ihr denn damit?«

»Schießen, was sonst?«, gab ich ungeduldig zurück, während ich auf die Waffe und den Köcher schielte, die in einer Ecke des Tores lehnten.

»Ihr seid ja betrunken.« Der Wachmann machte eine abfällige Handbewegung.

Jetzt reichte es mir. »Ich bin stocknüchtern. Und den Umgang mit Pfeil und Bogen habe ich schon als Mädchen gelernt. Ich lade Euch gerne zu einem Wettschießen ein. Aber jetzt gebt mir endlich die Waffe!«

Der Lombarde sah verständnislos drein. Der Deutsche verschränkte die Arme vor der Brust. »Frauen dürfen keine Waffen tragen.«

Mit der linken Hand raffte ich den Rock. »Ich schon. Die Kaiserin höchstpersönlich hat mir erlaubt, regelmäßig mit Pfeil und Bogen zu üben.« Da er sich immer noch nicht rührte, stieß ich meinen rechten Arm blitzartig vor, langte nach dem Bogen und dem Köcher und sauste davon.

»Was soll das?«, protestierte der Wachmann, aber ehe er nach mir greifen konnte, war ich in der lebhaft schwatzenden Menge untergetaucht. Ich hielt die Waffe und den Köcher hinter meinem Rücken versteckt und schob mich langsam vorwärts, zur anderen Seite der Treppe, dorthin, wo Dietrich mich nicht sehen würde, wenn Trushard ihn ablenkte.

Als ich endlich vorne angekommen war, galt mein erster Blick Dietrich. Mittlerweile hatte er die Brustwehr erreicht. Elisabeth hielt er immer noch wie einen Schutzschild vor sich.

»Weit wirst du mit deiner Geisel nicht kommen!«, rief Trushard zum Wehrgang hoch. »Sie behindert dich nur, also gib sie frei!« Trushards klangvolle Stimme brachte die Menge zum Verstummen. Im Hof wurde es so still wie in einer Kirche.

»Ich werde ihr schon Beine machen.« Dietrich stand jetzt genau zwischen zwei Zinnen.

»Wir sollten noch einmal in Ruhe über alles reden. Ich habe doch gar nicht behauptet, dass du der Mörder bist.« Während Trushard sprach, hatte ich Pfeil und Bogen gespannt. Zum Glück war der Burghof hell erleuchtet, und wir hatten fast Vollmond. Daher konnte ich mein Ziel – Dietrichs rechte Schulter – gut erkennen. Ich wollte den Entführer nur so schwer verletzen, dass er Elisabeth loslassen musste und sie flüchten konnte; töten wollte ich ihn nicht.

»Von wegen reden!« Dietrich spuckte auf den Boden. »Ich soll dein Sündenbock sein, weil du zu dumm bist, den wahren Mörder zu finden. Und wenn ich erst einmal im Kerker bin, komme ich nur noch zur Hinrichtung wieder heraus.« Er trat ein Stück zur Seite, drehte Elisabeth um und drückte sie an die Brustwehr, den Dolch immer noch an ihrer Kehle. »Hochklettern!«

Laut aufheulend, zog sie sich an der Mauer hoch, während er darauf achtete, dass er seine Waffe dicht an ihren Körper hielt.

Es war anscheinend genau so, wie ich es vermutet hatte:

Dietrich wollte gemeinsam mit ihr in den Fluss springen. Das musste ich um jeden Preis verhindern. Mit klopfendem Herzen wartete ich auf den richtigen Augenblick, um den Pfeil abzuschießen. Der Schweiß lief mir über den Rücken. Mein Untergewand klebte an der Haut fest.

Elisabeth lag jetzt vornübergebeugt zwischen den beiden Zinnen und strampelte mit den Beinen wie ein hilfloser Säugling. Dietrich stand neben ihr, den Dolch an ihrem Hintern.

»Eine letzte Warnung: Lass die Dame los!«, schrie Trushard. Dietrich blickte ihn spöttisch an und griff nach Elisabeths Beinen. Jeden Augenblick konnte er sie hinunterschubsen. Jetzt oder nie!

Ich schoss ab. Mein Herz vollführte einen rasanten Trommelwirbel, als sich der Pfeil seinem Ziel näherte. Dietrich wirbelte herum und duckte sich. Mist, er hatte wohl das leise Surren gehört. Der Pfeil prallte gegen die Brustwehr und fiel zu Boden. Dietrich schubste Elisabeth hinunter. Sie schrie so grell, dass ich meinte, meine Ohren müssten platzen.

Während ich fieberhaft den nächsten Pfeil einlegte, kletterte Dietrich auf die Brustwehr.

Plötzlich brach Elisabeths Schrei ab. Gleichzeitig ertönte ein mächtiges Platschen.

»Der Bogenschütze hat sich zur Täuschung als Frau verkleidet. Wie raffiniert«, hörte ich eine Magd in meinem Rücken.

Vom Fluss drang das Klatschen von Händen, die im Wasser um sich schlugen, herauf. »Ich ertrinke!«, kreischte Elisabeth immer wieder.

Ich hob den Bogen und zielte. Dietrich hockte auf der Brustwehr, bereit zum Sprung. Sein heller Schopf zeichnete sich vor dem dunklen Himmel deutlich ab. Ich peilte die Schulter an und schoss.

Doch ehe der Pfeil sein Ziel traf, hatte sich Dietrich schon von der Brustwehr abgestoßen und segelte in die Tiefe.

»Dreimal verfluchter Bockmist!«, brach es aus mir heraus, dann sprang ich los wie eine Wildkatze. Von der anderen Seite der Treppe hechtete Trushard zu mir. Gemeinsam rannten wir die Stufen hoch.

Auf einmal kam Bewegung in die Menge. Alle strömten zum Wehrgang. Als uns die Meute folgte, klang es, als donnerte eine Kuhherde die Stufen hoch. Ich beschleunigte den Schritt, denn ich hatte Angst, eingeholt und niedergetrampelt oder von der Treppe gestoßen zu werden.

Nach Luft ringend, erreichte ich den Wehrgang und flüchtete mich neben Trushard zur Brustwehr. Ich hatte sie kaum erreicht, als uns die Meute auch schon umzingelte und gegen die Mauer drückte. Rasch stellte ich mich auf die Zehenspitzen, um einen Blick nach unten zu werfen, doch die Brustwehr reichte mir bis zum Hals.

Da ich sowieso nichts sehen konnte, wollte ich zurück in den Hof, aber auf dem Wehrgang drängten sich die Gaffer dicht an dicht. Mit schmerzverzerrtem Gesicht kletterte Trushard auf die Brustwehr und setzte sich mit dem Rücken zu mir darauf. »Höher als ein Kirchturm«, murmelte er. »Aber es muss sein. Sonst ist sie verloren.«

Er wollte doch wohl nicht sein Leben riskieren, um eine boshafte Hofdame zu retten, die an ihrem Schicksal selbst schuld war? Ich ließ die Waffe fallen und griff nach seiner Hüfte. »Um Gottes willen, du wirst dir sämtliche Knochen brechen!«

Trushard befreite sich aus meiner Umklammerung und beugte sich nach vorne. »Unsinn, das ist nur Wasser.«

Nur Wasser! Nichts auf der Welt verabscheute ich mehr als eiskaltes Wasser. Es schmerzte wie Feuer, wenn man darin eintauchte, und es war genauso tödlich. Zumindest für mich, denn ich konnte nicht schwimmen. »Tu's nicht!«, rief ich in panischer Angst und langte nach seinem Bliaut.

Aber ehe meine Hände ihn erreichen konnten, war Trushard schon gesprungen. Wenige Augenblicke später verriet mir ein lautes Platschen, dass er eingetaucht war. Ich musste wissen, ob er den Sturz unbeschadet überstanden hatte.

»Helft mir hoch«, schrie ich den hinter mir stehenden Mann an. Verdutzt umfasste er meine Taille und hob mich in die Höhe, bis mir die Brustwehr nur noch bis zu den Oberschenkeln reichte. Ich lehnte mich weit nach vorne. In der Tiefe erblickte ich nichts als finsterste Schwärze, aus der ein schwaches Quieken zu uns hochdrang. Nur mit Mühe machte ich im Fluss drei Köpfe aus, die von hier oben nicht größer schienen als Äpfel.

Erschrocken bekreuzigte ich mich. »Das ist ja tiefer als der Höllenschlund«, entsetzte ich mich.

In diesem Augenblick wurde der Mann, der mich hochhielt, wohl von hinten gestoßen, denn er kippte nach vorne und ließ mich los. Ich ruderte wild mit den Armen, doch meine Hände griffen ins Leere – und ich fiel kopfüber in die Tiefe.

Die Schwärze raste auf mich zu. Ich überschlug mich. Die Eingeweide wirbelten wild durcheinander, und in meinen Ohren brauste ein Orkan.

Ich holte noch einmal tief Luft und schloss die Augen. Es klatschte donnernd laut, als ich mit den Füßen voran eintauchte. Ein Schmerz durchfuhr mich, als würde ich auseinander gerissen. Die Wucht des Aufpralls fegte mir den Schleier vom Kopf. Wie ein Peitschenschlag traf mich die Eiseskälte des Wassers. Über mir brachen die Wogen zusammen. Ich sauste immer weiter hinab, als würde mich der Grund ansaugen.

Ein unerträglicher Druck schien meinen Kopf von innen her zu sprengen. Langsam atmete ich aus und versuchte, noch einen Rest Luft zu behalten. Eine innere Stimme befahl mir, ruhig zu bleiben, doch mein Herz galoppierte schneller als ein wild gewordener Gaul. Das Gewand hing wie ein nasser Sack an mir und zog mich unerbittlich in die Tiefe. Ich strampelte hysterisch, aber der Rock schlang sich immer enger um meine Beine, bis ich sie gar nicht mehr bewegen konnte. Das letzte bisschen Luft entrang sich meiner Brust.

Panisch ruderte ich mit den Armen. Ich erstickte. Luft, nur Luft! Unwillkürlich öffnete ich den Mund und schluckte brackiges Wasser. Ein widerlicher Geschmack nach Schlamm und vergammeltem Fisch füllte meinen Mund. In meiner Lunge brannte es wie Feuer. Gleich würde sie platzen. Ich hatte nur noch einen Gedanken: Luft, Luft, Luft ….!

Irgendetwas krallte sich in meinem Brustkorb fest. Ein Ungeheuer? Mein Hals schien wie mit Blei ausgegossen zu sein. Ich würgte, aber jetzt wurde die Lunge hart wie ein Stein. Oh Gott, mach dem Schmerz ein Ende!

Der Schwung, der mich in die Tiefe zog, ließ nach. Nur noch langsam trudelte ich weiter hinab. Ich konnte mich nicht mehr bewegen, denn ich brauchte alle Kraft, um dem Ungeheuer standzuhalten, das meine Lunge zerquetschte. Irgendwo in meinem Oberkörper schien sich eine Faust zu ballen, gegen den Brustkorb zu stoßen und sich zu öffnen. Ballen, stoßen, öffnen. Schnell und immer schneller. Ich hielt es nicht mehr aus. Warum dauerte es so lange, bis man ertrunken war?

Plötzlich ging es aufwärts. Zu spät, dachte ich. Wenn ich nicht in wenigen Augenblicken Luft bekam, war es aus.

Zwei starke Arme griffen mir unter die Achseln und zogen mich hoch. Mein Kopf durchbrach die Oberfläche. Gerettet! Ich spie das Wasser aus, verschluckte mich, rang nach Luft und hustete.

»Alles in Ordnung?« Trushard!

Ich konnte nur nicken. Wieder und wieder sog ich die köstliche Luft ein. Langsam flaute der Schmerz in meiner Lunge ab.

Ächzend zog Trushard mich zum rettenden Ufer und stellte mich auf die Beine.

Ich konnte gar nicht richtig gehen, sondern in den schmatzenden Schuhen nur vorwärts wackeln, so flau und zittrig war mir zumute. Dort, wo ich lief, hinterließ ich Pfützen. Alles an mir klebte fest: Die Haare schienen an den Rücken gewachsen zu sein, der Rock schmiegte sich an die Beine, und die Tütenärmel hingen traurig herunter. Am liebsten hätte ich mich geschüttelt wie ein nasser Hund, aber selbst dazu fehlte mir die Kraft. Mir war so schwindlig, als hätte ich mich hundertmal im Kreis gedreht. Jeden Augenblick konnte ich in Ohnmacht fallen.

Aber Trushard war ja da. Gewiss würde er sich nun aufopferungsvoll um mich kümmern und mich zärtlich in seinem unverletzten rechten Arm halten. So hielten es die Ritter in den Epen, die Trushard als Spielmann vortrug. Aber Trushard, der Ministeriale, ließ mich abrupt los, lief erregt umher und spähte in jedes Gebüsch. Währenddessen stand ich so verloren am Ufer wie ein Hund ohne Herrchen und bemühte mich, nicht umzufallen.

»Verflucht, sie sind weg!« Trushard stampfte mit dem Fuß auf. »Hoffentlich passiert der Dame nichts.« Seine Stimme klang besorgt.

Ich wäre fast ertrunken – und Trushards Gedanken galten einer hässlichen, boshaften Hofdame! In den eiskalten Fluten des Serio war auch der letzte kümmerliche Rest an Mitgefühl für Elisabeth, den ich noch gehegt hatte, untergegangen. Stattdessen spürte ich eine ungeheure Wut. Um ein Haar wäre ich gestorben, weil die elende Schnüffelnase neugierig im Hof herumgelungert hatte! Wäre ich an ihrer Stelle in die Fänge von Dietrich geraten – Elisabeth hätte keinen Finger gekrümmt, um mir zu helfen. Stattdessen hätte sie das Spektakel freudig erregt verfolgt.

»Du solltest dich lieber um mich kümmern«, erwiderte ich vorwurfsvoll. »Ich glaube, ich bekomme gleich einen Schwächeanfall.«

Trushard drückte seine Locken aus, dann schüttelte er kräftig den Kopf. Tropfen spritzten mir ins Gesicht. »Stell dich nicht an wegen des bisschen Wassers. Du bist so robust wie ein Ackergaul. Auch die Geisel hat den Sturz Gott sei Dank überlebt. Als ich auftauchte, sah ich, wie Dietrich sie ans Ufer schleppte, während sie ihn kräftig beschimpfte. Wenn ich dich nicht hätte retten müssen, hätte ich noch eine Chance gehabt, die beiden zu erwischen.« Trushard verzog vorwurfsvoll das Gesicht, als wäre ich freiwillig in den Fluss gesprungen.

»Aber nach wie vor ist die Geisel in Lebensgefahr«, fuhr er fort. »Und ich bin daran schuld. Wenn ich Dietrich gegenüber meinen Verdacht nicht geäußert hätte, wäre er nicht geflohen, und die Ärmste wäre jetzt nicht in seiner Gewalt.«

Ich stand da wie eine römische Statue, trotz größter Anstrengung unfähig, mich in meinen wasserschweren Gewändern zu rühren. Aber zumindest meine Zunge war beweglich. »Der Ärmsten tut es mal ganz gut, wenn sie die Tugend der Zurückhaltung lernt. Das ist für ihr Seelenheil gewiss sehr förderlich.«

»Weit werden sie ohne Pferd nicht kommen«, überlegte Trushard, während er mit der rechten Hand in seinen Bliaut griff und ihn zu einer Wurst drehte, um das Wasser herauszupressen. »Glaubst du, dass Dietrich der Mörder ist? Seine Flucht ist ja fast ein Schuldgeständnis.«

Allmählich ebbte der Schwindel ab. Fast bedauerte ich es. Nur zu gerne wäre ich in Ohnmacht gefallen, um Trushard zu beweisen, dass ich kein Ackergaul, sondern eine zarte Dame war. Probeweise hob ich den rechten Arm. Es ging.

Mit zitternder Hand streifte ich ein paar Tropfen von der Spitze des linken Flügelärmels ab. »Warum sollte er Franz umbringen?«, entgegnete ich. »Er war seine letzte Hoffnung, beim Kaiser Gehör zu finden. Ich halte eher Zäsarius für den Täter. Er verheimlicht uns etwas. Warum eigentlich? Wenn wir nur wüssten, woher dieses merkwürdige Siegel stammt, wären wir ein gutes Stück weiter. Wer *Flammen des Zorns* als Inschrift wählt, ist gewiss auch zornig genug, jemanden umzubringen.«

»Ein Mönch besitzt kein Siegel, und das Siegel von Graf Otto zeigt einen Stier«, stellte Trushard fest. »Es muss also noch ein unbekannter Dritter im Spiel sein.«

Mit hängenden Schultern starrte er auf seine aufgeweichten Schuhe. »Ich kann verstehen, dass Dietrich davongerannt ist. Zu Recht hat er Angst um sein Leben. Offen gestanden, habe ich auch Angst. Der Rotbart wird seine Wut an mir auslassen, wenn ich es nicht schaffe, den Fall aufzuklären und die Hofdame wohlbehalten zurückzubringen. Ich will mir lieber nicht ausmalen, was er dann mit mir anstellt. Du weißt ja, wenn es um seine Ehre geht, ist Barbarossa hart wie Stahl. Und mich kann er sowieso nicht ausstehen. Er wartet nur darauf, dass ich einen Fehler mache.«

In der Regel war der Kaiser umgänglich und um Ausgleich bemüht, aber wenn er zu sehr gereizt wurde oder jemand seine Ehre verletzte, war es mit seiner Nachsicht vorbei. Dann neigte er zu ausgesprochen harten Reaktionen, die weit über das übliche Maß hinausgehen konnten. Und derzeit war er alles andere als ausgeglichen. Der Trotz der lombardischen Rebellen zerrte an seinen Nerven. Vor wenigen Tagen war die Nachricht zu uns durchgesickert, der Papst habe sich gar mit den Mailändern gegen den Kaiser verbündet und sich verpflichtet, Barbarossa binnen vierzig Tagen zu exkommunizieren, weil er sich an den Rechten des Heiligen Stuhles vergriffen hatte. Für Friedrich ging es nun um alles oder nichts. Vor Crema stand nicht weniger als die Zukunft des Reiches auf dem Spiel. Ein nicht aufgeklärter Mord würde den Kaiser zum Gespött seiner Feinde machen. Und wenn dann auch noch einer entführten Hofdame etwas zustieß ... Ich verstand die Sorge meines Mannes.

Die Kette der Zugbrücke rasselte. Die ersten Männer schwärmten aus, um Dietrich und Elisabeth zu suchen. »Da kommt schon die Unterstützung«, sagte ich, um Trushard aufzumuntern. »Unsere Leute werden die Flüchtigen im Handumdrehen aufspüren. Sie müssen noch in der Nähe sein.«

Trushard gab ein resigniertes Grunzen von sich. »Bei meiner Ankunft habe ich ein Stück weiter flussabwärts mehrere Boote am Ufer gesehen. Damit können Dietrich und die Hofdame im Nu verschwinden.«

»Wir beide können jetzt nichts mehr für Elisabeth tun. Dietrich wird ihr schon kein Härchen krümmen, dafür ist sie als Faustpfand viel zu wertvoll.« Mir fiel eine Möglichkeit ein, Trushard wirkungsvoll zu trösten. »Du einfühlsamster aller Ehemänner, singende Sonne des Abendlandes, unerschrockener Bezwinger der lombardischen Landstraßen ...«

Amüsiert zog Trushard die Augenbrauen hoch. »Komm zur Sache!«

Ich zauberte ein Lächeln in mein Gesicht. »Wir sind alleine.« Mein Mann legte die Hand an das rechte Ohr. In der Ferne war Pferdegetrappel zu hören. »Nicht mehr lange«, stellte er fest.

Mein Schwindel war verflogen. Ich zog Trushard ins Gebüsch. »Noch lange genug.«

2. Tag

»Wo du hingehst, da will ich auch hingehen; wo du bleibst, da bleibe ich auch.«
Das Buch Rut 1, 16

Wie jeden Morgen kurz nach Sonnenaufgang genoss ich im Burggarten ein paar Augenblicke der Stille, bevor menschliche Geschäftigkeit den Frieden des neu angebrochenen Tages vertrieb.

Hinter dem hohen Holzzaun, der den Burggarten abschirmte, befand sich das wundersamste Fleckchen Erde, das ich jemals gesehen hatte. Feigenbäume, üppige rosafarbene Oleanderbüsche und gelbe Rosenstauden prunkten um die Wette. Daneben gediehen Riesenkürbisse, Gurken, Bohnen und so viele Kräuter, dass ich es aufgegeben hatte, sie zu zählen. Die Blütenpracht verströmte einen betörend süßlichen Geruch, der sich in den satten Duft nach reifen Pflaumen und Aprikosen mischte. Durch diese grünen Schätze hindurch schlängelten sich mit Kies bestreute Wege.

Ich saß an meinem Lieblingsplatz, auf der Holzbank neben dem Wasserbecken. Doch allzu bald schon war es mit der Stille vorbei. Der Schmied fing an zu hämmern, und ich hörte das Hufgetrappel, als die ersten Pferde aus dem Stall geführt wurden. Barbarossa brach wieder auf. Sein Gefolge war bereits eingetroffen und wartete darauf, den Kaiser sicher nach Crema zurückzugeleiten. Auch Trushard würde er mitnehmen.

Die Gartentür knarzte. Feste, gleichmäßige Schritte, in die sich ein leises Klirren mischte, näherten sich der Bank. Der erste Schritt klang weit entfernt, der zweite war schon recht nah, und der dritte dröhnte laut. Ich brauchte den Kopf nicht zu drehen, um zu wissen, wer zu mir kam. Nur Männer mit baumlangen Beinen konnten so rasch von einem Ort zum anderen gelangen.

Lächelnd legte ich den Kopf tief in den Nacken, um Trushard anzuschauen – und erstarrte. Vor mir stand ein Kampfkoloss, der in einem anderen Leben mein Ehemann war. Ausgerechnet Trushard, der jede Waffe verabscheute, war ausgerüstet, als ob er die Cremasken alleine bezwingen wollte. Eine Panzerung schützte ihn von Kopf bis Fuß. Ungläubig musterte ich die Beinlinge aus Ringelgeflecht, das mächtige Schwert, das knielange Kettenhemd, an das eine Kapuze angeheftet war, und den Kegelhelm, den er in der Hand hielt. Der ärmellose Waffenrock, den er über dem Kettenhemd trug, um es vor der Erhitzung durch die Sonne zu schützen, war im Schritt geschlitzt und reichte ihm bis zu den Fußknöcheln. Die Hofdamen gerieten in Verzücken, wenn sie Ritter in ihren Rüstungen erblickten. Diese Begeisterung hatte ich noch nie teilen können. Im Gegenteil. Erschreckend fremd wirkte mein Mann in seiner eisernen Gewandung auf mich.

»Sprich es ruhig aus. Du findest mich abstoßend in diesem Aufzug. Ich mich auch. Die bunte Gauklerkleidung gefällt mir besser.« Seufzend ließ sich Trushard neben mir nieder und legte den Helm auf die Bank. »Was soll ich machen?«, klagte er. »Wir reiten durch feindliches Gebiet zurück. Der Kaiser hat einen von Beatrix' Rittern gebeten, mir bis zu unserem nächsten Besuch in San Bassano diese teure Rüstung zu leihen, um mein Leben zu schützen.« Er brach ab, als er meinen erschrockenen Gesichtsausdruck bemerkte. Aber auch wenn er jetzt taktvoll schwieg – ich konnte die Wahrheit nicht verdrängen. Während des Rittes konnte Trushard jeden Augenblick von einer feindlichen Kriegerhorde überfallen und getötet werden. In meinem Hals ballte sich ein ganzes Wollknäuel zusammen.

Ich griff nach seiner Hand. »Bleib hier. Mit deiner Wunde gehörst du ins Bett und nicht aufs Pferd.«

Warm umschloss Trushards Rechte meine Hand. »Der Kaiser hat angeordnet, dass ich mit ihm nach Crema zurückreite, und ich darf mich ihm nicht widersetzen. Wenn ich seinen Zorn errege, kann er mich zur Strafe verschenken oder verkaufen. Ganz wie es ihm beliebt. Wir Ministerialen sind Sklaven, Rotrud.« Sein Blick verdüsterte sich.

»Aber was sollst du denn in Crema? Der Mord ist doch hier passiert und nicht im Lager«, wandte ich ein.

Trushard fuhr mit den Fingern sachte über die Adern, die unter der Haut meiner Hand bläulich hervorschimmerten. »Während du das Nachtlager des Kaiserpaares gerichtet hast, habe ich noch ein paar Erkundigungen eingezogen. Der Schmied hat bestätigt, dass die Tatwaffe aus seiner Werkstatt stammt. Ich habe versucht, herauszufinden, was Franz tagsüber gemacht hat. Morgens ist er mit Barbarossa auf der Burg eingetroffen, hat aber nur kurz sein Pferd in den Stall gebracht und ist dann sofort wieder verschwunden. Er war den ganzen Tag über bei Barbarossas Rittern, die in San Bassano einquartiert wurden. Erst zum Abendessen ist er auf die Burg zurückgekehrt und gleich in den Saal gegangen. Seine Sitznachbarn bezeugen, dass er während des Essens stumm wie ein Fisch an seinem Platz gesessen hat. Der Torwächter schwört, dass nach Franz niemand mehr die Burg betreten hat. Deshalb gehen Barbarossa und ich davon aus, dass sich der Mörder weder unter der Burgbesatzung noch im Gefolge der Kaiserin befindet. In so kurzer Zeit wird sich Franz schwerlich jemanden zum Todfeind gemacht haben.«

Ich war noch nicht ganz überzeugt. »Und wenn jemand aus dem Gefolge der Kaiserin eine alte Rechnung mit Franz offen hatte?«

Trushard schüttelte den Kopf. »Niemand kennt ihn. Tatsächlich lebte Franz sehr zurückgezogen auf seiner Burg, bevor er zum Italienfeldzug aufbrach.«

»Was ist mit Dietrich?«, hakte ich nach.

Trushard seufzte. »Der ist unschuldig. Weißt du, was unser feines Früchtchen zur Tatzeit getrieben hat? Er hat eine Küchenmagd gegen ihren Willen in den Burggarten gezerrt und ... den Rest kannst du dir ja denken. Zuerst wollte sie mit der Geschichte gar nicht herausrücken. Dietrich hat ihr fürchterliche Rache angedroht, sollte sie ihn jemals anklagen. Und als sie gesehen hat, was er mit Elisabeth anstellte, war sie zu Tode erschrocken.«

Als Strafe für Vergewaltigung wurde schlimmstenfalls die Kastration verhängt, bestenfalls eine saftige Geldstrafe. Kein Wunder, dass Dietrich uns nichts von der Zeugin erzählt hatte, die seine Unschuld bestätigen konnte, und stattdessen voller Panik geflüchtet war.

Ich dachte an Elisabeths weit auseinander stehende Vorderzähne, ihr Pferdegebiss und die hervorquellenden Augen. »Das Schicksal der Küchenmagd dürfte Elisabeth wohl kaum ereilen«, stellte ich trocken fest. »Und wie ist die Geschichte schließlich herausgekommen?«

»Die Köchin hat gehört, wie sich die Magd auf ihrem Lager die Seele aus dem Leib geheult hat. Sie hat so lange nachgebohrt, bis die Ärmste schließlich doch ausgepackt hat. Die Köchin hat die Magd umgehend zu mir geschickt. Sie meinte, wenn sie als Zeugin etwas Wichtiges verschweigt, würde sie sich den Zorn Barbarossas zuziehen«, antwortete Trushard.

Resigniert sah er mich an. »Dietrich ist ein Frauenschänder, aber kein Mörder. Und das bedeutet, dass ich mit der Untersuchung wieder von vorne anfangen kann.«

Ich überlegte. »Also kommen als Täter nur die Männer in Betracht, die den Kaiser hierher auf die Burg begleitet haben.«

Er nickte. »Genauso ist es. Der Kreis der Verdächtigen grenzt sich auf Zäsarius, Graf Otto und Arnaldus ein. Der Knappe von Franz könnte es zwar rein theoretisch auch gewesen sein, aber er liebte seinen Herrn über alles. Graf Otto hat mir erzählt, dass Enno bei einem Kampf mit den Mailändern sogar sein eigenes Leben riskiert hat, um seinen Herrn zu retten. Als ein feindlicher Pfeil heranschwirrte, hat Enno sich vor Franz geworfen und ihn zur Seite gerissen. Einen Augenblick später hätte der Pfeil Enno erwischt.«

Trübsinnig starrte ich auf das runde Marmorbecken. Wie ein blank polierter Zinnteller glänzte das Wasser in der Morgensonne. Gleich würde Trushard aufbrechen und mich wieder, Gott weiß wie lange, einsam zurücklassen. »Kannst du nicht einfach sagen, du müsstest dich hier in San Bassano um die Suche nach den beiden Flüchtlingen kümmern?«, fragte ich verzweifelt »Immerhin haben die Burgmannen Dietrich und seine Geisel nicht gefunden, und die Kaiserin legt größten Wert darauf, dass ihrer Hofdame nichts zustößt.«

Bedauernd schüttelte Trushard den Kopf. »Ich habe den Burgmannen genaue Anweisungen erteilt. Sie kommen ohne mich zurecht.« Er rückte näher an mich heran und legte den Arm um meine Taille, dann wanderte seine Hand langsam abwärts bis zu meinem rechten Oberschenkel. Ich schloss die Augen und gab mich dem wunderbar prickelnden Gefühl seiner Liebkosung hin. Wenn ich doch bloß mit meinem Mann alleine wäre!

Trushards Stimme war ganz nah an meinem Ohr. »Drei

Verdächtige, das ist doch eine überschaubare Zahl. Den Mörder werde ich im Nu überführt haben, und dann darf ich bestimmt als Belohnung umgehend zu dir zurückkehren.« Seine Rechte glitt ein Stück höher und streifte meine Taille. Ich hielt den Atem an. »Wenn ich dich in ein paar Tagen wieder ärgere, wirst du dir noch wünschen, die Ermittlungen hätten länger gedauert.« Seine Hand war an meiner Schulter angekommen.

Ich öffnete die Lider. Wie gerne hätte ich seine Körperwärme gespürt und die Härchen auf seinen Armen! Aber dieser Eisenkoloss neben mir war so unzugänglich wie eine Festung. Nur die Hände und das Gesicht waren unbedeckt. Ich umfasste seinen Nacken, zog seinen Kopf zu mir herunter und tauchte meine Hände in den Lockenschopf, der meine Finger wie hauchzarte Seide umschmeichelte. Dabei dachte ich an unser Beisammensein am Ufer des Serio in der vergangenen Nacht. Leider war es kurz, kalt und nass gewesen – nicht gerade das, was ich mir nach der langen Trennung erträumt hatte. Trushard war ein wunderbarer Liebhaber, aber wir hatten nur wenig Zeit und ein dunkles Gebüsch zur Verfügung gehabt. Anschließend hatte mein lang entbehrter Gemahl in der Halle bei den anderen Männern schlafen müssen, während ich wohl oder übel wie immer zu Gisla ins Bett gekrochen war. Aus der Kemenate nebenan waren eindeutige Geräusche gedrungen, die mir verrieten, dass die Kaiserin das Beisammensein mit ihrem Rotbart sehr genoss.

Ich teilte Trushards Optimismus nicht, den er wahrscheinlich nur vortäuschte, um mir Mut zu machen. »Und wenn dich der Kaiser nach den Ermittlungen mit der nächsten Botschaft losschickt? Wann sehen wir uns dann wieder?«

Trushard zuckte die Achseln. »Das weiß allein der liebe Gott.«

Ich ließ die Arme sinken und sah ihn bittend an. »Nimm mich mit.«

Trushard schüttelte den Kopf. »Kein Mann darf im Lager eine Frau zu Gast haben. So sehen es die Friedensgesetze des Heeres vor, die der Kaiser erlassen hat. Wer erwischt wird, muss mit einer schlimmen Bestrafung rechnen. Der Mann wird exkommuniziert, man nimmt ihm seine Rüstung weg, und der Frau schneidet man die Nase ab.« Trushard fuhr sanft über meinen Nasenrücken. »Um dein hübsches Gesicht wäre es schade.«

»Und wie willst du allein den Täter finden?«, fragte ich verzagt.

»Ich habe einen scharfen Verstand.« Trushard grinste. »Mit meinen wundersamen Fähigkeiten als Messerwerfer, Jongleur und Bauchredner wird es ein Leichtes sein, es mit einem hundsgewöhnlichen Mörder aufzunehmen.«

Ich verriet Trushard nicht, was ich dachte, um ihn nicht zu entmutigen. Mein Mann hatte eine entscheidende Schwäche: Es mangelte ihm an Kaltblütigkeit. Darin war ihm der Mörder, der Menschen wie Vieh aufspießte, weit überlegen. Und mein Mann war verletzt, ausgerechnet an dem Arm, mit dem er kämpfte und Messer warf. Während Trushard mit einem Verbrecher rang, würde ich auf dieser Burg sitzen, bangen und wie immer der Kaiserin brav hinterhertrotten, um ihr jeden Wunsch von den Augen abzulesen. Ich dachte an den gestrigen Abend, als ich felsenfest geglaubt hatte, Witwe zu sein, und zuckte innerlich zusammen.

Trushard beugte sich zu mir herunter und küsste mich, ganz langsam und sanft, als wären meine Lippen aus zerbrechlichem Glas.

»Bringt mir mein Gepäck!« Das war Barbarossa, der seinen Knechten im Hof Anweisungen erteilte. Zeit zum Aufbruch. Widerwillig lösten wir uns voneinander. Trushard stand auf.

Mit Bedauern sah ich zu, wie sein dunkler Schopf in einer gepolsterten Bundhaube verschwand. Dann zog er die Kapuze des Kettenhemdes über und setzte den Kegelhelm auf.

Ich erhob mich und strich den Rock glatt. »Ich muss auch gehen. In wenigen Augenblicken wird die Kaiserin nach mir verlangen.«

Als Trushard mir zum Abschied die Hand drückte, erschauerte ich trotz der Wärme. Resigniert sah ich meinem eisernen Riesen hinterher. Mit langen Schritten verließ er den Burggarten. Als das Tor zuklappte, wusste ich, dass ich es nicht noch einmal ertragen würde, tatenlos auf ihn zu warten, während er um sein Leben kämpfte. Mein Entschluss fiel. Die Kaiserin konnte auch von jemand anderem bedient werden. Ich hatte schon einmal alles für Trushard gewagt. Ich würde es wieder tun.

* * *

Mein Plan war tollkühn. Ob ich es schaffen würde, ihn in die Tat umzusetzen, hing einzig und allein von der Kaiserin ab. Zum ersten Mal, seit ich in ihre Dienste getreten war, fürchtete ich mich vor ihr. Sie war eine sanfte Herrin, aber das, was ich von ihr verlangen wollte, war unverschämt. Vielleicht würde sie mir für immer ihre Gunst entziehen oder mich sogar von ihrem Hof verweisen.

Stickige Luft schlug mir entgegen, als ich die Tür zur Kemenate öffnete. Der Raum war viel zu klein für die Kaiserin. Er lag genau unter dem Dach, dort, wo sich die Hitze unerträglich staute. Und auch die Nachtluft war nicht kühl genug, um wirklich für Erfrischung zu sorgen. Überdies mussten die Fensterläden nachts geschlossen bleiben, damit sich kein feindlicher Brandpfeil im Schutz der Dunkelheit in die kaiserliche Kemenate verirrte, denn die Fenster zeigten zum Serio und damit Richtung Crema. Das Schlafgemach der Herrscherin des Reiches erinnerte eher an ein Gefängnis als an eine luxuriöse Unterkunft.

Beatrix saß mit dem Rücken zur Tür und starrte aus dem kleinen Fenster, während Gisla ihr das güldene Haar kämmte. Ich schlich zum Schmuckkästchen und holte das Lieblingsgeschmeide der Kaiserin heraus. Mit zitternden Händen drapierte ich die Kette und die Ohrringe mit den Saphiren, die so gut zu den Veilchenaugen der Kaiserin passten, auf einem cremefarbenen Kissen.

»Guillaume hat ein neues Minnelied komponiert. Er wird es heute Abend vortragen«, plauderte Gisla, teilte das Haar mit dem Elfenbeinkamm in zwei dicke Strähnen und fing an, Zöpfe zu flechten.

Beatrix seufzte. »Lieder, Lieder. Das ist alles, was ich von der Minne habe.«

Ich horchte auf. Noch nie hatte die Kaiserin sich anmerken lassen, wie einsam sie sich in ihrer Ehe fühlte. Vielleicht verstand sie meine Nöte und würde meinen Plan gutheißen? Vom Hof drangen Wiehern und Hufgetrappel zu uns hoch. Fast unmerklich zuckte Beatrix zusammen. Ihr Mann brach mit seinem Gefolge auf. Nur noch eine kurze Weile, dann würde auch mein Mann wieder viel zu weit von mir entfernt sein.

Mit wackeligen Beinen umrundete ich den Faltsessel und kniete vor der Kaiserin nieder, das Kissen mit dem Schmuck in den ausgestreckten Händen. Wie immer befielen mich in ihrer Gegenwart Selbstzweifel. Alles an ihr war so makellos, dass ich mich wie ein missratener Zwerg fühlte. Doch heute Morgen waren ihre sonst so glänzenden Augen matt und leicht gerötet.

Wie magisch wurde mein Blick von dem großen Prunkbett angezogen, dessen purpurfarbene Vorhänge zurückgezogen waren. Das zerwühlte Laken und die zerdrückten Seidenkissen zeugten von einer glücklichen Nacht, die bis zum Morgengrauen gedauert haben musste, wie ich aus den heruntergebrannten Honigkerzen schloss. Leere Weinkelche standen auf dem Tischchen neben dem Bett. Neid wallte in mir hoch. Das Leben war einfach zu ungerecht.

Ich biss mir auf die Lippen und fragte wie jeden Morgen: »Majestät, wünscht Ihr Euren Saphirschmuck zu tragen?«

Geistesabwesend nickte sie.

Ich holte tief Luft. »Majestät, verzeiht, wenn ich es wage, demütigst eine ungewöhnliche Bitte zu äußern.«

Beatrix' Augenbrauen schnellten hoch. Erstaunt sah Gisla mich über den Kopf der Kaiserin hinweg an, während sie weiterflocht.

Ich senkte den Blick und starrte auf den funkelnden Schmuck. »Der Verbrecher, der Franz von Kesselheym umgebracht hat, hat Eure Gastfreundschaft missbraucht und Eure Ehre geschändet. Ohne den Mord wäre auch Elisabeth nicht entführt worden.«

»Du sprachst von einer ungewöhnlichen Bitte?« Beatrix' Stimme klang nur neugierig, nicht verärgert. Ich schöpfte Hoffnung.

Zaghaft hob ich den Kopf und suchte ihren Blick. Dem Herrn sei Dank, sie schaute mich freundlich an.

»Einer der Männer, die Euer Gemahl in die Burg brachte, muss der Mörder sein. Er befindet sich also unter seinen engsten Vertrauten ...« Ich sprach den Gedanken nicht zu Ende. Die Kaiserin, die im ganzen Reich für ihre Klugheit berühmt war, würde schon verstehen, was ich ihr sagen wollte. Gespannt wartete ich auf ihre Reaktion.

Ihr Gesicht verdüsterte sich. »Wer weiß, was der Mörder wirklich im Schilde führt und ob er nicht noch einmal zuschlägt? Ich bin mir wohl bewusst, dass auch das Leben meines Gatten in Gefahr ist.« Sie schluckte. »Andererseits kann der Kaiser die drei Verdächtigen nicht einfach gefangen nehmen lassen, bis sich herausstellt, wer von ihnen der Mörder ist. Nicht auszudenken, welche Proteste das nach sich ziehen würde! Auf einen Schlag hätte er die Kirche, den Adel und die Lombarden, die auf unserer Seite kämpfen, verärgert. Sie würden es als Kränkung ihres ganzen Standes empfinden und womöglich sogar ihre Truppen abziehen. Dann könnte mein Gemahl seinen Kampf gegen die Aufsässigen nicht mehr fortsetzen.« Beatrix sah mich interessiert an. »Aber was ist nun deine Bitte?«

Jetzt kam der entscheidende Augenblick. Das Kissen in meinen Händen bebte. »Angesichts der Gefahr, die von dem Mörder ausgeht, müssen wir alles daransetzen, ihn so schnell wie möglich zu entlarven. Ich bezweifle nicht, dass der heimtückische Verbrecher dem Scharfsinn meines Mannes nicht gewachsen ist, aber dennoch könnte es nützlich sein, wenn ich Trushard in das Lager vor Crema folge. Vier Augen sehen mehr als zwei, und ein einfühlsames Weib mag Zusammenhänge entdecken, die dem Verstand eines Mannes entgehen.«

Um den Mund der Kaiserin spielte ein feines Lächeln. Sie hatte begriffen. Bestimmt ließ sie ihren Mann in brenzligen Situationen auch nicht gerne allein, oder weshalb sonst hatte sie der Gefahr getrotzt und sich persönlich mit den Nachschubtruppen mitten in das Kriegsgebiet gewagt? »Du würdest dein eigenes Leben riskieren, um das Leben meines Mannes zu verteidigen?«, fragte sie.

»Jeder von uns muss Opfer bringen, um dem Wohl des Reiches zu dienen«, antwortete ich salbungsvoll.

Gisla war mit dem linken Zopf fertig und wickelte ein blaues Seidenband darum, ohne mich weiter zu beachten. Aus der feinen Röte in ihrem Gesicht schloss ich, dass ihr die

Situation peinlich war. Bestimmt fand sie meine Idee unverschämt.

»Du hast im letzten Jahr viel durchgemacht, Rotrud. Glaube nicht, ich hätte deine Sorge um Trushard nicht bemerkt. Unter den kostbaren Gewändern der Kaiserin steckt eine Frau wie jede andere.« Beatrix bedeutete mir, mich zu erheben und das Kissen auf dem Tischchen neben dem Sessel abzulegen.

Gisla trat auf die andere Seite der Kaiserin und nahm sich den zweiten Haarstrang vor. Die Bewegungen ihrer sonst so geschickten Hände wirkten leicht fahrig.

Gedankenverloren spielte Beatrix mit dem Ende ihres golddurchwirkten Seidengürtels, während ich mit klopfendem Herzen vor ihr stand. »Frauen dürfen sich im Lager nicht aufhalten«, erklärte die Kaiserin schließlich. »Das hat mein Gemahl ausdrücklich so angeordnet. Zu Recht. Mit dem Verbot will er verhindern, dass sich im Lager liederliche Sitten ausbreiten. Bevor es erlassen wurde, herrschten Zustände, die man Damenohren nicht beschreiben kann. Daher kann der Kaiser keine Ausnahme dulden, auch dann nicht, wenn es bei den Ermittlungen hilft. Ein Zugeständnis würde als Schwäche ausgelegt.«

Im Garten war mir eine Idee gekommen, wie man das Verbot umgehen konnte. Mir war die Bemerkung der Magd wieder eingefallen: »Der Bogenschütze hat sich zur Täuschung als Frau verkleidet. Wie raffiniert.«

Ich sah Beatrix in die Augen. »Seid versichert, Majestät, niemand wird im Lager eine Frau entdecken. Ich werde mir die Haare abschneiden und Männerkleidung anziehen. Außer Trushard und dem Kaiser kennt mich niemand im Lager. Die Männer, die gestern hier auf der Burg waren, werden mich gewiss nicht wiedererkennen. Wenn sie mich überhaupt unter den zahlreichen Menschen wahrgenommen haben, dann als

Frau und nicht als Mann. Wer rechnet schon mit einem Weib, das sich verkleidet?«

Ich hielt den Atem an. Was ich vorschlug, konnte mir sehr leicht als Dreistigkeit ausgelegt werden, denn im Grunde war es eine Aufforderung an die Kaiserin zu dulden, dass eine ihrer Hofdamen das Verbot ihres Mannes missachtete.

Gisla war mit dem Frisieren fertig und hielt der Kaiserin einen Bronzespiegel vor das Gesicht. Beatrix warf nur einen flüchtigen Blick auf die schimmernde Metallscheibe, dann nickte sie und stand auf. Folgsam machte ich ihr Platz.

Langsam schritt sie zum Fenster und starrte hinaus. Das Stampfen der Pferdehufe wurde immer leiser. Beatrix' Schweigen kam mir endlos vor. Warum sagte sie nichts? Bestimmt war sie so zornig über meine unverschämte Bitte, dass sie sich eine angemessen harte Bestrafung ausdachte. Ich biss mir auf die Lippen. Was hatte ich da nur wieder angerichtet!

Mit hochrotem Gesicht räumte Gisla Kamm und Spiegel beiseite. Als sie fertig war, wandte sie sich der Kleidertruhe zu und tat so, als ob sie die Gewänder zurechtzupfte und noch ordentlicher zusammenfaltete. Ich wünschte, ich hätte eine Tarnkappe und könnte mich unsichtbar machen.

Endlich drehte sich Beatrix um. »Ich kann dich nicht schützen, wenn du ins Lager reitest. Den Befehlen meines Mannes darf ich nicht zuwiderhandeln. Du gehst ein hohes Risiko ein, Rotrud.« Aus ihrer Stimme hörte ich keinerlei Verärgerung heraus, sondern nur Besorgnis.

»Ich weiß«, erwiderte ich schlicht. Eine leise Hoffnung durchströmte mich. Meine Herrin war zumindest nicht zornig.

»Andererseits bin ich als Kaiserin auch verpflichtet, Schaden vom Reich abzuwenden, wo immer es mir möglich ist.« Beatrix wog das Für und Wider ab. Meine Hoffnung verstärkte sich. Noch hatte sie meine Bitte nicht abgeschlagen. Und von einer Bestrafung war auch keine Rede.

Beatrix straffte die Schultern. »In den nächsten vier Tagen benötige ich deine Dienste nicht, Rotrud. Ich werde sagen, dass ich dich mit einem geheimen Auftrag fortgeschickt habe. Was du mit der freien Zeit anfängst, ist alleine deine Sache. Ich werde meinem Mann einen Brief schreiben. Da er vorzeitig aufbrechen musste, wird er sehr erfreut sein, heute noch eine Nachricht von mir zu erhalten. Ich lasse dir den Brief übergeben und frage nicht, was du damit tust, Rotrud.«

Ich versank im tiefsten Hofknicks meines Lebens. Vor Dankbarkeit hätte ich der Kaiserin die Füße küssen können. Ich hörte, wie Gisla die Luft ausstieß.

»Du kannst gehen, Rotrud. Bete in der Burgkapelle für das Wohl des Reiches.«

Das ließ ich mir von meiner Herrin nicht zweimal sagen. Besser, ich verschwand schnell, bevor sie es sich womöglich noch anders überlegte.

Beatrix wandte sich wieder zum Fenster. Doch ehe ich die sichere Tür erreicht hatte, vernahm ich noch einmal ihre Stimme, die müde und traurig klang. »Ich werde auch beten und in meine Fürbitte alle einschließen, die in diesem Krieg ihr Leben aufs Spiel setzen. Mögen alle Männer unversehrt zu ihren Ehefrauen heimkehren.«

* * *

»Dein Verstand ist nicht größer als eine Erbse«, schimpfte Gisla, während sie meine Zöpfe löste.

Von dem modrigen Geruch im Weinkeller war mir schon ganz übel. Ich atmete tief durch und krallte meine Finger um den Deckel des Fasses, auf dem ich thronte. »Wie lange dauert es wohl, bis mir die Haare wieder bis zu den Hüften reichen?«, fragte ich zaghaft.

Gisla reichte mir den Spiegel. »Mindestens vier Jahre.«

Vier Jahre! Ich schluckte.

Es war viel schwerer, als ich gedacht hatte. Tränen stiegen mir in die Augen, während ich im Spiegel meine Haare betrachtete, die mich wie ein dickes erdfarbenes Wolltuch bis zu den Hüften einhüllten. Wie oft hatte ich die störrischen Locken verflucht, wenn es beim Kämmen unerträglich ziepte. Aber nun konnte ich mich von dieser lästigen Mähne nicht trennen. Spielerisch fuhr ich mit der linken Hand durch den Schopf, wickelte eine Locke um den Finger, ließ sie plötzlich wieder los und warf den Kopf zurück. Ich liebte es, die Haare offen zu tragen. Was für ein wunderbares Gefühl, wenn sie beim Reiten wie ein Banner hinter mir herflatterten oder oben auf dem Söller der Wind in den Locken tanzte! Damit würde es nun in wenigen Augenblicken vorbei sein.

Gisla verschränkte die Arme und wippte auf und ab. »Ich will nicht drängen, aber spätestens heute Mittag wird jemand hierher kommen, um für das Essen Wein zu holen. Bis dahin sollten wir fertig sein. Oder willst du, dass der ganze Hof von deinem närrischen Vorhaben erfährt? Dann kann ich dir die Haare auch gleich mitten im Burghof abschneiden.«

»Schon gut.« Schweren Herzens legte ich den Spiegel beiseite und kramte in meinem Leinenbeutel nach der riesigen Schere. In meiner Hand wog sie so schwer wie ein Schwert. Nur mit Mühe schaffte ich es, sie Gisla zu übergeben.

Weil ich nicht mit ansehen konnte, wie ich verstümmelt wurde, schloss ich die Augen. Es gab Frauen, denen zur Strafe die Haare geschoren wurden. Jetzt wusste ich, was sie erdulden mussten.

Ich roch Gislas Moschusduftwasser, als sie sich herabbeugte und in meinen Schopf griff.

»Halt!«, schrie ich in plötzlicher Panik und riss die Augen auf.

Gisla wich erschrocken zurück.

»Ich … äh … ich kann die Haare doch unter die Kappe stecken«, stotterte ich.

»Hüftlange Haare, ja?«, erwiderte Gisla. »Willst du dir einen Eimer auf den Kopf setzen oder eine Kappe? Und was machst du beim Schlafen? Willst du den Eimer dann aufbehalten?«

Ich gab nicht so schnell auf. »Nachts ist es dunkel, da sieht man die Haare ohnehin nicht.«

»Was ist dir wichtiger? Dein Haar oder deine Nase? Wenn man dich im Lager als Frau erkennt, bist du die Nase ein für alle Mal los.« In ihrer praktischen Art brachte Gisla es auf den Punkt.

»Schneid die Locken ab«, sagte ich matt. Das kalte Metall der Schere streifte meine Wange, als Gisla sich an die Arbeit machte. Wie eine Sense fuhr die Schere in meinen Schopf und fraß sich, laut klappernd, unerbittlich in Höhe des linken Ohrläppchens am Kopf entlang. Raschelnd fielen die Haarbüschel zu Boden.

»Weiß Trushard eigentlich, was du vorhast?«, fragte Gisla. Das Klappern der Schere wurde leiser. Sie hatte den Nacken erreicht. Meine linke Kopfhälfte fühlte sich auf einmal ungewohnt leicht an.

»Ich hatte noch keine Gelegenheit, es ihm zu sagen.« Ich starrte auf einen Wasserfleck an der kalkgetünchten Wand. »Nachdem wir uns verabschiedet hatten, wurde mir klar, dass ich es nicht ertragen würde, ihn zu verlieren. Ihm kann so schrecklich viel passieren. Vielleicht bringt ihn der Mörder um, oder die Cremasken wagen den nächsten Ausfall und töten ihn dabei … Wer weiß, wie lange Fortuna ihm noch hold ist? Deshalb werde ich der guten Dame ein wenig unter die Arme greifen.«

»Aber einer Frau kann noch viel mehr passieren als einem Mann«, warnte Gisla. Die Schere hatte den Nacken kahl gefressen und bewegte sich zum rechten Ohrläppchen. »Bald sitze ich hier ganz alleine, sticke unnütze Altardecken und warte auf meine beste Freundin, während sie in Lebensgefahr schwebt ...«

Ich konnte mir die Antwort nicht verkneifen: »Dann suchst du dir eben einen netten Ritter, der dich ablenkt.«

»Meinst du, es wäre für mich wieder an der Zeit, auf Männerjagd zu gehen, nachdem ich so lange enthaltsam gelebt habe?« Gisla seufzte tief auf. »Du hast Recht. Genau das habe ich mir auch schon seit einer ganzen Weile überlegt. Wunder gibt es nicht, und den richtigen Mann erst recht nicht. Da ich sowieso nicht heiraten werde, sollte ich mein Leben wieder genießen.«

Ich war verblüfft über Gislas Meinungswandel und über ihre ungewöhnliche Offenheit. Obwohl wir Freundinnen waren, sprach sie in der Regel nur oberflächlich über ihre Gefühle. Anfangs hatte ich gedacht, sie besäße kein Vertrauen zu mir, doch dann wurde mir klar, dass sie mit ihrer sonst so lockeren Art darüber hinwegtäuschen wollte, dass sie ein besonders verletzliches Gemüt besaß. Vermutlich war das auch einer der Gründe, warum sie ihre Männer öfter zu wechseln pflegte als andere Frauen ihre Gewänder. Sobald ein Verhältnis innig zu werden begann, machte sie Schluss. Doch seitdem ich am Hof der Kaiserin weilte, benahm sie sich merkwürdigerweise so tugendhaft wie eine Nonne. »Hast du dir schon die erste Beute ausgeguckt?«, fragte ich vorsichtig nach.

Die schreckliche Schere hörte auf zu klappern. »Der Franz hätte mir gefallen. Deshalb habe ich ihn gestern Abend kaum aus den Augen gelassen«, sagte Gisla, während sie prüfend an meinen Haaren herumzupfte. »Doch ich war nicht die Einzige, die ihn intensiv beobachtet hat. Auch sein Knappe hat ihm beim Auftragen der Speisen immer wieder besorgte Blicke zugeworfen. Übrigens schien er mir genauso traurig zu sein wie sein Herr.« Gisla drehte mein Gesicht zu sich herum und warf einen letzten Blick auf ihr Werk. »Fertig!«, verkündete sie mit freudiger Stimme.

Ich presste die Lippen zusammen.

»Jetzt lockt es sich noch mehr«, stellte sie fest und reichte mir den Spiegel. »Wenn man mal davon absieht, dass sich kurzes Haar für eine Frau nicht ziemt, sieht es eigentlich ganz gut aus.«

Skeptisch blinzelte ich in den Spiegel. Vor lauter Entsetzen wäre er mir fast aus der Hand gefallen. Mein Schopf reichte nur noch bis zu den Ohrläppchen, war aber doppelt so breit wie vorher. Die Locken waren zu kurzen Spiralen zusammengeschrumpft und erinnerten an einen ungesponnenen Wollhaufen. »Da kommt kein Kamm mehr durch«, stöhnte ich.

»Du brauchst jetzt auch keinen mehr. Sieh es einmal von der praktischen Seite. Wenn du die Haare wäschst, hast du viel weniger Arbeit als vorher.« Gislas Worte munterten mich ein wenig auf.

Ich legte den Spiegel zur Seite und sprang vom Fass. Gisla hatte einem ihrer zahlreichen Verehrer Männerkleidung abgeschwatzt, angeblich sei sie für einen armen Kriegsflüchtling bestimmt, hatte sie gesagt. Zum Glück war ihr Verehrer nicht allzu groß, sodass mir die Kleidung einigermaßen passen würde. Seufzend schälte ich mich aus dem Bliaut und dem Untergewand. Während ich mir das Männerhemd überzog, fiel mir ein, dass ich drauf und dran war, meine unsterbliche Seele zu riskieren. »Wenn eine Frau sich als Mann verkleidet, ist das doch bestimmt eine Todsünde, weil sie ihr Geschlecht verleugnet und sich damit gegen Gottes Bestimmung auflehnt, oder?«, fragte ich bange und zog die seitlichen Schnüre des Hemdes zu.

»Mädel, willst du etwa zu unserer scheinheiligen Elisabeth in den Himmel? Na los, nichts wie rein in die Bruche!« Anzüglich grinsend hielt Gisla mir das weiße Kleidungsstück hin, das so unförmig wie zwei aneinander genähte Leinensäcke war. Ich zögerte kurz, schließlich hatte ein wildfremder Mann die Bruche bis vor kurzem noch so dicht an seinem Leib getragen. Doch meine Verkleidung musste bis in die letzte Einzelheit stimmen. Ich gab mir einen Ruck und schlüpfte hinein. Verlegen schlang ich einen Gürtel um die Hüfte, damit die Bruche nicht hinunterrutschte.

»So eine wadenlange Bruche hat mein Großvater getragen, aber heutzutage ist das völlig unmöglich«, meinte Gisla und schnitt sie entschlossen ab, bis sie knapp über den Knien endete.

Keine anständige Frau zeigte ihre Beine. Deshalb fühlte ich, wie mir vor Scham das Blut ins Gesicht stieg, als ich die dunkelblauen Beinlinge überstreifte und sie mit Kordeln am Gürtel befestigte. Zuletzt zog ich den blauen Rock an, der in der Mitte geschlitzt war und bis zu den Waden locker herabfiel, und legte den Ledergürtel um die Taille. Jetzt war ich froh darüber, dass von meinen einst allzu üppigen Rundungen kaum noch etwas übrig geblieben war. Der letzte kümmerliche Rest meiner Weiblichkeit wurde durch den weiten Rock verdeckt. Halbhohe Schnürschuhe besaß ich Gott sei Dank.

Probeweise ging ich ein paar Schritte hin und her. Es war ungewohnt, keine schwingenden Stoffbahnen an den Beinen zu spüren. »Ich fühle mich wie ein fest verschnürtes Bündel«, stellte ich fest.

»Es heißt ja, wir Frauen seien unrein, und deshalb müsse immer ein frisches Lüftchen unter unseren Gewändern wehen.« Gisla warf mir einen schelmischen Blick zu. »Allerdings kenne ich so manchen Mann, dem es auch mal gut täte, Frauenkleider zu tragen.« Dann wurde sie wieder ernst und musterte mich mit zusammengekniffenen Augen. »Alles in allem könntest du in deiner Aufmachung durchaus als schmächtiger Jüngling durchgehen. Jetzt brauchst du nur noch einen passenden Männernamen.«

Ich grinste. »Poppo natürlich, was sonst? Schließlich hat Trushard diesen Namen im letzten Jahr benutzt, als wir uns beide verkleidet in die Lauterer Kaiserpfalz eingeschlichen haben, um dort unerkannt zu ermitteln. Außerdem klingt der Name so dämlich, dass er fast wieder gut ist. Bestimmt ist das auch der Grund, warum Trushard ihn damals ausgesucht hat.«

Wehmütig beobachtete ich, wie Gisla einen Besen nahm, meine abgeschnittenen Haare zusammenfegte und in einen Eimer steckte. Ich biss mir auf die Lippen, stopfte die Kappe in den Beutel und hängte ihn mit dem Dolch und dem Essmesser an den Gürtel. Dann legte ich mir den langen Umhang über die Schulter. Auch wenn es furchtbar heiß war – als Schlafdecke war er unverzichtbar.

Gisla stellte den Besen zur Seite. »Du musst viel fester auftreten und dich nicht so stark in den Hüften wiegen«, sagte sie besorgt. »Und vergiss ja nicht, deine Stimme zu verstellen.« Sie drehte sich um, ging zu dem Korb, den sie auf einem Weinfass abgestellt hatte, und kramte einen Brief heraus. »Hier ist das Schreiben von Beatrix, das du Barbarossa übergeben sollst. Ich werde den anderen erzählen, dass du mit einem geheimen Auftrag der Kaiserin fortgeschickt wurdest.«

Ich verstaute den Brief in meinem Beutel und drückte Gisla kräftig. »Was tut man nicht alles für einen Mann«, seufzte ich und ging zur Tür, sorgsam darauf bedacht, mich nicht in den Hüften zu wiegen.

»Gott schütze deine Nase!«, rief Gisla mir hinterher.

* * *

Ohne nachzufragen, ließen mich unsere Wachen passieren. Aufatmend trabte ich auf dem Hengst, den ich mir einfach aus dem Stall genommen hatte, durch die Furt, die einzige Stelle, an der man den Serio von der Burg aus überqueren konnte. Noch vor der kleinen Ortschaft bog ich zur Fernstraße nach Crema ab. Als ich sie erreicht hatte, warf ich einen bedauernden Blick zurück auf die Burg, die mir in diesem kriegsgeschüttelten Land wie ein Hort der Sicherheit vorkam. Wie eine Halbinsel lag sie auf einer kaum sichtbaren Anhöhe im Serio, der sie von drei Seiten schützend umschloss.

Je weiter ich mich von San Bassano entfernte, desto mehr schrumpfte ich auf meinem Hengst zusammen. Die Landschaft, durch die ich ritt, sah aus, als hätten sich Riesen einen Garten geschaffen. Eine endlose Ebene mit Feldern, die so groß wie Städte waren und von kirchturmhohen Pappeln gesäumt wurden. Darüber spannte sich ein unermesslich weiter, türkisblauer Himmel. Ich fühlte mich winzig, verlassen und machtlos. Gisla hatte Recht: Mein Verstand war nicht größer als eine Erbse. Es lauerten einfach zu viele Gefahren auf mich.

Vor mir auf dem Sattel lagen Pfeil und Bogen, aber gegen eine Horde feindlicher Krieger kam ich damit nicht an. Ich wünschte mir, ich würde auch solch eiserne Kleidung tragen wie Trushard. Einen Wimpernschlag lang überlegte ich, ob ich nicht doch zurückkehren sollte, aber nein – ich schüttelte energisch die kurzen Locken –, diese Blöße würde ich mir nicht geben. Was ich begonnen hatte, musste ich wohl oder übel zu Ende führen.

Um mich zu beruhigen, dachte ich daran, dass die Fernstraße von Cremona nach Crema von den kaiserlichen Truppen und den verbündeten Cremonesen kontrolliert wurde. Das hatte ich heute Morgen bei Beatrix' Rittern herausgefunden. Doch weder vom Feind noch von unseren Kriegern war auch nur eine Lanzenspitze zu sehen, als ich in scharfem Galopp über die staubige Landstraße preschte. Die gleißende Sonne hatte sie wohl allesamt vertrieben.

In meiner Angst schien es endlos zu dauern, bis ich am Wegesrand zahlreiche Baumstümpfe erblickte, die wie abgehackte Finger aus der trockenen Erde herausragten. Das Leben spendende Grün der Pflanzen hatten die Krieger geopfert, um aus dem Holz Belagerungstürme, Wurfmaschinen, Schirmdächer und Palisaden anzufertigen. Aber für mich war der zerstörte Wald ein hoffnungsvolles Zeichen: Das Lager konnte nicht mehr weit entfernt sein.

Tatsächlich tauchten bald schon mächtige Steinmauern und Türme am Horizont auf. Das musste Crema sein. Der Serio wand sich träge durch ausgetrocknete Wiesen, auf beiden Seiten gesäumt von Baumruinen. Zwischen der Stadt und dem Fluss erspähte ich Palisaden und Wachtürme – ein Kriegslager!

Aber wessen Lager? Ich bedauerte, dass meine Herrin mich nach Lodi vorausgeschickt hatte, während sie im Juli ihre Truppen höchstpersönlich in Crema ablieferte, in der vergeblichen Hoffnung, ihren Mann dort anzutreffen. Mein Wissen über die Belagerung hatte ich nur aus den Erzählungen der Ritter, die meine Herrin nach San Bassano begleitet hatten. Ihren Schilderungen zufolge bestand der tödliche Ring um Crema aus sieben Lagern: Herzog Welf, die Cremonesen, Kaiser Friedrich, Pfalzgraf Konrad bei Rhein, Herzog Friedrich von Schwaben, Herzog Heinrich von Bayern und Sachsen und die Pavesen hatten ihre Truppen vor die Stadt gebracht. Nicht nur die weltlichen, sondern auch die geistlichen Fürsten waren Barbarossas Aufruf zum Kampf gefolgt: Bischof Konrad von Augsburg, Bischof Eberhard von Bamberg, Bischof Daniel von Prag, Bischof Hermann von Verden, Erzbischof Hartwig von Bremen und Bischof Burchard von Straßburg. Selbst König Geisa von Ungarn hatte dem Kaiser Hilfstruppen geschickt. Die Nachschubtruppen, die meine Kaiserin zusammen mit Herzog Heinrich von Bayern und Sachsen sowie Bischof Konrad in die Lombardei gebracht hatte, bestanden alleine schon aus mehr als 2000 Rittern und unzähligen Knechten. Insgesamt wurde die Stärke des Heeres, das vor Crema lagerte, auf etwa 15.000 Männer geschätzt. Die ganze Macht des Reiches ballte sich hier zusammen, um ein paar Tausend widerspenstige Bürger in die Knie zu zwingen.

Ich rief mir ins Gedächtnis, was ich über das Lager von Kaiser Friedrich herausgefunden hatte: Es sollte sich südwestlich der Stadt befinden, zwischen dem Tor von Ripalta und dem von Ombriano. Ich hatte keine Ahnung, wo diese Tore waren, aber ich wusste, dass Barbarossa ein riesiges hölzernes Castell bewachte, das die Cremasken erbaut hatten. Das würde ich wohl kaum übersehen können. Ich beschloss, die Stadt zu umrunden und dabei Ausschau nach dem Castell zu halten.

Ich bog nach Westen ab, überquerte die steinerne Brücke, die sich über den Serio spannte, und ritt an dem Lager vorbei. Bald schon tauchten die nächsten Palisaden und Zelte auf. Die Überwachung der Stadt schien wirklich lückenlos zu sein. Während ich mich dem zweiten Lager näherte, hatte ich einen direkten Blick auf die Stadt, die sich in sicherer Entfernung rechts von mir befand.

Crema schien in der Tat nicht sehr groß zu sein. Kein Vergleich mit Mailand. Aber die Stadt wurde durch einen breiten Wassergraben und unüberwindbar hohe Mauern aus rotbraunem Backstein geschützt. Selbst die dicksten Geschosse würde das Bollwerk ungerührt an sich abprallen lassen. In der Mittagssonne blitzten da und dort zwischen den Zinnen Helme auf. Im Gefolge der Kaiserin erzählte man sich, dass sich im Inneren der Stadt noch ein zweiter Mauerring befinden sollte. Kein Wunder, dass der Kaiser seit mehr als einem Monat vergeblich versuchte, den Ort zu bezwingen. Über die wuchtige Silhouette der Stadt streckte sich ein steinerner Kirchturm empor zum Himmel, wie eine Hand, die Gott um Hilfe anflehte.

Nachdem ich an dem Lager vorbeigeritten war, erspähte ich schon bald das Castell, das der Kaiser mit seinen Männern bewachte. Es bestand aus Türmen und Wehrgängen, die an die Stadtmauer gebaut waren.

Zwei unvorstellbar hohe Belagerungstürme, die schon von weitem sichtbar waren, kündigten Barbarossas Lager an. Ich zügelte den Hengst und ritt in leichtem Trab weiter, bis ich mein Ziel erreichte.

Vor dem viereckigen Lager, das Barbarossa nach römischem Muster zu errichten pflegte, befand sich eine Art Dorf aus Zelten und Buden. Ich stieg ab und führte das Pferd über die schmalen Wege, die pfeilgerade zwischen den Leinenzelten, Werkstätten und Holzbuden der Kaufleute und Handwerker angelegt waren. Von der drückenden Hitze war mir ganz schwindlig. Es gab keine Bäume und kein Lüftchen – nichts, was wenigstens ein bisschen Linderung gebracht hätte.

Eine schwarz-weiß gefleckte Katze, die vor der Bude des Sattlers döste, war das einzige Lebewesen, das sich in der Mittagsglut auf die Gasse gewagt hatte. Wer nichts Unaufschiebbares erledigen musste, hatte sich wohl ins Zelt zurückgezogen, um ein wenig zu ruhen. Selbst die Schmiede lag verlassen da. Ich wünschte mir, wie alle anderen auch ein Mittagsschläfchen halten zu können, zumal ich in der vergangenen Nacht noch lange wach gelegen hatte.

Als ich um die Ecke bog, drang aus dem Stand des Gewürzhändlers ein betörender Geruch nach Zimt und Muskatnuss. Am Zelt der Seiler prangte ein großes Schild mit der Aufschrift »Hanf ist unser Gewerk«. Davor mühten sich zwei Männer trotz der Hitze mit dem Aufdrallen des gespannten Fadens ab. Wozu wurden so dringend die dicken Taue benötigt?

Die Antwort erhielt ich zwei Ecken weiter. Mehrere Knechte waren damit beschäftigt, vor die mit Rädern versehenen Belagerungstürme Seile zu spannen, um sie bei einem Angriff zur Stadtmauer ziehen zu können. Die schier unermessliche Größe dieser Türme verschlug mir den Atem. Mehr als siebzig Armlängen hoch schätzte ich sie und mehr als dreißig Armlängen breit und lang. Vorn waren sie geschlossen, hinten aber offen. Leitern führten von einem Stockwerk zum nächsten. Insgesamt fünf Ebenen zählte ich, wobei die unteren erheblich größer waren als die oberen, damit die Türme sicher standen. Vom bloßen Anblick wurde mir schwindlig. Die oberste Plattform war ganz klein und rundum mit hölzernen Zinnen bewehrt. Sie bot höchstens zehn Männern Platz. Auf dem Stockwerk darunter war eine Klappbrücke angebracht, mit der die kaiserlichen Krieger auf die Mauern der belagerten Stadt gelangen konnten.

Nur zu gerne hätte ich diese technischen Meisterwerke noch länger bestaunt, aber die Zeit drängte. Energisch rief ich mich zur Ordnung und stapfte weiter, mit festen Schritten, wie Gisla geraten hatte, und möglichst ohne in den Hüften zu wackeln. Ich war nass geschwitzt, als ich an das breite Holztor gelangte, das die Buden der Handwerker und Händler vom Lager abtrennte und von zwei grimmigen Hünen bewacht wurde. Das Tor hing schief in den Angeln und wies Brandflecken auf – das mussten Spuren von dem gestrigen Ausfall sein. Mein Körper versteifte sich, als ich mich den Wachen näherte, einem jungen Blonden und einem Älteren mit grau melierten Haaren.

An wen sollte ich mich wenden? Ich entschied mich für

den Jüngeren, der ein bisschen weniger grimmig dreinsah. Wortlos streckte ich ihm den Brief von Beatrix entgegen. Er nahm ihn an sich und prüfte das Siegel.

»Ein Bote der Kaiserin?«, fragte er.

Ich nickte. »Das ist ein Eilbrief.« Ich versuchte, anzüglich zu grinsen, wie ich es oft bei Männern beobachtet hatte. »Ihr könnt Euch ja denken, wie sehnsüchtig der Kaiser auf Nachricht von seiner Gattin wartet. Vor allem nach der letzten Nacht. Die beiden sollen ihr Wiedersehen ziemlich lautstark ... hm ... gefeiert haben.«

Der Jüngere erwiderte mein Grinsen. »Dann wollen wir den Kaiser nicht länger warten lassen.« Ohne weitere Nachfrage löste er den Riegel und öffnete das Tor. Es hatte geklappt! Meine Muskeln lockerten sich.

»Dein Pferd kannst du gleich hier vorne im Stall anbinden«, rief mir der Jüngere hinterher.

Erleichtert eilte ich los. Aber die Hochstimmung währte nur kurz, dann befiel mich ein Gefühl des Verlorenseins, und meine Schritte wurden langsamer. Wie konnte ich in dieser Zeltstadt jemals meinen Gatten finden? Und welche dieser drei menschenleeren Straßen sollte ich nehmen? Die, die vor mir lag, die, die rechts abbog, oder die, die nach links führte?

Auch im Stall war niemand, den ich fragen konnte. Ich band mein Pferd fest, rieb es kräftig ab und reichte ihm ein wenig Heu, während ich angestrengt nachdachte. Ich beschloss, zunächst den Rotbart aufzusuchen, dem ich ohnehin den Brief übergeben musste. Vielleicht stieß ich dort auf Trushard. Bestimmt waren die Boten in seiner Nähe untergebracht, damit er sie jederzeit zur Verfügung hatte. Wenn nicht, würde ich Barbarossas Leibwache nach ihm fragen. Die Zelte des Kaisers waren immer in der Mitte des Lagers, wie ich aus Berichten wusste.

Obwohl oder gerade weil alles so rechtwinklig angelegt

war, fand ich mich schwer zurecht. Denn jede Ecke sah gleich aus. Vor den Zelten befanden sich Waffenständer mit Speeren, Lanzen und Äxten, daneben qualmten Feuerstellen, und über Holztische und Bänke waren Baldachine aus ungefärbtem Leinen gespannt. Die wenigen Männer, die sich in der Mittagshitze nicht in den Zelten ausruhten, ölten Kettenhemden ein, reinigten Waffen oder kochten.

Zunächst waren die Unterkünfte noch bescheiden, aber dann wurden die Zelte immer größer und farbenprächtiger. Je bedeutender jemand war, desto näher am Kaiser durfte er seine Unterkunft errichten. Wie an der Tafel, wo die Fürsten stets ganz dicht bei Barbarossa platziert wurden. Schilde mit aufgemalten Wappen, die vor die Zelteingänge gehängt waren, kündeten von der edlen Abstammung ihrer Besitzer, und in den Ständern blinkten immer mehr und teurere Waffen. Geistliche Fürsten und weltliche Gefolgsleute des Kaisers stellten ihren Reichtum und ihre Macht zur Schau, als befänden sie sich auf einem Reichstag oder einer Krönungsfeierlichkeit.

Aber die Spuren des gestrigen Ausfalls, die noch überall zu sehen waren, erinnerten daran, dass uns kein Fest, sondern ein Leichenschmaus erwartete. Da und dort erblickte ich große dunkle Blutflecken im ausgedörrten Boden. So mancher Zeltvorhang war zurückgeschlagen und gab den Blick auf einen aufgebahrten Leichnam frei. In vielen Zeltwänden klafften breite Risse, zerschlagenes Geschirr lag auf dem Boden, Tische und Hocker waren zersplittert oder wiesen Brandspuren auf.

Auch die Belagerungsmaschinen waren beschädigt. Mehrere Arbeiter waren trotz der Hitze damit beschäftigt, das Dach eines Widders auszubessern und die Funktionstüchtigkeit eines Katapults zu überprüfen. Ein Knecht schlug aus einem Steinbrocken, der die Größe eines Faltsessels hatte, grobe Kugeln heraus.

Arbeiter befestigten Seile am vorderen Teil eines Balkens, der an einem hohen Gestell angebracht war. Am längeren hinteren Ende hing eine Netzschlinge. So sah also eine Blide aus. Bisher kannte ich sie nur aus Beschreibungen, die ich mit meinem mangelnden technischen Verstand kaum nachvollziehen konnte. In die Schlinge wurde ein Geschoss gelegt – ein Steinbrocken oder, schlimmer noch, ein Tierkadaver, ein Fass mit Fäkalien oder ein lebender Gefangener. Auf ein Kommando hin zog die Bedienungsmannschaft ruckartig an den Seilen, sodass das hintere Ende des Balkens nach oben schnellte und das Geschoss ins Ziel schleuderte. Was für eine teuflische Erfindung. Schaudernd wandte ich mich ab.

»Wir müssen uns ganz schön ranhalten, damit wir bis übermorgen fertig werden«, seufzte ein Arbeiter.

»Zumal wir durch den Ausfall mehrere Knechte verloren haben«, ergänzte ein anderer düster.

Ich zuckte zusammen. Übermorgen? War so bald schon ein Angriff geplant? Hoffentlich wurde ich nicht in die Kämpfe verwickelt. Ich musste mich sputen, um den Mörder vorher zu finden. Eilig lief ich weiter.

* * *

Zwischen all den prunkvollen Zelten fiel ein großes schlichtes besonders auf. Waren hier die Boten untergebracht? Unter dem Vordach des Eingangs saß ein Riese mit dunklem Schopf auf einem Hocker und kritzelte ungelenk etwas mit der rechten Hand auf eine Wachstafel, die auf seinen Knien lag. Den linken Arm trug er in einer Schlinge. Mein Herz tat einen Hüpfer. Beschwingt eilte ich auf Trushard zu.

Als er mich erblickte, fiel ihm der Griffel aus der Hand. Seine Augen weiteten sich. »Hat dir die Sonne das Gehirn ausgetrocknet?«, brauste er auf.

Ich fuhr zurück, als habe er mir einen Schlag versetzt. »Begrüßt man so eine Dame?«

»Ich sehe ein törichtes Weib, das versucht hat, sich als Mann zu verkleiden.« Sein bissiger Tonfall schnitt mir wie ein Dolch ins Herz, aber ich bewahrte die Fassung.

»Die Wachen haben mich anstandslos ins Lager gelassen, als ich ihnen einen Brief mit dem Siegel der Kaiserin zeigte«, antwortete ich, ohne auf seine Beleidigung einzugehen. Meine Stimme klang wund.

»Wie hast du es denn geschafft, dir diesen Brief zu besorgen? Du hast doch wohl hoffentlich nicht widerrechtlich das Siegel der Kaiserin benutzt oder ihr einfach den Brief entwendet?« Trushard legte die Wachstafel zur Seite, erhob sich und baute sich vor mir auf. »Und was soll dieser peinliche Auftritt überhaupt?«

Ich machte den Hals lang und sah ihm in die Augen. »Nie und nimmer schaffst du es alleine, den Mörder zu finden. Und wenn ich dich hier Schreibübungen machen sehe, anstatt Erkundigungen einzuziehen, fühle ich mich bestätigt. Ein Maultier holt kein Schlachtross ein.«

»Du glaubst, zwei Maultiere wären schneller?« Trushards Stimme war gefährlich ruhig, wie immer, wenn ein Wutausbruch unmittelbar bevorstand.

Seine Unverschämtheit nahm mir den Atem. Ich hatte meine Haare geopfert und riskierte meine Nase, und was war der Dank? Nichts als Vorwürfe! Während ich nach Luft schnappte, krampften sich die Finger meiner rechten Hand um die Fibel des Mantels. »Wer denken kann, braucht nicht zu laufen. Wenn ich weiß, wo der Mörder hin will, kann ich ihn in aller Ruhe am Ziel abfangen.«

Trushard neigte sich zu mir herab, bis sein Gesicht ganz dicht über mir schwebte. »Falls ich dich noch einmal daran erinnern darf: Der Rotbart hat *mich* beauftragt, nicht dich.

Du hast nichts weiter zu tun, als schön artig auf deiner Burg zu bleiben und auf mich zu warten. In einem Kriegslager hat ein Weib nichts zu suchen. Am besten, du reitest jetzt gleich zurück, bevor du in irgendwelche Schwierigkeiten gerätst.« Trushards Tonfall war so eisig, dass mir das Blut in den Adern gefror. Noch nie hatte er so mit mir gesprochen, und ich würde es mir auch nicht gefallen lassen. Ich war seine Ehefrau, nicht seine Magd.

Herausfordernd stemmte ich die Hände in die Hüften. »Das würde dir so passen, dass du mich einfach abschieben kannst. Wenn ich dich daran erinnern darf: Auf den Kreuzzügen haben auch Frauen gekämpft. Königin Eleonore von Frankreich zum Beispiel hat ihren Mann begleitet.«

Trushards Augen verengten sich zu schmalen Schlitzen. »Anschließend wurde die Ehe für ungültig erklärt.«

»Weil sie gemerkt hat, was für ein Schafskopf ihr Ludwig ist.« Die Worte schossen aus mir heraus, ehe ich es recht bedacht hatte.

Trushards Blick spießte mich auf. »Dafür besitzt sie Wildheit und Eigensinn für zwei. Es fragt sich, ob er bei der Annullierung nicht mehr gewonnen hat als sie. Sie ist wirklich alles andere als eine Ehefrau, wie ein Mann sie sich wünscht.«

Was hatte ich ihm nur getan, dass er mich so behandelte? Obwohl ich das Gefühl hatte, aus tausend Wunden zu bluten, zwang ich mich, Trushards Blick standzuhalten. »Du wusstest schon vor der Heirat, dass ich kein fügsames Weibchen bin. Aber wahrscheinlich warst du froh, dass sich überhaupt eine Frau gefunden hat, die blöd genug war, dich zu heiraten. Wer nimmt schon freiwillig einen Herumtreiber zum Gatten? Vater hatte Recht, als er mich vor dir gewarnt hat. Ihr Spielmänner seid alle gleich – nichtsnutzig, sittenlos und ohne jede Ehre im Leib!«

»Besser ein freier Spielmann als ein Weiberknecht«, zischte Trushard.

Das klang ja fast so, als bereute er die Heirat! Ich drehte mich abrupt um und rannte davon. Schnell weg, bevor wir uns noch schlimmere Sachen an den Kopf warfen! Tief in meinem Inneren hoffte ich, dass er mir hinterherlaufen würde, aber ich hörte noch nicht einmal ein Rufen.

* * *

Blindwütig stürmte ich durch das Lager. Meine Beine bewegten sich wie von selbst immer weiter. »Törichtes Weib« – so hatte Trushard mich genannt! Was für eine Unverschämtheit!

Erst als ich das Lager mehrmals durchquert hatte, legte sich mein Zorn ein wenig. Erschöpft drosselte ich meine Geschwindigkeit. Was regte ich mich eigentlich so über ihn auf? Ich kannte doch sein freches Maul. Nicht ohne Grund hatte er sich als Spielmann »Trushard Scharfzunge« genannt. Sein Temperament war unberechenbar, und da ich auch nicht auf den Mund gefallen war, waren wir in der viel zu kurzen Zeit, die wir gemeinsam verbracht hatten, bereits mehrmals in heftigen Streit geraten. Die Versöhnung allerdings war umso schöner gewesen … Gewiss hatte er seine verletzenden Äußerungen gar nicht so gemeint. Vielleicht war er einfach nur erschrocken, mich mitten im gefährlichen Lager zu sehen. Ich beschloss, ihm einen halben Tag Zeit zu geben, um sich zu beruhigen, dann würde ich wieder das Gespräch mit ihm suchen.

Bis dahin würde ich die Zeit nutzen, um die Nachforschungen voranzutreiben. Ich bog gerade in die Gasse ein, die zu den Ställen führte, als ich vor mir zwei Männer entdeckte. Einer davon kam mir bekannt vor. Kräftig und stark wie eine Eiche – und genauso dumm. Eine dunkelblonde Mähne fiel ihm bis auf die Schultern herab. Auf dem krapproten Rock prangten mehrere Flecken, und der Gürtel hing schief. Schlampig gekleidet wie eh und je. Aber Lautern war doch weit weg! Was bei allen Heiligen hatte Siegfried im Lager zu suchen?

Ich duckte mich in die Falte eines Leinenzeltes. Ich wollte ganz sichergehen, dass er es auch wirklich war, bevor ich ihn ansprach. Nur wenige Schritte von mir entfernt blieben die beiden stehen.

»Machst du nachher mit beim Würfelspiel?«, fragte der Unbekannte.

Die dunkelblonde Mähne flog so heftig hin und her, dass ich den Wind noch in meiner Falte spürte. »Nein, ich bin mit meinem Lehrer verabredet. Heute Abend lesen wir die Vita des frommen Bruno von Köln.«

Ich konnte es nicht fassen. Die Stimme mit dem Einschlag der Lauterer Mundart gehörte eindeutig dem Bruder des Schultheißen, der auf unserer Burg so häufig zu Gast war. Aber jener Siegfried interessierte sich nur für Bier, Brot und Braten und natürlich auch für hübsche Frauen, denen er so eifrig nachstieg, dass für seine eigentliche Aufgabe als Burgmann in der Lauterer Kaiserpfalz keine Zeit mehr blieb. Wie oft hatte sich sein Bruder Jost darüber beklagt, dass er die ganze Arbeit alleine machen musste! Niemals würde sich unser Siegfried den Abend mit der Lektüre einer erbaulichen Vita verderben. Ich musste mich irren.

Ein Seufzer ließ die mächtige Brust des Hünen erbeben. »Ich bin es so leid. Dieses ganze unnötige Zeug. Geistige Verstopfung kriegt man davon. Dieser Bruno hat nur gebetet und gearbeitet. Noch nicht mal geschlafen hat der, gegessen sowieso nicht. Und so jemand soll ein Vorbild sein. Nee, da weiß ich mit meinem Leben was Besseres anzufangen. Drei Dinge darf man nie vergessen: lieben, saufen, kräftig fressen!«

Diesen dämlichen Spruch kannte ich. Jetzt war mein letzter Zweifel ausgeräumt. Es war tatsächlich Siegfried!

»Denk an dein Ziel«, tröstete ihn der andere. »Es dauert nicht mehr lange, bis du weißt, ob sich die Quälerei gelohnt hat. Und dann ist Schluss damit – so oder so.«

Meine Gedanken überschlugen sich. Der Himmel war auf meiner Seite und schickte einen Verbündeten, der mir im Kampf gegen den Mörder beistehen würde. Siegfrieds dicke Muskeln und meine Klugheit ergänzten sich aufs Vortrefflichste.

Nach einem kurzen Abschiedsgruß verschwand der andere Mann im Zelt. Siegfried setzte sich gemächlich in Bewegung.

Ich schlich ihm hinterher. Als ich sicher war, dass uns sein Kumpel nicht mehr hören konnte, lief ich vor, bis ich an seiner Seite stand, und sah ihm direkt in die Augen.

»Sei gegrüßt, Siegfried von Lautern.«

Er zuckte zusammen. Weit aufgerissene Augen erwiderten forschend meinen Blick.

Dann schüttelte er den Kopf. »Tut mir Leid, ich kenne Euch nicht.«

Ein wildes Triumphgefühl stieg in mir auf. Die Verkleidung wirkte. Wenn das nur Trushard gehört hätte, dachte ich.

Ich schüttelte die Locken und tänzelte vor ihm auf und ab. »Komm schon, erinnere dich!«

Mit seinen Wurstfingern kratzte sich Siegfried am Schädel. »Diese froschgrünen Augen kommen mir bekannt vor«, dachte er laut nach. »Aber sie gehören zu einer Frau.«

»Männerkleider sind im Krieg praktischer«, erwiderte ich grinsend.

»Bei den Hörnern der roten Teufel, bist du's wirklich, Rotrud?«, stieß Siegfried ungläubig hervor.

Lachend nahm ich seine Pranken und drückte sie herzlich. »Wie kommst du denn hierher?«

Siegfrieds Mund stand weit offen. »Äh ... ich ähm ... gehöre zu den Nachschubtruppen der Kaiserin. Ich dachte, es wäre mal an der Zeit, etwas von der Welt kennen zu lernen, und habe mich deshalb freiwillig gemeldet.« Er klappte den Mund zu und strahlte mich an. »Und du?«, schob er hinterher.

»Ich diene der Kaiserin als Kammerzofe.« Ich lächelte ihn an. »Schade, dass wir uns nicht früher getroffen haben, aber bei den vielen Menschen, die mit den Nachschubtruppen gereist sind, ist das auch kein Wunder.«

In knappen Worten schilderte ich ihm, was passiert war, und verschwieg auch nicht, dass ich mich mit Trushard gestritten hatte. Ich kannte Siegfried schon so lange, dass ich ihm blind vertrauen konnte. »Ich brauche deine Hilfe, um den Mörder zu fangen«, sagte ich abschließend und fügte honigsüß hinzu: »Die Kaiserin wäre sicherlich sehr erfreut, wenn diese schurkische Tat rasch gesühnt würde und sie ihre Hofdame wohlbehalten zurückbekäme. Ich habe berechtigte Zweifel daran, dass Trushard alleine fähig ist, die Dinge wieder in Ordnung zu bringen.«

Siegfrieds Augen leuchteten auf. »Du kannst dich voll auf mich verlassen«, sagte er und warf sich in die Brust. »Als Bruder des Schultheißen weiß ich genau, wie man Verbrecher zur Strecke bringt.«

Ich stellte ihm die Frage, die mir mehr als alles andere auf der Seele brannte. »Wie geht es meinem Vater, meiner Stiefmutter und meinem Bruder?« Seit Monaten hatte ich keinen Brief mehr von zu Hause erhalten, obwohl Vater schreiben konnte. Die letzte Nachricht, die von September datierte, war erst im Dezember eingetroffen. Er hatte mir geschrieben, dass er seine geliebte Hilde geheiratet hatte.

»Sie sind alle wohlauf«, antwortete Siegfried. »Aber die vielen Pilger, die auf dem Beilstein am Schrein der heiligen Lutrina beten wollen, werden ihnen allmählich lästig.«

Ich hatte erwartet, dass sich die Nachricht von der Entdeckung einer neuen Heiligen in Windeseile herumsprechen würde. Und da unsere Burg an der Kreuzung zweier Fernstraßen lag, war sie für jeden, den es nach himmlischem Beistand verlangte, auch gut zu erreichen. »Wie viele Pilger sind es denn?«

Siegfried zog die Stirn kraus. Ich konnte förmlich sehen, wie er in seinem Kopf mühsam rechnete. »Jeden Tag sind es bestimmt – äh – was kommt nach dreißig?«

»Meinst du einunddreißig oder vierzig?«, riet ich.

Siegfried strahlte mich erleichtert an. »Vierzig. Und das Schlimme ist, es bleibt nicht dabei, dass Lutrinas Verehrer eine kurze Andacht halten und dann friedlich wieder abziehen. Sie wollen natürlich auch verpflegt werden und belagern die Burgküche. Eure Köchin ist allmählich am Ende ihrer Kräfte. Manche Pilger machen sich sogar mit Äxten am Beilsteinfelsen zu schaffen und schlagen kleine Stücke heraus. Sie sollen angeblich Glück bringen. Wenn das so weitergeht, ist von dem Felsen bald nichts mehr übrig. Dein Vater hat vier neue Männer einstellen müssen und mit dem Bau einer Kapelle begonnen, um die Pilgerströme von der Burg fern zu halten. Die gute Lutrina kommt ihn mittlerweile teuer zu stehen.« Siegfried schmunzelte. »Er will deshalb die Kosten mit dem Verkauf von Andenken und Essen wieder hereinholen. Gleich neben der Kapelle entsteht eine Herberge mit einem großen Schankraum. Dein Vater als Wirt – stell dir das einmal vor!«

»Hat die selige Dame denn schon Wunderheilungen bewirkt?«, fragte ich weiter.

»Und wie!« Siegfried strahlte. »Lahme konnten gehen, Blinde konnten sehen, Taube konnten hören …«

»Und Stumme konnten plötzlich wieder sprechen«, vollendete ich seufzend seinen Satz. Dann kam ich auf die Ermittlungen zurück. »Weißt du, wo ich das Zelt von Franz von Kesselheym finde?«

»Hinter dem Karren gehst du nach rechts in die Gasse, anschließend nimmst du die nächste Abzweigung links, bis das große rot-weiß gestreifte Zelt kommt. Dort biegst du wieder rechts ab. Gleich um die Ecke findest du schon die Unterkunft von Franz.« Wieder kratzten die Wurstfinger durch die Mähne. »Ich habe einen Kumpel, bei dem du im Zelt pennen kannst. Folkwin, der Küchenmeister des Kaisers. Du bist dann auch gleich an der Quelle des leiblichen Glücks. Du erkennst Folkwin unschwer an seiner Glatze. Er hat sich den Schädel kahl geschoren, damit der Kaiser kein Haar in der Suppe finden kann. Wir beide treffen uns zum Abendessen unter der Eiche. Die kannst du nicht verfehlen, da sie der einzige Baum im Lager ist.«

»Danke«, sagte ich schlicht und stiefelte los, immer darauf bedacht, meine Hüften gerade zu halten.

Siegfried stapfte mir hinterher. »Warte! Komm besser nicht in mein Zelt. Du solltest noch wissen, dass auch Jost im Lager ist. Er hat dir immer noch nicht verziehen, dass du seinen Heiratsantrag abgelehnt und stattdessen Trushard zum Mann genommen hast. Pass auf, dass du ihm nicht über den Weg läufst, sonst meldet er dich dem Rotbart, und dann ist dein hübsches Näschen ab.«

Bei Siegfrieds Worten fuhr mir der Schreck in alle Glieder. Es gab niemanden, den ich mehr hasste als seinen Bruder.

* * *

Ich erkannte das Zelt sofort an dem Wappen wieder: Auf jedem der Schilde, die vor den Waffenständern lehnten, prangte ein Eber. Franz von Kesselheym hatte in einer bemerkenswert schlichten Unterkunft aus Holzstangen und ungefärbten Leinenstoffbahnen gelebt. Sie hätte genauso gut einem einfachen Ministerialen gehören können.

Der Vorhang, der als Tür diente, war geschlossen. Vorsichtig öffnete ich ihn und spähte hinein. Fast hätte ich vor Schreck den Kopf wieder zurückgezogen.

Zäsarius kniete rechts vom Eingang vor einer Truhe und versuchte, das Schloss mit einer Haarnadel aufzubrechen!

Erschrocken fuhr der Mönch herum. »Ich habe Euch gar nicht kommen hören«, entschuldigte er sich. »Ich bin im Krieg etwas ängstlich geworden. Dauernd glaube ich, ein Cremaske schleiche sich hinterrücks an.« Er verzog den Mund zu einem falschen Lächeln. »Kann ich Euch behilflich sein?«, fragte er so unschuldig, als wäre es nichts Ungewöhnliches, dass jemand in einem fremden Zelt versuchte, eine Truhe gewaltsam zu öffnen. Aber es mochte auch durchaus sein, dass Enno ihn darum gebeten hatte, weil er den Schlüssel seines verstorbenen Herrn nicht finden konnte.

Ich entschloss mich, das Spiel – wenn es denn überhaupt eines war – mitzuspielen und so zu tun, als sei alles in bester Ordnung. »Wisst Ihr, wo ich die Unterkunft des Kaisers finde?«, erkundigte ich mich.

»Es ist mit Abstand das größte und prächtigste Zelt im Lager«, antwortete er. »Ihr wendet Euch nach links, dann immer geradeaus bis zu dem rot-gelb gestreiften Zelt. Wenn Ihr dort rechts abbiegt, seht Ihr es auch schon.«

»Habt Dank für die freundliche Auskunft«, sagte ich artig.

Hinter mir erklangen Schritte. Ich drehte mich um und hätte jubeln können. Es war Enno. Nun würde ich erfahren, ob Zäsarius mit Fug und Recht hier war oder ob er sich heimlich an der Truhe zu schaffen gemacht hatte.

»Sucht Ihr jemanden?«, fragte Enno freundlich.

Ich warf einen raschen Blick ins Zelt. Zäsarius rappelte sich ächzend hoch und ließ die Nadel dabei geschickt in den weiten Ärmel seiner Kutte gleiten. Wo bekam ein Mönch, der enthaltsam leben sollte, eine Haarnadel her?, schoss es mir durch den Kopf.

»Danke, aber es hat sich inzwischen erledigt«, gab ich Enno zur Antwort. Mit der linken Hand deutete ich ins Zelt. »Ich suche die Unterkunft des Kaisers, aber dieser fromme Bruder hat mir schon erklärt, wo ich sie finden kann.«

Ennos Gesicht, das noch mehr Kratzspuren und aufgeplatzte Pickel als am Vorabend aufwies, lief rot an. Er eilte die letzten Schritte zum Zelt und drängte mich zur Seite. Wie angewurzelt blieb er stehen, als er Zäsarius erblickte.

»Was tut Ihr hier während meiner Abwesenheit im Zelt?«, rief Enno erbost.

Es war mir schrecklich peinlich, einfach stehen zu bleiben, obwohl sich eine Auseinandersetzung abzeichnete, die nicht für meine Ohren bestimmt war. Aber wenn ich ging, würde ich das Wichtigste nicht erfahren.

Breitbeinig stand Zäsarius neben der Truhe. »Ich suche das Gebetbuch, das ich Franz geliehen habe. Ich brauche es dringend, weil ich gleich eine Andacht halten muss.«

»Ihr hättet mich fragen können«, gab Enno misstrauisch zurück.

»Mein Lieber, du warst nicht da, und da dachte ich, ich sehe mich schon einmal im Zelt um, während ich auf dich warte.« Zäsarius wirkte immer noch gelassen. Seine Unverfrorenheit machte mich sprachlos. »Umsehen« nannte er es, wenn er versuchte, eine Truhe gewaltsam zu öffnen!

Enno stutzte. »Aber Ihr wisst doch, dass ich jeden Mittag um diese Zeit beim Essen bin und anschließend die Pferde versorge.«

Zäsarius ließ sich nicht aus der Ruhe bringen, obwohl sein Lügengebäude so klar zu durchschauen war wie hauchdünnes Glas. »Ach ja, richtig!« Er schlug sich vor den Kopf. »Das hatte ich völlig vergessen. Die Aufregungen der letzten Tage waren wohl zu viel für mich alten Mann.« Er zauberte wieder dieses falsche Lächeln in sein Gesicht. »Wo ist nun bitte das Gebetbuch?«

Enno fuhr mit der rechten Hand zum Gesicht, um sich zu kratzen, dann beherrschte er sich. »In den Sachen meines Herrn befindet es sich nicht.«

»Es muss da sein«, beharrte Zäsarius, immer noch lächelnd.

Enno legte die linke Hand über die rechte, wahrscheinlich um sie festzuhalten, bevor sie wieder zu den juckenden Pickeln wandern konnte. »Noch heute Morgen habe ich alle Sachen meines Herrn aufgeräumt.«

»Nun, dann muss er das kostbare Stück wohl weiterverliehen haben.« Zäsarius zuckte ratlos die Achseln und lief auf den Eingang zu. »Das ist misslich. Jetzt muss ich sehen, wie ich die Andacht ohne das Buch halte. Gehabt Euch wohl!« Gemessenen Schrittes entfernte er sich.

Fieberhaft überlegte ich, was Elisabeth sagen würde, wenn sie in meiner Situation wäre. Immerhin war sie sehr erfahren darin, ihre Nase in Dinge zu stecken, die sie nichts angingen. In dieser Hinsicht konnte ich einiges von ihr lernen. Ihre Lieblingssätze fielen mir wieder ein, und plötzlich wusste ich, was zu tun war.

»Verzeiht, wenn ich so aufdringlich war, Euren Streit zu verfolgen, aber ich muss Euch noch etwas mitteilen, das Ihr vielleicht besser wissen solltet«, sagte ich, sobald Zäsarius außer Hörweite war. »Es geht mich ja eigentlich nichts an, aber Ihr wart sehr erstaunt, den Mönch in Eurem Zelt vorzufinden. Glaubt bitte nicht, ich wolle mich einmischen, doch dieser fromme Mönch hat sich nicht einfach nur umgesehen. Ich habe ihn dabei ertappt, wie er versuchte, eine verschlossene Truhe mit einer Haarnadel zu öffnen.«

Enno riss die rot geränderten Augen auf. »Wie bitte? Dieser Heuchler schreckt auch vor nichts zurück. Wie gut, dass ich heute Mittag keinen Appetit hatte und deswegen früher zurückgekehrt bin. Was bin ich …« Mitten im Satz brach er ab.

Ich blickte ihn erwartungsvoll an.

Er holte tief Luft. »Ihr müsst nicht denken, ich würde es an Ehrerbietung gegenüber der Kirche fehlen lassen, weil ich mich so abfällig über den Mönch geäußert habe«, entschuldigte er sich. »Aber seit jenem Tag, an dem mein Herr ihn kennen lernte, war er wie verwandelt. Fast jede Nacht hat er unter Albträumen gelitten. Seinen Kummer hat er mit Wein hinuntergespült. Ich habe ihn nicht wiedererkannt. Seine Seele hat dieser Mönch verdorben!« Tiefe Bitterkeit, die sich lange aufgestaut haben musste, sprach aus Ennos Worten. »Und jetzt ist mein Herr tot«, fügte er leise hinzu.

»Seid Ihr etwa der Knappe des Franz von Kesselheym?«, bohrte ich weiter.

Enno nickte. Seine Augen schimmerten feucht. »Mir ist zumute, als hätte ich meinen Vater verloren.«

»Mein herzliches Beileid«, sagte ich mitfühlend. »Ich war gestern in San Bassano, als es passiert ist. Eine schlimme Sache. Ich verstehe nicht, wer so etwas tut. Euer Herr soll ein vorbildlicher Ritter gewesen sein. Sein Ruhm ist bis an den Hof der Kaiserin gedrungen.«

Enno beugte seinen Kopf zu mir herüber. »Es war mit Sicherheit dieser Teufelsmönch«, raunte er mir zu. »Dem traue ich alles zu. Mein Herr hatte keine Todfeinde.«

»Im Gefolge der Kaiserin redet man nur noch über den schrecklichen Mord«, plapperte ich weiter. »Ach verzeiht, ich vergaß mich vorzustellen. Mein Name ist Poppo, und ich diene Kaiserin Beatrix als Bote. Es tut mir Leid, dass ich so unhöflich war, aber diese furchtbare lombardische Hitze macht mich ganz krank. Ich bin froh, wenn ich wieder nach Hause zurückkehren kann. Hoffentlich ist der Krieg bald zu Ende.«

»Ihr werdet sehen, im Handumdrehen sind wir mit den Cremasken fertig. Die sind doch keine echten Gegner für uns«, meinte Enno wegwerfend. »Die schlagen sogar Söhne von Handwerkern zu Rittern, stellt Euch das einmal vor! Unsere deutschen Ritter dagegen sind von edelster Abstammung.«

Zweifelnd sah ich ihn an. Er selbst sah weiß Gott nicht so aus, als wäre er von bester Herkunft. Schmächtig und unsicher, wie er war, konnte er froh sein, dass ihn überhaupt ein Herr in seinen Dienst genommen hatte. In der Regel wurden Bürschchen wie er von den Vätern einfach ins Kloster gesteckt.

»Aber gestern haben die Söhne der Handwerker mit dem Ausfall ihre Stärke gezeigt«, gab ich zu bedenken. »Vielleicht zieht sich die Belagerung doch noch etwas hin.«

»Ihr wagt es, am Kaiser zu zweifeln?« Enno funkelte mich wütend an. Ich war so erschrocken über seinen plötzlichen Gefühlsausbruch, dass ich unwillkürlich ein Stück zurückwich.

»Reißt Euch gefälligst zusammen«, fuhr ich ihn an. »Ich kann weiß Gott nichts dafür. Oder sehe ich wie ein Lombarde aus?«

»Verzeiht.« Enno legte mir die Hand auf den Arm und sah mich zerknirscht an. »Es ist nur … Mir gehen unsere toten Männer nicht mehr aus dem Kopf. So viele sind gestorben …« Er atmete tief durch. »Wenigstens haben sie ihr Leben für die Ehre des Reiches und für den Kaiser hingegeben«, sagte er mit fester Stimme.

Wenn ich sein Vertrauen gewinnen wollte, durfte ich mir nicht anmerken lassen, wie ich in Wirklichkeit über den Krieg dachte. Ich schluckte die spitze Bemerkung herunter, die sich mir auf die Zunge drängte. »Mögen ihre armen Seelen in Frieden ruhen«, erwiderte ich salbungsvoll. Fürs Erste hatte ich genug erfahren. »Ich muss dem Kaiser ein wichtiges Schreiben übergeben. Aber wenn Euch mal danach zumute ist, mit einem Freund über Euren schweren Verlust zu sprechen, findet Ihr mich im Zelt von Folkwin, dem Koch.«

* * *

Während ich zur kaiserlichen Unterkunft lief, dachte ich darüber nach, was Zäsarius in der Truhe gesucht haben könnte. Sicher, Gebetbücher waren wie jedes Buch kostbar, selbst wenn sie nur von verhältnismäßig einfacher Machart waren, und bei diesem Gebetbuch mochte es sich um ein besonders prächtig illuminiertes Stück handeln, das für Zäsarius' Kloster von nahezu unschätzbarem Wert war. Aber wenn er das Gebetbuch seinem Freund Franz tatsächlich geliehen hatte, wieso fragte er dann nicht einfach Enno danach, sondern schlich heimlich in das Zelt? Barg die Truhe ein Geheimnis, dessen Entschlüsselung mir den entscheidenden Hinweis für die Lösung des Falles liefern würde?

Ich beschloss, sie so schnell wie möglich selber in Augenschein zu nehmen. Aber dabei würde ich geschickter vorgehen als Zäsarius, der darauf vertraut hatte, dass Enno wie immer um die Mittagszeit fort war.

Ich sperrte den Mund auf, als ich an ein schwarz-gold gestreiftes Zelt gelangte, das mindestens dreimal so groß war wie die Halle der Burg in San Bassano und mit vergoldeten Troddeln und Borten geschmückt worden war. Ich hatte schon wahrhaft viel Luxus gesehen, seit ich am Hof der Kaiserin diente, aber das übertraf alles. Die Schilde mit dem Reichsadler, die an den Waffenständern lehnten, zeigten jedem Besucher, dass in diesem Prunkzelt kein anderer als Barbarossa wohnte.

Einer der beiden Wachmänner vor dem Eingang grinste. »Das Zelt kann nur mithilfe von Maschinen aufgebaut werden«, erklärte er mir, wobei in seiner Stimme der Stolz darauf mitschwang, einem so mächtigen Herrn zu dienen. Das Gesicht des Mannes erinnerte mich an einen Geier: scharfe Augen, eine nach unten gebogene Nase, dünne Lippen. »In diesem Zelt, das König Heinrich II. von England unserem Kaiser geschenkt hat, haben wir nach der Unterwerfung Mailands die Messe gefeiert.«

Ich hatte nur halb hingehört, denn in meinem Bauch hatte ein heftiges Grummeln eingesetzt, wie immer in brenzligen Situationen. Jetzt kam der entscheidende Augenblick. Bisher hatte mich noch niemand als Frau erkannt. Aber was war, wenn ich die Botschaft dem Kaiser persönlich übergeben musste? Mit seinem durchdringenden Blick würde er mich auf Anhieb erkennen.

Ich wandte mich an das Geiergesicht. »Danke für Eure Auskunft. Ich habe eine Botschaft von der Kaiserin«, brummte ich und überreichte ihm das Schreiben.

Prüfend besah er es. »Das Siegel ist echt. Bring die Botschaft hinein«, befahl er seinem Kumpel, dessen Gesicht von Pockennarben entstellt war, und hielt ihm den Brief hin.

Damit war ich entlassen. Ich murmelte einen Abschiedsgruß und wandte mich aufatmend zum Gehen.

Kaum hatte ich mich umgedreht, da stürmte »Graf Wichtig« an mir vorbei, genau auf Barbarossas Unterkunft zu. »Lass mich sofort zum Kaiser!«, befahl er.

Da auch Otto zu meinen Verdächtigen zählte, blieb ich stehen, wandte mich um und beobachtete das Geschehen. Mit meiner aufdringlichen Neugier wurde ich Elisabeth immer ähnlicher.

Das Geiergesicht hielt den aufgeregten Grafen fest. »Nicht so eilig, edler Herr. Was gibt es denn?«

»Hast du etwa vergessen, wer ich bin?«, donnerte der Graf und schüttelte die Hände des Wachmanns ab. »Ich stamme aus einem der mächtigsten Adelsgeschlechter des Reiches. Wenn ich dir sage, dass du mich zum Kaiser lassen sollst, dann hast du das gefälligst zu tun! Es geht um Leben und Tod!«

»Es ist meine Aufgabe, vorher genau zu prüfen, welches Anliegen jemand hat, der zum Kaiser will, und selbst bei Euch darf ich da keine Ausnahme machen, edler Herr«, erwiderte der Wachmann ruhig. »Also, worum geht es?«

Graf Otto rückte den edelsteinbesetzten Gürtel zurecht, der anscheinend durch das Laufen verrutscht war. »Jemand hat vor dem kaiserlichen Küchenzelt die Mittagssuppe vergiftet«, teilte er von oben herab und sichtlich widerwillig mit, als wäre es für ihn eine Zumutung, mit einem Wachmann zu reden. »Alle, die davon gegessen haben, leiden unter Durchfall und Erbrechen. Schätzungsweise dreißig Männer sind betroffen.«

Das Geiergesicht wurde blass. »Um Gottes willen, der Kaiser sitzt beim Mittagsmahl.«

Trotz der Hitze durchzuckte mich ein eisiger Schreck. Ohne Zögern stürmte der zweite Wachmann ins Zelt. »Majestät, haltet ein!«, schrie er. »Nicht essen!«

Mit zitternder Hand wischte sich das Geiergesicht den Schweiß von der Stirn. »Ist jemand gestorben?«

Graf Otto schüttelte den Kopf. Wie ein goldener Kessel glänzten seine kinnlangen blonden Haare in der Sonne. »Bis jetzt noch nicht. Aber die Kranken sind ziemlich geschwächt.« Er hakte den Daumen in den Gürtel und schaute den Wachmann hochmütig an. »Lass mich endlich zum Kaiser«, befahl er.

Mit aschfahlem Gesicht kam der zweite Wachposten aus dem Zelt. »Seine Majestät hat bereits das ganze Hühnchen verspeist.«

* * *

Auf einen Schlag brach das Chaos aus. Das Geiergesicht schrie nach dem Leibarzt des Kaisers, der Pockennarbige rannte wie ein Hase davon, Graf Otto erteilte Anweisungen, die niemand beachtete, und weitere bewaffnete Männer hetzten herbei.

Kurz entschlossen wandte ich mich um und nahm die Richtung, aus der Graf Otto herangestürzt war. Sollte es sich tatsächlich um einen Anschlag auf das Leben des Kaisers handeln, konnte ich dem Täter vielleicht noch auf die Spur kommen.

Eine dünne Rauchsäule wies mir den Weg zum Küchenzelt, das nicht weit von der kaiserlichen Unterkunft entfernt war. Vor dem Zelt hingen mehrere Kessel über einer großen Feuerstelle. Das mussten die Unglückstöpfe mit der vergifteten Suppe sein. Liebend gerne hätte ich einen Blick hineingeworfen, aber genau davor hockten mehrere verschreckt aussehende Küchenjungen auf einer langen Holzbank. Auf dem Tisch türmten sich Möhren und Kürbisse, die Messer lagen unberührt daneben. Der Arbeitsplatz wurde vor Sonne und Regen durch einen Baldachin geschützt, der in den kaiserlichen Farben Gold und Schwarz gestreift war. Daneben prangte ein Schild mit dem Reichsadler. Jeder konnte auf Anhieb sehen, dass dies die Küche war, in der die Speisen für Barbarossa zubereitet wurden.

Ich versuchte mir auszumalen, wie der Anschlag passiert war: Jemand näherte sich der Feuerstelle und warf Gift in die Kessel, während am Tisch nebenan mehrere Küchenjungen arbeiteten. Es überstieg meine Vorstellungskraft, dass niemand die Tat bemerkt haben sollte.

»Was lungerst du hier herum?«, knurrte mich einer der Küchenjungen plötzlich an. »Willst du etwa auch Gift ins Essen schütten?«

Die Köpfe der anderen ruckten hoch. Ich schrak aus meinen Gedanken. »Ich will Folkwin, den Koch, sprechen«, erwiderte ich, so gelassen ich konnte.

»Der hat jetzt andere Sorgen«, meldete sich ein Bursche mit verweinten Augen. »Und wir auch.« Er schniefte. »Paarweise werden wir im Küchenzelt befragt.«

»Ich habe nicht genug Zeit, um zu warten, bis Folkwin damit fertig ist«, log ich und schob mich näher ans Zelt.

»Wer von euch hat das Zeug ins Essen geschüttet?«, donnerte es drinnen. Ich zuckte zusammen. Der verweinte Bursche rutschte vor Schreck von der Bank.

Dennoch wagte ich mich weiter. Vielleicht erfuhr ich aus der Befragung der Küchenhelfer etwas Wichtiges. Vorsichtig lugte ich um die Ecke des Zelteingangs.

Drohend schwang ein kräftiger, glatzköpfiger Küchenmeister den Bratspieß und lief vor zwei verschüchterten Jungen, die sich in einer Ecke des Zeltes verkrochen hatten, auf und ab. Dieser unfreundliche Zeitgenosse musste Folkwin sein. Mein Herz rutschte in den tiefsten Zipfel der Bruche.

»Warst du es, Balduin?« Der Koch zielte mit dem Bratspieß auf einen der beiden, einen dicken Burschen. Das Opfer wurde schreckensblass.

Blitzschnell schwang Folkwin zu dem anderen Jungen herum. »Oder du, Gottfried?«

»N-n-n-n-ein«, stotterte der schielende Küchenhelfer. Beschwörend hob er die Hände. »G-g-g-g-glaubt mir, ich war's nicht!«

»Und wer war es dann? Raus mit der Sprache: Was habt

ihr gesehen? Oder soll ich euch die Zunge mit der Zange herausholen?« Heftig stieß Folkwin den Spieß in den Boden.

Ich beschloss, unauffällig zu verschwinden, bevor mich der Koch entdeckte und womöglich auch noch anbrüllte oder gar verdächtigte. In der Stimmung, in der sich Folkwin befand, war ihm alles zuzutrauen. Meine Nachforschungen konnte ich auch woanders fortsetzen. Niemals würde ich bei diesem groben Klotz Unterschlupf suchen. Lieber schlief ich alleine unter freiem Himmel. Einen schrecklichen Kumpel hatte Siegfried sich da ausgesucht. Oder war es sein ewig leerer Bauch, der ihn zu dieser Freundschaft bewogen hatte?

»Da!« Der schielende Gottfried deutete auf mich.

Ehe ich mich verdrücken konnte, war Folkwin schon herumgewirbelt. »Und wer bist du?« Er knurrte mich an wie ein wütender Hund, der sein Revier gegen Angreifer verteidigt. Ruckartig riss er den Bratspieß aus der Erde und richtete ihn drohend auf mich.

Ich zwang mich, ruhig zu bleiben. »Ich bin Poppo, ein Bote der Kaiserin. Heißt du hungrige Fremde immer so unfreundlich willkommen?«

»Nicht unfreundlich genug, mein Teuerster. Heute hat sich ein Abgesandter des Teufels an die Feuerstelle geschlichen und unser Essen vergiftet. Du kannst gerne von dieser Suppe kosten, wenn du hungrig bist.« Folkwins Augen glitzerten boshaft.

Die Küchenjungen verfolgten die Auseinandersetzung mit weit aufgerissenen Augen, in denen die pure Schadenfreude stand. Sie waren offenbar froh, dass ihr Meister sich ein anderes Opfer ausgesucht hatte.

Mit schneidender Stimme erwiderte ich: »Ich glaube nicht, dass Siegfried von Lautern es schätzt, wenn du seinem besten Freund einen solchen Fraß anbietest.«

»Ein Freund von Siegfried bist du also! Warum hast du das nicht gleich gesagt? Setz dich doch.« Eilfertig deutete der Glatzkopf auf die Küchenbank. »Der gute Siegfried ist der Einzige in diesem Lager, der es zu würdigen weiß, dass ich dank meiner Kochkünste selbst die erbärmlichsten Vorräte in Köstlichkeiten verwandle. Die anderen murren nur über das eintönige Essen. Aber was kann ich dafür, dass Schweine nicht auf Olivenbäumen wachsen?« Folkwin stellte den Spieß in einer Ecke ab und schnippte mit den Fingern. Sofort eilte Gottfried los und brachte mir einen Becher Wein. Mit erleichtertem Gesichtsausdruck machte Balduin sich daran, einen Teig anzurühren.

»Mal sehen. Ich habe noch einen Rest Hühnchen von gestern Abend.« Mit einem mitleidigen Blick auf meine abgemagerte Figur schob mir der Koch eine Tonplatte mit Fleisch hin. Als er mein Zögern bemerkte, fügte er rasch hinzu: »Ohne jeden Zweifel sehr bekömmlich. Unser gemeinsamer Freund hat drei dieser zarten Viecher zum Frühstück verdrückt, und er ist noch wohlauf.«

Es war die reine Gier gewesen, die Siegfried in das Zelt dieses Grobians geführt hatte. Aber vielleicht hatte er nicht die schlechteste Wahl getroffen, denn mit leerem Bauch konnte man nicht kämpfen – und auch keine Mörder fangen.

Jetzt erst merkte ich, wie stark mein Magen knurrte. Vor lauter Aufregung und Sorge hatte ich seit gestern Morgen kaum etwas gegessen. Meine Kehle war nach dem Ritt durch die heiße Sonne ausgedörrt. Freundlich dankte ich und nahm einen Schluck Weißwein. Er war von bester Qualität. Dann griff ich mir ein Stück Hühnerbrust. Das butterzarte Fleisch war ausgesprochen köstlich gewürzt. »Ich habe schon lange kein so gutes Gericht mehr gegessen«, lobte ich.

Auf dem Gesicht des Kochs zeigte sich ein flüchtiges Lächeln. Müde ließ er sich neben mir auf die Bank fallen. »Ein

Spezialrezept vom Leibkoch des Papstes. Wir haben uns ausgetauscht, als Friedrich zum Kaiser gekrönt wurde.« Er wurde wieder ernst. »Friedrich … o mein Gott, nicht auszudenken, wenn ihm etwas zustößt!«

Mittlerweile hatte ich gelernt, Elisabeth an Zudringlichkeit noch zu übertrumpfen. Daher fragte ich ganz unverblümt: »Was ist eigentlich passiert? Als ich an der Unterkunft des Kaisers einen Brief von meiner Herrin abgegeben habe, kam Graf Otto herbeigestürzt und erzählte, dass es um Leben und Tod ginge.«

Folkwin stützte beide Arme auf die Holzplatte und seufzte schwer auf. »Gestern der Ausfall und die vielen Toten, und heute das! Das Unglück hört einfach nicht auf. Allem Anschein nach hat irgendein Unhold das Mittagessen vergiftet. Bisher ist noch niemand gestorben, aber viele leiden an Übelkeit und Erbrechen. Wer weiß, vielleicht wirkt das Gift auch langsam. Wenn dem Kaiser etwas passiert, wenn er womöglich gar stirbt, bin ich geliefert. Denn der Schuldige ist immer der Koch, der angeblich nicht aufgepasst hat.«

Mit jedem Bissen wuchs mein Verständnis für Siegfried. Ich merkte, wie gut mir das Essen tat und wie mich wieder neue Kräfte durchströmten. Kauend fragte ich: »Wer könnte ein Interesse daran haben, den kaiserlichen Männern zu schaden?«

Folkwin hob ratlos die Hände. »Ich weiß nicht, wer so etwas Unsinniges tut. Es ist klar, dass der Kaiser nicht mit einer einfachen Suppe verköstigt wird, sondern etwas Besseres bekommt. Der Linseneintopf war für das kaiserliche Gesinde und die Ministerialen bestimmt. Der Verbrecher wusste also ganz genau, dass er mit seiner ruchlosen Tat dem Kaiser nicht schadet. Es sei denn, er hätte auch noch das Huhn vergiftet.«

Folkwin und seine Helfer versorgten auch die Reichsministerialen mit Essen? Ein furchtbarer Gedanke durchzuckte mich. Erschrocken ließ ich das Fleisch sinken. »Hat heute Mittag ein Riese mit verletztem Arm und dunklen Haaren von der verdorbenen Suppe gekostet?«, fragte ich.

»Du meinst Trushard? Nein, der war nicht hier«, antwortete Folkwin bestimmt.

Mir fiel ein Stein vom Herzen. »Woher weißt du denn, dass es überhaupt Gift war? Vielleicht war auch einfach nur eine Zutat verdorben.« Nachdem ich die Vermutung ausgesprochen hatte, bereute ich es sofort.

Krachend ließ Folkwin seine Faust auf die Holzplatte donnern. »Was denkst du denn von mir? Ich habe in einer königlichen Küche gelernt und weiß, was sich gehört. An jedem einzelnen Kräutlein rieche ich, bevor ich es zerhacke. Ein Koch landet allzu schnell im Kerker, wenn er seinem Herrn verdorbenes Essen vorsetzt!«

»Es war nur so ein Gedanke von mir«, murmelte ich beschwichtigend und versuchte rasch eine Ablenkung: »Hat der Kaiser eigentlich einen Vorkoster?«

Folkwin schüttelte den Kopf. »Er besitzt lediglich so einen kleinen Silberbaum mit Schlangenzähnen, den er auf die Tafel stellt. Er glaubt, dass er damit ausreichend geschützt ist.« Der Koch schnaufte verächtlich. »Ich persönlich glaube nicht, dass Schlangenzahne wirklich die Fähigkeit besitzen, Gift anzuzeigen.«

»Könnte es nicht sein, dass das Gift erst in die Näpfe geschüttet wurde?«, überlegte ich laut und biss in das letzte Stück Hühnerbrust.

»Schön wär's ja«, seufzte Folkwin. »Dann wäre ich die Verantwortung los. Aber das ist leider ausgeschlossen. Die Suppe wurde direkt aus den Kesseln in die Näpfe der Ministerialen und des Gesindes geschöpft. Sie waren so hungrig, dass sie gleich hier, vor dem Küchenzelt, gegessen haben.«

»Wer hatte denn die Gelegenheit, etwas in die Suppe zu schütten?«, forschte ich weiter.

Folkwin stützte den Kopf in die rechte Hand. »Als die Sonne schon hoch stand, kam dieser gierige, fette Mönch. Er hat mal wieder gebettelt, wie jeden Morgen ...«

»Du sprichst von Zäsarius?«, hakte ich nach.

Folkwin nickte. »Er kann den Hals einfach nicht voll kriegen. Nun ja, die Lebensmittel werden allmählich knapp. So eine riesige Armee frisst ganze Landstriche leer, und Zäsarius hat einen dicken Bauch, der gefüllt werden muss. Er tut wirklich alles, nur um eine Leckerei zu bekommen! Heute hat er sogar das Wasser für die Suppe herbeigeschleppt. Als Belohnung habe ich ihm ein Stück Aprikosenkuchen gegeben. Aber er kann nicht der Übeltäter sein, denn er hat soeben einen ganzen Napf von der Unglückssuppe vertilgt.«

»Die Söhne des Arnaldus drücken sich hier auch andauernd herum«, ergänzte Gottfried, der einen Korb mit Broten füllte.

»Sie haben kein Geld, um sich selbst mit Essen zu versorgen«, bestätigte der Koch. »Die Mailänder haben ihnen alles weggenommen, was sie besaßen. Und da der Kaiser ihre Tapferkeit schätzt und den Mut bewundert, mit dem sie ihr hartes Schicksal ertragen, hat er uns angewiesen, sie zu verpflegen.«

Arnaldus und Zäsarius. Ausgerechnet die beiden Männer, die auch des Mordes an Franz verdächtig waren, hätten auch die Gelegenheit gehabt, die Suppe zu vergiften. Und Graf Otto, der dritte Verdächtige, hatte das Unglück dem Kaiser gemeldet. Hingen die beiden Verbrechen womöglich zusammen? Aber wie?

Während ich einen tiefen Schluck Wein nahm, fiel mir noch eine weitere Möglichkeit ein. »Vielleicht will jemand die Kampfkraft des Heeres schwächen. Ein Verräter aus den eigenen Reihen oder sogar die Cremasken selbst. Hatten die Feinde gestern beim Ausfall die Gelegenheit, das Gift in den Kessel zu werfen?«

Folkwin wiegte den Kopf nachdenklich hin und her. »Denkbar wäre es«, gab er zu. »Auch in der Nähe des Küchenzeltes wurde heftig gekämpft, und wir haben die Kessel erst heute Mittag wieder benutzt.« Dankbar strahlte er mich an. »Wenn es tatsächlich die Cremasken waren, kann man mir natürlich keinen Vorwurf machen. Ich muss sagen, Siegfried hat in dir wirklich einen schlauen Freund gefunden.« Als Frau war ich noch nie für meine Klugheit gelobt worden. Allmählich fand ich an der Verkleidung Gefallen.

Von draußen erklangen feste Schritte. Barbarossas pockennarbiger Wachmann trat in das Zelt. »Der Kaiser ist wohlauf, dem Herrn sei Dank. Wenn es ihn wirklich erwischt hätte, hätten sich die ersten Symptome bei ihm schon zeigen müssen. Der Kaiser geht davon aus, dass es kein Gift ist, sondern eine dieser üblichen Durchfallerkrankungen, von denen Heere leider Gottes öfter befallen werden. Zum Glück scheint es keine Pestilenz zu sein, da die Betroffenen nur an Durchfall und Erbrechen leiden, aber kein Fieber haben. Es gibt also bislang keinen Grund zur Beunruhigung. Alle Geistlichen beten für das Wohl der Kranken.« Er grüßte noch einmal und verschwand.

Folkwin seufzte erleichtert. »So Leid es mir für die Opfer tut, aber für mich bedeutet es, dass mein Kopf gerettet ist. Gegen eine Krankheit ist jeder Koch machtlos. Jetzt kann mir niemand mehr Nachlässigkeit vorwerfen. Bleibt nur zu hoffen, dass uns der Durchfall nicht auch noch erwischt. Aber ich denke, dann wären wir wohl längst betroffen.«

Auch den beiden Küchenjungen stand die Erleichterung ins Gesicht geschrieben.

Ich lächelte in die Runde. »Von wegen Gift. Da hat uns

die Fantasie wohl einen ganz schönen Streich gespielt. Aber wenn jemand nach einem Essen erkrankt, kommen schnell Gerüchte auf.« Ich verschwieg, dass ich dem Kaiser nicht glaubte. Gewiss, Durchfallerkrankungen traten bei Heerfahrten ziemlich häufig auf, vermutlich weil das Trinkwasser oftmals nicht ganz sauber war. Aber dass so viele Männer ausgerechnet einen Tag nach dem Ausfall der Cremasken und dem Mord an Franz von Durchfall geplagt wurden, machte mich stutzig. Das konnte doch kein Zufall sein! Ich konnte mir auch nicht vorstellen, dass der sonst so schlaue und misstrauische Kaiser tatsächlich an eine Krankheit glaubte. Ob er es nur gesagt hatte, damit sich im Heer keine Panik breit machte? Ich war fest davon überzeugt, dass es zwischen all den schlimmen Ereignissen einen Zusammenhang gab. Ich musste versuchen, ihn aufzudecken, und zwar so schnell wie möglich, um weiteren Schaden zu vermeiden.

Mit einem bedauernden Blick auf die Fleischplatte und den Weinkrug stand ich auf. Zuerst würde ich das Geheimnis der Truhe lüften, und zwar bevor Zäsarius sie am Ende doch noch mit seinen gierigen Händen öffnen konnte. Aber alleine würde ich das nicht schaffen. Ich brauchte Siegfrieds Hilfe. Spätestens zum Abendessen würde sich die Unterkunft von Franz von Kesselheym mit Knechten bevölkern, die von der Arbeit zurückkehrten. Aber jetzt trafen wir den trauernden Enno mit etwas Glück noch alleine an.

* * *

Vorsichtig schlich ich um Siegfrieds Zelt herum. Die Kappe hatte ich mir ganz tief ins Gesicht gezogen, damit sein Bruder Jost nicht meine auffälligen grünen Augen sah, falls ich ihm über den Weg lief.

»Ich glaube nicht, dass du Erfolg haben wirst.« Das war

eindeutig Josts quäkende Stimme! »Dein Vorhaben ist einfach schwachsinnig.«

»Lass mich doch«, brummte Siegfried. »Auch wenn ich scheitere, ich muss es zumindest versuchen. Ich würde mir sonst mein Leben lang Vorwürfe machen.«

»Mir wäre wohler gewesen, wenn du als mein Stellvertreter in Lautern geblieben wärst«, quäkte es weiter. »Wenn ich zurückkomme, muss ich wahrscheinlich erst einmal gründlich aufräumen. Ich möchte nicht wissen, welche lockeren Sitten dort in meiner Abwesenheit eingerissen sind. Aber nein, du musstest ja unbedingt mitkommen, um deinem Traum nachzurennen. Das Glück deines Lebens! Pah! Du kommst sowieso viel zu spät.« Josts Stimme klang vorwurfsvoll. Wie immer wusste er alles besser.

»Vielleicht wird mein Traum ja doch wahr«, sagte Siegfried leise. »Und jetzt lass mich in Ruhe. Ich habe mich entschieden, und das solltest du endlich akzeptieren.«

»Verstaubte Pergamente, Unterricht im Lesen und Schreiben, höfisches Benehmen! Ha, was für ein Unsinn! Fehlt nur noch, dass du dir so ein albernes Schapel aufsetzt und dich in einen dieser modischen Bliauts quetschst. Du machst dich zum Narren, Bruderherz.« Jost ereiferte sich immer mehr. Doch plötzlich hielt er inne. »Pscht, hörst du das?«, fragte er. »Da atmet jemand, ganz dicht am Zelt.«

Mein Herz stand still.

»Quatsch keinen Blödsinn, Brüderchen«, dröhnte Siegfried.

»Doch, doch«, beharrte Jost. »Ich gehe nachsehen.« Es raschelte. Wahrscheinlich erhob er sich gerade.

Wenn ich weglief, würde Jost meine Schritte hören. Ich entschied mich stehen zu bleiben in der Hoffnung, dass Siegfried schlau genug war, um seinen Bruder zurückzuhalten. Falls nicht, konnte ich immer noch verschwinden.

»Also gut.« Siegfried schnaufte resigniert. »Ich muss sowieso mal dorthin, wo selbst Barbarossa zu Fuß hingeht. Dann sehe ich auch gleich nach. Damit du beruhigt bist. Auch wenn es bestimmt nur wieder eine dieser Katzen ist, die hier dauernd herumschleichen.« Es ächzte. Bestimmt rappelte Siegfried gerade seine Leibesfülle in die Höhe. Dann hörte ich ein schweres Tapsen. Immer noch verharrte ich regungslos.

Siegfried schüttelte vorwurfsvoll den Kopf, als er mich sah, packte mich am Ärmel und zerrte mich weg. Als wir ein gutes Stück von seinem Zelt entfernt waren, fuhr er mich an: »Bist du verrückt?«

»Ich brauche dich«, sagte ich ohne Umschweife. »Jetzt sofort.« Dann erklärte ich ihm meinen Plan. Ich musste Siegfried nicht lange überreden. »Wenn du sagst, dass es gleich sein muss, dann wirst du deine Gründe haben«, brummte er.

Die Liste meiner Sünden wird immer länger, dachte ich beschämt, während wir durch die staubigen Gassen gingen. Erst gab ich mich als Mann aus, und jetzt täuschte ich Enno und schnüffelte in der Truhe eines ehrenwerten Ritters herum.

Als wir unser Ziel erreichten, vernahmen wir aus dem Zelt Ottos Stimme: »Lass dich von deiner Trauer nicht unterkriegen. Du musst nach vorne sehen, Enno.« Erstaunlich freundlich klang »Graf Wichtig«. So viel Einfühlungsvermögen hatte ich diesem aufgeblasenen Kerl gar nicht zugetraut. Mich wunderte auch, dass er sich dazu herabgelassen hatte, seinen Knappen aufzusuchen.

»Du musst mit der Vergangenheit abschließen« fuhr Otto fort, immer noch mit dieser schleimigen Freundlichkeit in der Stimme. »Deshalb ist es auch gut, dass du dich entschieden hast, ab sofort bei meinem Gefolge zu wohnen. Wenn du heute Abend deine restlichen Sachen mitgebracht hast, wirst du dich gleich viel besser fühlen. Bis dann, Enno, und Kopf hoch!« Der Graf rauschte aus dem Zelt. Während er an uns vorbeistolzierte, würdigte er uns keines Blickes. Manchmal hatte es eben doch Vorteile, wenn die Vornehmen einfache Leute schlichtweg übersahen.

Ich verkroch mich hinter dem Fass, das zwischen Ennos Unterkunft und dem Nachbarzelt stand, lehnte mich dagegen und schloss die Augen. Wenn mich wider Erwarten jemand entdecken sollte, würde er annehmen, dass ich mich hierher zurückgezogen hatte, um ein Nickerchen zu halten.

Siegfried räusperte sich, dann schaute er zu Enno ins Zelt. »Seid gegrüßt. Entschuldigt bitte die Störung, aber ich soll Euch ausrichten, dass Ihr bei der Herrichtung der Blide helfen sollt.«

»Gerne.« Die Antwort war ohne Zögern gekommen, genau wie ich es gehofft hatte. Enno war so von der Sache des Kaisers überzeugt, dass er, ohne nachzufragen, mithelfen würde. Und wenn er erst einmal bei den Belagerungsmaschinen war, würde sich dort niemand danach erkundigen, wer ihn hergebeten hatte, dafür würden die Knechte über zwei zusätzliche Hände viel zu froh sein. Schließlich hatten sie vorhin geklagt, dass sie einige Arbeiter durch den Ausfall verloren hatten.

Mit federnden Schritten hüpfte der Knappe davon. Siegfried schloss sich ihm an. Er würde ihn ein Stück begleiten, um ihn auszuhorchen und sicherzugehen, dass er auch wirklich eine Weile wegblieb.

Ich wartete noch ein paar Augenblicke, dann rappelte ich mich hoch und schlich mit klopfendem Herzen in das Zelt. Wenn mich jemand entdeckte, war ich geliefert. Bestimmt würde man dann auch herausfinden, dass ich eine Frau war.

Die Truhe stand nicht mehr an ihrem alten Platz. Jemand hatte sie verrückt. Auf Zehenspitzen bewegte ich mich vorwärts. Vielleicht war sie auch mittlerweile aufgeschlossen?

Ganz sachte versuchte ich, den Deckel aufzuklappen. Es ging nicht. Natürlich nicht. Ich wünschte, ich wäre auf San Bassano und könnte mir von meiner Freundin eine Haarnadel borgen, um die Truhe aufzubrechen. Aber an den Geräuschen, die sie beim Verrücken von sich geben würde, konnte ich möglicherweise auf den Inhalt schließen. Mit der Fußspitze schob ich sie ein Stück nach hinten. Nichts. Ich stieß heftiger zu. Wieder nichts. Ich umfasste die Truhe mit beiden Armen und hob sie hoch. Sie war unerwartet leicht. Ich stellte sie auf den Kopf. Nichts. Noch nicht einmal das Rascheln von einem Stück Pergament. Vor Enttäuschung hätte ich am liebsten laut geflucht.

In der hintersten Ecke stand eine zweite, größere Truhe. Ich trat an sie heran, hob den Deckel und spähte neugierig hinein. Ein kleiner Geldbeutel, ein Dolch, ein reich bestickter Rock aus gutem Wolltuch – auch diese Truhe musste dem toten Ritter gehören. Nacheinander packte ich seine nicht sehr zahlreichen Besitztümer aus. Als ich den sorgfältig zusammengelegten Rock hochhob, fühlte es sich an, als läge etwas darin versteckt. Ich griff hinein – ein Stück Pergament!

Aufgeregt entfaltete ich es. Die Augen fielen mir fast aus dem Kopf, als ich sah, was auf dem Pergament geschrieben war: ein Lied! Und was für eins! Erstaunt überflog ich die Strophen, in denen ein Mann in zynischen Worten beschrieb, wie er seine »Alte« gegen ein junges Weib eintauschte und sich die Neue gefügig machte. »Der Bolzen treibt den Bolzen aus, die Liebe treibt die Lieb hinaus, die Alte schleicht sich aus dem Haus, die Neue naht mit Saus und Braus; drum heraus, Freudenlieder und Applaus!«

Hatte Zäsarius nicht gestern behauptet, Franz habe drei reizende Kinder und eine wunderbare Frau? Aber dieses Lied schien mir so gar nicht zu einem frommen und glücklich verheirateten Ritter zu passen. Wer mit einem Mönch über ein gottgefälliges Leben diskutierte, würde wohl kaum Gefallen an Versen finden, in denen Frauen nach Lust und Laune ausgewechselt wurden, denn die Ehe war ein Sakrament und folglich unantastbar. Hatte Jesus nicht darauf hingewiesen, dass Ehebruch schon in Gedanken, bei einem begehrlichen Blick, anfing? War dann nicht auch der Besitz eines Liedes, in dem offen zum Bäumchen-wechsel-dich-Spiel aufgerufen wurde, eine schwere Sünde? Nach außen hin hatte Franz so getan, als ob er kein Wässerchen trüben könnte, aber in seinem Herzen musste es düster ausgesehen haben. Niemand gab so viel Geld für teures Pergament aus, wenn ihm nicht außerordentlich gut gefiel, was darauf stand. Doch wie konnte ein treu sorgender Ehemann Geschmack an solchem Schund finden? Mein Trushard jedenfalls würde niemals auch nur einen Pfennig für ein derart übles Machwerk ausgeben, da war ich mir sicher. Wahrscheinlich hatte Franz von Kesselheym den tugendhaften Ritter nur gespielt.

Und überhaupt: Warum hatte Franz das Pergament in seinem Rock versteckt, anstatt es ganz offen zu den anderen Sachen in die Truhe zu legen?

Ich bedauerte, dass ich mich schleunigst verdrücken musste, aber den aufschlussreichen Text steckte ich ein.

Nach allem, was ich über den Toten gehört hatte, bezweifelte ich, dass er selbst solche Verse schreiben konnte, denn dazu gehörte jahrelange Übung in der Dichtkunst. Bestimmt war es das Werk eines fahrenden Spielmanns, der im Liebesleben die Abwechslung bevorzugte.

Während ich die Sachen wieder einräumte, überlegte ich, warum die verschlossene Truhe leer war. Es gab vier Möglichkeiten. Erstens: Enno hatte den Nachlass seines Herrn vor Zäsarius in Sicherheit gebracht. Hatte er ihn vielleicht

»Graf Wichtig« übergeben? Aber nein, ich hatte genau gesehen, dass Otto mit leeren Händen davongegangen war. Zweitens: Der Mönch war mir doch noch zuvorgekommen. Das hielt ich für unwahrscheinlich. Gewiss würde er das Risiko, zum zweiten Mal auf frischer Tat ertappt zu werden, nicht eingehen. Drittens: Trushard hatte als Ermittler offiziell die Truhe untersucht und den Inhalt mitgenommen. Viertens: Es gab noch eine weitere Person, die hinter dem Inhalt her war. Aber warum verschloss jemand eine leere Truhe? Und: Was war bloß drin gewesen?

* * *

Die Kraft der Sonne ließ allmählich nach. Vielleicht hatte Trushard sich inzwischen wieder beruhigt. Da ich sein unberechenbares Temperament kannte, wollte ich zunächst einmal herausfinden, in welcher Stimmung er war. Daher lief ich nicht offen auf sein Zelt zu, sondern schlich mich von hinten an. Sollte ich ihn laut fluchen hören, würde ich morgen wiederkommen, ehe wir noch mehr in Streit gerieten. Hörte ich ihn dagegen leise vor sich hin summen, war er gut gelaunt. Dann wäre es der perfekte Zeitpunkt für die Versöhnung.

Mit angehaltenem Atem blieb ich zwischen seinem und dem Nachbarzelt stehen.

»Bei mir war es Liebe auf den ersten Blick.« Trushard sprach von mir! Mein Herz hüpfte. Er hatte den Streit wohl schon vergessen. Doch mit wem unterhielt er sich über so persönliche Dinge?

»Ihr seid ein seltsames Paar.« Die tiefe, raue Männerstimme hatte ich noch nie gehört. Woher wollte dieser Unbekannte denn beurteilen, ob Trushard und ich zusammenpassten?

»Ich weiß, dass viele hinter meinem Rücken über mich lachen.« Trushards Antwort versetzte mir einen Stich. Nun gut, ich war alles andere als eine Schönheit, während sich Trushard im letzten Jahr zu einem höchst attraktiven Mann gemausert hatte, aber musste man ihn deshalb gleich auslachen? Soooo hässlich war ich nun auch wieder nicht. Oder zerrissen sich die Lästerer ihre Mäuler darüber, dass Trushard ein Riese und ich ein Zwerg war?

Ein tiefes Seufzen. »Aber was soll ich machen? Ich kann nicht ohne sie leben.« Für den letzten Satz hätte ich meinen Mann am liebsten sofort mit einem Kuss belohnt. Ich schlich näher.

»Mit ihren dunklen Augen scheint sie direkt in meine Seele hineinzuschauen«, schwärmte Trushard.

Dunkle Augen? Ich hatte grüne! Ich krallte meine Finger in den groben Stoff des Zeltes. Hatte Trushard während der langen Trennung meine Augenfarbe vergessen? Aber nein, beim Wiedersehen gestern Abend hatte er bedauert, das leuchtende Grün meiner Augen in der Dunkelheit nicht sehen zu können. Er musste sich versprochen haben. Das war ja auch kein Wunder bei der Hitze.

»Ihr Haar ist weich wie Seide«, schwärmte Trushard weiter.

Unwillkürlich griff ich mit der linken Hand in meine störrischen Locken hinein, die sich eher wie Stroh anfühlten. Die Hitze musste ihn wirklich arg verwirrt haben. Nun ja, in der Erinnerung verklärte sich so manches.

»Und erst einmal ihr Gang! Anmutig wie eine Tänzerin. Kein Wunder bei ihren langen schlanken Beinen.«

Bei Trushards Worten blickte ich auf meine Stummelbeine, deren Oberschenkel im letzten Jahr noch dick wie Schinken gewesen waren und nun wie abgenagte Hühnerbeine aussahen. Selbst nach zehn Jahren Trennung und durch einen rosaroten Schleier der Verliebtheit betrachtet, würde kein Mann der Welt sie als »lang« bezeichnen. Meine Knie wurden weich. Hier stimmte doch etwas nicht!

»Du hast Recht, sie ist wirklich eine Schönheit«, antwortete Trushards Gesprächspartner.

»Sie sieht nicht nur gut aus, sie ist auch anschmiegsam. Wir haben schon so manche Nacht miteinander verbracht.« Es muss ein Irrtum sein, redete ich mir verzweifelt ein. Trushard konnte einfach nicht von einer anderen Frau sprechen! Erst gestern noch hatte er mir gesagt, dass er mich während der Trennung so vermisst hatte. Niemals würde er mich anlügen. Oder etwa doch?

»Jeder Tag ohne sie ist ein verlorener Tag.« Die Stimme meines Mannes klang sanft und nachdenklich. »Weißt du, was das Schlimmste bei dem Ausfall war? Ich musste sie hier schutzlos zurücklassen. In San Bassano habe ich ständig an sie gedacht. Ich war so in Sorge, dass ihr während meiner Abwesenheit etwas zustoßen könnte.«

Jetzt war kein Zweifel mehr möglich. Trushard liebte eine andere Frau. Er war mit mir zusammen gewesen und hatte dabei an meine Nebenbuhlerin gedacht! Ich hatte das Gefühl, soeben mein Todesurteil gehört zu haben. So viel Schmerz konnte ich nicht überleben. Fast wäre ich zusammengesackt. Meine rechte Hand, die noch in den Stoff des Zeltes gekrallt war, fiel herab und riss das Leinen mit sich. Das Zelt wackelte.

»Was ist denn das?«, rief Trushards Gesprächspartner verwundert aus.

»Das Zelt stürzt ein«, stellte Trushard erschrocken fest. »Schnell!«

In wenigen Augenblicken würden mich die beiden entdecken. Ehe mich die langen Beine meines Mannes erreichen konnten, floh ich.

Ich hatte schon viel zu viel gehört. Mit dieser Schönheit,

die Trushards Herz bezaubert hatte, konnte ich nicht mithalten. Wer war sie, die es gewagt hatte, mir den Ehemann wegzunehmen?

* * *

»Er hat eine andere«, stieß ich unter lauten Schluchzern hervor, während Siegfried die Sturzbäche, die über meine Wangen liefen, mit seinem Taschentuch aufzuhalten versuchte. Kraftlos lehnte ich am dicken Stamm der knorrigen Eiche, unter der wir uns verabredet hatten. Hier waren wir ungestört, denn der Baum befand sich in der äußersten Ecke des Lagers, und zahlreiche Fässer, die zum Teil übereinander gestapelt waren, schirmten uns vor neugierigen Blicken ab.

»Dieses elende Scheusal«, schimpfte Siegfried aus tiefstem Herzen, nachdem ich ihm alles stockend berichtet hatte. »Er sollte froh sein, dass er so eine wunderbare Ehefrau wie dich hat, und was macht dieses Rindvieh? Steigt anderen Weibern nach!« Siegfried bedachte Trushard mit einer ganzen Reihe unflätiger Ausdrücke, denen ich in Gedanken noch viel schlimmere hinzufügte.

Was hatte sie denn bloß, was ich nicht hatte? Mir fiel ein, was Trushard bei unserem Streit über Eleonore von Aquitanien gesagt hatte: »Dafür besitzt sie Wildheit und Eigensinn für zwei. Sie ist wirklich alles andere als eine Ehefrau, wie ein Mann sie sich wünscht.« War das der Fehler gewesen, mit dem ich ihn vertrieben hatte? Wie oft hatte Mutter mich ermahnt, sanfter zu werden! »Sonst findest du keinen Mann«, hatte sie gedroht. Auch in dem unflätigen Lied, das ich in der Truhe von Franz gefunden hatte, hieß es, dass die »Alte« trotzig und unverschämt gewesen sei, während die Schüchternheit der Nachfolgerin gepriesen wurde. Trushards Neue war bestimmt ein Lämmchen, das den ganzen Tag bewundernd zu ihm aufblickte und ihn niemals kritisierte. Wenn das der Preis war, um den ich einen Mann halten konnte, dann wollte ich ihn nicht zahlen!

Trushards Amulett brannte wie Feuer auf meiner Brust. Nachdem ich alle Tränen aus mir herausgeweint hatte, zog ich es langsam unter dem Männerhemd hervor und löste den Knoten des Lederbandes. Als ich das Schmuckstück vom Hals nahm, glaubte ich, mein Herz würde stehen bleiben. Tag und Nacht hatte ich es getragen, bis es ein Teil meines Körpers geworden war. Wie oft hatte ich es geküsst und dabei an die warmen Hände gedacht, die es für mich geschnitzt hatten! Meine Finger ertasteten noch einmal das glatte Holz und fuhren sachte über die Rillen der eingeritzten Spirale. Traurig betrachtete ich das Schmuckstück.

»Alles passt zusammen«, stellte ich mit erstickter Stimme fest. »Es hat gar nicht am Kaiser gelegen, dass wir so lange getrennt waren. Vielmehr hat Trushard dafür gesorgt, dass er nicht zu mir musste, damit er Zeit für sein Liebchen hatte. Und deswegen hat er mir heute auch so einen eisigen Empfang bereitet. Natürlich kommt ihm meine Anwesenheit im Lager ungelegen, denn sie muss hier ganz in der Nähe sein.«

Siegfried wrang das pitschnasse Taschentuch aus. »Lass mich nur machen. Ich werde mir ihn und seine ... seine Hure schon vorknöpfen!« Er spannte die Muskeln an seinem rechten Oberarm an, bis die Ausbeulung des Ärmels die Größe eines Brotlaibes erreichte.

»Ich werde dir dabei helfen«, erwiderte ich rachedurstig. »Ich bin zwar mickrig, aber mit einem dicken Stock kann sogar ich Schmerzen zufügen. Und was für welche!« Ich schwelgte in der Vorstellung, Trushard und sein Luder bluten zu sehen. Es war wie Balsam auf meinen Wunden. »Dieser Schlampe werde ich das Gesicht zerkratzen, und dann schaut sie kein Mann der Welt wieder an!«

Ich ballte die Fäuste. Wegen eines solchen Mistkerls hatte ich mich ein ganzes Jahr lang in den Schlaf geheult! Gemästet hatte er sich, während ich vor Kummer abgemagert war. Heute Nacht wäre ich um ein Haar ertrunken, und wie hatte er reagiert? Ein liebender Ehemann wäre zutiefst erschrocken gewesen und hätte sich fürsorglich um mich gekümmert. Stattdessen hatte Trushard mich einfach mit groben Worten abgespeist und auf meinen wackligen Beinen stehen lassen. Warum war er gestern überhaupt noch einmal zu mir gekommen? Wahrscheinlich war es ihm im Lager zu heiß geworden, nachdem ihn die Cremasken erwischt hatten. Für ein kurzes Zwischenspiel war ich diesem Feigling, der seine Kameraden im Stich ließ, um seine eigene Haut zu retten, noch gut genug!

Ich grub ein flaches Loch in den ausgetrockneten Boden und warf das Amulett hinein, als wäre es Abfall. Ein letzter Blick auf die Überreste meiner Liebe, dann schaufelten meine Hände Erde über den Schmuck. Ich sprang auf und trampelte wie eine Wilde auf der Stelle herum, an der ich Trushards Geschenk vergraben hatte.

Erst als ich heftige Seitenstiche spürte, setzte ich mich wieder. »Unsere Ehe werde ich natürlich so schnell wie möglich auflösen lassen. Aber mit welcher Begründung?«

»Behaupte einfach, sie wäre nie vollzogen worden«, schlug Siegfried vor. »Das ist durchaus glaubhaft. Schließlich wart ihr die meiste Zeit eurer Ehe getrennt.«

Das war eine gute Idee. Wie hieß es doch so schön? »Ist das Bett beschritten, ist das Recht erstritten.« Ohne Bett keine Ehe. Ein dunkles Gebüsch zählte nicht. »Du hast Recht«, stimmte ich ihm zu. »Trushard, dem so viel an seiner Schlampe liegt, wird bestimmt nicht widersprechen. Soll er doch anschließend die Schöne mit dem verkratzten Gesicht und den vielen Narben heiraten. Hast du eigentlich eine Ahnung, wer sie sein könnte?«

Siegfried schüttelte den Kopf. »Ich vermute, dass sie bei den Händlern und Handwerkern lebt, die sich vor dem Lager niedergelassen haben. Aber ich schwöre dir, dass ich herausfinde, wo er das Miststück versteckt hält, und dann gnade ihm Gott!«

Ich strich meinen Rock glatt und rückte den Gürtel zurecht. Bis der Tag der Rache kam, würde ich Trushard übertrumpfen und aller Welt seine Unfähigkeit vor Augen führen. *Ich* würde den Mörder finden, nicht er! Im ganzen Reich würden Minnesänger meinen Ruhm verbreiten: Ich hörte schon das Epos von Rotrud der Tapferen, die ganz alleine einen bestialischen Mörder zur Strecke gebracht hatte, und badete in den bewundernden Blicken der anderen Hofdamen.

Um diesen Traum zu verwirklichen, fing ich am besten gleich wieder an, mich mit dem Fall zu beschäftigen. Trushard war es nicht wert, dass ich meine Gedanken an ihn verschwendete. »Hast du Enno vorhin aushorchen können?«

Siegfried streckte die Brust vor. »Klar. Ich bin nicht nur stark, sondern mittlerweile auch schlau. Schließlich werde ich vom besten Lehrer im ganzen Lager unterrichtet. Ich habe Enno gefragt, warum er noch nicht bei der Arbeit sei. Wir hätten ihm schon am frühen Nachmittag jemanden vorbeigeschickt, der ihn abholen sollte. Aber Enno behauptet, er wäre nach dem Besuch von dir und Zäsarius die ganze Zeit über alleine gewesen, bis kurz vor uns Graf Otto kam.«

»Wer weiß, ob das stimmt. Vielleicht lügt der Knappe aus gutem Grund.« Ich seufzte. »Wenn er aber die Wahrheit spricht, dann ist es wahrscheinlich, dass er die Truhe ausgeräumt hat, um die Beweismittel gegen die Mörder seines Herrn zu sichern.«

»Falls die Truhe nicht schon vorher leer war«, antwortete Siegfried. »Es wäre auch möglich, dass Franz fürchtete, sie würde aufgebrochen, und deshalb selbst den Inhalt in Sicherheit brachte.« Er kratzte sich den Schädel. »Ich habe mich unauffällig im Gefolge des Ermordeten umgehört, aber nichts Neues herausgefunden. Franz pflegte nicht viel Umgang mit seinen Männern. Er war freundlich, aber verschlossen. Ein Einzelgänger. Nur mit Enno war er viel zusammen. Er soll wie ein Vater zu ihm gewesen sein, haben mir die Männer erzählt.«

»Wir kommen einfach nicht weiter«, klagte ich.

Siegfrieds Miene hellte sich auf. »Ich habe eine Idee. Lass mich nur machen. Ich weiß, wie wir mehr über unsere drei Verdächtigen erfahren und gleichzeitig etwas für unsere Not leidenden Bäuche tun können.« Er rieb sich den Magen.

Zweifelnd sah ich meinen Freund an. Ich wollte lieber nicht wissen, wie seine Idee aussah.

Siegfried verschwand und kehrte kurz darauf mit Folkwin, Arnaldus und einem dritten, wild aussehenden Gesellen im Schlepptau zurück. Triumphierend schwenkte er einen dicken Schinken.

»Siegfried hat gesagt, sein bester Freund müsse dringend aufgepäppelt werden.« Folkwin stellte zwei Weinkrüge auf den Boden und machte es sich neben mir bequem.

»Poppo, dies ist Gunther!« Siegfried deutete auf einen jungen Mann, dessen Hände verbunden waren. Seine dunkelblonden Haare hingen in fettigen Klumpen bis auf den entblößten Brustkorb herab. »Gunther gehört zur Fußtruppe von Graf Otto dem Stier«, fuhr Siegfried mit seiner Vorstellung fort und zwinkerte mir unmerklich zu. Ich verstand. Mit der Aussicht auf gutes Essen und Trinken hatte mein Freund den verdächtigen Arnaldus und einen Knecht des verdächtigen Grafen hergelockt. »Gestern beim Ausfall der Cremasken hat Gunther sich wacker geschlagen, bis er im Eifer des Gefechts der Länge nach hingefallen ist. Nun sind beide Hände geprellt.«

»Wenigstens sind sie nicht gebrochen.« Gunther hob stolz die verbundenen Hände hoch, als wären sie sichtbarer Ausdruck seiner Tapferkeit.

Arnaldus und Siegfried halfen Gunther beim Setzen, dann nahmen sie ebenfalls in der Runde Platz. »Und das hier ist Arnaldus aus Lodi.« Siegfried deutete auf den viel zu ernsten Mann mit den fanatischen Augen.

Schmeicheleien ebnen bekanntlich den Weg zum Herzen jedes Menschen. »Dein Ruhm hat sich bis an den Hof der Kaiserin herumgesprochen«, sagte ich zu Arnaldus. Hoffentlich hatte ich mit meinem Lob nicht zu dick aufgetragen, dachte ich besorgt.

Aber Arnaldus lächelte mich erfreut an, dann wandte er sich zu Siegfried. »Solltest du dich heute Abend nicht mit erhabeneren Dingen beschäftigen?«, fragte er grinsend. »Mit der Vita des frommen Bruno zum Beispiel?«

»Bruno ist sowieso schon tot, aber unser junger Mann hier lebt noch und braucht Trost«, erklärte Siegfried und deutete mit dem Kopf auf mich. Ich spürte, wie mir das Blut ins Gesicht schoss. Auch wenn Siegfried einen Vorwand benötigt hatte, um an das Essen zu gelangen und damit unsere interessanten Gesprächspartner zu ködern – mein Kummer ging wahrhaft niemanden etwas an!

»Wenn wir uns nicht um Poppo kümmern, siecht er dahin. Seht her, wie abgemagert er ist. Und dabei braucht er als Bote und Meisterschütze der Kaiserin viel Kraft, um den anstrengenden Dienst überhaupt leisten zu können. Doch wenn es so weitergeht, kann er bald noch nicht einmal mehr einen Bogen heben, geschweige denn auf ein Pferd steigen.« Siegfried präsentierte mich wie eine Elendsfigur auf dem Jahrmarkt, als ob er mit mir Mitleid hervorrufen und Almosen einsammeln wollte. Sechs Männeraugen richteten sich auf meine Figur und musterten mich teilnahmsvoll. Fehlte nur noch, dass sie mir Münzen hinwarfen. Gewiss war ich purpurrot im Gesicht.

»Der erste Liebeskummer, ihr versteht«, fuhr Siegfried fort. »Die Schnepfe hat einen anderen. Ich habe gedacht, ein bisschen Gesang würde den armen Poppo aufmuntern.« Damit nickte Siegfried Folkwin zu, neben dem ein Rebec lag.

»So jung und schon so traurig. Aber das haben wir alle mal durchgemacht. Schütte uns dein Herz aus«, forderte der Koch mich auf. »Wie heißt denn die holde Maid?«

Diese aufdringliche Neugier war das Letzte, was ich jetzt gebrauchen konnte, aber ich durfte Siegfrieds Strategie nicht gefährden. Resigniert nannte ich den erstbesten Frauennamen, der mir einfiel. »Hilde heißt sie.« Wie meine neue Stiefmutter, dachte ich.

»Hilde, so, so. Und wie sieht sie aus, deine Teure?« Folkwin ließ nicht locker.

»Schwarze Augen, schwarze Locken«, antwortete ich folgsam. Als Trushards Bild in mir aufstieg, spürte ich einen Dolchstoß im Herzen.

»Eine glutäugige Schönheit. Die sind immer am schlimmsten.« Da hatte der Koch Recht. Ich nickte heftig.

Arnaldus setzte Gunther den Krug an die Lippen. »Das betäubt die Schmerzen«, ermunterte er ihn. Der Kranke schüttete den Wein in sich hinein, als wäre es Wasser. Dann nahm Arnaldus einen tiefen Schluck und reichte das Getränk an mich weiter.

Ich wollte mich nicht als Frau verraten und langte ordentlich zu. Süß wie Honigwasser war der Rotwein und stärkend wie Medizin. Mir wurde es ein wenig leichter und wärmer ums Herz. Eines musste man den Italienern lassen: Ihr Wein unterschied sich wohltuend von dem sauren Gesöff, mit dem wir uns zu Hause begnügen mussten. Eher widerwillig überließ ich Siegfried dieses wundersame Getränk.

»An allem sind nur die Minnesänger schuld«, schimpfte Gunther. »Sie verderben die Sitten und reden den Weibern ein, sie wären etwas Besseres. Hohe Frau, dass ich nicht lache!«

Siegfried trank so lange, dass ich glaubte, der Krug müsste nun endgültig leer sein. Als er fertig war, zog er ein Taschentuch aus seinem Ärmel und wischte sich sorgsam den Mund ab. Ich wunderte mich über diesen Anfall von höfischem Benehmen. Hatten meine jahrelangen Versuche, ihm Tafelsitten beizubringen, endlich gewirkt?

»Ich weiß nicht, was ihr habt«, knurrte Siegfried und langte nach dem Schinken. »Ohne die sittsamen Damen wären wir ein Haufen ungehobelter Kerle, nichts weiter!« Seine Augen leuchteten, als er mit dem Essmesser ein dickes Fleischstück herausschnitt und herzhaft hineinbiss.

»Wenn sie denn sittsam sind, was selten genug vorkommt«, stichelte Gunther. »Sie tun so, als ob sie kein Wässerchen trüben könnten, diese falschen Schlangen! Aber in Wahrheit sind sie das Tor zur Hölle.«

Selbstgefällig lächelte Folkwin in die Runde. »Von den Minnesängern lernen heißt siegen lernen. Sie wissen, was den Weibern gefällt, und nutzen es schamlos aus. Was glaubt ihr, warum ich das Rebecspiel beherrsche? Mit Musik betört man jedes Frauenherz.« Folkwins Lächeln wurde immer breiter. »Man darf eben nicht gleich mit der Tür ins Haus fallen. Am besten trägt man erst ein paar innige Verse vor, in denen man etwas von aufopferungsvoller Liebe säuselt, und dann ist jede Dame gerne bereit, einen Kuss zu gewähren und manchmal sogar noch mehr …«

Ich spürte, wie mir wieder das Blut in den Kopf stieg. Auch ich war auf diesen dummen Trick hereingefallen und hatte mich von Trushards schönen Worten betören lassen.

Folkwin beugte sich zu mir herüber und zwinkerte mir

verschwörerisch zu. »Ich bringe dir alles bei, was du wissen musst, um die Weiber rumzukriegen. So ein zartes Bürschchen wie du hat für sie auch seinen Reiz.«

Da hatte Siegfried mir ja etwas Schönes eingebrockt. »Was ist denn jetzt mit der versprochenen Musik?«, versuchte ich abzulenken.

Folkwin langte nach dem Rebec und schmetterte ein Lied nach dem anderen. In allen Variationen beschrieb er die Boshaftigkeit der Weiber. Inbrünstig grölten die anderen Männer mit. Zwischendurch machten wir kurze Pausen, um uns an dem Schinken gütlich zu tun. Immer wieder schob Siegfried mir fürsorglich den Weinkrug hin. »Trink! Das süße Zeug klebt gebrochene Herzen zusammen«, munterte er mich auf.

Zumindest in diesem Punkt hatte er Recht. Je mehr ich von der Traubenmedizin zu mir nahm, desto besser fühlte ich mich. Fast hätte ich sogar den Mörder vergessen. Aber als die Dunkelheit hereinbrach, erinnerte ich mich daran, dass Siegfried diese wüsten Kerle nicht angeschleppt hatte, damit sie mir Trost spendeten. »Unser armer Franz ist bestimmt auch von einem dieser verdorbenen Weiber umgebracht worden«, warf ich ein. »Was sollte er denn sonst in einer einsamen Schmiede gesucht haben, wenn nicht ein Stelldichein?«

Gunther prustete laut los. »Der doch nicht. Der hatte zu Hause eine Gattin und drei kleine Kinder. Alle Weiber lagen dem Franz zu Füßen, aber er seufzte nur seiner Irmtrud hinterher.« Franz schien die Rolle des liebenden Gatten wirklich perfekt gespielt zu haben. Aber dank des perfiden Liedchens, das ich bei ihm gefunden hatte, wusste ich es besser.

»So ein heimliches Stelldichein sähe eher dem Zäsarius ähnlich«, warf Folkwin ein. »Trotz seines Keuschheitsgelübdes lässt der nix anbrennen, wie ich aus sicherer Quelle weiß. Überhaupt lebt er auf großem Fuß. Wenn er nach Hause in sein Kloster zurückkehren muss, erwartet ihn ein Donnerwetter und Fasten bis an sein Lebensende.« Auch Graf Otto war, was die holde Weiblichkeit anbelangte, alles andere als ein Kostverächter.

»Enno tut mir Leid«, stellte Arnaldus fest. »Er liebte seinen Herrn wie einen Vater.«

»Ich wundere mich nur, dass mein Herr ihn in seine Dienste genommen hat«, meinte Gunther. »Denn er ist für seine Barmherzigkeit wahrlich nicht berühmt, um es vorsichtig auszudrücken. Wie sein Wappentier, der Stier, geht er auf alles los, was sich ihm in den Weg stellt. Gewiss, Enno hat bei einem Kampf mit den Mailändern sein Leben riskiert, um seinen Herrn zu schützen, aber was nutzt ein Knappe, der zu schwach ist, um ein großes Schwert zu halten, selbst wenn er noch so tapfer ist?«

»Dein Herr zählt zu den Hauptverdächtigen im Mordfall.« Lauernd sah ich Gunther an.

»Ich wurde es ihm durchaus zutrauen.« Gunther hielt mit seiner Meinung nicht hinter dem Berg. Wahrscheinlich hatte er oft genug unter der Arroganz seines Herrn leiden müssen. »Es würde auch zu ihm passen, das Opfer aus sicherer Entfernung mit einem Spieß zu erstechen. Der Graf macht sich nicht gerne die Hände schmutzig.«

»Er scheint nicht sehr beliebt zu sein bei seinen Männern«, stellte Siegfried fest.

»Man kann ihm nichts recht machen«, seufzte Gunther. »Ständig fühlt er sich angegriffen oder in seiner Ehre verletzt. Wenn wir nicht umgehend herbeirennen, sobald er nach einem von uns verlangt, oder den Blick nicht tief genug senken, wenn er mit uns spricht, schreit er, wir hätten keinen Respekt vor ihm. Und er hat so seine eigenen Methoden, uns diesen Respekt zu lehren.«

Arnaldus grinste. »Stellt euch vor, ich zähle auch zu den Verdächtigen.« Folkwin und Gunther prusteten los, etwas gezwungen fielen Siegfried und ich mit ein. Angriff war die beste Verteidigung, oder weshalb brachte Arnaldus sich selber ins Gespräch?

»Und weshalb solltest ausgerechnet du unseren vorbildlichen Franz umgebracht haben?« Folkwin hielt sich vor Lachen den Bauch.

»Das konnte mir der kaiserliche Ermittler auch nicht sagen.« Arnaldus grinste noch breiter und viel zu selbstgefällig, als wüsste er genau, dass ihn niemand wegen des Mordes belangen konnte.

»Warum zerbrecht ihr euch alle den Kopf?«, warf Gunther ein. »Dieser Trushard hat auch das Gefolge meines Herrn befragt, und er hat auf mich einen ziemlich schlauen Eindruck gemacht. Ich bin sicher, er wird den Mörder spätestens morgen fangen.«

Ich hätte Gunther ohrfeigen können. Der Name meines Mannes, der mich früher immer mit so viel Stolz erfüllt hatte, versetzte mir jetzt einen tiefen Stich ins Herz. Ich musste das unselige Thema schnellstens beenden. »Wie geht es eigentlich den Männern, die nach dem Mittagessen erkrankt sind?«, erkundigte ich mich.

Folkwin entzündete ein Talglicht. »Bei einigen haben die Brechdurchfälle schon nachgelassen«, sagte er. »Mein Gott, bin ich froh, dass mein Kopf gerettet ist.«

»Oder es war doch Gift«, meinte Arnaldus. »Der Täter ist vielleicht ein Anfänger und hat versehentlich zu wenig genommen. Immerhin sind auf den Kaiser hier in Italien schon zwei Anschläge verübt worden.«

Ich horchte auf. »Erzähl«, drängte ich ihn.

Er nahm sich den Weinkrug und trank einen kleinen Schluck. »Beim ersten Mal lauerte ihm ein Attentäter, der sich ins Lager geschlichen hatte, beim Morgengebet auf. Er wollte Friedrich anscheinend in die Adda stürzen, die dicht am kaiserlichen Zelt vorbeifloss. Das ist ausgerechnet in meiner Heimatstadt Lodi passiert. Zum Glück war sofort jemand beim Kaiser und hat ihm geholfen.«

»Wie hat es der Attentäter denn geschafft, sich ins Lager zu schleichen?«, bohrte ich nach.

»Er hat sich als Verrückter ausgegeben. Unsere Leute trieben ihre Späßchen mit ihm, weil sie ihn für ungefährlich hielten.« In Arnaldus' dunklen Augen blitzte es auf. »Beim zweiten Mal war es ein versuchter Giftmord. Das ist jetzt gerade mal einen Monat her. Ein alter einäugiger Sarazene, der sich als Gesandter ausgab, überreichte dem Kaiser kostbare Geschenke. Edelsteine, Ringe, Heilmittel, Zaumzeug, Sporen und dergleichen. Sie hatten nur einen kleinen Schönheitsfehler: Sie waren mit vergifteter Kleie versehen. Angeblich sollte man sogar durch die bloße Berührung sterben.«

Verblüfft hatte ich dem Lodesen gelauscht. War es möglich, dass das Anfassen von Gegenständen schon tödlich sein konnte? »Und wie hat der Kaiser diesen raffinierten Anschlag überlebt?«, fragte ich neugierig.

»Pures Glück. Er wurde von einem Unbekannten durch einen Brief gewarnt. Den Attentäter, der noch weiteres Gift bei sich trug, ließ Barbarossa ans Kreuz schlagen.« Mit lautem Glucksen trank Arnaldus etwas Wein. »Ihr seht, die Mailänder und ihre Verbündeten schrecken vor nichts zurück. Ich könnte euch Geschichten erzählen, wie sie mit uns in Lodi umgesprungen sind … Aber die hebe ich mir für ein anderes Mal auf. In jedem Fall kann ich mir gut vorstellen, dass sie hinter dem Mord an Franz stecken. Einen von Friedrichs Rittern aufzuspießen, als wäre er ein Tier – das sieht ihnen ähnlich!«

Ich teilte Arnaldus' Meinung nicht. »Herzöge, Grafen, Bischöfe und natürlich der Kaiser sind lohnendere Ziele als ein Ritter wie Franz, so verdient er auch sein mochte«, bemerkte ich zweifelnd.

Nichts passte bei diesem Verbrechen zusammen, und mit meinem benebelten Hirn konnte ich den Knoten auch nicht mehr entwirren. Mein Gefühl sagte mir, dass der Mord an Franz mit dem merkwürdigen Siegel und dem Inhalt der Truhe zu tun hatte. Wenn ich nur herauskriegen könnte, was die Flammen des Zorns zu bedeuten hatten! Vielleicht spielte Arnaldus uns nur vor, ein Opfer der Mailänder zu sein, und war in Wirklichkeit ein Spion der Cremasken, dem Franz auf die Schliche gekommen war. War die Suppe am Ende tatsächlich vergiftet gewesen, wie Arnaldus argwöhnte? Die Fragen kreisten unaufhörlich in meinem Kopf herum, und ich verfluchte mich selber. Warum nur hatte ich so viel Wein getrunken, dass ich nicht mehr so klar wie sonst denken konnte?

Folkwin musterte mich besorgt. »An deinem trübsinnigen Gesicht sehe ich, dass dir selbst mein formvollendeter Gesang keine Erleichterung verschafft hat. Jetzt kann dir nur noch die Glockenmarie helfen, deine Hilde zu vergessen.«

Verständnislos erwiderte ich seinen Blick. »Die Glockenmarie?«

Folkwin grinste anzüglich. »Sie hat zwei große, schwere Glocken, die von irdischen Wonnen künden. Sie schwingen hin und her. Bimbam. Die Freude ist nah.« Er schlug mir so kräftig auf die Schulter, dass ich fast umgekippt wäre. »Komm, Poppo, auf geht's. Der Rotbart hat zwar verboten, Frauen ins Lager zu lassen, doch zum Glück kann er nicht verhindern, dass sie sich davor bei den Händlern und Handwerkern aufhalten. Im letzten Jahr hat er die Dirnen und Kaufleute fortgejagt, weil sie die Krieger angeblich verweichlichen würden.« Folkwin schnaufte verächtlich. »So etwas Weltfremdes! Wie sollen wir uns denn versorgen, wenn uns niemand Lebensmittel und Gebrauchsgegenstände verkauft? Letzten Endes musste der Rotbart klein beigeben. Die Dirnen durften offiziell nicht zurück, aber wer hindert uns daran, den

Krämerinnen abends noch einen kleinen Besuch abzustatten? Schließlich brauchen wir Trost und weiblichen Beistand, um kämpfen zu können.«

Wie hieß es in dem Lied, das ich in der Truhe von Franz gefunden hatte, doch so treffend? »Die Alte schleicht sich aus dem Haus, die Neue naht mit Saus und Braus, drum heraus, Freudenlieder und Applaus!«, brummte ich, während ich mich widerwillig hochrappelte.

»Endlich hast du es begriffen, mein Freund«, lobte Folkwin. »Das ist die richtige Einstellung.«

Als ich mich leicht schwankend auf den Weg machte, stieß ich gegen eines der aufgestapelten Fässer. Mit lautem Krachen fiel es herunter. Ich vermeinte, aus seinem Inneren ein leises Zischeln zu hören. »Da war so ein merkwürdiges Geräusch«, stotterte ich erschrocken und deutete auf das Fass.

Folkwin klopfte mir beruhigend auf die Schulter. »Alles Einbildung. Du hast zu viel getrunken. Aber ich sage dir, bei Marie wirst du gleich wieder nüchtern.«

* * *

Folkwin hatte Recht behalten: Schlagartig hatte sich der Alkoholnebel in meinem Kopf verflüchtigt, als er mich in Maries Zelt geschoben hatte.

Als Kammerzofe musste ich endlose Stunden damit verbringen, Altardecken zu besticken, eine Arbeit, die ich mehr als alles andere auf der Welt hasste. Aber nun sehnte ich mich nach meiner Altardecke zurück. Wenigstens starrte sie mich nicht erwartungsvoll an und wollte auch nicht von mir geküsst werden.

Ich verstand jetzt, was Folkwin mit den Glocken gemeint hatte. Durch das hauchdünne sonnengelbe Leinenhemd zeichneten sich Maries üppige Rundungen ab. Auch sonst war sie durchaus verführerisch. Das dichte Haar, das in Wellen auf ihre Schultern herabfloss, glänzte in einem satten Kastanienton. Die Haut mit dem zarten goldenen Schimmer war makellos, und die großen dunklen Augen strahlten. Marie hatte für mich nur einen Fehler: Sie war ohne jeden Zweifel eine Frau.

Hinkend kam sie auf mich zu, so nahe, dass ich den Duft ihrer Haut nach Rosenöl wahrnehmen konnte. »Schöne grüne Augen«, flüsterte sie mir ins Ohr.

Ich musste sie ablenken. »Du bist Krämerin?«

»Laden nicht kann mich ernähren. Nur Vorwand, damit ich kann sein, wo viele Männer sind. Männer ernähren mich.«

Und das wohl nicht schlecht. Marie war über und über mit Silberschmuck behängt: Sie trug schwere Ohrringe, einen massiven Armreifen und mehrere Ringe. An ihren Füßen klirrten Kettchen.

»Ich heute traurig«, fuhr Marie fort. »Freundin weg. Sie Pastetenbäckerin. Cremasken bei Ausfall sie einfach mitgenommen. Auf Pferd gezerrt. Ich versuchen, sie herunterzuholen. Da Krieger mich mit Schwert getroffen.« Sie hob ihr Hemdchen hoch und zeigte einen dicken Verband am rechten Oberschenkel.

»Das sieht aber übel aus«, sagte ich mitleidig.

Ihr Mund kam meinem erschreckend nah. »Du mich trösten.«

Ich wich zurück. Marie lächelte amüsiert. »Du schüchtern.« Sie drückte mich auf das mit bunten Seidenkissen geschmückte Lager und zog mir die Schuhe aus. »Du entspannen.«

Seit Monaten hatte ich nicht mehr auf einem derart weichen Lager geruht. Die weite Reise in die Lombardei war anstrengend und gefährlich gewesen. Ich kannte nur noch verwanzte Matratzen in dreckigen Herbergen, harten Erdboden in Zelten und ein ebenso hartes Strohlager in der Burg von San Bassano. Mein Körper schmiegte sich wohlig in die dicken Decken. Am liebsten hätte ich durchgeschlafen bis zum nächsten Morgen. Aber stattdessen musste ich hellwach sein, um die weibliche Gefahr abzuwehren. Nicht auszudenken, was passieren würde, wenn Marie mein wahres Geschlecht entdeckte …

Ich musste ihr Fragen stellen, ganz viele Fragen. Und danach würde ich gehen. Folkwin und seine Truppe saßen vor dem Zelt und warteten auf mich. Wenn ich es schaffte, eine gewisse Zeit bei Marie zu sein, würde man mir sicherlich abnehmen, dass ich männliche Freuden genossen hatte. Aber zuerst wollte ich den Besuch nutzen, um Nachforschungen anzustellen. Frauen wie Marie erfuhren viel. »Die Kaiserin hat mich beauftragt, etwas über ein Siegel herauszufinden, das wir in San Bassano gefunden haben. Der rechtmäßige Besitzer hätte es gewiss gerne zurück. Du kannst mir bestimmt weiterhelfen.« Ich zwinkerte ihr verschwörerisch zu. »Kennst du ein Siegel mit der Inschrift *Flammae irae*?«

Marie sah mich erschrocken an, dann schüttelte sie stumm den Kopf.

»Bist du ganz sicher?«, bohrte ich nach. Während ich das Siegel genau beschrieb, beobachtete ich ihr Gesicht.

Ihre Augen weiteten sich. »Ich sicher. Nie gesehen.« Marie legte sich neben mich, so dicht, dass sich unsere Füße berührten. »Du jetzt nicht denken an Arbeit. Denken an mich.«

Ich musste sie ablenken. »Wo kommst du her?«

Marie räkelte sich verführerisch. »Ich Mailänderin. Stadt belagert. Mann und Kind tot. Kein Essen. Ich auch großes Hunger. Bin vor Tor gegangen, wo waren Männer. Jetzt ich hier, bei Truppe. Kaiser uns Frauen fortgejagt, aber ich schnell wiedergekommen.«

»Aber wir sind doch deine Feinde«, wunderte ich mich.

»Besser bei Feinden, wo ich kann leben, als bei Freunden, wo ich muss sterben. Kann nicht mehr nach Mailand zurück. Für Mailänder ich bin Verräter. Und Männer hier immer nett zu mir, sehr nett.« Marie streckte ihre Glocken vor und lächelte mich erwartungsfroh an. »Du auch nett zu mir«, verlangte sie, während sie nach meinem Gürtel griff.

Erschrocken schrie ich auf.

Marie lachte. »Dein erstes Mal?«

Vor den Männern wollte ich nicht als weltfremdes Bürschchen dastehen. Zweifellos würde Marie ihnen genauen Bericht erstatten. Fieberhaft suchte ich nach einer Ausrede. »Ich habe ein Keuschheitsgelübde abgelegt.«

Sie sah mich verständnislos an. »Was das?«

»Ich habe vor Gott geschworen, mit keiner Frau zu schlafen, bis wir Crema eingenommen haben.« Das klang plausibel, fand ich. Und edelmütig dazu.

»Crema bald platt«, behauptete Marie siegesgewiss. »Wir jetzt schon feiern großes Minnefest.«

Ich überwand mich, nahm ihre Hand und sah ihr tief in die Augen. »Marie, so schön du auch bist, ich kann dieses Gelübde nicht brechen. Unter gar keinen Umständen. Sonst brate ich auf ewig in der Hölle.«

Jetzt sah sie auf einmal ganz erschrocken aus. »O nein, du nicht in Hölle.«

Sie wickelte sich eine Haarsträhne um den Finger. Nachdem die Gefahr gebannt war, gönnte ich mir noch einen Augenblick des Genusses. Es war herrlich, auf diesem wunderbaren Lager zu liegen. Wahrscheinlich gingen die Männer auch deshalb so gerne zu Marie, weil sie endlich einmal wieder weich ruhen wollten.

Maries Augen leuchteten auf. »Ich wissen Lösung«, verkündete sie triumphierend. »Wir nicht schlafen, aber küssen. Du nicht haben geschworen, Frau nicht zu berühren.«

Ohne meine Antwort abzuwarten, beugte sie sich zu mir herüber. Ihr Mund kam mir schon wieder viel zu nahe.

Eine Welle von Übelkeit überflutete mich. »Mir ist schlecht. Ich muss jetzt gehen«, brachte ich hervor, schnappte mir die Schuhe und sprang hastig auf.

Draußen vor dem Zelt sahen mich die Männer erwartungsfroh an. »Na, geht es dir jetzt besser?«, fragte Folkwin grinsend.

Ich konnte kaum noch reden, so schlecht war mir. »Der Wein«, stöhnte ich.

Die Männer lachten. Unerwartet flott hievte Siegfried seine Körpermasse in die Höhe. »Ich begleite dich.«

* * *

Wir schafften es gerade noch bis zur nächsten Ecke. Ein ekelhafter Brei stieg meinen Rachen hoch. Ich sank zusammen und erbrach mich. Zum Glück schliefen die meisten wohl schon tief und fest. Ich hoffte inständig, dass mich niemand in diesem peinlichen Zustand sah.

Siegfried zog mich hoch. »Entschuldige«, keuchte ich. »Aber der Wein und die Aufregung waren wohl zu viel für mich.«

»Nichts für ungut, Poppo«, sagte er und tätschelte mir mit einer Hand, die so groß war wie eine Bärentatze, unbeholfen über den Rücken.

Vor meinen Augen flimmerte es. Ich schwankte wieder. Zwei Arme, dick wie Baumstämme, schlangen sich um mich und stützten mich.

Ich rang nach Luft. »Warum trinken deine Kameraden nur so viel?«

»Sie versuchen, die Schrecken des Krieges hinunterzuspülen«, entgegnete Siegfried. »Einen Kumpel von mir hat es gestern bei dem Ausfall auch erwischt. Sieben Kinder hinterlässt er! Jeden Augenblick kann unser Leben zu Ende sein. Wer weiß, vielleicht schleichen sich die Cremasken gerade jetzt in der Dunkelheit wieder ans Lager heran, und gleich kommt einer von ihnen um die Ecke und haut dir sein Schwert auf den Schädel.«

Ich lehnte meinen Kopf an Siegfrieds breite Brust. Seine Körperwärme beruhigte mich ein wenig. Ich hörte seinen Herzschlag, laut wie eine Trommel. Siegfrieds Tatze strich unerwartet sanft über mein Haar.

»Du bist der beste Freund, den ich je hatte«, sagte ich.

Siegfried räusperte sich. »Ich muss dir etwas gestehen … Fällt mir ja nicht leicht, aber …«

»Du hast dich schnell getröstet, Rotrud.« Trushards Stimme durchfuhr mich wie ein glühendes Eisen.

Erschrocken drehte ich mich herum. »Wo kommst *du* denn her?«, brachte ich mühsam hervor.

Ohne auf meine Frage einzugehen, fuhr Trushard fort: »Das hätte ich mir denken können. Ihr passt zusammen wie die Faust aufs Auge. Beide aus Lautern und beide echte Ministerialen ohne Rückgrat.« Trushards lodernde Augen hüpften auf und ab, so sehr schwindelte mich. »Hat eure Liebelei schon in Lautern begonnen? Es war ja auch wirklich langweilig auf deiner Waldburg, und Siegfried ist dafür bekannt, dass er nichts anbrennen lässt. Ich werde unsere Ehe annullieren lassen.«

Seine Worte prasselten wie Speere auf mich ein. Zu einer Statue erstarrt stand ich da, unfähig zu glauben, was ich hörte. Er hatte eine Geliebte – und wagte es, mir Vorhaltungen zu machen? Auch Siegfried, der von Gott nicht gerade mit einer raschen Auffassungsgabe gesegnet worden war, glotzte meinen Mann verblüfft an, als wäre er ein exotisches Tier, und rührte sich nicht. Mit seinen langen Beinen machte

Trushard einen Satz und war verschwunden, ehe ich die Situation klären konnte.

Meine Versteinerung löste sich und machte einer unglaublichen Wut Platz. »Das ist ja wohl die Höhe«, schäumte ich. »Er will mir die Verfehlung unterschieben, die er selber begangen hat. Weil er nach einem Vorwand sucht, um mich loszuwerden. Damit er seine Schlampe heiraten kann. Deswegen hat er mir auch gar keine Zeit gelassen zu antworten.«

Siegfried nickte. »Es sieht so aus, als hätte er dich verfolgt, um einen Vorwand für die Annullierung zu finden.«

Ich konnte nicht fassen, dass sich Trushard in einen solchen Fiesling verwandelt hatte. Im vergangenen Jahr hatte er in Lautern mehrmals sein Leben für mich riskiert. Woher kam sein Sinneswandel? Waren seine Gefühle durch die viel zu lange Trennung erkaltet? Mein künftiges Leben lag so öde vor mir wie eine Wüste. Ich hatte die Wüste noch nie gesehen, aber aus Berichten von Kreuzfahrern, ausländischen Gesandten und der Bibel wusste ich immerhin so viel, dass es dort einsam, trocken und unerträglich heiß war. Mir war zumute, als habe jemand das Licht ausgeblasen, und ich stünde alleine in der Finsternis. Tränen quollen aus meinen Augen.

Siegfried tupfte mir sachte die Wangen ab. »Sei froh, dass du ihn ohne großes Federlesen los bist. Eure Ehe wird rückgängig gemacht, und du suchst dir einfach einen anderen. In ein paar Jahren hast du ihn vergessen. Dann bist du längst mit einem tapferen, klugen Ritter glücklich, hast einen Stall voller Kinder und kannst dir gar nicht mehr vorstellen, dass du wegen eines solchen Mistkerls geheult hast.«

Siegfrieds Worte waren lieb gemeint, aber trösten konnte er mich damit nicht. »Ich werde nie wieder lieben können«, schluchzte ich. »Nicht in ein paar Jahren und auch nicht in ein paar Jahrzehnten. Das ist so sicher wie das Amen in der Kirche.«

»Dann wirst du eben eine berühmte Minnesängerin am Hof der Kaiserin«, schlug Siegfried vor. »Ist doch auch nicht schlecht. So gut wie du singst, stellst du jeden Spielmann locker in den Schatten. Ich sage dir, du hast eine großartige Zukunft vor dir. Pass mal auf, eines Tages trittst du bei einem Sängerwettbewerb gegen Trushard an – und gewinnst!«

Mein Gesicht war so nass, als wäre ich eben in den Serio gefallen. »Dieses Scheusal will ich nie wieder sehen! Lieber verzichte ich auf Ruhm und Preis.« Bittend sah ich Siegfried an. »Schlepp mich nicht zu deinen Kumpels zurück. Ich würde ihre Blicke jetzt nicht ertragen.«

Nachdenklich wiegte mein Freund seinen Schädel hin und her. »Es gibt nicht viele Stellen im Lager, wo man seine Ruhe hat«, brummte er. Dann leuchtete sein Gesicht auf. »Ich weiß schon, wo du dich ungestört ausheulen kannst.«

Willenlos trabte ich neben Siegfried her. Mein Freund stapfte zielstrebig durch das Lager der Handwerker und Händler und machte bei den Belagerungstürmen Halt.

»Hier kannst du heulen, so lange ...«, setzte Siegfried an, dann kniff er plötzlich die Augen zusammen. »Was ist denn das? Bei der heiligen Lutrina, da kommt die Glockenmarie.«

»Schnell weg, sonst versucht sie wieder, mich zu verführen!« Ich lief zwischen die Türme, plumpste auf den Boden und kroch wieselflink unter den rechten der beiden Türme. Siegfried ächzte hinter mir her, schaffte es aber nur bis zum Brustkorb, dann blieb er stecken. »Mist«, fluchte er leise. Ich zog und zerrte an ihm, doch er klemmte fest. Hoffentlich fielen Marie nicht Siegfrieds dicke Beine auf, die unter dem Turm hervorsahen.

Marie kam näher, dann blieb sie offenbar stehen, nur wenige Handbreit von mir entfernt. Ich hielt den Atem an.

Bis auf das leise Klirren von Maries Schmuck war nichts zu hören. Wartete sie auf einen ihrer zahlreichen Liebhaber?

Feste Schritte näherten sich, ab und an unterbrochen von einem schweren Schnaufen. Ein Kranker?

»Ist dir ganz sicher niemand gefolgt?« Das war eindeutig Zäsarius' Stimme! Ich spitzte die Ohren.

»Selbst wenn?«, gurrte Marie. »Ist doch nix dabei. Wir beide viel schöne Nächte verbracht. Warum nicht mal hier, am Turm?«

Das konnte ja heiter werden. Die beiden würden ein ausgiebiges Schäferstündchen genießen, während wir im Dreck lagen. Konnten sie es sich nicht, wie es sich gehörte, in Maries Zelt gemütlich machen?

»Ich bin ein Mönch. Ich muss an meinen Ruf denken«, fuhr Zäsarius sie an. Dann, etwas sanfter, fügte er hinzu: »Ist alles vorbereitet?«

»Bestens«, gab Marie zur Antwort.

Was hatten sie bloß vor? Planten sie irgendwelche ausgefallenen Liebesspiele?

»Die Truhe von Franz ist leer«, knurrte Zäsarius. Ich horchte auf.

»Unmöglich«, erwiderte Marie fassungslos.

Ich hörte, wie jemand mit festen Schritten aufgeregt hin und her lief. Wahrscheinlich Zäsarius. »Sie war abgeschlossen, aber ich habe sie hin und her geschoben und auf den Kopf gestellt. Nichts war zu hören, gar nichts!«, jammerte er.

»Warum du nicht Truhe aufbrechen und gucken, ob wirklich leer? Ich dir doch gegeben Haarnadel.« Marie klang verzweifelt.

Zäsarius blieb stehen. »Ich hab's ja versucht, aber dann ist so ein schmächtiges Kerlchen ins Zelt gekommen und hat mich ertappt. War verdammt peinlich, kann ich dir sagen. Und damit nicht genug. Kurze Zeit später war auch noch Enno da.«

»Alles weg.« Marie schien es erst jetzt wirklich zu begreifen. »O Santa Maria. Wer weiß, wem in Hände gefallen …«

»Und was er damit macht«, ergänzte Zäsarius düster. »Kann Klara uns nicht helfen?«

»Nicht mehr«, antwortete Marie. »Was tun?«

»Leider konnte ich mit unserem Auftraggeber noch nicht sprechen. Aber ich habe schon eine Idee.« Dann hörte ich nur noch ein Wispern. Wie ärgerlich. Ich robbte näher an die beiden heran. Meine Knie schrammten auf, Steinchen bohrten sich hinein, aber ich achtete nicht darauf, so sehr war ich von dem Gedanken besessen mitzubekommen, worum es in dem Gespräch ging. Zäsarius redete leise auf Marie ein, doch ich hörte nur ein Zischen. Als ich endlich nahe genug an den beiden dran war, brach das Flüstern ab.

»Bene«, willigte Marie ein. Das italienische Wort für »gut« kannte ich mittlerweile.

»Du darfst nicht kneifen, hörst du?«, sagte Zäsarius eindringlich mit einem warnenden Unterton.

»Marie noch nie gekneift.« Ihre Stimme klang verächtlich. »Muss jetzt gehen. Männer warten.«

»Ich muss mich auch wieder hinlegen«, sagte Zäsarius. »Dieser verfluchte Durchfall, du verstehst.«

Marie lachte spöttisch. Leichtfüßige Schritte entfernten sich. Auch das Klirren von Maries Schmuck wurde immer leiser.

Zäsarius blieb stehen und stöhnte vor sich hin. »Du wirst dich noch wundern, du dreckige Hure.« Er spuckte auf den Boden. »Ich habe eine Überraschung für dich.« Dann lief er in die andere Richtung davon, wahrscheinlich zu seinem Zelt.

»War das dieser heuchlerische Mönch?«, fragte Siegfried hinter mir.

Ächzend drehte ich mich um und rutschte auf meinen Freund zu. »Unsere Vermutung, dass Zäsarius kein Unschuldslamm ist, hat sich bestätigt. Aber dass auch die Glockenmarie mit drinhängt, hätte ich nicht gedacht.«

Siegfried strampelte mit Händen und Beinen. »Hilf mir.«

»Erst muss ich selber hier herauskommen, dann ziehe ich dich hervor.« Meine Kleidung war jetzt bestimmt völlig verdreckt. Und ich hatte keinen Ersatz.

Eilige Schritte näherten sich.

»Pscht«, raunte ich Siegfried warnend zu.

Es wurde heller. Wer auch immer gekommen war, hatte eine Fackel mitgebracht. Jetzt war es um uns geschehen. Im Lichtschein konnte man Siegfrieds riesige Beine beim besten Willen nicht übersehen. Ich schloss die Augen und betete stumm zur heiligen Margarete.

Ich hörte, wie etwas zischend durch die Luft sauste und unten im Turm landete. Durch einen Spalt in den grob behauenen Brettern sah ich, wie ein gutes Stück von mir entfernt Flammen aufloderten. Jemand hatte den Turm in Brand gesteckt! Die Angst durchzuckte mich wie ein greller Blitz. Ich hörte Schritte, die davonrannten.

»Hilfe«, schrie Siegfried und strampelte wild mit den Beinen.

Raus, raus, raus! Wie eine Eidechse kroch ich über den Boden. Meine aufgerissenen Knie brannten. Knisternd fraßen sich die Flammen ins Holz. Nur noch vier Schritte bis zur rettenden Öffnung.

Als ich nach Luft schnappte, drang der Geruch nach verbranntem Holz in meinen Mund, klebte sich an meinem Gaumen fest und verätzte den Hals.

Gleich würde der Boden über uns einbrechen. Ich versuchte, schneller zu kriechen, aber stattdessen wurde ich immer langsamer, weil sich der dichte Qualm wie ein Felsbrocken auf meine Lunge legte und mir den Atem nahm. Meine Augen tränten. Mit letzter Kraft zog ich mich vorwärts. Noch zwei Schritte …

Neben mir zischten und prasselten die Flammen. Das

brennende Holz knackte bedrohlich. Die Hitze schien mich von innen heraus zu versengen. Hoffentlich griff das Feuer nicht auf den zweiten Turm über, sonst würden wir vollends in der Falle stecken. Siegfrieds leuchtend rotes Gesicht war schweißüberströmt. Keuchend sog er die Luft ein. »Rotrud …«

Gerne hätte ich ihm geantwortet, aber ich brauchte meinen letzten Atem, um mich weiter zu bewegen.

Nur wenige Balken von mir entfernt krachte ein Stück Holz auf den Boden. Funken sprühten. Ich zuckte zusammen. Wenn mich der Balken getroffen hätte … Ich zwang den Gedanken beiseite. Gleich war es geschafft. Noch ein Schritt. Um nicht in Panik zu verfallen, zählte ich die Handlängen, die mich von der rettenden Öffnung trennten. Zehn, neun, acht … Frische Luft wehte mir entgegen. Sieben, sechs, fünf, vier … Es knackte immer lauter. Drei, zwei, eins … Meine Hand griff ins Freie. Mühsam schleppte ich mich weiter. Es war geschafft! Ich rappelte mich hoch und langte hastig nach Siegfrieds Beinen.

Ich zog und zog, aber er klemmte fest. »Heilige Margarete, hilf!«, schrie ich in wilder Panik.

Über uns brannten große Teile des ebenerdigen Stockwerks und Teile des ersten Geschosses. Nicht mehr lange, dann würde es Siegfried erwischen.

Ich klemmte mir seine Waden zwischen die Oberschenkel, griff nach seiner Hüfte und zog. Die Flammen hatten das zweite Stockwerk erreicht. Warum kam uns denn niemand zu Hilfe?

Endlich rutschte Siegfried heraus. Ich hielt ihm die Hand hin. Ächzend rappelte er sich hoch. In seinen Augen standen Tränen. Wir hetzten los, als ob sämtliche Cremasken hinter uns her wären.

»Der Turm brennt!« Irgendjemand rief nach Wasser. Männer eilten herbei, mit Krügen und Eimern in der Hand. Einer hatte sich sogar ein kostbares Aquamanile geschnappt. Wie sinnlos. Als ob ein paar Tropfen Wasser den Turm retten könnten. Dafür war es zu spät. Wenigstens hatten die Flammen nicht auf den zweiten Turm übergegriffen.

Endlich waren wir weit genug entfernt, um vor dem Feuer sicher zu sein. Nach Luft ringend, blieben wir stehen.

»Danke.« Siegfried presste die Hand vor die Lunge und hustete. Ich klopfte ihm auf den Rücken. Jetzt erst merkte ich, dass ich am ganzen Körper zitterte.

»Wir sollten weg hier, bevor uns die Männer sehen«, raunte ich Siegfried zu. »Sonst müssen wir erklären, was wir unter dem Turm gemacht haben. Am Ende verdächtigt man uns noch, ihn in Brand gesteckt zu haben.« Dann sackten die Beine unter mir weg.

Bevor ich zu Boden fiel, fing Siegfried mich auf und warf mich so lässig über seine Schulter, als wäre ich ein Wäschebündel. »Jetzt weiß ich, wie sich ein Brot im Backofen fühlt«, bemerkte er und klopfte mir auf den Hintern.

Ich hob den Kopf. Gierige, rotgelbe Zungen schossen aus dem Turm hoch, griffen nach dem nächtlichen Himmel und verschlangen die Sterne.

3. Tag

»Wer eine Grube gräbt, der kann selbst hineinfallen, und wer eine Mauer einreißt, den kann eine Schlange beißen.«
Der Prediger Salomo 10, 8

Mein Rücken fühlte sich an, als hätte ich die ganze Nacht auf einem mit Nägeln gespickten Brett geschlafen. Ich lag auf einem wahren Gebirge aus Hubbel und Dellen. Keine einzige Handbreit Boden unter mir war eben. Mein Schädel dröhnte so heftig, dass ich meinte, er müsste gleich platzen. Im Mund machte sich ein widerwärtiger Geschmack nach Wein und Erbrochenem breit. Meine Zunge klebte am Gaumen, der so ausgetrocknet war, als hätte ich seit einer Woche nichts mehr getrunken.

Aus der Stille um mich herum schloss ich, dass es noch früh am Morgen war. Aber Folkwin war bestimmt schon aufgestanden, denn er musste rechtzeitig das Frühstück vorbereiten.

Mir war schwindlig, in meinen Schläfen pochte es, und auf meinem Bauch lastete ein drückendes Gewicht. Das hatte ich von Siegfrieds Ratschlag, mit süßem Wein mein gebrochenes Herz zu heilen. Jetzt schmerzte nicht nur die Seele, sondern auch noch der Körper. Meine Lider waren schwer wie ein Fels, aber ich zwang mich, sie zu öffnen – und blickte in die runden Augen einer Schlange, die auf meinem Bauch lag.

Mein Herz blieb stehen. Unwillkürlich schloss ich die Augen wieder. Das musste ein Albtraum sein. Schlangen waren scheue Geschöpfe, die vor Menschen flüchteten. Ganz sicher hatte keine von ihnen es sich ausgerechnet auf meinem Umhang gemütlich gemacht. Ich musste nur die Augen wieder öffnen, dann würde ich sehen, dass sie weg war. Alles wäre nur ein schlechter Traum gewesen. Zaghaft hob ich die Lider – und blickte wieder in dieselben schwarzen Schlangenpupillen, die mich starr fixierten.

Der Restalkohol benebelte meine Sinne, ja, dass musste es sein! Ich riss die Augen weiter auf. Die Schlange lag immer noch auf meinem Bauch. Sie war weder ein Albtraum noch eine Sinnestäuschung, sondern entsetzliche Wirklichkeit. Ich hatte das Gefühl, ein lähmendes Gift würde in meinen Körper strömen. Ich wagte kaum noch zu atmen.

Der Kopf der Schlange war dreieckig, und die dunklen Flecken auf dem Rücken bildeten ein Zickzackband. Ich schätzte, dass sie wohl so lang war wie ein Wanderstock. Sahen die giftigen Vipern nicht genauso aus? Von ihrem Biss konnte man sterben.

Was sollte ich tun? Hinter dem Mittelpfosten hatte sich Gunther wie eine junge Katze zusammengerollt, die verbundenen Pfoten in die Falten seines Umhangs gebettet. Am Eingang türmte sich eine Wolldecke hoch, unter der ein Schopf mit glattem braunen Haar hervorlugte. Das musste Arnaldus sein. Sollte ich die beiden wecken? Aber wenn ich sprach, würde sich mein Brustkorb heben. Ich war sicher: Sobald ich mich bewegte, würde die Schlange zubeißen. Ich versuchte, mich zur Ruhe zu zwingen. Einstweilen sah sie noch ganz friedlich aus, wie sie da so zusammengerollt auf meinem Unterleib lag. Aber ich würde es kaum aushalten, hier womöglich den ganzen Tag regungslos zu verharren und darauf zu warten, dass sie von alleine verschwand. Ich vermeinte schon zu spüren, wie sie ihre kleinen, scharfen Zähne in meinen Hals schlug.

Stampfende Schritte näherten sich, dann wurde der Vorhang, der als Eingang diente, beiseite gerissen. »Vorsicht, Schlangenalarm!«, dröhnte Siegfried.

Blitzartig stieß die Schlange den Kopf vor, riss ihr Maul weit auf und zischte drohend. Ihre gespaltene Zunge zuckte eine Handbreit vor meinem Gesicht auf mich zu und verschwand wieder im Maul. Ich schrie wie am Spieß, sprang auf, warf den Umhang mit der Schlange weit von mir, zum Mittelpfosten, wo niemand lag, und flüchtete kreischend aus dem Zelt.

Siegfried stürmte hinterher. Aber kaum hatte ich Luft geschöpft, da erblickte ich eine Ringelnatter, nur wenige Schritte von mir entfernt. Reglos lag sie da. Sie hatte sich zusammengerollt, ihre Augen waren verdreht, und die zweizipflige Zunge hing ihr aus dem Maul. Dem Herrn sei Dank, von dieser Art, die in unseren heimischen Weihern häufig vorkam, wusste ich mit Sicherheit, dass sie harmlos war und dass sie mehr Angst vor uns hatte als wir vor ihr. Dass sie tot war, spielte sie uns nur vor, damit wir sie in Ruhe ließen. Bei nächster Gelegenheit würde sie sich eilends davonmachen – irgendwohin, wo es nicht mehr so viele Menschen gab, die sie bedrohen konnten.

Ich wollte schon erleichtert aufatmen, da machte mich Siegfried mit zitternder Hand auf eine besonders lange schwarze Schlange aufmerksam, die hinter dem Wasserfass hervorlugte und dann pfeilschnell zum Nachbarzelt davonschoss. Jetzt wusste ich, dass das leise Zischeln im Inneren des Fasses, das ich gestern Abend gehört hatte, doch keine Einbildung gewesen war. Jemand hatte die Schlangen in den Fässern ins Lager gebracht und sie heute Morgen freigelassen.

Aus dem Zelt ertönte ein Schrei. »Sie hat mich gebissen. Ich sterbe!« Gunthers Stimme war brüchig vor Angst.

»Unsinn«, beruhigte ihn Arnaldus. »Das war nur eine

harmlose Vipernatter. Aber warum bist du auch so dumm, nach der Schlange zu treten?«

Panisch sah ich mich um. Würden noch weitere Nattern auftauchen?

Auch aus dem Nachbarzelt ertönten Schreie. »Hilfe! Eine schwarze Schlange!«

Arnaldus zog den zitternden Gunther aus dem Zelt, setzte ihn auf einen Baumstumpf und begutachtete die Wunde. »Da stecken ja noch Schlangenzähne drin. Dann musst du mit einer Entzündung rechnen.« Arnaldus stocherte in der kräftig blutenden Wunde herum. Hastig wandte ich den Kopf zur Seite, weil ich diesen Anblick in meinem elenden Zustand nicht ertragen konnte.

Aus dem Zelt gegenüber stürmte ein dünnes Männchen und schwang einen dicken Knüppel. »Was ist denn los?«, rief es.

»Hier sind ganz viele Schlangen.« Gunther stand der Schock ins Gesicht geschrieben. »Gestern die Krankheit, nachts der brennende Belagerungsturm, heute Morgen die Schlangen, wer weiß, was als Nächstes passiert.« Er schüttelte sich. »Ich hätte besser in meinem eigenen Zelt übernachtet«, jammerte er. »Da sind bestimmt keine Schlangen. Aber ohne meine Hände bin ich so hilflos, und deshalb war ich froh, dass ihr mich gestern Abend einfach mitgeschleppt habt.«

»Reg dich nicht auf«, ermahnte ihn Arnaldus, der aus einer Kanne Wasser auf einen Leinenstreifen schüttete und die Wunde auswusch.

Folkwin keuchte heran, in der Hand einen Bratspieß. »Geht es euch gut?«, rief er von weitem. »Überall im Lager sind Frösche, Echsen und Schlangen aufgetaucht. In unserem Wasserkessel räkelte sich eine Ringelnatter. Nachdem er aufgewacht war, wurde der Kaiser von einer riesigen Äskulapnatter begrüßt, die auf seiner Bettdecke lag. Und als ein Diener dem erschrockenen Kaiser einen Schluck Wein zur Stärkung einschenken wollte, rutschte eine Warzenkröte vom Weinkrug in den Becher.«

»Aber Schlangen sind scheue Tiere, die vor den Menschen fliehen«, warf ich ein. »Wo kommen sie auf einmal her?«

Ratlos sahen wir uns an.

»In der Nähe der Stadt ist ein sumpfiges Gelände«, bemerkte das Männchen.

Siegfried schnaufte. »Die Tiere werden es wohl kaum freiwillig verlassen haben. Außerdem leben wahrscheinlich nicht alle dieser Viecher, die uns heimgesucht haben, im Sumpf.«

Folkwins Blick fiel auf Gunther. Er zuckte zurück, als er die Wunde sah. »Du bist ja verletzt.«

»So ein Mistvieh hat mich gebissen.« Düster starrte Gunther auf das Bein. Arnaldus zerriss ein Leinentuch.

»Mich erinnert das alles an die biblischen Plagen«, meinte Folkwin schnaufend. »Gott hat dem Pharao doch auch Frösche, Heuschrecken, Stechmücken und andere unangenehme Viecher geschickt, damit er sein Volk ziehen lässt.«

»Barbarossa ist wohl der Pharao, wie?«, höhnte das Männchen.

»Und wer soll dann das Volk Israel sein, die Cremasken etwa?«, fragte Arnaldus, während er die Leinenstreifen um das verletzte Bein wickelte.

»Wir hätten auf die Vorzeichen hören sollen, die Gott uns geschickt hat.« Folkwin geriet immer mehr in Fahrt. »Aus der Heimat drang die Kunde zu uns, dass die Stadt Freising im Frühjahr vollständig abgebrannt ist. Und wie viele herausragende, edle Persönlichkeiten sind in den letzten Monaten gestorben! Erzbischof Friedrich von Köln, Otto von Freising, Anselm, der Metropolit von Ravenna, der Würzburger Bischof Gebhard, Herzog Konrad von Kroatien und Dalmatien und noch ungezählte andere.« Folkwin gab einen Klagelaut von sich. »Der Zorn Gottes lastet auf uns, weil sich der Kaiser dem Papst widersetzt.«

Ein Glöckchen klingelte in meinem Kopf. Die Flammen des Zorns, so stand es auf dem Siegel. Fühlten sich die Inhaber des Siegels als Gottes Helfer auf Erden, die seinen Willen ausführten?

»Ich glaube vielmehr, wir sollen kampflos abziehen und die Belagerung von Crema abbrechen«, mischte sich das Männchen ein. »Heute Nacht habe ich gesehen, wie aus dem Himmel eine große Hand hervorkam und einen Blitz auf den Belagerungsturm schleuderte. Das war Gottes Hand, die ihn in Brand gesteckt hat!« Das Männchen sah uns fast trotzig an, als ahnte es, dass wir ihm die Geschichte nicht glauben würden. Ich hatte keinen Blitz gesehen, aber menschliche Schritte gehört. Doch ich behielt meine Meinung besser für mich.

»Ich denke eher, dass wir uns Gottes Zorn zugezogen haben, weil wir die Mailänder und Cremasken nicht entschieden genug bekämpfen. Der Herr will, dass wir die Verbrecher endlich ihrer gerechten Strafe zuführen.« Arnaldus begutachtete den Verband, dann erhob er sich.

Folkwin sah uns der Reihe nach triumphierend an. »Den Männern, die gestern Brechdurchfall hatten, geht es schon wieder viel besser. Sie hatten eine ruhige Nacht. Gott wollte uns nur eine Warnung zukommen lassen. Genau wie mit den Schlangen. Alles harmlose Nattern. Der Herr will uns Zeit zur Umkehr geben. Die Botschaft ist eindeutig. Der Kaiser soll sich mit dem Papst aussöhnen.«

»Von wegen himmlische Zeichen«, brummte Siegfried. »So ein Unfug. Es muss eine vernünftige Erklärung dafür geben. Irdische Missetäter haben die Schlangen ins Lager gebracht.«

»Ach ja?« Folkwin baute sich vor Siegfried auf. »Und wie

hältst du es dann mit dem Gottesurteil? Wenn ein Beschuldigter gegen seinen Ankläger kämpft, gewinnt er, wenn er unschuldig ist, und verliert, wenn die Anklage zu Recht erhoben wurde. So wird es seit Jahrhunderten praktiziert. Denn Gott stärkt den Arm des Gerechten im Kampf. Hältst du das etwa auch für Unfug?«

»Das ist doch etwas anderes«, brummte Siegfried.

Die Augen des Kochs funkelten. »Glaubst du am Ende auch nicht an das, was in der Bibel steht, an die Plagen, die Gott dem Pharao geschickt hat, um sein Volk zu befreien, und an die Wunder, die Jesus gewirkt hat? Und wie hältst du es mit der Jungfräulichkeit Marias? Und der Auferstehung Jesu?«

Ich musste Siegfried beistehen, bevor er sich in eine theologische Diskussion verwickeln ließ und am Ende noch wegen Ketzerei angeklagt wurde. »Gott kann Wunder wirken, wann immer er will«, murmelte ich besänftigend. »Die Frage ist doch nur, ob dies tatsächlich ein Wunder ist oder ob menschliche Hände nachgeholfen haben.«

»Woher wussten die Cremasken eigentlich, dass der Kaiser vorgestern nicht im Lager sein würde?«, meldete sich Gunther zu Wort.

Wir sahen uns betroffen an.

»Du meinst, unter uns ist ein Verräter?«, fragte das Männchen unsicher.

Arnaldus schob Gunther einen Hocker hin und legte dessen Bein hoch. »Oder mehrere.«

»Unsinn«, wiegelte Folkwin ab. »Die Cremasken haben einfach beobachtet, wie der Kaiser mit seinem Gefolge weggeritten ist.«

»Aber warum waren sie dann so schnell für den Ausfall gerüstet?«, warf Siegfried ein. »Außerdem konnten sie nicht wissen, dass der Kaiser lange wegbleiben würde. Sie mussten damit rechnen, dass er jeden Augenblick zurückkehrt, und dann wären wir durch seine Anwesenheit wieder gestärkt worden, denn er ist nicht nur unser Befehlshaber, sondern auch unser bester Kämpfer.« Mir fiel ein, wie nervös Franz gewesen war, noch bevor die Nachricht von dem Ausfall eingetroffen war. Hatte er von dem Verrat gewusst, oder hatte er sich aus einem anderen Grund gesorgt?

»Die Verräter wollen uns verunsichern«, bemerkte Gunther. »Damit wir kampflos abziehen.«

»Was wird aus uns, den Bediensteten des Kaisers, wenn Friedrich exkommuniziert wird? Sind unsere Seelen dann in Gefahr, weil wir für einen Herrn arbeiten, der aus der Gemeinschaft der Gläubigen ausgeschlossen wurde? Einem exkommunizierten Kaiser darf niemand dienen.« Folkwin sah zu Boden. »Ich bete jeden Abend, dass sich Friedrich mit dem Papst aussöhnt und Gottes Zorn entgeht.«

Verblüfft hatte ich den Worten des Kochs gelauscht. Gestern hatte er wahrhaftig nicht den Eindruck gemacht, ein frommer Christ zu sein. Oder spielte er uns die Besorgnis um seine unsterbliche Seele nur vor? Und woher kannte sich ein Küchenmeister so gut in der Bibel aus? Arbeitete er womöglich für den Papst? Mir fiel ein, dass er sich bei der Kaiserkrönung mit dem Küchenmeister des Papstes über Rezepte ausgetauscht hatte. Er schien gute Beziehungen zur Kurie zu haben.

Mein Blick wanderte zu Arnaldus, der sich gerade anschickte, Gunther einen Becher Wasser einzuflößen. Mit seinen so genannten »Söhnen«, die er befehligte, besaß er genügend Helfer, die die Tiere unauffällig herbeischaffen konnten. Sie gingen im Lager ein und aus, ohne kontrolliert zu werden. Vielleicht trat Arnaldus deshalb nach außen so energisch für die kaiserliche Sache ein, um von seiner wahren Gesinnung abzulenken. Wie eine Schlange, die man nicht erkennt, weil sie sich mit der Musterung ihres Schuppenkleides in die Umgebung perfekt einfügt.

Falls auch Franz einer der Verräter gewesen war und der Mörder einen Verräter nach dem anderen umbrachte, würden weitere Morde folgen. Mir fiel ein, was Zäsarius am Turm vor sich hin gemurmelt hatte: »Du wirst dich noch wundern, du dreckige Hure. Ich habe eine Überraschung für dich.« Das klang fast so, als ob Marie das nächste Opfer sein würde.

Ich musste sie dringend warnen. Aber vorher musste ich erst etwas gegen meinen Kater unternehmen. In meinem Kopf pochte es so heftig, als schlage jemand von innen mit glühenden Hämmern gegen die Schädeldecke.

»Wo ist das nächste Fass mit kühlem Wasser?«, erkundigte ich mich.

Folkwin grinste. »Brummt dir der Schädel? Wer so wenig isst wie du, verträgt auch keinen Alkohol. Aber ich kriege dich schon aufgepäppelt, keine Sorge.« Er zeigte nach rechts. »Am Nachbarzelt steht ein Fass. Und wenn du fertig bist, kommst du zu mir. Ich habe feine Semmeln und einen fetten Käse zum Frühstück.«

Ich dankte und wandte mich zum Gehen.

»Halt!« Siegfried zog unter seinem Obergewand einen mausgrauen Rock hervor und hielt ihn mir hin. »Den habe ich mir von meinem Brüderchen heimlich geliehen«, raunte er mir leise zu. »Für dich. Damit du nicht so dreckig herumlaufen musst. Jost ist nicht viel kräftiger als du, das gute Stück dürfte dir also ungefähr passen.«

Vor lauter Aufregung hatte ich gar nicht bemerkt, dass mein Rock über und über mit Dreck und Resten von Erbrochenem bedeckt war. Dankbar strahlte ich Siegfried an.

* * *

Nachdem ich mich erfrischt, umgezogen und ein reichhaltiges Frühstück genossen hatte, fühlte ich mich schon wesentlich munterer. Während ich auf Maries kleinen Laden zumarschierte, überlegte ich, dass ich erst mal diesen einen Tag überleben musste, gleichgültig wie. Wenigstens konnte der Liebeskummer nicht mehr schlimmer werden. Ich durfte nicht mehr an mein ganzes hoffnungloses Leben ohne Trushard denken, sondern musste es in Tage einteilen. Überschaubares Elend sozusagen. Hatte ich den heutigen Tag geschafft, konnte ich vielleicht auch den morgigen schaffen. Und so würde ich mich von einem Tag zum nächsten hangeln und irgendwann ein ganzes Jahr vollenden. Dann würde mein Zustand hoffentlich erträglicher werden.

Mit etwas Glück würde ich lernen, ohne Trushard zu leben, so wie es manche Menschen auch schafften, ohne Arme oder Beine auszukommen. Um mich abzulenken, würde ich etwas Nützliches tun und meine ganze Kraft für die Suche nach dem heimtückischen Mörder einsetzen.

Obwohl es helllichter Tag war und ich nur ins Lager der Händler und Handwerker wollte, hatte ich mir Pfeil und Bogen umgehängt. Meinen Dolch hatte ich am linken Unterarm festgebunden, wie es reisende Kaufleute zu tun pflegten. Durch den langen Ärmel wurde er perfekt verdeckt. Mit den Waffen fühlte ich mich einfach sicherer. Wer wusste denn, ob die Cremasken nicht am Ende gleich wieder ihren nächsten Ausfall wagen würden?

Vor Maries einfach gezimmerter Verkaufsbude stand Enno und besah prüfend die Auslage: Töpfe, Kämme, Beutel, Messer und viele andere Dinge. »Ich freue mich schon auf nachher«, sagte er tonlos zu Marie. Ich stutzte. Wollte dieses Bübchen ausgerechnet jetzt, so kurz nach dem Tod seines Herrn, die ersten Erfahrungen mit dem weiblichen Geschlecht sammeln?

Maries Wangen röteten sich, als sie mich erblickte. Dann

lächelte sie mich schüchtern an. Enno hörte abrupt auf zu reden und drehte sich um. Sein Gesicht sah noch schlimmer aus als gestern, und seine Augen glänzten fiebrig.

»Seid gegrüßt.« Mitleidig musterte ich Enno. »Ihr seht aus, als ob Ihr Fieber hättet. Hat auch Euch diese merkwürdige Krankheit erwischt?«

Er schüttelte müde den Kopf. »Es ist nur die Hitze.« Er nahm ein spitzes Essmesser in die Hand und betrachtete es von allen Seiten. »Wie viel kostet es?«

Marie nannte ihm einen günstigen Preis. Enno kramte ein paar Münzen aus seinem Beutel, befestigte das Messer an der Scheide, die leer von seinem Gürtel herabbaumelte, und wandte sich ab. »Also wie abgesprochen, Marie.« Die Krämerin sah ihm unglücklich hinterher.

Mit hängenden Schultern schlich er davon. Was war bloß mit ihm los? Setzte ihm die Trauer um seinen Herrn so zu? Ich hatte das Gefühl, dass er nicht zu Marie gekommen war, um ein Messer zu kaufen oder sich für sein erstes erotisches Abenteuer zu verabreden, sondern um etwas mit ihr abzusprechen. Vielleicht die nächsten Schritte bei der Umsetzung des Planes?

Ich lächelte Marie an. »Ich wollte nur sehen, ob bei dir alles in Ordnung ist. Weil doch im Lager so viele Schlangen und Kröten herumkriechen.«

»Du dir machen Sorgen um mich?« Marie schien ganz gerührt. »Alles gut. Hier nix Schlangen.«

»Pass auf, wen du in dein Bett lässt«, warnte ich sie unverblümt. »Enno sieht mitgenommen aus. Am Ende steckst du dich noch mit einer gefährlichen Krankheit an.«

Marie beugte sich über den Ladentisch, bis ich in ihren tiefen Ausschnitt sehen konnte. »Bald fremde Männer nicht mehr kommen zu mir in Bett. Ich dann wieder reine Frau. Neues Leben anfangen.«

Mein Verdacht, dass die Glockenmarie in den Verrat verwickelt war, erhärtete sich. »Wie das denn?«

»Du nicht fragen. Fragen nix gut. Aber bald ist so weit.« Marie strahlte mich an.

»Wie bald?«, bohrte ich nach.

»Wenige Tage.« Marie blinzelte mir verschwörerisch zu, dann legte sie den Finger auf ihre Lippen. »Du nix sagen.«

»Natürlich nicht«, versicherte ich. »Ehrenwort.« Ich überlegte kurz, ob ich sie vor Zäsarius warnen sollte, aber ich entschied mich dagegen, denn ich wollte nicht zu erkennen geben, dass ich ihr geheimes Gespräch belauscht hatte. Wer zu viel wusste, endete schnell als Leiche. Ich suchte nach einer unverfänglichen Formulierung. »Marie, ich fürchte, du bist in etwas hineingeraten, das du nicht überblickst. Deshalb bin ich gekommen, um dich zu warnen. Ich sage dir, der Kaiser versteht keinen Spaß. Ich kenne ihn. Verräter werden hingerichtet, ist dir das klar?«

Marie sah mich erschrocken an. »Nix Verrat«, beteuerte sie, aber die roten Wangen zeigten mir, dass sie log.

»Marie, wenn du etwas weißt, dann musst du es mir sagen. Ich bin dein Freund.« Ich drückte kurz ihre Hand. »Du kannst mir vertrauen.«

»Du machen viele Sorgen um mich.« Marie warf mir einen liebevollen Blick zu. »Du einziger Mann, der sich kümmern um mich.«

Hinter mir hörte ich Schritte. Marie versteifte sich und setzte plötzlich ein harmloses Gesicht auf. »Komm heute Abend wieder«, flüsterte sie mir hastig zu. Dann lauter: »Nun, was du kaufen?«

»Alles zu teuer«, erwiderte ich überrumpelt. »Ich überlege es mir noch mal.« Als ich gehen wollte, lief ich geradewegs Zäsarius in die Arme. Argwöhnisch musterte er mich. Er war immer noch blass, und die Hände hielt er vor den Bauch gepresst. Wollte er seine finstere Drohung etwa schon wahr machen? Ich beschloss, den Teufelsmönch sicherheitshalber nicht aus den Augen zu lassen.

* * *

Der Laden neben Marie war eine Bäckerei. Während ich mich neben den Käufer stellte, der vor mir dran war, spitzte ich die Ohren.

»Sei gegrüßt, meine Tochter«, sagte Zäsarius huldvoll. »Hast du die Nacht gut überstanden? Oder hast du wieder um deine Freundin geweint? Ich habe euch gestern Abend in meine Gebete eingeschlossen.«

»Alles gut.« Marie klang geistesabwesend. Ich bemerkte, wie sie mich aus den Augenwinkeln heraus musterte, und lächelte ihr zu. Ein Aprikosenton färbte Maries Wangen, dann wandte sie ihre ganze Aufmerksamkeit dem Mönch zu. »Bauchschmerzen heute besser?«, fragte sie ihn.

Der Käufer vor mir zahlte und ging. »Was hättet Ihr denn gerne?«, erkundigte sich der rundliche Bäcker, der seiner Aussprache nach zu urteilen offensichtlich ein Schwabe war.

»Hm.« Ich schürzte ratlos die Lippen, während ich einen verstohlenen Blick zu Marie warf. Zäsarius redete mit gedämpfter Stimme auf sie ein. »Ein kleines Fladenbrot bitte«, verlangte ich schließlich.

Während der Bäcker es mir gab, schaute ich ihn freundlich an. Ich musste ihn in ein Gespräch verwickeln, denn es sah leider nicht so aus, als ob Zäsarius gleich wieder gehen würde. Ich stellte dem Bäcker die nächstbeste Frage, die mir einfiel. »Was ist eigentlich aus der Pastetenverkäuferin geworden, die hier sonst immer stand?«

Er seufzte tief auf. »Ihr meint bestimmt die Klara?«

Ich horchte auf. Hatten Zäsarius und Marie heute Nacht nicht von einer Klara gesprochen?

»Sie ist bei dem Ausfall von den Cremasken gefangen genommen worden. Das arme Ding.« Der Bäcker senkte die Stimme. »Obwohl … Man soll ja eigentlich über Tote nichts Schlechtes sagen, und in der Gefangenschaft ist sie schon so gut wie tot, nicht wahr …?«

»Nicht unbedingt. Eine hübsche Frau lassen die Cremasken bestimmt noch ein Weilchen leben«, meinte ich in der Hoffnung, er werde weitersprechen und doch etwas Schlechtes sagen.

Der Bäcker beugte sich zu mir herüber. »Dann hat sie noch eine Chance. Die Männer waren verrückt nach ihr. Sie sah, Verzeihung, sieht ja auch verdammt gut aus, wenn man einmal von den Augenbrauen absieht, die über ihrer Nase zusammengewachsen sind. Das verleiht ihrem Aussehen so etwas Unheimliches. Nachts hat sie sich ganz schön viel herumgetrieben. Keine Ahnung, was sie da so angestellt hat, aber ich vermute, sie ist demselben unehrlichen Gewerbe nachgegangen wie die Glockenmarie.« Der Bäcker warf einen abfälligen Blick zu seiner Nachbarin.

Ich nutzte die Gelegenheit, um nach Marie zu sehen. »Gehe in dich, meine Tochter, und entsage der Wollust«, sagte Zäsarius salbungsvoll zu ihr. Mit hochroten Wangen lauschte sie ihm.

»Die beiden anrüchigen Damen waren dick befreundet«, tratschte der Bäcker munter weiter.

»Wo kam Klara eigentlich her?«, hakte ich nach.

»Angeblich aus Mailand. Wie Marie.« Der Bäcker zuckte die Achseln. »Aber ich traute ihr nicht über den Weg. Die Lombarden lügen doch alle, was das Zeug hält. Es gibt ja so manchen Überläufer hier, aber meiner Ansicht nach sollte man sie alle fortjagen, denn man weiß nie, zu wem sie wirklich halten. Und was die beiden Damen betrifft, da sind viele Männer froh über ihre … hm … Gesellschaft.« Sein Gesicht verdüsterte sich. »Wer weiß, vielleicht hätten die Cremasken mich auch noch mitgenommen. Aber ich bin schön brav in meinem Zelt geblieben, als mich das Donnern der Pferdehufe aus dem Schlaf gerissen hat. Doch die Weiber wollten sich wohl in Sicherheit bringen und sind aus den Zelten gelaufen, genau vor die Füße der Cremasken. Wie kann man nur so blöd sein! Ich habe noch gehört, wie Klara um Hilfe gerufen hat.«

»Im Himmel herrscht mehr Freude über einen reuigen Sünder als über neunundneunzig Gerechte«, tönte Zäsarius gut hörbar. Mittlerweile schaute die halbe Gasse zu Marie hinüber. Verlegen zupfte die Hure an ihrem Ausschnitt herum und biss sich wiederholt auf die Lippen.

»Zäsarius ringt wirklich um jede Seele«, lobte der Bäcker. »Ein wahrer geistlicher Vater. Auch um die, die für andere nur Abschaum sind, kümmert er sich aufopferungsvoll. Jeden Tag schaut er bei Marie vorbei und versucht, sie zur Umkehr zu bewegen. Leider bisher vergeblich.«

Mit einem triumphierenden Blitzen in den Augen stolzierte Zäsarius auf Maries Zelt zu und verschwand darin. Resigniert hinkte ihm die Krämerin hinterher, nachdem sie mir einen Blick zugeworfen hatte, in dem ich die Bitte las, nicht schlecht über sie zu denken. Aufmunternd lächelte ich ihr zu.

»Aha, sie beichtet wenigstens«, kommentierte der Bäcker. »Jetzt wird es wie immer eine Zeit dauern, bis sie wieder herauskommen. Kein Wunder, die Liste von Maries Sünden muss ja auch ziemlich lang sein.«

Die beiden würden sich im Zelt wohl kaum die Zeit mit Beichten vertreiben. Der nächste Kunde näherte sich dem Stand des Bäckers. Es wurde Zeit für mich zu gehen. Ich kramte nach ein paar Münzen, bezahlte und schlenderte kauend zur Ecke, wo ich in Hörweite von Maries Unterkunft war. Ich überlegte, ob ich sie und Zäsarius stören sollte, ließ es dann aber. Um diese Tageszeit würde er ihr wohl kaum Gewalt antun. Falls doch, wäre ich beim ersten Hilfeschrei sofort bei ihr.

Ich musste mich zum Essen regelrecht zwingen, denn Folkwin hatte mich gemästet, als wäre ich ein Schwein, das einen guten Braten liefern sollte. Ich war gerade fertig, als ich sah, wie der Mönch mit tief befriedigtem Gesichtsausdruck aus dem Zelt kam. Erleichtert beobachtete ich, dass Marie ihm gleich darauf folgte und sich wieder hinter ihren Stand stellte, als ob nichts gewesen wäre.

»Es war gut, dass du dein Gewissen erleichtert hast, meine Tochter«, merkte Zäsarius von oben herab an, rief ihr einen kurzen Abschiedsgruß zu und machte sich auf den Weg. Hastig schlich ich in weitem Abstand hinterher.

Zäsarius verließ das Lager der Handwerker und Händler und lief Richtung Crema. Mir wurde mulmig zumute. Mich so dicht an die Feinde heranzuwagen, behagte mir gar nicht, denn ich wollte lieber keine Bekanntschaft mit ihren Pfeilen und Geschossen machen.

Meine Angst wurde noch größer, als die Stadtmauer vor uns auftauchte. Ich hoffte inständig, dass Zäsarius nun endlich umkehren würde. Aber zu meinem Schrecken marschierte er auf ein großes Schirmdach zu, das sich genau vor der Mauer befand und in dessen Schutz der wassergefüllte Graben zugeschüttet werden sollte. Was wollte der Mönch dort, obwohl er noch nicht genesen war und als frommer Mann bei den Kämpfen nichts zu suchen hatte?

Das Schirmdach sah aus wie ein grob gezimmerter Schuppen, der halb so groß war wie die Halle der Burg in San Bassano. Zum Schutz vor Brandpfeilen und brennenden Geschossen war es mit nassen Tierfellen behängt. Neben dem Schirmdach lagen Haufen von Holzklötzen, Fässern und Erde. Das Dach stand auf einem Holzboden, der mich an ein Floß erinnerte. Auf der linken Seite war es über ein langes, dickes Seil mit einer Winde verbunden. »Weiter!«, brüllte jemand unter dem Dach hervor, und sofort drehten die Helfer an der Winde, die ein Stück Seil freigab. Auf zwei breiten Holzstegen glitt das Schirmdach, von zwei Knechten geschoben, ächzend vorwärts, über den aufgeschütteten Graben hinweg auf die Stadtmauer zu. Nur noch eine Manneslänge, und ein breites Stück wäre begehbar. Wie die Ameisen liefen Knechte hin und her und brachten immer wieder Holz, Eimer mit Erde und Fässer unter das Dach.

Um die Arbeiter gegen Angriffe der Cremasken zu verteidigen, lauerten Bogenschützen schussbereit hinter mannshohen Schutzschilden. Um sie herum standen zerlumpte Gestalten, die dicke Steinbrocken in den Händen hielten. Unter ihnen war auch Arnaldus. Das war also die Truppe von Armen, die er befehligte.

Aus sicherer Entfernung beobachtete ich, dass Zäsarius sich ein Fass nahm, das neben der Winde stand, und es unter das Schirmdach rollte. Wollte er bei dieser Hitze etwa arbeiten, und das trotz seines geschwächten Zustands? Aber warum?

Wenn ich das herausfinden wollte, musste ich mich wohl oder übel näher an die Feinde wagen. Unschlüssig trat ich von einem Bein auf das andere, während ich die Mauer, das Dach und die Schutzschilde noch einmal gründlich musterte. Die Schutzschilde! Ja, das war es! Wozu hatte ich den Umgang mit Pfeil und Bogen gelernt?

Ich trat hinter dem Strauch hervor und lief rasch zum nächsten Schutzschild. Lässig tippte ich dem Bogenschützen auf die Schulter. »Ich komme als Ablösung«, brummte ich.

Langsam wandte er sich zu mir um und musterte verwundert meine schmächtige Gestalt.

»Alles in Ordnung.« Unbemerkt war Arnaldus zu uns getreten. »Das ist Poppo, ein Meisterschütze der Kaiserin. Du kannst ruhig gehen.«

Das ließ sich der Schütze nicht zweimal sagen. Er legte Pfeil und Bogen zur Seite, lockerte die verkrampften Finger und hüpfte dann eilends davon. »Meisterschütze« hatte Arnaldus mich genannt! Wie schmeichelnd das klang! So ganz anders als »Kammerzofe«! Vor allem aber staunte ich immer wieder darüber, wie viel Wertschätzung ich als Mann erfuhr.

Fast schon beschwingt nahm ich eine schussbereite Position ein und spähte durch das schmale Loch im Schutzschild. Hier war ich wesentlich näher dran an Zäsarius.

Da erschien er auch gleich wieder.

»Was macht Ihr denn hier? Ich dachte, Euch hat es auch mit dem Durchfall erwischt.« Ein gutmütig aussehendes Dickerchen, das Holzklötze in den Armen trug, blieb stehen und sah den Mönch freundlich an.

»Mir geht es wieder ganz gut. Ich kann doch nicht untätig herumliegen, während hier jede Hand gebraucht wird.« Ohne rot zu werden, brachte Zäsarius diese Lüge hervor. »Im Lager wird viel von himmlischen Zeichen gemunkelt. Gott sei gegen diesen Krieg, heißt es. Da muss ich mich als Gottesmann an der Mauer zeigen, um zu beweisen, dass der Herr auf unserer Seite steht.« Er packte sich ein Fass und rollte es auf das Dach zu.

Spöttisch verzog ich den Mund. Die selbstlose Mitarbeit war ein Vorwand – ganz klar. Zäsarius war der Letzte, der sich für das Wohl des Reiches aufopfern würde. Aber was steckte dahinter? Meine Neugier wuchs.

»Woher sprichst du eigentlich so gut Deutsch?«, fragte ich

Arnaldus, während ich beobachtete, wie Zäsarius sich das nächste Fass holte.

»Mein Vater trug den Beinamen Alamanus nicht von ungefähr«, erwiderte er stolz. »Einer unserer Vorfahren stammt aus Alemannien. Bevor uns diese verfluchten Mailänder alles wegnahmen, trieben wir viel Handel mit eurem Volk.«

Hinter den Zinnen der Stadtmauer tauchten drei Frauen auf und fingen an zu singen. Mein Herz blieb stehen. Musste ich jetzt etwa auf sie zielen?

Fragend wandte ich mich zu Arnaldus. Er schüttelte den Kopf. »Die sind harmlos. Sie tauchen jeden Morgen um diese Zeit hier auf, um uns zu verspotten.« Er zögerte kurz, dann sprach er weiter: »Eigentlich müssten wir jeden von diesen Bastarden töten. Aber wie sähe das aus, wenn wir auf wehrlose Frauen zielen würden? Wir wären dann kein Stück besser als unsere Feinde, und vor allem würden wir ihnen dadurch zeigen, dass uns ihr Spott trifft. So lange sie uns nichts tun, tun wir ihnen auch nichts. Obwohl es mich mächtig juckt, es diesen frechen Weibern einmal zu zeigen.«

Ich wunderte mich nicht über die Zurückhaltung von Arnaldus und seinen Söhnen. Klar, er wollte seinen Auftraggebern nicht schaden. Auch die Steine, die sie Tag und Nacht warfen, verfehlten gewiss oft ihr Ziel oder richteten nur harmlosen Schaden an. Und ließ sich nicht trefflich ein kleines Stück Pergament um einen Stein wickeln, eine geheime Nachricht, die mit dem Flammensiegel verschlossen war? Man konnte auch einen Stein aushöhlen und eine Pergamentrolle hineinschieben. Was für eine raffinierte Art, geheime Nachrichten auszutauschen! Und – ein neuer Gedanke durchzuckte mich – stammten die Fässer, mit denen ein Teil des Grabens zugeschüttet wurde, nicht aus Lodi? Arnaldus und seine »Söhne« würden keinerlei Aufsehen erregen, wenn sie

Fässer ins Lager brachten. Fässer, die Schlangen und anderes Getier enthielten …

Ich wandte meine Aufmerksamkeit wieder den Frauen zu. Klein wie Zwerge sahen sie von hier unten aus. Ich konnte nicht verstehen, was sie sangen, da sie ihre eigene Sprache benutzten. Aber ihre Gesten waren eindeutig. Eine kostbar gekleidete Dame zeigte uns eine lange Nase und lachte höhnisch auf, während eine andere den Rock hob und ihr bloßes Hinterteil präsentierte.

Einer von Arnaldus' Söhnen konnte nicht mehr an sich halten und schleuderte einen Stein hoch, der über die Köpfe der Frauen hinwegflog. Mehrere Männer, die unter dem Dach hervorliefen, drehten sich zur Mauer um und blickten in die Höhe. Das gutmütige Dickerchen grinste breit. »Ein bisschen blass sind die Damen, findet Ihr nicht?«

Ein hagerer Knecht stützte sich schnaufend auf seine Schaufel. »Frische Luft wäre gut für ihre Gesichtsfarbe. Die Damen müssten öfter mal rauskommen aus ihrer Stadt. An uns soll es nicht liegen. Wir würden sie freudig willkommen heißen.«

Die anderen lachten und machten sich wieder an ihre Arbeit.

Auch Zäsarius watschelte auffallend schnell herbei, in beiden Händen einen dicken Brocken.

»Was singen die Frauen?«, erkundigte ich mich bei Arnaldus.

»König Lothar hat es einst nicht geschafft, uns zu besiegen, und ihr werdet es auch nicht schaffen. Ruhmlos werdet ihr euch zurückziehen müssen!« Er grinste. »Aber vom Singen wird ihr sehnlichster Wunsch, dass wir klein beigeben, auch nicht Wirklichkeit.«

Zäsarius schmiss den Stein in den Graben und stemmte die Hände in die Hüften. Er summte eine schwungvolle Melodie vor sich hin, erst leise, dann laut:

»Unsere Ritter werden gewinnen.
Bald ist es so weit.
Tot seid ihr dann!
Der Morgen leuchtet uns.
Im Angriff sind wir stark.
Crema wird fallen!«

Seine Bassstimme war zwar äußerst kräftig und weithin vernehmbar, aber er sang noch falscher als Guillaume, falls das überhaupt möglich war. Wie samtweich hatte dagegen immer Trushards Stimme geklungen! Ich durfte nicht an diesen ekelhaften Kerl denken, ermahnte ich mich innerlich. Mit geröteten Wangen wiederholte Zäsarius sein Lied, diesmal noch lauter und noch schiefer. Er traf keinen einzigen Ton. Trotzdem fielen die Arbeiter zum Schluss begeistert mit ein: »Crema wird fallen!«

»Nicht gerade das passende Lied für einen Mönch«, bemerkte ich.

Arnaldus zuckte die Achseln. »Wahrscheinlich will er unseren Leuten nur ein bisschen Mut machen. Das können wir auch verdammt gut gebrauchen, nach allem, was in den letzten Tagen passiert ist.«

»Bei einem solchen Gesang würde ich mich eher freiwillig in die Arme des Feindes stürzen«, knurrte ich. Arnaldus lachte.

Plötzlich hörte ich ein Zischen in der Luft, dann krachte wenige Schritte vom Schirmdach entfernt ein dicker Steinbrocken auf die Erde. Wie vom Blitz getroffen, fuhr ich zusammen.

Doch Arnaldus blieb ganz ruhig. »Ein kleiner Gruß von der Blide in Crema«, spöttelte er. »Aber das wird ihnen auch nichts nützen. Du wirst sehen, spätestens heute Abend sind wir mit dem Zuschütten des Grabens fertig. Und dann kommen wir mit dem Belagerungsturm und dem Schirmdach bis an ihre Mauern heran. Endlich! Die letzten Tage dieser Bastarde haben begonnen.« Seine Augen glitzerten erwartungsfroh.

Zitternd beobachtete ich, wie Zäsarius einige Steine zum Wasser schleppte. Dann blieb er stehen, presste beide Hände auf den Bauch und verzog das Gesicht. »Ich kann nicht mehr«, bemerkte er zu dem Dickerchen. »Die Krankheit hat mir doch mehr zugesetzt, als ich dachte.«

»Legt Euch wieder hin«, riet das Dickerchen.

Nach einem Abschiedsgruß zog der Mönch mit Leidensmiene davon. Ich musste ihm folgen. Fieberhaft zimmerte ich mir eine Ausrede zurecht. »Mir ist schlecht«, brachte ich hervor. »Ich glaube, ich muss mich übergeben.«

»Hat dich die merkwürdige Krankheit etwa auch erwischt? Oder hast du einen Sonnenstich?« Arnaldus sah mich mitleidig an. »Geh nur. Ich halte die Stellung, bis deine Ablösung eintrifft. Ich kann auch mit Pfeil und Bogen umgehen.«

Ich war heilfroh, als ich dieses ungemütliche Fleckchen Erde verlassen konnte, aber das ließ ich mir nicht anmerken. Rasch hängte ich mir meine Waffe um, dann schlich ich, die Hände auf den Magen gepresst, Zäsarius hinterher.

Wo ging er denn jetzt schon wieder hin? Den Weg zurück zum Lager schlug er nicht ein. Für einen Kranken war er erstaunlich aktiv.

Er lief zwischen den beiden Lagern hindurch, an denen ich gestern vorbeigeritten war. Zum Glück waren so viele Menschen unterwegs, dass ich ihm unauffällig folgen konnte. Boten eilten zwischen den Lagern hin und her, Knechte rollten weitere Fässer Richtung Graben, und Händler boten den schwer arbeitenden Männern Wasser zur Erfrischung feil. Immer wieder hörte ich Zäsarius stöhnen, aber er hielt nicht inne. Vielleicht wollte er zum Serio und sich dort waschen?

Wir ließen beide Lager hinter uns und damit auch das lebhafte Treiben. Der Fluss schimmerte in der Ferne. Keine Menschenseele weit und breit. Meine Vermutung, dass Zäsarius an einer einsamen Stelle ein Bad nehmen wollte, schien sich zu bestätigen. Aber mir wurde doch arg mulmig zumute. Ich ließ den Abstand zu Zäsarius größer werden und hüpfte von Strauch zu Strauch, damit der Mönch mich nicht entdeckte.

An einem Baumstumpf blieb er stehen. Neugierig lugte ich durch die Blätter meines Strauches. Der Mönch sah sich verstohlen um, legte einen Brief in den Baumstumpf und zog ein Ei hervor. Kein Vogelei, nein, ein richtiges Hühnerei! Er betrachtete es so intensiv von allen Seiten, als sähe er zum ersten Mal in seinem Leben ein Ei. Dann ließ er es in dem weiten Ärmel seiner Kutte verschwinden und lief weiter.

Als ich hinter dem Strauch hervortreten wollte, knackte unter meinen Füßen ein Ast. Erschrocken zog ich mich ins Gebüsch zurück. Hoffentlich hatte der Mönch das verräterische Geräusch nicht gehört. Aber er watschelte unbeirrt weiter.

Ich lief zu dem Baumstumpf und spähte hinein. Er war hohl, ein perfektes Versteck. Mit klopfendem Herzen zog ich den Brief hervor und drehte ihn um. Fast hätte ich jubiliert. Er war mit dem Flammensiegel verschlossen! Frohlockend steckte ich ihn in meinen Beutel. Endlich hatte ich ein Beweismittel, das mir ein gutes Stück weiterhelfen würde. Nur zu gerne hätte ich das Siegel sofort erbrochen und den Brief gelesen, aber ich musste weiter hinter Zäsarius herschleichen. Es war höchst interessant, was dieser angeblich fromme Mann so alles trieb.

Plötzlich blieb er stehen. Er ging in die Hocke, zog das

Ei hervor und legte es behutsam neben sich auf den Boden. Dann hörte ich ein Würgen. Anschließend wischte er sich den Mund ab, häufte einige Blätter über sein Erbrochenes, richtete sich auf, schob das Ei wieder in den Ärmel seiner Kutte und schlich weiter. Naserümpfend mied ich die Stelle und ging in großem Bogen daran vorbei.

Auf einmal gab der Boden unter mir nach, der Fuß tappte ins Leere – und mit einem Aufschrei stürzte ich in die Tiefe.

* * *

Hart prallte ich mit den Füßen auf die Erde, dann kippte ich nach hinten und plumpste auf den Allerwertesten.

Durch das Loch, das die Zweige gerissen hatten, fiel ein dicker Lichtstrahl. Ich war in eine Grube gefallen, die etwa zwei Manneslängen tief und zwei Sarglängen breit war. Es war kühl, modrig und eng – wie in einem Grab.

Mein Verstand brauchte ein Weilchen, bis er die Situation erfasst hatte, so unerwartet war der Sturz. Es musste wohl eine Falle der Cremasken sein. Irgendwann – nach Tagen? Oder Wochen? – würde jemand kommen, mich herausholen und dann ... Mein Verstand weigerte sich weiterzudenken. Vielleicht würde Barbarossa Crema tatsächlich morgen einnehmen oder die Stadt so eisern abriegeln, dass auch bewaffnete Ritter keinen Ausfall mehr wagen konnten. Dann würde ich hier verrotten ...

Ich war wütend auf mich selber. Zäsarius hatte mich in eine Falle gelockt, ganz klar. Er hatte nur so getan, als ob er sich übergab, damit ich die Stelle meiden und über die abgedeckte Grube laufen würde. Woher wusste er eigentlich, dass sich die Falle hier befand? Bestimmt würde er bald wiederkommen, um mich zu töten. Mit einer Lanze, die lang genug war, um mich von oben zu erstechen, mit einem Spaten, um mich bei lebendigem Leibe zu begraben, oder mit Felsbrocken, um mich zu steinigen.

Ich zwang mich zur Ruhe. Panik war der schlechteste aller Ratgeber. Ich legte Köcher und Bogen zur Seite, kauerte mich zusammen und suchte nach einer Lösung. Ob ich um Hilfe rufen sollte? Aber wer sollte mich hier schon hören? Es wäre ein mehr als glücklicher Zufall, wenn ausgerechnet an dieser einsamen Stelle jemand aufkreuzen würde.

Konnte ich irgendwie alleine herauskommen? Die Erdwände waren steil. Fahrende Sänger erzählten immer wieder von Eingekerkerten, die sich mit bloßen Händen den Weg in die Freiheit gegraben hatten. Probeweise griff ich mit den Fingern in die Erde. Sie war steinhart. Die Geschichten waren wohl der blühenden Fantasie der Sänger entsprungen. Selbst Siegfried mit seinen Schaufelhänden könnte sich hier keine Treppe in die Erde bauen. Nein, es war unmöglich, ohne fremde Hilfe herauszukommen. Ich saß in der Falle wie ein wildes Tier.

Bestimmt gab es hier noch mehr Ungeziefer als im Lager. Heute Nacht würden sich Wanzen, Läuse und Würmer durch meine Kleidung fressen und mich bei lebendigem Leibe zernagen. Hoffentlich krochen hier wenigstens keine Schlangen herum.

Nach einer Weile verlor ich jedes Zeitgefühl. Die Erdwände schienen näher zu rücken. Ich hielt den dumpfen Gestank nicht aus, den sie verströmten, sprang auf und hielt mein Gesicht hoch zum Loch. Begierig sog ich die warme Luft ein, die von dort hereinfiel. Es musste schon Mittag sein, denn die Sonne stand hoch am Himmel.

Oben raschelte das Gras. Schritte näherten sich. Mein Körper wurde steif wie ein Brett. Waren das schon die Cremasken? Oder kam Zäsarius zurück, um zu sehen, ob ich mir beim Sturz das Genick gebrochen hatte? Vielleicht hatte ich ausnahmsweise Glück, und es war einer der Unseren. Wie auch immer, ich musste mich bemerkbar machen.

»Hilfe«, schrie ich, so laut ich konnte. »Ich bin hier unten, in der Grube.«

»Schreien konntest du schon immer gut, Rotrud.« Josts quäkende Stimme fuhr mir durch Mark und Bein. Ich hielt den Atem an. Von allen kaiserlichen Männern hatte mir der Himmel ausgerechnet meinen ärgsten Feind geschickt! Ich überlegte, ob ich mit einem Pfeil auf ihn zielen sollte, aber dann würde er mich nicht mehr herausholen können.

Das restliche Flechtwerk wurde entfernt. Am Rand des Loches erschien eine schmächtige Gestalt. Josts kurz geschnittene Haare standen wie immer stachelig vom Kopf ab. »Die Cremasken bauen gute Fallen, nicht wahr?«, rief er höhnisch zu mir herunter.

Ich zog es vor, nicht zu antworten.

Jost beugte sein Gesicht vor. »Hab ich's mir doch gedacht. Wo der eine ist, kann der andere nicht weit sein. Trushard und du, ihr seid wahrhaft unzertrennlich. Was für eine große Liebe.«

Ich presste die Lippen zusammen. Das hatte ich Schaf von meiner großen Liebe. Nur wegen meines untreuen Lotterbuben saß ich in dieser Grube statt in meiner sicheren Burg.

»Du bist mir eben an der Mauer aufgefallen«, fuhr Jost fort. »Eigentlich sollte ich einen der Männer beim Auffüllen des Grabens ablösen. Aber dann habe ich aus der Ferne einen Bogenschützen gesehen, der meinen Rock trägt, den ich seit dem Aufstehen vermisse. Ich bin unauffällig näher geschlichen und habe mich hinter einem Strauch versteckt. Als du dich umgedreht hast, um fortzugehen, habe ich dich wiedererkannt. So froschgrüne Augen hat eben nicht jeder – oder vielmehr jede. Ich bin dir gefolgt, um herauszufinden, welche ruchlose Tat du als Nächstes nach dem Diebstahl meines Rockes planst. Das ist eine große Ehre. So viel Mühe mache ich mir sonst nicht mit Frauen.«

Mein Mund öffnete sich wider Willen. »Vielleicht könntest du mir dann auch die Ehre erweisen und mich hier herausholen?«

Jost grinste breit. »Sollte ich das wirklich? Eigentlich machst du dich ganz gut in der Grube, so tief unten. Du bist viel zahmer als sonst. Aber keine Sorge, ich habe im Lager ein Seil geholt, um dich zu befreien. Ich will mir nicht das Vergnügen entgehen lassen, dabei zuzusehen, wie dir die Nase abgeschnitten wird. Der Kaiser mag es gar nicht, wenn sich Frauen im Lager herumtreiben.«

Ich unterdrückte den Wunsch, an meine Nase zu greifen. »Ich war gar nicht im Lager«, log ich. »Und es ist schließlich nicht verboten, sich an der Stadtmauer oder am Fluss aufzuhalten. Auch für Frauen nicht.«

»Du hast schon besser gelogen«, sagte Jost scharf. »Natürlich warst du im Lager. Was glaubst du, wie schnell ich ein paar Zeugen finde, die das bestätigen? Und überhaupt, warum sonst trägst du Männerkleidung, wenn nicht, um uns arglistig zu täuschen? Übrigens ist das auch Ketzerei! Der Herr hat dich als Frau geschaffen, nicht als Mann. Du widersetzt dich also göttlichem Willen. Wenn der Kaiser mit dir fertig ist, wird sich die Kirche deiner gewiss fürsorglich annehmen.«

Unwillkürlich drückte ich mich gegen die Wand. Wenn er doch nur endlich aufhören würde zu reden!

Jost spähte herunter. »Was sehe ich? Du hast Pfeil und Bogen dabei! Du missachtest mal wieder das Waffenverbot für Frauen.«

»Bei der Jagd dürfen auch Frauen mitmachen«, protestierte ich. »Die Kaiserin hat mir erlaubt zu üben.«

»Ob man kämpft oder jagt, ist ein himmelweiter Unterschied, meine Liebe«, belehrte mich Jost. »Die Liste deiner Sünden wird immer länger. So oft, wie du es verdient hättest, kann man dich gar nicht bestrafen.« Er geriet erst richtig in Fahrt. »Ohne Nase lebt sich's schlecht. Ich habe schon bei Verstümmelungen zugesehen. Einige von diesen lombardischen Verrätern haben nicht nur die Nase verloren, sondern auch die Augen und die Ohren. Die haben gequiekt wie Schweine, die abgeschlachtet werden. Aber der Kaiser hat in seiner Milde einem von ihnen das Augenlicht gelassen, damit er die anderen nach Mailand zurückführen konnte. Dort sollten sie dann erzählen, dass wir nicht zimperlich sind mit Leuten, die uns hintergehen.«

Meine Knie zitterten. Jost würde mich wirklich dem Kaiser verraten, dachte ich. Dabei kannten wir uns seit Jahren. Wie oft hatten wir ihn und seinen Bruder Siegfried auf unserer heimischen Burg verköstigt!

Josts wasserblaue Augen funkelten wie Eiskristalle. »Die Kaiserin wird dich mit Schimpf und Schande von ihrem Hof verjagen. Und ob dich dein Trushard immer noch liebt, wenn du ein hässliches Loch mitten im Gesicht hast, wage ich zu bezweifeln. Als Bettlerin hast du dann viel Zeit, darüber nachzudenken, was sich für eine Frau ziemt und was nicht.«

Er bückte sich, hob ein Seil hoch und warf es in die Grube. »Hier, zieh dich daran hoch. Ich habe das Seil an einem Baumstumpf befestigt. Pfeil und Bogen lässt du allerdings unten.«

Ich überlegte, ob ich tatsächlich hochklettern oder doch lieber in der Grube bleiben sollte. Aber ich hatte zum Glück meinen Dolch dabei, der sich versteckt unter meinem Ärmel befand. Außerdem war Jost allein, und mit einem einzelnen Mann konnte ich es eher aufnehmen als mit mehreren Cremasken. Falls die überhaupt jemals hier auftauchten. Denn den eisernen Belagerungsring, den der Kaiser um die Stadt gezogen hatte, konnte man kaum überwinden. Wahrscheinlicher war, dass ich hier bei lebendigem Leib verfaulen würde. Ich gab mir einen Ruck und griff nach dem Seil.

Ich war froh, dass ich Männerkleidung trug. In den Beinlingen war es wesentlich leichter als in einem Frauengewand, sich am Seil hochzuhangeln. Und ich konnte Jost gleich besser davonlaufen.

Als ich oben angekommen war, reichte er mir die Hand und zog mich hoch. Mühsam kletterte ich über den Rand der Grube und rappelte mich auf.

Jost umklammerte meinen Arm mit eisernem Griff und zog mich näher zu sich heran. Sein Atem ging schneller. »Für die Rettung könntest du dich ruhig ein bisschen erkenntlich zeigen.«

Blitzschnell stieß ich das Knie hoch und traf mit voller Wucht sein empfindlichstes Körperteil.

Laut aufjaulend, ließ Jost mich los. Sofort rannte ich davon.

»Ich krieg dich noch, du Mistvieh«, brüllte er mir hinterher. »Und deinen Trushard auch. Spätestens morgen!«

* * *

Ich musste schnellstmöglich an den Hof der Kaiserin zurückkehren, ehe Jost seinen Plan in die Tat umsetzen konnte. Schnurstracks lief ich zum Lager, um mein Pferd zu holen. Ich war noch nicht weit gekommen, als mich von hinten etwas Hartes am Kopf traf.

Jost hatte mich eingeholt! Ich taumelte und stürzte auf die Knie. Hastig versuchte ich, wieder auf die Beine zu kommen, aber da traf mich schon das nächste Geschoss, diesmal an der Schulter. Ehe ich mich hochrappeln konnte, drückten mich zwei starke Arme zu Boden, sodass ich unsanft mit dem Gesicht nach vorne fiel.

»Ich habe euer Gespräch an der Falle belauscht.« Das war doch Zäsarius' Stimme!

Er kniete sich über mich. Seine Beine presste er so eng an meinen Körper, dass ich mich nicht bewegen konnte. »Leider ist mir dein Freund zuvorgekommen. Ich habe noch Steine am Flussufer gesammelt, um dich in der Grube ein für alle Mal unschädlich zu machen. Was quetschst du auch Marie aus und schleichst mir hinterher wie eine Meuchelmörderin? Reicht es dir nicht, dass du Franz umgebracht hast? Warum sonst hast du dich als Mann verkleidet, wenn nicht, um unerkannt zu morden?«

Meine Wange schrammte auf, als ich mein Gesicht zur Seite drehte. »Ich bin dabei, den Mord aufzuklären«, brachte ich mit Mühe hervor.

»Ich dachte, damit wäre dieser Trushard beauftragt?« Zäsarius lachte höhnisch. »Genug geredet, jetzt müssen Taten folgen. Ich habe keine Lust, wegen dir vorzeitig ins Gras zu beißen, wo mein Leben doch erst richtig losgehen wird.«

Ich musste Zeit gewinnen. »Ihr seid ein angesehener Mann, und durch das Kloster werdet Ihr mit allem versorgt, was Ihr braucht. Was wollt Ihr denn mehr?«

»Schlemmen will ich und von Frauen verwöhnt werden! Saufen, Tanzen, Witze erzählen! Alles, was mir verboten war, seitdem mich meine Eltern als Kind zu diesen grässlichen Zisterziensern gesteckt haben. Hier im Krieg kann ich mein Leben genießen, aber wenn ich ins Kloster zurückkehren müsste, wäre es damit vorbei.« Schwer atmend, beugte er sich zu mir herunter. »Gib den Brief her!«, forderte er. »Ich habe genau gesehen, dass du ihn an dich genommen hast.«

Sobald ich ihm das Schreiben ausgehändigt hatte, würde er mich umbringen, so viel stand fest. Er durfte auch nicht wissen, dass ich es bei mir trug, sonst würde er mich erst abmurksen und dann den Brief an sich nehmen. Ich musste an meinen Dolch herankommen, doch wie? Mir kam eine Idee.

»Als ich Euch hinterhergeschlichen bin, habe ich den Brief versteckt«, log ich tapfer, während mir das Herz bis zum Hals schlug. »Glaubt Ihr etwa, ich würde ein Stück Pergament, das mich als Hochverräterin an den Galgen bringen kann, mit mir herumschleppen?«

»Ich glaube dir nicht«, sagte Zäsarius misstrauisch. »Sicherheitshalber werde ich deinen Beutel untersuchen. Gib ihn her!«

Mein Trick schien zu klappen. »Ich liege darauf«, erwiderte ich.

Zögernd lockerte Zäsarius seinen eisernen Griff, rutschte ein Stück abwärts, stellte das linke Bein auf und drehte mich auf den Rücken. Weil ich so klein und mickrig war, fühlte er sich mir gegenüber offenkundig sicher. Aber er war dick und unbeweglich, das war mein Vorteil. Noch ehe er nach meinem Beutel greifen konnte, fuhr ich blitzschnell mit der Hand an meinen linken Arm, riss den Dolch heraus, richtete den Oberkörper auf und stieß die Waffe in Zäsarius' Schulter.

Mit einem überraschten Schmerzenslaut kippte Zäsarius nach hinten wie ein gefällter Baum. Hastig rappelte ich mich hoch und rannte los.

* * *

Jetzt waren schon zwei Männer hinter mir her. Jeden Augenblick konnte mich einer von ihnen einholen. Aber ich hatte Glück. Unbehelligt kam ich im Lager der Handwerker und Händler an. Ein stechender Schmerz in meiner linken Seite erinnerte mich daran, dass ich keine Bewegung mehr gewöhnt war. Allzu lange hatte ich in Burgen gesessen, Altardecken gestickt und Nachttöpfe hin und her getragen. Ob ich wollte oder nicht, ich musste die Geschwindigkeit zügeln. Gemächlich ging ich weiter, die Hand auf meine schmerzende Seite gepresst. Wieder und wieder sah ich mich ängstlich um, aber die Gassen waren leer, weil alle Mittagsruhe hielten.

Immerhin hatte sich meine Tapferkeit gelohnt: Ich wusste jetzt ganz sicher, dass Zäsarius, Franz, Marie und jene Klara unter einer Decke steckten. Zäsarius hatte Marie gegenüber von einem Auftraggeber gesprochen. Wer das wohl sein mochte? Wahrscheinlich ein Cremaske. Denn ich zweifelte nicht daran, dass die Besitzer der Flammensiegel vor allem ein Ziel hatten: den Kaiser dazu zu bewegen, seine Truppen freiwillig abzuziehen. In meinem Beutel trug ich den Beweis dafür – Zäsarius' Brief, den er wohl in dem Baumstamm versteckt hatte, damit ihn sein lombardischer Auftraggeber heute Nacht klammheimlich dort hervorholen konnte. Am liebsten hätte ich das Siegel sofort erbrochen, aber zuerst musste ich mich so schnell wie möglich in Sicherheit bringen und nach San Bassano reiten.

Noch ein weiterer Grund sprach dafür, dass Zäsarius und die anderen im Auftrag unserer Feinde handelten: Der Mönch hatte genau gewusst, wo sich die Grube befand, die von den Cremasken als tödliche Falle angelegt worden war. Wahrscheinlich war Klara auch gar nicht gewaltsam verschleppt, sondern mit ihrer Einwilligung geholt worden. War ihr jemand auf der Spur gewesen? Oder war sie mittlerweile für den Auftraggeber in Crema nützlicher? Warum auch immer – Marie und Klara hatten ein perfektes Schauspiel geboten. Um jeden möglichen Verdacht von vornherein auszuschließen, war Marie verwundet worden. Bestimmt hatte sie es gerne in Kauf genommen. Was waren schon vorübergehende Schmerzen gegen das dauerhafte Glück, wieder eine anständige Frau zu sein?

In der Nähe von Maries Zelt tauchte ein baumlanger Mann mit schwarzem Schopf vor mir auf. Trushard!

Heiß wie eine Stichflamme loderte der Zorn in mir auf. Was auch immer Jost plante, ich gönnte meinem Mann von Herzen alles Schlechte. Doch dann überlegte ich, dass es wohl eine Todsünde war, wenn ich Trushard nicht warnte und ihn stattdessen in sein Verderben laufen ließ. Jost war alles zuzutrauen, und ich wollte meine unsterbliche Seele nicht mit dem Tod meines nichtsnutzigen Gatten beflecken. Das war Trushard nun wirklich nicht wert, dass ich am Ende seinetwegen für immer in der Hölle schmoren musste! Ich beschloss, mich zu überwinden und kurz mit meinem Leider-immer-noch-Ehemann zu reden. So viel Zeit musste sein.

Er war zu weit weg, um ihn zu rufen, daher musste ich hinter ihm herlaufen.

Trushard bog um die Ecke – und schritt zielstrebig auf das Zelt der Glockenmarie zu.

Die Kinnlade klappte mir herunter. War ausgerechnet die Hure sein neues Liebchen? Rasch rief ich mir ins Gedächtnis, was ich über meine Nebenbuhlerin wusste: dunkle Augen, lange, schlanke Beine und seidige Haare. Und ein seltsames Paar sollten die beiden sein. Trushard und Marie – nun ja, es mochte hinkommen.

Wenn es stimmte, dann würde ich es ihm und ihr jetzt heimzahlen. Kampfbereit reckte ich mich hoch und marschierte auf das Zelt zu. Ich würde ihn auf frischer Tat ertappen, ihm ein letztes Mal die Meinung sagen und es so richtig genießen!

»Stehen bleiben!« Galt das mir? Ich drehte mich unwillkürlich um und bereute es sofort.

Der jüngere der beiden Torhüter marschierte mit drei Knechten auf mich zu. Hinter ihnen tauchte Jost auf. Er sah außerordentlich zufrieden aus.

Die Knechte umringten mich. »Ihr werdet angeklagt, eine Frau zu sein«, sagte der Wachmann.

Mein Herz rutschte in die Beinlinge. »Das muss ein Irrtum sein«, brummte ich, so tief ich konnte. Das hatte ich Närrin jetzt davon. Wäre ich doch bloß abgehauen, anstatt hinter meinem liederlichen Ehemann herzulaufen!

Jost trat vor. »Tja, meine Liebe, du hast verloren. Bald ist dein hübsches Näschen ab. Gesteh lieber gleich. Lügen macht es nur noch schlimmer.«

»Poppo nicht lügen!« Das war Maries Stimme. Erstaunt drehte ich mich um. Marie hinkte mit wehenden Röcken heran, so schnell es ihr das verwundete Bein erlaubte.

»Er ein Mann. Und wie! Ich gesehen. Alles dran an ihm. Freund Poppo!« Sie schob sich durch die Knechte, trat an mich heran und umschlang meine Hüften. »Wir heiraten.« Sie presste sich ganz fest an mich und drückte einen fetten Schmatzer auf meine Wange. »Liebling«, gurrte sie. »Ich Stimmen durch Zeltwand hören. Auch dein süßes Stimme. Gleich gekommen, Irrtum aufklären.«

Im Hintergrund sah ich Trushards Kopf, der über alle anderen hinausragte. Trotz meiner Angst bemerkte ich mit Genugtuung die dunklen Ringe unter seinen geröteten Augen, die Blässe seiner Haut, die nicht gekämmten Locken und die Bartstoppeln. Hatte ihn mittlerweile die Krankheit erwischt? In seinem Blick stand das pure Entsetzen, und mit der rechten Hand umklammerte er das aus einem Knochen geschnitzte Kreuz, das er stets an einem Lederband um den Hals trug. Gewiss war es ihm peinlich, mit solch einem Weib verheiratet zu sein. Und dann musste er ja auch noch befürchten, exkommuniziert zu werden, obwohl ich bezweifelte, dass ihn diese Strafe empfindlich treffen würde. Aber er machte keine Anstalten davonzulaufen, obwohl er sich unauffällig hätte verdrücken können. Vielleicht wollte er zusehen, wie ich bestraft wurde, und die Anklage Punkt für Punkt mithören, damit er sie vor einem Geistlichen wiederholen konnte. Von einem ketzerischen Weib würde ihn die Kirche sofort scheiden.

»Er … äh … sie soll sich ausziehen«, verlangte Jost.

Der Torhüter kniff Jost in die Wange. »Du hast wohl lange keine Frau mehr gehabt, was? Freundchen, ich verstehe dich nur zu gut. Wenn man die körperlichen Freuden entbehrt, sieht man bald überall Weibsbilder. Wir sind halt keine Mönche. Nachts habe ich im Traum meinen Zeltgenossen an mich gedrückt und mich über das dralle Weib gefreut, das ich in meinen Armen hielt!«

»Ich habe keine unerfüllten Bedürfnisse«, entgegnete Jost hitzig. »Ich kenne diese Frau aus Lautern. Solche hässlichen Froschaugen gibt's kein zweites Mal!«

Der Wachmann beugte sich zu mir herab und sah mir in die Augen. Obwohl ich innerlich zitterte, gab ich so gelassen wie möglich den Blick zurück.

»Also, das sind einfach nur grüne Augen«, beschied er. »Und sie sind schön. Da sieht man, dass du nicht richtig gucken kannst, Freundchen. Geh mal zur Glockenmarie, dann wirst du deine fixe Idee von der Frau im Männerrock los! Marie ist eine gute Heilerin, nicht wahr?«

Marie lächelte geschmeichelt.

»Sie kennt sich mit Männern aus. Wenn sie sagt, dass Poppo ein echter Mann ist, wird es schon stimmen. Also, dann ist das ja ein für alle Mal geklärt.« Der Wachmann drehte sich energisch um, winkte seine Männer zu sich und marschierte davon. Vor Erleichterung hätte ich jauchzen können. Doch meine Freude währte nicht lange.

Jost zischte mir zu: »Denk bloß nicht, du wärst jetzt davongekommen. Warte ab bis morgen! Dann kannst du so richtig auskosten, was es heißt, ein Mann zu sein. Ich habe noch eine Überraschung für dich und deinen Trushard.« Wütend stapfte er davon.

»Danke, Marie«, sagte ich, als Jost und die Knechte außer Hörweite waren.

»Wann wir heiraten?«, fragte Marie. O heilige Margarete, es war ihr ernst gewesen!

»Poppo ist schon verheiratet«, knurrte Trushard.

»Was?!« Marie versetzte mir eine schallende Ohrfeige. Trushard stand daneben und grinste schadenfroh.

Meine Wange brannte höllisch. »Habe ich dir etwa Hoffnungen gemacht?«, fuhr ich Marie an. »Ich habe dich kein einziges Mal unsittlich berührt.«

In Maries Augen glitzerten Tränen. »Eben deshalb denken, du meinen ernst mit mir. Weil du nicht wie andere Männer. Du zart und lieb.«

Trushards fieses Grinsen wurde noch eine Spur breiter. »Also, zart und lieb sind nicht gerade die Eigenschaften, die mir an Poppo bisher aufgefallen sind. Eher an dir, Marie.«

Jetzt reichte es. Er war zwar verwundet, aber das kümmerte mich nicht mehr. Wütend trommelte ich mit den Fäusten gegen seine Brust, bis er vor Schmerz leise aufschrie und mich mit dem gesunden rechten Arm von sich stieß. »Halt doch dein Maul, du nimmersatter Wüstling!«, fuhr ich ihn an. »Was hast du denn bei Marie zu suchen gehabt? Ist sie dein neues Liebchen?«

»Du eifersüchtig?« Marie war ganz gerührt und rückte dicht an mich heran. »Verzeih, ich zu heftig zu dich. Ich dich auch nehmen ohne Ehe. Dein Weib weit weg. Wir einfach leben zusammen wie Mann und Frau.«

Ich war wie vom Donner gerührt. »Ja, äh … aber … hm …«

»Du nicht sein eifersüchtig«, plapperte Marie weiter. »Keine Grund. Trushard nur kommen zu mir und reden über seine Weib. Muss sein schreckliche Frau. Eigensinnig wie bockige Ziege. Und nicht treu. Hat andere Mann. Trushard brauchen Rat.« Sie seufzte. »Aber er lieben diese furchtbare Weib. Nie er denken an andere. Ich nicht verstehen. Könnte haben bessere als diese Zicke.«

Trushard lief rot an und zupfte seine Schlinge zurecht. Ich weidete mich an dem Anblick. »Ich kenne seine Frau. Sie ist ausgesprochen reizend. Klug, sittsam und – treu!« Das letzte Wort spuckte ich ihm förmlich entgegen. Dann wandte ich mich an Marie. »Trushard hat sie in den Armen eines anderen entdeckt. Doch sie hatte sich bei ihrem Freund Siegfried nur ausgeheult, sonst nichts. Sie brauchte Trost, weil Trushard sie betrügt. Er hat dir nicht alles erzählt, Marie. Männer lügen gerne. Und Gaukler ganz besonders.«

»Ich betrüge meine Frau nicht!«, donnerte Trushard empört.

»Ach ja, und wer ist dann die Schönheit mit den langen Beinen, den seidigen Haaren und den dunklen Augen, die so anschmiegsam ist und mit der du schon so manche Nacht verbracht hast?«, gab ich genauso laut zurück. »Keinen Tag kannst du ohne sie leben, nicht wahr, das waren doch deine Worte!«

Trushard starrte mich einen Augenblick verblüfft an, dann lachte er schallend los. »Das ist wirklich gut, also ehrlich, das werde ich in mein nächstes Minnelied einbauen. Oder sollte ich lieber einen Schwank daraus machen?«

Marie und ich sahen fassungslos zu, wie ihm die Tränen über die Wangen liefen.

»Er verloren Verstand«, flüsterte die Hure.

Trushard konnte sich gar nicht mehr beruhigen. Er hielt sich den Bauch. Mit dem Ärmel wischte er sich die Tränen ab, dann sah er mich zerknirscht an. »Ja, es gibt eine andere Dame in meinem Leben«, gestand er leise.

»Lauter«, verlangte ich. »Damit es auch Marie hört.«

Von einem Augenblick auf den anderen wich die Zerknirschung aus Trushards Gesicht. Stattdessen grinste er unverschämt breit. »Sie ist eine Pferdedame. Die Schönheit mit den seidigen Haaren ist meine Stute, die mich auf allen Reisen begleitet!«

»Kein Mann, der etwas auf sich hält, reitet eine Stute«, erwiderte ich misstrauisch.

»Eben deshalb lachen alle über mich«, gestand Trushard. »Ich weiß ja auch, dass ich aus Gründen der Ehre einen Hengst nehmen müsste, aber ich kann mich nicht von ihr trennen. Sie ist mehr für mich als nur ein Pferd, das mich von einem Ort zum anderen trägt. Sie ist eine Freundin. Ohne meine Frau fühle ich mich bei meinen langen Reisen so verlassen, und mit meiner Stute kann ich die Einsamkeit besser ertragen. Deshalb habe ich sie auch Rotrud genannt. Da ich nicht immer eine Herberge finde, übernachten wir ab und an zusammen im Pferdestall.« Er schmunzelte. »Ich habe sie bei einem Züchter im Stall gesehen, und es war Liebe auf den ersten Blick.«

Ich konnte es nicht fassen. Ich hatte mir die Augen aus dem Kopf geheult – wegen eines Pferdes?

»Würdest du das Missverständnis mit der Stute bitte mit meiner Frau klären und ihr sagen, dass ich auch ohne sie keinen Tag leben kann, Poppo?«, bat Trushard in seinem liebenswürdigsten Ton. »Auf mich hört meine hoch verehrte Gattin leider nicht mehr. Ach ja, und sag ihr bitte auch gleich, dass ich mir Sorgen um sie mache.« Zu Marie gewandt fügte er hinzu: »Meine Frau neigt dazu, Gefahren zu unterschätzen. Wenn ich sie nicht so lieben würde, könnte es mir gleichgültig sein. Aber sie ist mir teurer als meine eigene Nase. Und deshalb muss man sie manchmal mit Gewalt davon abhalten, sich in Gefahr zu begeben.« Er zwinkerte mir verstohlen zu.

»Sie muss sich ständig in Gefahr begeben, um Trushard zu retten«, sagte ich zur Glockenmarie. »Sobald sie sich umdreht, landet er im Kerker oder wird fast umgebracht. Aber sie kann ohne diesen verrückten Kerl nicht leben. Niemals würde sie an einen anderen Mann auch nur denken.«

»Dann alles gut!« Marie strahlte. »Wir morgen versöhnen Trushard und Ziegenweib, und Poppo ziehen zu Marie.«

Ich brachte es nicht übers Herz, ihr eine Abfuhr zu erteilen. Während ich noch überlegte, wie ich es ihr möglichst schonend beibringen könnte, eilte der pockennarbige Wachmann von Barbarossa auf meinen Gatten zu.

»Hab' ich's mir doch gedacht. Wenn man einen Mann im ganzen Lager nicht finden kann, steckt er bestimmt bei der Glockenmarie. Trushard, der Kaiser will dich sprechen.«

»Ich komme sofort.« Er wandte sich an Marie. »Ich muss deinen Poppo leider mitnehmen.« Seine Miene drückte Bedauern aus. Ich versuchte, es ihm gleichzutun, aber ich befürchtete, dass es mir nicht sehr überzeugend gelang.

Marie schien es nicht zu bemerken. Sie presste mich noch einmal an ihre Glocken, dann schob sie mich von sich weg und schnäuzte sich. »Du schnell kommen zu mich zurück, Poppo!«

* * *

»Na, Trushard, hast du deinen Rausch ausgeschlafen?«, dröhnte der Wachmann. Ich glaubte, mich verhört zu haben. Mein Mann, der an Wein und Bier nur zu nippen pflegte, hatte sich betrunken? »Dir muss ja der Schädel brummen. Drei Kannen sind ein bisschen viel, selbst für einen so kräftigen Kerl wie dich«, fuhr der Pockennarbige fort, ohne mich zu beachten. Mit gesenktem Kopf trottete Trushard neben uns her. »Als du heute Nacht von deinem kleinen Spaziergang durchs Lager zurückgekommen bist, hast du ausgesehen, als wäre dir ein Feuer speiender Drache begegnet. Wahrscheinlich war es eher ein Verbrecher. Oder waren die Schmerzen im Arm wieder stärker geworden? Aber ich hoffe doch sehr, dass wir heute Abend von dir etwas anderes zu hören kriegen als traurige Verse über grünäugige Schlampen. So kurz vor dem Angriff brauchen wir alle etwas Aufmunterndes.«

Ich traute meinen Ohren nicht. Er hatte mich, seine tugendhafte Ehefrau, tatsächlich Schlampe genannt?

»Junge, du siehst aus, als hättest du tagelang in der Taverne gehangen«, tadelte der Wachmann und rümpfte die Nase. »Und wie du stinkst! Nach Alkohol und Schweiß. So läuft man doch als Ministeriale nicht herum. Ich sage dir, wenn deine Frau dich so sehen würde, die würde dir glatt mit dem Holzlöffel den Hintern versohlen.«

Der Holzlöffel war noch viel zu gut für ihn. Ich musterte Trushard verstohlen. Er war purpurrot angelaufen.

Der Wachmann klopfte Trushard aufmunternd auf die rechte Schulter. »Hauptsache, du hast für den Kaiser gleich ein paar überzeugende Ergebnisse deiner Nachforschungen. Dann wird er sich schon beruhigen. Er hat sehr schlechte Laune heute. Schließlich ist er auch von einer Schlange geweckt worden.«

Trushard hob den Kopf und sah mich bestürzt an. Er war bislang wohl nicht sehr erfolgreich gewesen. Kein Wunder, wenn er seine Zeit damit verbracht hatte, Verse über grünäugige Schlampen zu verfassen, anstatt den Mörder zu jagen. Dafür war ich umso zielstrebiger gewesen, dachte ich triumphierend. Mein Hinterkopf und meine Schulter schmerzten noch von Zäsarius' steinernem Gruß. Ich hatte mein Leben riskiert, während Trushard auf der faulen Haut gelegen hatte, und jetzt sollte *er* die Früchte meines Fleißes ernten?

Meine Hand fuhr unwillkürlich an den Beutel, in dem Zäsarius' Brief steckte. Trushard bemerkte die Bewegung und bedachte mich mit einem Blick, der den Schnee auf sämtlichen Alpengipfeln zum Schmelzen gebracht hätte. Ich antwortete mit einem Blick, der so hart war wie der Fels, den das Eis auf den Gipfeln bedeckt. Allein schon für die Schlampe hatte er das Donnerwetter des Kaisers verdient. Trushard biss sich auf die Lippen.

Als wir am Prunkzelt des Kaisers ankamen, perlte der Schweiß auf seiner Stirn. Er sah so elend aus, als habe er den ganzen vergifteten Suppenkessel alleine verspeist.

»Da bist du ja endlich!«, empfing ihn der geiergesichtige Mann, der den Eingang zu Barbarossas Zelt bewachte.

»Diesen Brief unterzeichne ich nicht«, hörten wir den Kaiser durch die Zeltwände hindurch toben. Trushard zuckte zusammen. »Er ist ja verschmiert! Bin ich hier nur von Versagern umgeben?«

»Ich kann nichts dafür. Über das Pergament ist eine Kröte gelaufen«, quiekte es von drinnen erschrocken.

»Als Kaiser habe ich schon viele dämliche Ausreden gehört, aber deine übertrifft sie alle an Dämlichkeit. Du bist entlassen, hörst du!«

Barbarossas scharfe Stimme schnitt wie eine Dolchklinge in meine Knochen. Wenn ich Trushard nicht beistand, würde ihn kein Donnerwetter erwarten, sondern eine überaus harte Strafe. In diesem Zustand war der Kaiser unberechenbar.

Ein Mönchlein, in dessen Händen ein Pergament wie Espenlaub zitterte, lief aus dem Zelt. Ich gab mir einen Ruck und zupfte meinen Gatten am Ärmel. »Ich muss dir noch etwas sagen«, raunte ich ihm so leise wie möglich zu. Trushard strahlte mich dankbar an.

»Von wegen!«, fuhr der geiergesichtige Wachmann dazwischen. Offenkundig hatte die schlechte Laune seines Herrn auf ihn abgefärbt. »Du gehst sofort zum Kaiser, Trushard!«

»Es ist wichtig«, beharrte ich. »Es betrifft die Nachforschungen.«

»Und du glaubst, du könntest etwas beitragen?«, fragte das Geiergesicht mit einem abfälligen Blick auf meinen winzigen Körper.

»Wegen meiner Wunde brauche ich einen Gehilfen«, erwiderte Trushard mit einem Unschuldsblick. Vom »Meisterschützen« zum »Gehilfen« – so tief sank man, wenn man sich mit Männern einließ! »Er ist noch ein wenig zart für sein Alter, aber dafür ein schlaues Kerlchen«, fügte Trushard hinzu. »Weil an ihm nicht viel dran ist, nimmt ihn niemand richtig ernst. Man übersieht ihn einfach. Aber gerade deshalb eignet er sich so gut zum Ermitteln.«

Es war nicht zu fassen. Kaum hatten wir uns einigermaßen ausgesöhnt, riss er schon wieder seine große Klappe auf.

»Der Riese und der Zwerg, ha!« Der Pockennarbige amüsierte sich.

Ich zog Trushard zur Seite, er bückte sich tief herunter, damit ich an sein Ohr kam, und ich erzählte ihm ganz leise, was ich seit unserem Streit herausgefunden hatte.

»Was flüstert ihr so?« Das Geiergesicht schielte misstrauisch zu uns herüber.

Ich setzte eine wichtige Miene auf. »Ein Staatsgeheimnis«, antwortete ich, so herablassend wie möglich.

Zum Glück hatte ich den Brief, den ich aus dem Baumstamm gefischt hatte. Bestimmt würde er den lang ersehnten, entscheidenden Hinweis enthalten. Trushards dunkle Pupillen wurden riesengroß, als ich das Schreiben aus dem Beutel nahm, und noch größer, als er das Flammensiegel erblickte. Hastig erbrach ich es und öffnete das Pergament.

Nichts als endlose Zahlenreihen! Die Zahlen waren mit

Schrägstrichen voneinander abgesetzt und wie Wörter angeordnet. Vor Enttäuschung wurden mir die Knie weich. »Das reicht nicht, um den Kaiser zu überzeugen«, flüsterte ich.

»Nie und nimmer.« Trushard wischte sich den Schweiß von der Stirn.

Ich drückte ihm das Pergament in die Hand. »Nimm es trotzdem mit. Immerhin beweist es, dass die Besitzer des Flammensiegels ein Verbrechen planen. Weshalb sonst benutzen sie nicht wie alle anderen Buchstaben, sondern Zahlen, die niemand verstehen kann?«

Trushard atmete tief durch, dann richtete er sich kerzengerade auf und marschierte zur Höhle des Löwen.

»Wann fangt Ihr endlich den Mörder?«, schallte Barbarossas Stimme nach draußen, als Trushard in das Zelt schlüpfte. Der schwarz-gold gestreifte Vorhang, der als Eingang diente, fiel zu und verschluckte die Antwort meines Mannes.

»Ich brauche Beweise, keine Vermutungen!« Der Kaiser brüllte so laut, dass gewiss selbst die Cremasken jedes Wort verstanden.

Vom bloßen Zuhören hatte ich das Gefühl, immer kleiner zu werden, falls das bei mir überhaupt noch möglich war. Dabei galt Barbarossas Zorn gar nicht mir. Wenn ich schon so empfand, wie musste dann erst Trushard leiden, der ihm Auge in Auge gegenüberstand?

Die beiden Wachposten starrten betroffen auf den Boden. »Also mit deinem Staatsgeheimnis kann es nicht weit her sein«, brummte der Pockennarbige.

»Mehr habt Ihr nicht herausgefunden?« Die Lautstärke der kaiserlichen Stimme war von Donnerhall auf Posaune gesunken, aber immer noch Furcht erregend genug.

Das Geiergesicht raunte mir zu: »Die angeblich himmlischen Zeichen kommen vielen im Lager sehr gelegen. Wir sind schon ein ganzes Jahr in diesem gottverfluchten Land, wo jeder jeden bekriegt, und immer noch ist kein Ende absehbar. Diejenigen, die endlich nach Hause wollen, erzählen, sie hätten Engel erblickt, die die Schlangen in großen Körben ins Lager geflogen hätten.«

»Einige wollen heute Nacht gar vierfüßige Ungeheuer und andere Gespenster gesehen haben.« Der Pockennarbige kicherte.

»Der Kaiser wertet die Zeichen als Zorn Gottes, weil wir die Aufrührer, die die göttliche Ordnung zerstören, immer noch nicht gestraft haben«, berichtete das Geiergesicht. »Deshalb fühlt er sich in seiner Absicht bestärkt, Crema morgen anzugreifen. Bin ich froh, dass ich nicht dabei bin.«

Ich horchte auf. Diese Auslegung der himmlischen Zeichen kam mir bekannt vor. Arnaldus hatte sich heute Morgen ähnlich geäußert.

»Meine Geduld ist am Ende!«, brüllte der Kaiser. »Ich ernenne einen anderen Ermittler, der nicht so ein Versager ist!«

Trushards Gesicht war flammendrot, als er wenige Augenblicke später aus dem Zelt schlich. Hinter ihm flatterte der Brief durch den Eingang. »Zur Strafe für meine unzureichenden Ermittlungen muss ich den Rest des Tages dabei helfen, den Graben vor der Stadtmauer zuzuschütten«, sagte Trushard, während er sich nach dem Pergament bückte und es mir zurückgab.

* * *

Als uns die Wachen nicht mehr hören konnten, ließ er seiner Wut freien Lauf. »Jetzt ist Schluss«, schäumte Trushard. »Ich lasse mich nicht zum Steineschleppen abkommandieren, als ob ich ein leibeigener Knecht wäre! Ich habe die Nase voll von Krieg, Blut und der Ehre des Reiches. In Freiheit bin ich geboren, und in Freiheit will ich leben! Als Spielleute können wir uns überall durchschlagen. Lass uns abhauen. Und zwar jetzt gleich!« An seinen Funken sprühenden Augen sah ich, dass es ihm ernst war.

Frei sein. Ich roch schon den Duft der Lavendelfelder in Okzitanien, dem Land meiner Sehnsüchte. So sehr ich meine Herrin liebte, ich war es leid, ihr wie eine Sklavin zur Verfügung zu stehen. Selbst nachts kam ich nicht zur Ruhe. Kaum war ich eingeschlafen, rief sie nach ihrem Nachttopf. Und ein Jahr wie das vergangene, voller Angst um das Leben meines Mannes, würde ich nicht noch einmal ertragen. Als Ministeriale durften wir jedoch nicht einfach fortlaufen, weil wir unfrei waren und dem Kaiserpaar gehörten. Wenn wir erwischt wurden, würden wir am nächsten Baum aufgeknüpft. Aber wenn wir nicht flohen, würden wir gewiss auch bald sterben, entweder im Krieg oder durch Josts Intrigen. Wir hatten nichts zu verlieren, aber alles zu gewinnen.

»Wohin auch immer du gehst, ich komme mit«, sagte ich entschlossen. Leise erzählte ich ihm von Josts Drohung. Ich berührte Trushards rechte Hand, nur kurz und verstohlen, damit es niemand sah, und zog sie hastig wieder zurück. »Liebster, wir haben uns. Solange du bei mir bist, ist die Welt für mich ein Paradies.«

Als seine schwarzen Augen aufleuchteten, hatte ich das Gefühl, jemand habe in der tiefsten Finsternis eine Fackel angezündet. »Ich bin ein Verdurstender, der die rettende Oase erreicht hat«, antwortete Trushard in bester hochtrabender Minnesänger-Manier. »Glaube mir, niemals könnte ich eine andere Frau lieben«, fügte er mit einem warmen Lächeln hinzu. »Gleichgültig, was passiert, wir beide müssen zusammenbleiben. Für immer.«

Von dieser Aussicht beflügelt, liefen wir zu Trushards Zelt, wo ich ihm seine Habseligkeiten einpackte, dann holten wir die Pferde aus den Ställen. Amüsiert lächelte ich, als

Trushard mir stolz seine Stute vorführte. Meine Namensvetterin war wirklich eine sanfte Schönheit, da hatte er Recht. Wenn ich doch bloß ein kleines bisschen von ihrer Attraktivität hätte, dann wäre ich schon hochzufrieden, dachte ich seufzend. Erst als ich sie ausgiebig von allen Seiten bewundert und mehrmals ihr seidiges Haar gestreichelt hatte, war mein Mann zum Aufbruch bereit.

Gerne hätte ich mich noch von Siegfried verabschiedet, aber bei ihm war es zu gefährlich für meine Nase. Außerdem durften wir keine Zeit mehr verlieren. Da ich nicht wusste, welche hinterhältige Quälerei sich Jost für uns ausgedacht hatte, wollte ich heute noch einen großen Vorsprung gewinnen.

Der Weg führte uns an Maries Bude vorbei. Sie war – wie alle anderen Läden – bei dieser Mittagshitze geschlossen. Aus ihrem Zelt hörten wir ein leises Stöhnen. Sie ging anscheinend mal wieder ihrem Gewerbe nach. Stoff raschelte. Das Stöhnen wurde lauter und ging in ein Keuchen über. Du liebe Güte, sie legte sich wirklich ins Zeug. Trushard und ich grinsten uns an. »Die arme Marie wird ihren süßen Poppo sehr vermissen«, raunte Trushard mir zu.

Ohne Marie hätten wir uns wohl kaum ausgesöhnt. Nur ihr war es zu verdanken, dass ich wieder im Glück schwelgte. Ein Stöhnen, das mehr nach Angst als nach Lust klang, schreckte mich aus meinen Gedanken. Was trieben die beiden bloß? Tat ihr der Mistkerl etwa Gewalt an?

Trushard und ich wechselten einen kurzen Blick, dann banden wir die Pferde hastig an Maries Verkaufsbude und stürzten entschlossen zum Zelteingang. Trushard hob die Abdeckung hoch und spähte hindurch. Mit einem Satz war er drinnen.

Ich lief hinterher. Marie lag zuckend auf dem Boden. Sie war allein. Ihr Gesicht leuchtete rot wie eine Fackel. Mit weit aufgerissenen Augen, in denen Tränen standen, sah sie zu mir hoch. Sie röchelte. »Ich verbrennen …«

»Marie, um Gottes willen, was ist denn los?« Ich barg ihren Kopf in meinen Armen.

Sie wand sich wie eine Schlange.

»Komm, wir setzen dich auf, dann bekommst du besser Luft.« Mit der rechten Hand half Trushard mir, sie hochzuhieven. Trotzdem atmete sie immer schwerer. »Hände … Zehen … taub«, brachte sie mühsam hervor.

Auf ihrer Stirn standen Schweißperlen. Ich tupfte sie ab. »Bleib ganz ruhig«, sagte ich unsinnigerweise. Doch mir fiel nichts Besseres ein. Panik würde ihren Zustand nur noch weiter verschlimmern. »Du brauchst einen Medicus.«

»Ich hole einen«, sagte Trushard.

»Du kannst mich doch mit ihr nicht alleine lassen.« Aber ohne Arzt würde sie sterben. »Hilfe! Schnell!«, schrie ich, so laut ich konnte. Nur wenige Augenblicke später stand der Bäcker von nebenan im Zelteingang. Mit verschlafenen Augen glotzte er mich an.

»Holt den Wundarzt!«, rief ich ihm zu.

Ohne weitere Nachfrage hetzte er los. Ich schleppte Marie zu ihrem weichen Lager, bettete sie sorgsam darauf und hockte mich neben sie. Wie eine Ertrinkende umklammerte sie meinen Arm. Ich streichelte ihren Handrücken. Er fühlte sich eiskalt an. Trushard, der am Kopfende des Lagers saß, strich ihr die schweißnassen Haare aus dem Gesicht.

Sie würgte und erbrach sich. Inzwischen zitterte sie am ganzen Körper. Wo blieb bloß der Wundarzt?

Marie hechelte. Mit der unverletzten Hand fächelte Trushard ihr Luft zu. Tränen standen ihr in den Augen. »Gift … «, brachte sie mit leiser Stimme hervor.

»Du meinst, du bist vergiftet worden?«, fragte ich fassungslos.

Sie deutete ein Nicken an.

»Womit?« Wenn ich es herausbekam, konnte ich sie vielleicht noch retten.

Marie versuchte, den Kopf zur Seite zu drehen, aber sie schaffte es nicht mehr. Mit immer schwächer werdender Stimme brabbelte sie wirres Zeug vor sich hin. Ich hielt mein Ohr an ihren Mund, aber alles, was ich verstand, war »Topf« und dann »Truhe«.

War sie mit dem Inhalt eines Topfes vergiftet worden? Aber welchen Topfes? Ich blickte zur Seite, dorthin, wo sie ihren Kopf hindrehen wollte, aber alles, was ich sah, war die Truhe, auf der ein Sammelsurium an Salben, Ölen und Schmuck lag. Soweit ich mich erinnerte, befand sich genau dahinter, auf der anderen Seite der Zeltwand, ihre Feuerstelle. Marie musste ihr Mittagessen meinen.

Es war sinnlos. Sie konnte nicht mehr zusammenhängend sprechen. »Streng dich nicht an«, murmelte ich besänftigend. »Der Arzt kommt gleich.«

Mein Herz raste. Konnte ich denn gar nichts tun, um sie zu retten? In Gedanken ging ich alles durch, was mich der arme Arnold, unser frommer Einsiedler daheim, über Pflanzen und Gifte gelehrt hatte. Maries Symptome deuteten auf Eisenhut hin. »Dagegen hilft nichts«, hatte Arnold mir gesagt und hinzugefügt: »Eisenhut ist die giftigste Pflanze, die wir kennen.« Ich schauderte.

»Ein bisschen Wärme wird ihr vielleicht gut tun«, schlug Trushard vor. Wie einen Säugling wickelten wir Marie in die Decke. Sie hielt sich den Bauch und stöhnte, plötzlich stank es widerlich. Durchfall!

Von draußen näherten sich schwere Schritte. Dem Herrn sei Dank, das musste der Wundarzt sein!

Außer Atem rauschte ein Mann mit einem mächtigen Schnurrbart herein. »Man hat mir gesagt, hier läge jemand im Sterben«, dröhnte er. In der Hand schwenkte er einen großen Leinenbeutel. Hinter ihm schob sich der Bäcker ins Zelt.

»Sie hat gesagt, sie wäre vergiftet worden«, erklärte ich.

»Gift?«, echote der Bäcker fassungslos. Mit weit aufgerissenen Augen blieb er neben dem Eingang stehen.

Mit knappen Worten schilderte ich ihre Symptome und erklärte, es sei möglicherweise Eisenhut.

Der Arzt kniete sich neben sie und musterte sie. Marie lag starr auf dem Lager. Ihr Blick war blind geworden. »Also, wenn hier tatsächlich ein Giftanschlag vorliegt, was ich stark bezweifle, dann müssen wir sie an den Füßen aufhängen«, stellte der Medicus sachlich fest.

Entsetzt starrte ich ihn an. In seinem Bart hingen noch die Reste einer Fleischsoße. »Wollt Ihr sie umbringen?«

»Wer immer Ihr auch seid, Ihr solltet Euch nicht über Dinge äußern, von denen Ihr nichts versteht«, tadelte er mich scharf. »Das Gift, wenn es denn überhaupt welches war, muss aus dem Körper herausfließen.«

»Gibt es denn wirklich kein Gegengift?«, fragte Trushard verzweifelt.

Der Arzt schüttelte den Kopf. »Ich denke, es ist eher ein Sonnenstich. Kein Wunder bei der Hitze.«

Marie zuckte in meinen Armen. »So tut doch endlich etwas …«, stöhnte ich.

»Ich werde sie zur Ader lassen, damit die verdorbenen Säfte abfließen können.« Der Arzt holte ein Messer aus seinem Beutel.

Der Bäcker rührte sich nicht von der Stelle und gab auch keinen Mucks von sich. Seine aufdringliche Neugier erinnerte mich an Elisabeth.

Ein Ruck ging durch Maries Körper, dann entspannte er sich. Die Atmung setzte aus. Fassungslos starrte ich sie an.

»Marie, komm zurück!«, flehte ich und legte mein Ohr auf ihr Herz. Nichts. Ich befühlte ihren Puls. Auch nichts. Sanft schloss ich ihre Augen.

»Sie ist tot«, verkündete der Medicus und packte das Messer wieder ein.

Ich fühlte eine warme Hand auf meiner Schulter. »Du kannst jetzt nichts mehr für sie tun«, sagte Trushard.

»Welcher Satan hat dieses Lämmchen umgebracht?«, fragte ich fassungslos.

»Versteigt Euch nicht in Eure Mordtheorie«, wies mich der Wundarzt zurecht. »Es ist schwerer, Gift zu erkennen als einen Feind. Das hat schon Quintilian gesagt.« Er hob die Schultern. »Eure ... äh ... Freundin wird einen Sonnenstich gehabt haben. Bei der Hitze machen viele im Lager schlapp. Nackensteifigkeit, Ohrensausen, Schwindel, Übelkeit – das alles deutet auf einen Sonnenstich hin. In schweren Fällen kann er sogar zum Tod führen.«

»Marie ist, nein, war Lombardin«, warf ich ein. »Sie war die Hitze gewöhnt.«

»Wer vergiftet wurde, riecht übel.« Der Arzt rümpfte die Nase. »Nun ja, das trifft auf die Tote eindeutig zu. Opfern von Gift fallen aber auch die Haare und die Nägel aus. Bislang ist nichts davon zu sehen.« Der Arzt zwirbelte die Enden seines Schnurrbarts. »Wenn wir absolute Gewissheit haben wollen, müssen wir versuchen, ihr Herz zu verbrennen.«

Ich war verwirrt. »Wieso das?«

»Das Herz einer Vergifteten brennt nicht«, erwiderte der Arzt hochnäsig, ganz so, als müsste dies jedermann wissen.

Entsetzt sah ich den Arzt an. »Ihr wollt die Tote aufschneiden wie eine Gans, die man ausnimmt?«

»Sonst müsst Ihr auf den endgültigen Beweis verzichten.« Der Arzt stand auf.

»Ich habe mit eigenen Ohren gehört, wie sie von Gift

sprach«, beharrte ich. »Ich auch«, pflichtete Trushard mir bei.

»Ein verwirrtes Weibsbild eben. Kommt öfter vor. Ich habe hier meine Pflicht erfüllt. Das macht fünfzig Pfennige.« Der Wundarzt klang so, als ob er gerade ein Messer verkaufen wollte.

Fünfzig Pfennige dafür, dass er gar nichts getan hatte? Selbst die Diagnose hatte ich ihm noch geliefert! Aber ich hatte keine Kraft, mich mit ihm zu streiten. Rasch sah ich mich im Zelt um. So viel Geld hatte ich gar nicht bei mir. Aber Marie brauchte ihres nicht mehr. Bestimmt bewahrte sie es in der Truhe auf.

Ich ging hinüber und räumte seufzend die Schönheitssalben, Duftöle und Kettchen vom Deckel. Ungeduldig trat der Arzt von einem Bein auf das andere. »Geht es auch schneller? Ich habe nicht ewig Zeit«, raunzte er mich an.

Ein Salbentopf, der mit einem auffallenden Rankenmuster verziert war, stand offen. Ich griff nach dem Stöpsel, um ihn zu verschließen, als mich ein kräftiger, beißender Geruch traf. Ich hob den Topf an die Nase. Es roch eindeutig nach Eisenhut!

»Hier.« Triumphierend schwenkte ich den Topf vor der Nase des Arztes hin und her. »Das ist ja wohl Gift, oder?«

Widerwillig schnupperte er. »Tatsächlich Eisenhut.«

Aber wie war das Gift in ihren Körper gekommen? Ich hatte das Rascheln von Kleidung gehört. »Marie hatte eine Wunde an ihrem Bein. Durch das Auftragen der Salbe könnte das tödliche Heilmittel direkt in ihr Blut gelangt sein. Wäre das möglich?«, fragte ich den Arzt.

»Ja«, knurrte er. »Schon ein kleiner Teil der Wurzel ist tödlich. Wenn in der Salbe eine ausreichende Menge Eisenhut ist und eine Wunde damit bestrichen wird, kann man daran durchaus sterben. Aber nun gebt mir endlich das Geld!«

Ich beeilte mich, nicht um ihm den Gefallen zu tun, sondern um ihn loszuwerden. Zum Glück fand ich in ihrer Truhe einen prallen Beutel voller Münzen. Es war wesentlich mehr, als ich erwartet hatte. Verdiente Marie so viel in ihrem Gewerbe? Oder war es die Bezahlung des mysteriösen Auftraggebers? Ich gab dem Arzt die Bezahlung, die er verlangt hatte. Ohne ein Wort des Dankes oder einen Abschiedsgruß stapfte er davon.

Kaum war der Medicus verschwunden, löste sich der Bäcker aus seiner Erstarrung. »Wer bringt denn die Glockenmarie um? Wenn man einmal davon absieht, dass sie Mailänderin war und einem anrüchigen Gewerbe nachging, war sie eigentlich ganz nett.«

Ich ballte die Fäuste. »In der Tat, das war sie. Und deshalb gehört ihr Mörder an den Galgen.« Ich verdankte ihr meine Nase, mein Leben und meinen Mann. Wenn sie nicht für mich gebürgt hätte, säße ich jetzt mit einer klaffenden Wunde mitten im Gesicht in einer Grube.

»Kennt Ihr diesen Salbentopf?«, fragte ich den Bäcker.

Er nickte. »Sie hat ihn von einem Bader gekauft, nachdem sie von den Cremasken verwundet worden war. Das war vorgestern. Soviel ich weiß, hat sie die Salbe morgens, mittags und abends aufgetragen, wie es ihr der Bader geraten hat.«

»Der Inhalt muss also ausgetauscht worden sein«, stellte Trushard fest. »Und zwar im Laufe des Vormittags. Denn sonst wäre sie schon früher gestorben.«

Ein leichter Rotstich färbte die prallen Wangen des Bäckers. »Glaubt bitte nicht, ich hätte Marie auch … äh … besucht, wie die anderen Männer es getan haben. Ich weiß nur deshalb so gut über sie Bescheid, weil sie meine Nachbarin war. Wenn keine Käufer kamen, haben wir miteinander geplaudert.«

Ich packte das Salbentöpfchen in meinen Beutel. »Habt Ihr heute irgendetwas Besonderes bemerkt?«

Er schüttelte den Kopf. »Nur die Aufregung um die angebliche Frau in Männerkleidung, sonst nichts.« Er zog die Augenbrauen hoch, als er mich musterte.

Ich spürte, wie mir die Röte ins Gesicht schoss. In seinem Zelt hatte er natürlich alles haarklein mitgehört, die Anschuldigungen gegen mich, die Auseinandersetzung mit Trushard und Maries Liebeserklärung. Ich biss mir auf die Lippen, während ich überlegte. Zäsarius war am Morgen mit ihr im Zelt gewesen. Und Enno hatte sich mit Marie verabredet. »War ein pickliger Knappe über Mittag hier?«, forschte ich.

Der Bäcker hob die Schultern. »Wie alle anderen hatte ich mich in mein Zelt zurückgezogen. Aber ich habe feste Schritte gehört, die auf Maries Zelt zuliefen und nach einer Weile wieder davoneilten. Das war nach dem Streit um die angebliche Frau. Dann habe ich ein Schläfchen gehalten, bis mich Euer Hilferuf hochgeschreckt hat. Mehr kann ich Euch leider nicht sagen. Und jetzt muss ich nach meinem Laden sehen. Ich hätte ihn schon längst wieder öffnen müssen. Aber wenn Ihr etwas braucht oder etwas wissen wollt, dann kommt vorbei.«

Seufzend machte ich mich daran, den Leichnam für die Bestattung vorzubereiten. Ich streifte ihr das dünne gelbe Hemd ab. An der Wunde klebte noch Salbe. Ich beugte mich hinunter und roch daran, dann schnupperte ich an ihrem rechten Zeigefinger, mit dem sie das tödliche Mittel aufgetragen haben musste. Ohne jeden Zweifel Eisenhut.

Nachdem ich Marie gesäubert und in ihren schönsten Bliaut gekleidet hatte, nahmen Trushard und ich uns erneut den Brief vor. Jetzt war es noch wichtiger, sein Geheimnis zu enträtseln, denn vielleicht würde er uns auf die Spur von

Maries Mörder bringen. Was steckte hinter den Zahlenreihen?

»Einzelne Zahlen wiederholen sich«, merkte ich stirnrunzelnd an. »Sie müssen für Buchstaben stehen.«

»Leider sind sie nicht einfach durchnummeriert, also 1 für A, 2 für B, und so fort.« Trushard stöhnte. »Das hätte auch jeder auf Anhieb herausfinden können.«

Mit zusammengekniffenen Augen betrachtete ich das Pergament. »Ich kann aber auch kein anderes System erkennen. Die Zahlen müssen einzelnen Buchstaben willkürlich zugeordnet worden sein. Aber wie kann der Empfänger des Briefes den Inhalt entschlüsseln?«

Trushards Gesicht leuchtete auf. »Zäsarius hat den Brief doch in den Baumstumpf gesteckt, nicht wahr? Also muss er ihn auch geschrieben – und unterschrieben – haben.« Er deutete auf die letzte Zahl, die deutlich abgesetzt unter dem Brief stand. »Schau mal, diese Zahl, die 156, bedeutet also mit großer Wahrscheinlichkeit ›Z‹ wie ›Zäsarius‹.«

»Ein einzelner Buchstabe hilft uns aber auch nicht weiter.« Entmutigt nahm ich Trushard das Pergament aus der Hand, faltete es zusammen und steckte es in meinen Beutel. »Es ist sinnlos. Ohne Hilfe kann der Zahlenwirrwarr nicht geordnet werden.«

Traurig setzte ich mich neben Marie. Wieder und wieder zupfte ich an den Falten des roten Bliauts herum, bis sie in vollkommener Anmut ihren Körper umflossen. Ein letztes Mal streichelte ich über ihre Wangen, aus denen jedes Leben gewichen war. Wie gerne wäre ich wenigstens ihre Freundin gewesen! Ob sie nun Verrat begangen hatte oder nicht – wenn überhaupt, dann hatte sie es nur getan, um ihren Körper nicht mehr verkaufen zu müssen.

Wer hatte dieses sonnige Geschöpf umgebracht? Enno, der sich mit ihr verabredet hatte? Dachte er, die Besitzer des

Flammensiegels hätten seinen Herrn auf dem Gewissen? Marie war nicht in San Bassano gewesen, aber vielleicht ermordete Enno in seinem Zorn alle, denen er direkt oder indirekt eine Mitschuld am Tod seines Herrn gab. War die geheimnisvolle Klara zurückgekehrt? Hätte ich Marie doch vor Zäsarius warnen sollen? Würde sie dann vielleicht noch leben? Hatte Arnaldus, der alle Mailänder hasste, die Hure getötet?

»Wie gerne würde ich ihren Mörder überführen, aber wir müssen weg«, sagte ich bedrückt.

»Wenigstens für ihre Seele können und müssen wir noch etwas tun.« Trushard kniete neben mir nieder. Etwas beschämt darüber, dass ich mehr an mein eigenes Wohl als an das ihre gedacht hatte, tat ich es ihm gleich. Wieder und wieder sprachen wir alle Gebete, die wir kannten, um Maries Seele, die sich gewiss im Fegefeuer befand, Beistand zu gewähren. Mit Sicherheit würde heute Nacht niemand die Totenwache halten. Umso nötiger war es, dass wir ihr einen letzten Liebesdienst erwiesen und mit innigen Gebeten den Weg in den Himmel ebneten.

In unserer Versunkenheit merkten wir erst nach einer ganzen Weile, dass die Sonne nicht mehr so stark ins Zelt brannte. Wir schraken hoch. Es wurde höchste Zeit, dass wir endlich aufbrachen.

Hastig überlegten wir, was wir mit Maries Geld anfangen sollten. Trushard packte sich einige Münzen in den Beutel, damit wir für den Anfang versorgt waren, aber mehr mochten wir nicht nehmen, denn wir hatten das Gefühl, an ihren Münzen klebe Blut. Ich drückte dem Bäcker Maries Geldbeutel in die Hand und bat ihn, sich um ihre Bestattung zu kümmern. Mit leuchtenden Augen versprach er es. Für ihn würde noch ein hübsches Sümmchen übrig bleiben.

Müde banden wir unsere Pferde los. Maries Tod würde ungerächt bleiben, dachte ich traurig, während wir uns wieder auf den Weg machten.

* * *

Zwei Mönche in den schwarzen Kutten der Benediktiner kamen uns entgegen. Der größere der beiden hielt Pfeil und Bogen in der Hand. Ein Mönch mit einer Waffe? Wahrscheinlich trug er sie nur zur Abschreckung bei sich. Oder die beiden frommen Männer waren gerade überfallen worden. Die Sonne blendete mich, sodass ich ihre Gesichter, die sie tief in den Kapuzen vergraben hatten, nicht erkennen konnte.

Der kleinere Mönch, dessen Figur ziemlich schwabbelig war, raunzte den anderen an. Ich konnte nicht verstehen, was er sagte, doch sein Tonfall kam mir bekannt vor. Aber das war doch ganz und gar unmöglich! Trotz meiner Müdigkeit war ich plötzlich hellwach.

Der Große drehte sich abrupt zur Seite. Sein Ordensbruder hielt ihn am Gürtel fest. »Hier geblieben! Du hast versprochen, mich bis zum Tor zu bringen«, keifte er.

Ich hatte mich nicht getäuscht. Aber was sollten wir jetzt tun? Ich stupste Trushard, der neben mir lief, an. »Der kleinere der beiden Mönche ist Elisabeth«, raunte ich ihm zu. »Ich wette, der andere ist Dietrich.« Trushards Augen weiteten sich.

Der Große wandte sich dem Kleineren zu. »Nimm die Hand von meinem Gürtel«, zischte er. Tatsächlich, der vermisste Geiselnehmer! »Wir dürfen kein Aufsehen erregen.«

Was bei allen Heiligen suchten sie denn ausgerechnet hier? Auf keinen Fall durften sie uns erkennen. Sie waren uns schon gefährlich nah. Zum Glück waren sie viel zu sehr mit sich selbst beschäftigt, um auf andere Leute zu achten. Neben uns war eine Pferdetränke. Sie kam uns wie gerufen. Eilig führten wir die Tiere dorthin.

Kaum waren wir abgebogen, liefen die beiden Flüchtlinge an uns vorbei. Wir hatten darauf geachtet, dass wir zwischen den Pferden standen, sodass man uns von der Gasse aus nicht erkennen konnte. Trushard bückte sich und kraulte seine Stute hinter den Ohren, während sie gierig trank.

»Mitten im gefährlichen Kriegsgebiet lässt man eine hilflose Dame nicht alleine. Entweder du kommst mit, bis das Tor in Sichtweite ist, oder ich bleibe bei dir«, drohte Elisabeth.

»Schon gut, ich bring dich ja hin«, knurrte Dietrich. »Hauptsache, ich bin dich dann endgültig los. Ich ertrage dein dämliches Gequatsche nicht einen Augenblick länger.«

»Ich versuche nur, dich auf den Pfad der Tugend zurückzuführen, mein Lieber«, erwiderte Elisabeth hochmütig.

»Hör auf, dich so geschwollen auszudrücken!«, fuhr Dietrich sie an. »Du bist unerträglich. Gnade Gott dem armen Kerl, der dich einmal zur Frau nehmen muss. Lieber säße ich im stillen Kerker, als mit dir weiterhin zusammen zu sein.«

Trushard lachte leise vor sich hin. »Diesen Herzenswunsch sollten wir ihm erfüllen.«

Wenn Trushard Dietrich und Elisabeth wohlbehalten zum Kaiser brachte, würde sich Barbarossas Zorn augenblicklich legen. Vielleicht bekam Trushard dann auch die versprochene Belohnung? Wir konnten das Geld für unseren Neuanfang mehr als gut gebrauchen.

»Hoffentlich erkennt mich niemand«, brummte Dietrich. »Und denk dran, wenn du schreist, ziele ich mit dem Bogen auf dich.«

»Keine Sorge, ich halte mich an die Abmachung«, erwiderte Elisabeth.

»Ich schlage die Überrumpelungstaktik vor«, flüsterte

Trushard. »Wir lassen die Pferde hier und warnen die Wachposten am Tor. Sie sollen die beiden Hübschen abfangen.« Er tätschelte seine Stute zum Abschied. »Schön brav bleiben, Rotrud. Ich bin gleich wieder da.« Nie würde ich mich daran gewöhnen, dass seine Stute genauso hieß wie ich.

»Und wenn jemand in unserer Abwesenheit die Pferde stiehlt?«, wandte ich ein.

Trushard grinste. »Keine Sorge, wenn ich nicht dabei bin, tritt Rotrud nach jedem Fremden, der ihr zu nahe kommt. In dieser Hinsicht ist sie dir sehr ähnlich.«

Wir eilten um die Ecken, sorgsam darauf bedacht, einen anderen Weg zu nehmen als Elisabeth und Dietrich. Bevor wir am Tor anlangten, stieß ich atemlos hervor: »Wenn ihr die beiden erwischt habt, verdrücke ich mich. Sonst erkennt Elisabeth mich noch. Wir treffen uns bei Folkwin. Da ist bestimmt auch Siegfried.«

»Einverstanden.« Trushard nickte kurz, dann lief er auf die grimmig dreinblickenden Wachposten zu. Es waren dieselben Männer, die ich gestern kennen gelernt hatte, als ich zum ersten Mal das Lager betreten hatte. Ich blieb in sicherer Entfernung stehen.

»Schnell«, rief Trushard den beiden Hünen zu. »Der flüchtige Verbrecher, der eine Magd geschändet und eine Hofdame der Kaiserin entführt hat, kommt gleich. Mit seiner Geisel. Sie waren eben vor mir, als Benediktinermönche verkleidet.«

»Noch so einer, dem die Sonne das Hirn verbrannt hat«, höhnte der jüngere der beiden Torhüter. »Erst ein Kerl, der Frauen statt Männer sieht, und jetzt einer, der Entführer statt Mönche sieht. Als ob sich der Verbrecher hierher trauen würde. Dann müsste er ja schön blöd sein.«

»Ich bin der Ermittler, ich werde wohl wissen, wovon ich rede«, gab Trushard gereizt zurück. »Sobald Ihr die Geisel seht, werdet Ihr verstehen, warum er lieber das Risiko einer Verhaftung eingeht, als sie weiterhin zu ertragen.«

»Und Ihr seid Euch ganz sicher, dass diese Mönche auch wirklich die Gesuchten sind?«, bohrte der Wachmann nach. »Nicht auszudenken, was passieren würde, wenn ich mich auf harmlose, fromme Männer stürzen würde!«

Jede Schnecke war entschlussfreudiger. Unruhig trat ich von einem Bein auf das andere. Elisabeth und Dietrich waren gleich hier. Dietrich musste überwältigt werden, ehe er seinen Bogen überhaupt spannen konnte.

»Bewegt Euch endlich!«, drängte Trushard. »Was glaubt Ihr, wird die Kaiserin sagen, wenn sie erfährt, dass Ihr ihre Hofdame nicht gerettet habt.«

Die Wachposten warfen sich unschlüssige Blicke zu.

»Ihr Zorn ist noch schrecklicher als der ihres Gatten«, schob Trushard nach. Das stimmte zwar nicht, aber die Torhüter kannten meine sanfte Herrin bestimmt nicht persönlich. Mit Erleichterung bemerkte ich, dass sie blass wurden.

»Also Wolfhart, du gehst mit Trushard los«, befahl der Ältere mit den grau melierten Haaren. Er machte sich daran, das Tor zu öffnen, wahrscheinlich, damit sich Elisabeth gleich in Sicherheit bringen konnte.

Trushard schüttelte heftig den Kopf. »Dietrich kennt mich. Ich muss hier am Tor bleiben.«

Die Wachen warfen sich missmutige Blicke zu, aber sie stiefelten ohne Widerworte los. Sie hatten sich erst wenige Schritte vom Tor entfernt, als ihnen die beiden Mönche entgegenkamen. Ich hielt den Atem an.

Die Wachen schlenderten lässig und plauderten leise miteinander. Sie taten so, als beachteten sie die frommen Männer nicht. Währenddessen öffnete Trushard das Tor noch ein Stück weiter und drehte sich um, damit Dietrich ihn nicht erkennen konnte.

Aber die Vorsichtsmaßnahme war überflüssig. Dietrich hatte nur Augen für seine Geisel. Er packte den Bogen und legte den Pfeil an. Dann gab er Elisabeth mit dem Fuß einen Schubs. »Auf Nimmerwiedersehen!«, zischte er ihr höhnisch zu.

Aber noch ehe er den Bogen spannen konnte, stürzten sich die beiden Wachposten auf ihn. Mit einem lauten Entsetzensschrei sprang Elisabeth aus Dietrichs Reichweite und flüchtete sich an die Brust meines Mannes, der sie mit seinem rechten Arm verdutzt auffing. Bevor sie sich umdrehen konnte, war ich an den beiden vorbei durch das offene Tor hindurchgestürmt.

* * *

Wie ich es mir gedacht hatte, fand ich Siegfried bei Folkwin im Küchenzelt, wo er sich den Wanst mit einem Mandelkuchen voll stopfte. Obwohl er seiner Lieblingsbeschäftigung nachging, sah er ungewöhnlich ernst aus. Folkwin bearbeitete einen dicken Teigkloß mit grimmigen Stößen. Der schielende Gottfried quiekte auf, als habe er den Leibhaftigen gesehen, und ließ einen Kessel fallen. Eine dunkelgrün gefleckte Kröte rutschte heraus und hüpfte eilends davon. Vor Schreck zitternd, hob der Küchenjunge den Kessel hoch und schleppte ihn nach draußen. Nur Arnaldus, der mit einem Becher Wein am Tisch saß, pfiff vergnügt vor sich hin.

Der Küchenmeister schnippte mit den Fingern, als er mich erblickte. Sofort eilte der dicke Balduin herbei und brachte mir einen Becher Wein. »Trink das«, forderte Folkwin mich auf. »Dann kannst du die schlechte Nachricht besser verkraften.«

»Was ist denn los?«, fragte ich verwundert.

»Setz dich.« Folkwin wischte sich die Hände an einem Lappen ab und geleitete mich zur Bank. »Balduin, hilf den anderen Küchenjungen draußen beim Gemüseputzen«, befahl er. Balduin warf mir einen neugierigen Blick zu, aber er verließ folgsam das Zelt.

Siegfried schob mir den Mandelkuchen hin. »Du hast es noch nicht gehört?«

»Was denn? Dass die Glockenmarie tot ist?« Dankbar nahm ich einen tiefen Schluck Rotwein. Wie wohltuend die Traubenmedizin war nach all den Aufregungen!

Siegfried und Folkwin starrten mich fassungslos an. Arnaldus zog lediglich die Augenbrauen hoch.

Folkwin sank mir gegenüber kraftlos auf die Bank. »Was ... wie ... wann? Ich meine ... o mein Gott, was ist denn bloß passiert?«

»Sie wurde heute Mittag vergiftet.« Ich beobachtete die Reaktionen und hatte dabei das undeutliche Gefühl, dass Arnaldus es mir gleichtat. Sein Blick hatte etwas Lauerndes.

»Sag, dass es nicht wahr ist«, flüsterte Folkwin. »Bitte.« Ich hätte nie geglaubt, dass Folkwin, der sich gestern Abend so abgebrüht im Umgang mit dem weiblichen Geschlecht gegeben hatte, vom Tod einer Frau so tief getroffen sein konnte. Oder spielte er nur? Was hatte er heute Mittag eigentlich gemacht? Nach dem Essen hätte er gewiss Zeit für einen kleinen Abstecher zu Maries Zelt gehabt.

Ich umklammerte den Weinbecher mit beiden Händen. »Es ist leider nur allzu wahr. Ich war dabei, als sie starb.«

»Wer trachtet denn so einem süßen Geschöpf nach dem Leben?« Folkwin wischte sich die Tränen aus den Augenwinkeln.

In knappen Worten erzählte ich, was passiert war. Natürlich verschwieg ich die Hintergründe, fügte aber voller Stolz hinzu, dass wir Dietrich gefasst hatten.

»Gratuliere.« Arnaldus bedachte mich mit einem anerkennenden Blick.

»Hinter dem Mord an Marie steckt bestimmt dieser Teufelsmönch!«, rief Siegfried wütend und ließ die Faust auf die Tischplatte krachen. »Der hat sie doch bedroht.«

Wie konnte ich Siegfried bloß zum Schweigen bringen? Ich sah ihn streng an, aber er bemerkte meinen Blick nicht.

»Du meinst, Zäsarius hat sie vergiftet?«, hakte Folkwin sofort nach.

»Natürlich, wer denn sonst? Ich habe noch eine Überraschung für dich. Das hat er gestern Abend gesagt, als ...« Abrupt klappte Siegfried den Mund zu. Anscheinend war ihm endlich aufgegangen, dass er zu viel verraten hatte.

»Als was?« Folkwin ließ nicht locker.

Um weiteren Schaden zu verhindern, ergriff ich das Wort. »Er hatte ein kleines Stelldichein mit Marie. Am Belagerungsturm. Siegfried und ich haben es unfreiwillig mitbekommen, weil ich mich dorthin zurückgezogen hatte, als mir so übel war. Nachdem Marie gegangen war, hat er diese Drohung vor sich hin gemurmelt. Ich hatte den Eindruck, dass das Zusammensein mit Marie nicht zu seiner Zufriedenheit verlaufen war, um es einmal so auszudrücken. Er hatte sich wohl mehr Feuer bei ihr erhofft.«

»Das lag bestimmt an dir, Poppo. Ich habe auch gemerkt, dass Marie nach dem Beisammensein mit dir irgendwie anders war. Du musst ihr mächtig gefallen haben.« Hörte ich Eifersucht aus Folkwins Stimme heraus?

»Ich werde ihren Mörder finden und ihn zur Rechenschaft ziehen«, fuhr der Koch fort. »Wir schulden Marie so viel Dank. Wie oft hat sie uns durch ihre Umarmung über die Schrecken des Krieges hinweggeholfen!«

»Wir gehen jetzt zu Zäsarius, nicht wahr, Poppo?« Siegfried wandte sich zu mir. »Wir werden ihm mal ein bisschen auf den Zahn fühlen.«

Widerstrebend erhob ich mich von der Bank. Keinesfalls würde ich zu dem Mönch gehen, aber draußen vor dem Zelt konnte ich wenigstens mit Siegfried ungestört sprechen und mich von ihm verabschieden. Trushard musste jeden Augenblick hier sein.

»Gute Idee«, dröhnte Folkwin und erhob sich schon. »Ich komme mit.«

Siegfried drückte ihn wieder auf die Bank. »Nein, du hast keinen Vorwand, um zu ihm zu gehen. Poppo und ich schon. Schließlich sollten wir so kurz vor dem Angriff noch einmal die Beichte ablegen, falls …«

Eine furchtbare Ahnung beschlich mich. Meine Kehle wurde ganz trocken. »Falls was?«, krächzte ich. »Und welcher Angriff? Du meinst doch nicht etwa, dass wir … und ich auch?«

»Poppo weiß es noch nicht.« Siegfried sah ganz zerknirscht aus.

»Kannst du nicht wenigstens ein Mal ein bisschen zartfühlender sein, Siegfried?«, tadelte Folkwin. »Poppo, du bist morgen auch mit dabei.« Seine Stimme war sanft geworden. »Du bist zum Sturmangriff eingeteilt. Von der Plattform des Belagerungsturmes aus sollst du die Cremasken beschießen.«

Meine Knie wurden so weich, dass ich mich an der Tischkante festhalten musste. Jost hatte verdammt schnell zugeschlagen. Und noch viel schlimmer, als ich befürchtet hatte. Der Kampfbefehl kam einem Todesurteil gleich, denn auf der Spitze des Belagerungsturms war man feindlichen Pfeilen praktisch ungeschützt ausgesetzt.

»Der Kaiser hat es befohlen«, sagte Siegfried. »Aber er hält sich dabei an eine Liste, die mein elender Bruder zusammen mit einigen anderen Ministerialen erarbeitet hat. Morgen haben wir eine gute Gelegenheit, das Heer von Unrat zu befreien. So hat Jost sich ausgedrückt, als er deinen und Trushards Namen auf die Liste geschrieben hat.«

»Trushard auch?«, fragte ich fassungslos.

Siegfried sah so zerknirscht aus, als habe er selbst die Liste erstellt. »Er soll als Erster die Sturmleiter erklimmen.«

Ich raufte mir die Haare. Es war meine Schuld. Wenn ich nicht ins Lager gekommen wäre, wäre mein Mann nicht dabei, zumindest nicht in der ersten Reihe. »Aber Trushard ist doch verwundet!«, rief ich empört aus. »Wie soll er denn mit dem verletzten Arm eine Sturmleiter hochklettern, geschweige denn kämpfen?«

»Die Verteidiger erwischen fast immer denjenigen, der als Erster auf die Sturmleiter steigt.« Trushard!

Ich drehte mich um. Mein Mann stand im Zelteingang. Entsetzen zeichnete sich auf seinen Gesichtszügen ab. »Ich habe gehört, was ihr eben gesagt habt. Gerade hat mir der Kaiser eine Belohnung für Dietrichs Ergreifung überreicht, aber von meinem morgigen Einsatz hat er kein Sterbenswörtchen verlauten lassen.«

Mein Blick wanderte zu dem dicken Beutel, der an seinem Gürtel hing.

»Ich bin auch dabei«, sagte Siegfried bedrückt. »Weil ich der Stärkste bin, hat man mich am Widder eingeteilt. Zusammen mit einigen anderen soll ich versuchen, Breschen in die Mauer zu schlagen.«

»Endlich geht es los! Morgen wird die Gerechtigkeit siegen. Auf unseren Triumph!« Arnaldus hob seinen Weinbecher.

Mit meiner damenhaften Zurückhaltung war es vorbei. Ich würde gleich fliehen, aber vorher wollte ich noch einmal so richtig meine Meinung über diesen Krieg loswerden. »Halt bloß den Mund«, fuhr ich Arnaldus an. »Morgen wird der

Teufel siegen. Er wird über die Dummheit der Menschen frohlocken, die es nicht schaffen, miteinander auszukommen, ohne sich gegenseitig die Köpfe einzuschlagen.«

»Du bist ein Verräter«, brauste Arnaldus auf. »Wie kannst du es wagen, so über die kaiserliche Sache zu sprechen!«

»Poppo hat Recht«, pflichtete Trushard mir bei. »Wenn es Krieg gibt, haben die Herrscher versagt, denn sie haben es nicht geschafft, einen Konflikt friedlich zu lösen. Und dieses Versagen bezahlen Unschuldige mit ihrem Leben.«

Wie wir morgen, dachte ich. Was konnten Trushard, Siegfried und ich denn dafür, dass die Mailänder und Cremasken zu stolz waren, um sich dem Kaiser zu unterwerfen, und dass der Kaiser zu stur war, um ihnen mehr Rechte einzuräumen? Es war nicht unser Krieg, der geführt wurde. Wir waren nichts weiter als Schachfiguren – die dummen, wertlosen Bauern, die immer als Erste geopfert wurden.

Die Kraft der Sonne hatte merklich nachgelassen. Es wurde höchste Zeit zu fliehen. Wir würden heute Abend zwar nicht mehr weit kommen, aber die Hauptsache war, dass wir aus dem Lager verschwanden. Ich schob mich näher zum Ausgang, Siegfried folgte mir.

»Barbarosssa führt einen gerechten Krieg«, knurrte Arnaldus.

»Es wird wohl kaum jemand behaupten, er kämpfe für eine ungerechte Sache«, fauchte Trushard zurück. »Wenn ein einfacher Mann, der kurz vor dem Verhungern ist, ein Huhn stiehlt, wird er als Dieb hart bestraft, aber wenn ein König eine Stadt stiehlt, wird er dafür geehrt, und man bezeichnet es als gerechte Sache.«

Arnaldus sog hörbar die Luft ein. Er sah aus, als würde er Trushard am liebsten verprügeln. Mit weit aufgerissenen Augen verfolgte Folkwin den Streit.

»Wir sollten lieber Maries Mörder den Schädel einschlagen,

anstatt uns gegenseitig fertig zu machen«, brummte Siegfried begütigend. »Kommt jetzt!«

Wortlos drehte Trushard sich um. Siegfried packte mich am Arm und zog mich aus dem Zelt.

* * *

»Wir müssen ganz schnell verschwinden«, stellte Trushard fest. »Am besten gestern noch.«

»Ich helfe euch dabei«, versicherte Siegfried. Während wir zum Tor liefen, erzählte ich ihm, was mir heute passiert war und dass Trushard und ich uns wieder ausgesöhnt hatten. »Jetzt verstehe ich auch, wieso ihr eingeteilt wurdet«, seufzte Siegfried.

Als das Tor in Sichtweite war, blieben wir stehen. »Worauf wartet ihr noch?« Siegfried drückte mir die Hand zum Abschied so fest, dass ich meinte, die Knochen knacken zu hören, dann klopfte er Trushard auf die Schulter. »Glaubt mir, diese Ratte von Bruder ziehe ich eines Tages zur Rechenschaft. Aber erst mal statte ich unserem Teufelsmönch einen Besuch ab.«

Doch mein Mann und ich hatten Pech. Vor dem Tor standen zwei fremde Wachposten. Unsere beiden Bekannten, die uns geholfen hatten, Elisabeth und Dietrich zu erwischen, feierten wahrscheinlich gerade ihren Erfolg und verprassten die Belohnung.

Der kräftigere der beiden Torhüter schüttelte bedauernd den Kopf. »Heute Abend kommt niemand mehr hinaus. Wir haben strengste Anweisung vom Kaiser. Wahrscheinlich will er verhindern, dass sich einige noch einmal … hm … ein paar schöne Stündchen gönnen bei gewissen Damen und morgen zu abgekämpft sind. Und außerdem …« Er senkte seine Stimme. »Es gibt ja immer ein paar Hasenfüße, die in der

Nacht vor dem Angriff weiche Knie kriegen und sich davonschleichen wollen.« Er schnaufte verächtlich.

Trushard lächelte den Wächter freundlich an. »Wir wollen nur kurz zu den Handwerkern. Wir haben eben bei den Vorbereitungen für morgen festgestellt, dass wir noch ein paar Seile brauchen.«

Wieder ein Kopfschütteln. »Ich darf niemanden rauslassen. Unter keinen Umständen.«

Mein Mut sank. »Unsere Pferde sind draußen an der Tränke«, wagte ich einen letzten Versuch.

»Wir kümmern uns darum, dass sie in die Ställe kommen und versorgt werden«, versprach der Wächter.

»Meine Stute lässt keinen Fremden an sich heran«, wandte Trushard ein.

Der Wächter zuckte die Achseln. »Notfalls muss sie an der Tränke bleiben. Befehl ist Befehl.«

Das war unser Todesurteil. Die Cremasken hatten siedendes Pech, Brandpfeile, Armbrustbolzen, riesige Geschosse, Schwerter, Streitäxte ... Wie sollten wir ihren Waffen entkommen, wenn wir an der Spitze des Angriffs eingekeilt waren? Benommen drehte ich mich um. Trushard rang sich einen Dank ab, dann schlichen wir wieder in das Lager zurück, das für uns zum Gefängnis geworden war.

Als uns die Wachen nicht mehr sehen konnten, ließen wir die Köpfe hängen. Stirnrunzelnd sah Trushard mich an. »Du gehörst zum Gefolge der Kaiserin. Über dich kann Barbarossa nicht verfügen. Streng genommen musst du nicht mit.«

»Ich will nicht darüber reden, wer ich bin oder vielmehr nicht bin.« Ich griff an meine Nase. »Und außerdem kann ich dir mit meiner Treffsicherheit vielleicht einige Pfeile vom Leib halten. Ich bin lieber in deiner Nähe, wenn es brenzlig wird. Dumme Angewohnheit von mir.«

Trushards Miene hellte sich auf. »Ich habe eine Idee. Die

Palisaden werden zwar streng bewacht, aber wenn der Wärter gerade verschwunden ist, können Siegfried und ich dich hochhieven.«

Ich nagte auf meiner Unterlippe. »Hm. Und wie kommst du dann hinüber?«

»Gar nicht. Siegfried alleine schafft das nicht«, antwortete Trushard. »Und wir dürfen es nicht riskieren, jemanden, der nicht unbedingt vertrauenswürdig ist, einzuweihen. Wer bei der Flucht erwischt wird, wird sofort gehängt.«

»Ich gehe nicht ohne dich.« Als er den Mund öffnete, um zu protestieren, fügte ich rasch hinzu: »Du siehst doch, wie abgemagert ich bin. Vor lauter Kummer konnte ich im letzten Jahr kaum noch etwas essen. Es fehlt nicht mehr viel, dann ist von mir gar nichts mehr übrig. Wenn du nicht bei mir bist, werde ich eingehen wie ein treuer Hund, dem man sein Herrchen genommen hat.«

Gegen diese Argumente konnte er anscheinend nichts mehr einwenden, denn er schwieg.

»Ich mache mir solche Vorwürfe«, gestand ich bedrückt. »Diese schurkische Tat hat Jost nur begangen, weil ich dich und nicht ihn geheiratet habe. Und wenn ich nicht ins Lager gekommen wäre und er mich nicht gesehen hätte …«

»Glaub mir, er hätte sich so oder so an mir gerächt, auch wenn du in San Bassano geblieben wärst«, fiel Trushard mir ins Wort. Tröstend drückte er meine Hand. »Und was machen wir jetzt?«, fragte er.

Trotz meiner Ängste musste ich grinsen. »Ich hätte da schon eine Idee, du tollkühnster Leiterkletterer aller Zeiten …«

»Ich weiß auch, wo wir ungestört sind«, meinte Trushard und zwinkerte mir zu.

Wenigstens eine schöne Nacht wollte ich noch erleben, bevor morgen Früh alles zu Ende war. Von der Vorfreude auf das ungestörte Beisammensein erfüllt, trabte ich hinter den langen Beinen meines Mannes her. Ich achtete nicht darauf, welchen Weg er einschlug.

»Was wird bloß aus Rotrud, wenn ich nicht mehr bin«, jammerte Trushard vor sich hin.

Ich konnte mir die Antwort nicht verkneifen. »Frag doch deinen Freund, dem du sie gestern so angepriesen hast. Angesichts ihrer Schönheit und Anschmiegsamkeit wird er sich gewiss aufopferungsvoll um sie kümmern.«

»Niemand kennt sie so gut wie ich«, klagte Trushard weiter, ohne auf meine Stichelei einzugehen. Dann schwieg er bedrückt. Als wir eine Straßenecke von der Eiche entfernt waren, schlug er sich an die Stirn. »Ich Hornochse«, knirschte er leise. »Vor lauter Sorge um Rotrud habe ich nicht daran gedacht, dass sich hier Zäsarius' Zelt befindet.« Ich zuckte zusammen und zog den Kopf unwillkürlich zwischen die Schultern, als ob ich mich dadurch unsichtbar machen könnte.

Aus den Augenwinkeln sah ich, dass Siegfried aus einem der Zelte kam. »Poppo! Trushard!«, rief er laut und winkte uns mit seinen Schaufelhänden zu. »Gut, dass ihr gerade da seid. Kommt her!«

Ich fuhr zusammen, als hätte er mich geschlagen.

»Bloß weg hier. Siegfried ist vor Zäsarius' Unterkunft.« Trushard packte mich am Handgelenk und zerrte mich vorwärts.

»Huhu! Seid ihr taub?« Siegfried tappte auf uns zu. War er verrückt geworden?

Schon streckte sich ein neugieriges Gesicht aus einem der Nachbarzelte. Das war wenigstens etwas. Wenn Zeugen anwesend waren, würde mich der Teufelsmönch wohl kaum umbringen.

»Wartet doch!« Siegfrieds Stimme hallte laut wie ein Donnerschlag durch die Gasse. Gleich würde er uns eingeholt haben.

»Ruhe!«, brüllte jemand aus einem schwarz-rot gestreiften Zelt.

Es war sinnlos. Siegfried würde nicht aufgeben, bis er das halbe Lager geweckt hatte. Resigniert blieb ich stehen. »Was ist denn?«

»Zäsarius ist tot«, stieß Siegfried hervor. »Ich würde vorschlagen, wir schauen uns das mal näher an.«

Das ließen wir uns nicht zweimal sagen.

* * *

»Wie abgemacht, wollte ich Zäsarius auf den Zahn fühlen und so tun, als ob ich beichten wollte«, berichtete Siegfried, während wir auf das Zelt zuliefen. »Aber als ich in seine Unterkunft kam, war er schon tot. Sein Knecht saß bei ihm.«

Wie Trushard mir erklärte, hatte Zäsarius als Geistlicher, der häufig die Beichte abnahm, ein großes Zelt für sich allein. Ein purer Luxus in diesem vor Menschen überquellenden Lager.

Als wir eintraten, schlug uns der Gestank nach Exkrementen entgegen. Eine kleine Öllampe, die neben dem Psalter auf einer schlichten Reisetruhe stand, beleuchtete ein erschreckendes Bild: Der Teufelsmönch lag zusammengekrümmt auf dem Boden, mit geschlossenen Augen und die Hände auf den Bauch gepresst. Zwischen seinen Lippen quoll Schaum hervor. Sein Kopf lag in einer Pfütze aus Erbrochenem. Aus dem Ausschnitt der Kutte lugte ein weißer Verband hervor. Anscheinend war die Wunde, die ich ihm zugefügt hatte, ordentlich verbunden worden. Neben der Leiche kniete ein junger Knecht, dem die Fassungslosigkeit ins Gesicht geschrieben stand.

»Das sind Trushard und sein Gehilfe Poppo«, stellte Siegfried vor. »Trushard ist vom Kaiser beauftragt worden, den Mord an Franz von Kesselheym und die merkwürdigen Geschehnisse im Lager aufzuklären.«

»Wir kennen uns bereits«, erwiderte der Knecht tonlos. »Trushard hat gestern unser Gefolge befragt.«

Da mein Mann nicht klarstellte, dass er nun nicht mehr der Ermittler war, schwieg auch ich. Wir hätten sonst keinen Vorwand gehabt, um uns im Zelt umzusehen.

»Erzählt uns doch, was passiert ist«, bat Trushard in mitfühlendem Ton.

Der Knecht schnäuzte sich in den Ärmel. »Mein Herr hatte sich zurückgezogen, um zu beten. Wie jeden Abend um diese Zeit. Ich saß vor dem Zelt und flickte ein Paar alte Beinlinge. Aber dann rief er mich. Er klagte über ein Brennen im Mund, über Übelkeit und Herzklopfen.«

Düster starrte er auf die Leiche. »Ich ging fort, um ihm einen Aufguss aus Minze zuzubereiten. Plötzlich hörte ich einen lauten Schrei. Als ich hereinstürzte, war er schon bewusstlos und lag auf dem Boden in seinem eigenen Erbrochenen. Er krümmte sich und röchelte nur noch.« Ihn schauderte. »Noch nie habe ich so etwas Schreckliches gesehen. Er hatte Schaum vor dem Mund, und seine Pupillen waren riesengroß. Am Ende des Krampfes kam sein Bewusstsein zurück. Er versuchte zu sprechen, aber es ging nicht. Kurz darauf kam der nächste Anfall. Und plötzlich war er tot.«

Das klang nach einem Giftmord. Wieder Eisenhut? Aber die Symptome waren etwas anders als bei Marie. In meinem Gedächtnis kramte ich alles hervor, was ich über tödliche Pflanzen wusste. Wasserschierling, ja genau, das musste es gewesen sein!

Der Knecht rappelte sich hoch. »Ich weiß eigentlich gar nicht, was Ihr hier untersuchen wollt. Es muss diese merkwürdige Krankheit gewesen sein. Sie hat ihn wohl doch schlimmer getroffen, als wir dachten. Bestimmt hat er sich beim Steineschleppen überanstrengt. Er muss verrückt gewesen sein, in seinem Zustand so schwer zu schuften. Und dann hat er sich auch noch diese tiefe Wunde an der Schulter zugezogen. Er hat gesagt, ein wilder Cremaske oder Mailänder hätte sich auf ihn gestürzt, als er vom Steineschleppen zurückkam. Nur mit Mühe sei er dem starken Feind entkommen.«

Ich fand es sehr schmeichelhaft, was ich zu hören bekam. Schon als Mädchen hatte ich davon geträumt, stark und wild zu sein. Nun ja, Zäsarius konnte schlecht erzählen, dass er von einem schwachen Weibsbild überwältigt worden war. Ich zog es vor, den Knecht über die wahre Herkunft der Wunde nicht in Kenntnis zu setzen. Aber über eine Sache musste ich ihn aufklären. »Euer Herr ist nicht an der Seuche und auch nicht an der Wunde gestorben. Es war Gift. Wasserschierling.«

Der Knecht starrte mich fassungslos an. »Seid Ihr sicher?«

»Mein Gehilfe Poppo irrt sich nie«, erklärte Trushard hochnäsig. »Er ist zwar etwas zierlich für sein Alter …«

»Aber ein schlaues Kerlchen«, ergänzte Siegfried und haute mir aufmunternd auf die Schulter.

»Wie könnte Euer Herr das Gift zu sich genommen haben?« Mein Blick glitt über das mit weichen Decken und Kissen ausstaffierte Lager und den mit üppigen Speisen beladenen Holztisch. Mönchische Askese hatte ich mir anders vorgestellt.

Ich hob die Platte mit dem Fleisch hoch und schnupperte. Nichts. Der Becher war leer. Aber in der Kanne war noch ein Rest Wein. Ich prüfte ihn: Ein leichter Geruch nach Wasserschierling stieg mir in die Nase. »Das Gift war im Wein«, stellte ich fest. Über der Stelle, wo die Weinkanne auf dem

Tisch gestanden hatte, war ein Riss in der Zeltwand. Ich deutete darauf. »Bestimmt ein Überbleibsel vom Ausfall, nehme ich an?«

Der Knecht nickte. »Ich bin noch nicht dazu gekommen, es zu flicken«, gestand er kläglich.

»Durch diesen Riss konnte jeder ungesehen die zerriebene Wurzel des Wasserschierlings in die Kanne streuen«, erklärte ich.

Bestürzt sah mich der Knecht an. »Dann bin ich schuld …?«

Ich schüttelte den Kopf. »Macht Euch keine Vorwürfe. Der Mörder hätte sonst eine andere Möglichkeit gefunden, Euren Herrn zu vergiften.«

»Habt Ihr eine Ahnung, wer ihm nach dem Leben getrachtet haben könnte?«, fragte Trushard.

Der Knecht schüttelte den Kopf. »Mein Herr war nicht sonderlich fromm, und seine Devise lautete immer ›Leben und leben lassen‹. Deshalb war er als Beichtvater auch sehr beliebt. Wer zu ihm kam, konnte mit einer milden Buße rechnen. Ich wüsste nicht, welchen unversöhnlichen Feind er gehabt haben sollte. Allerdings …« Der Knecht runzelte die Stirn. »Seit seiner Rückkehr aus San Bassano war er ungewöhnlich schreckhaft. Ich hatte den Eindruck, dass er sich fürchtete.«

»Wer war heute Abend am Zelt?«, erkundigte sich Trushard.

»Keine Ahnung. Ich bin erst später gekommen. Ich saß noch mit ein paar Kumpels zusammen. Am letzten Abend vor dem Angriff will niemand gerne allein sein. Aber dann fiel mir ein, dass ich noch dringend meine Beinlinge flicken musste. Als ich zurückkam, war es im Zelt ganz still.«

Trushard sah sich in der peinlich sauberen Unterkunft um. »Vielleicht finden wir noch etwas Aufschlussreiches in Zäsarius' Hinterlassenschaften.« Er reichte mir einen schweinsledernen Beutel, der an einem Pfosten lehnte, und ich schnürte ihn auf.

Stück für Stück packte ich den Inhalt aus: Kamm, Seife, ein Handtuch, eine Schreibfeder, ein paar Münzen, ein Gebetbüchlein, ein schlichtes Holzkreuz, ein Kerzenstummel – nichts Ungewöhnliches.

Ich wühlte weiter. Plötzlich stutzte ich. Hatten meine Finger ein Siegel ertastet? Ich zog es hervor – tatsächlich! Es war das Flammensiegel! Der Knecht riss verwundert die Augen auf, als er es erblickte.

»Kennt Ihr das?«, fragte Trushard.

Der Knecht schüttelte den Kopf. »Nie gesehen.«

»Es sieht aus, als ob der Mörder jeden umbringt, der dieses Siegel besitzt«, stellte ich fest. Oder war Zäsarius aus Rache für Maries Tod vergiftet worden? War Folkwin schneller bei dem Teufelsmönch gewesen als Siegfried?

Trushard runzelte die Stirn. »Verdammt, wenn wir doch bloß sicher wüssten, welches Ziel die Besitzer der Flammensiegel verfolgen!«

Die Antwort darauf könnte uns der Brief liefern – wenn wir in der Lage wären, ihn zu entschlüsseln, dachte ich. Seufzend steckte ich das Flammensiegel in meinen Beutel.

Trushard klappte den Deckel der Truhe auf und deutete auf mehrere prall gefüllte Geldsäcke. Damit hatte Zäsarius sein neues Leben finanzieren wollen. Wahrscheinlich war es die Belohnung für den Verrat an der kaiserlichen Sache, den er begangen hatte.

Ehrfürchtig starrte der Knecht den Fund an. »Ich habe gar nicht gewusst, dass der Abt so viel Geld mit auf den Feldzug genommen hat«, meinte er verblüfft.

Schritte näherten sich dem Zelt. Jost stolzierte herein wie ein Gockel. »Ach, sieh an! Wo eine Leiche ist, da sind auch Trushard und sein Gehilfe.« Hinter ihm schob sich Elisabeth, die wieder ihr ungefärbtes Leinengewand trug, durch den Eingang. Ich hörte, wie Siegfried mit den Zähnen knirschte.

Erschrocken senkte ich das Gesicht zu Boden. Die sittenstrenge Elisabeth war unberechenbar. Ich traute ihr durchaus zu, dass sie mich verriet.

»Was hast du denn hier zu suchen, Brüderchen?«, knurrte Siegfried. Unauffällig zog ich mich in den schwach beleuchteten Hintergrund zurück und stellte mich neben den Tisch.

Jost schaute triumphierend in die Runde. »Ich bin der neue Ermittler. Vom Kaiser höchstpersönlich beauftragt.« Der Schreck fuhr mir in alle Glieder. Ausgerechnet ihn hatte sich der Rotbart für diese wichtige Aufgabe ausgeguckt! Elisabeth sah Jost verzückt an. Ich war verblüfft. Sollte sie etwa Gefallen an dem Heuchler gefunden haben? Ich konnte es kaum glauben.

»Euer aufmerksamer Nachbar hat etwas von Gift gehört und schleunigst den kaiserlichen Wachmännern Bescheid gesagt«, fuhr Jost fort.

»Ja, seid *Ihr* denn nicht der Ermittler?« Der Knecht blinzelte meinen Mann verwirrt an.

»Was ich angefangen habe, bringe ich zu Ende«, erklärte Trushard steif.

»Das hier nicht«, raunzte Jost ihn an. »Also, was ist passiert?«

So kurz wie möglich schilderte Trushard das, was wir über Zäsarius' Tod herausgefunden hatten. Er verschwieg nur das Flammensiegel. Gott sei Dank verriet auch der Knecht nichts, sondern glotzte uns alle nur völlig verblüfft an. Die Ereignisse des heutigen Abends überstiegen ganz offensichtlich sein geistiges Fassungsvermögen.

Wie gebannt hing Elisabeths Blick an Josts Gesicht, ein seliges Lächeln umspielte ihre Lippen. Jost als Herzensbrecher – das war eine völlig neue Sicht der Dinge für mich. Sie schien niemand anderen im Raum wahrzunehmen. Das war mein Glück.

Siegfried tat so, als untersuche er das Zelt, und hob verschiedene Gegenstände hoch, während er sich immer näher an mich heranschob. Als er vor dem Tisch anhielt, verbarg mich sein massiger Leib vor Elisabeths Blicken. Ich atmete erleichtert auf. Nun war die größte Gefahr wohl überstanden.

Prüfend hob Siegfried den Brotkorb hoch, der auf dem Tisch stand. Dahinter kam etwas zum Vorschein, das meine Aufmerksamkeit fesselte: das Ei, das Zäsarius hatte mitgehen lassen! Es war gekocht, geschält – und auf dem harten Eiweiß mit winzigen Zahlen bemalt. Genau wie in dem Brief. Ein Zauberei! Ich schaute auf die letzte Zahl, die sich unter den Zahlenreihen befand: 136. Für welchen Buchstaben sie wohl stand? Vielleicht für K wie Klara?

»Nachdem du alles berichtet hast, könnt ihr ja gehen.« Jost wedelte lässig mit der Hand. »Ich werde die Leiche untersuchen lassen. Woher hat der Mönch die schwere Wunde an der Schulter?«

»Eine Kampfverletzung«, erklärte Trushard seelenruhig. »Ein Feind hat ihn angegriffen, als er von der Stadtmauer zurückkam.«

»Wer ist denn das?« Der Knecht deutete auf Elisabeth. »Ich dachte, Frauen hätten im Lager nichts zu suchen.«

»Das ist die arme Dame aus dem Gefolge der Kaiserin, die entführt worden war«, erklärte Jost. »Der Kaiser hat mich beauftragt, für ihre Sicherheit zu sorgen, bis wir übermorgen nach San Bassano aufbrechen. Im Augenblick können wir keine Männer entbehren, um Elisabeth zur Kaiserin zu begleiten.« Er wandte sich an Trushard. »Dann hätten wir ja alles besprochen. Deine Anwesenheit ist nicht mehr erforderlich.«

Endlich konnte ich das Zelt verlassen. Unauffällig wollte ich mich hinter Siegfried durch den Eingang drücken, aber Jost packte mich am Ärmel. Geistesgegenwärtig schob sich Trushard zwischen Jost und Elisabeth, sodass sein kräftiger Körper mich verdeckte. »Ich bin ja so froh, dass Ihr wohlbehalten zurück seid«, säuselte mein Mann der Hofdame zu.

»Du hast mich zum Narren gemacht. Das halbe Lager spottet über mich und meine angebliche Sehnsucht nach einem Weib«, flüsterte Jost mir hinter Trushards Rücken zu. »Was glaubst du, weshalb man mir diese hässliche Zicke aufs Auge gedrückt hat? Weibliche Gesellschaft würde mir gut tun, hat der Wachmann erklärt und mich angegrinst. Aber da ich im Gegensatz zu euch ein guter Mensch bin, habe ich euch einen Herzenswunsch erfüllt. Trushard und du, ihr seid doch so unzertrennlich. Ich habe dafür gesorgt, dass ihr ab morgen für immer und ewig vereint seid. In der Hölle.« Er grinste breit. »Ich werde vom sicheren Wachturm im Lager aus verfolgen, wie tapfer ihr euch schlagt.«

* * *

Während wir im Zelt gewesen waren, war es dunkel geworden. Nach dem entsetzlichen Gestank, den der Tote verströmt hatte, sog ich begierig die laue Luft der Sommernacht ein. Ich atmete erleichtert auf. Elisabeth hatte mich nicht erkannt, und Jost verzichtete wenigstens darauf, meine wahre Identität preiszugeben, obwohl er mit Elisabeth eine glaubwürdige Zeugin hatte, die es bestätigen würde. Ich konnte nur vermuten, warum er sich jetzt so schweigsam verhielt. Vielleicht wollte er das für ihn so unangenehme Thema nicht erneut öffentlich zur Sprache bringen. Wahrscheinlicher aber erschien mir, dass er seine Rache auskosten wollte. Denn wenn er mich heute schon verriet, wäre ich morgen nicht beim Angriff dabei, und eine von Pfeilen durchbohrte Leiche würde seinen Rachedurst wohl eher befriedigen als eine verstümmelte Frau. Vermutlich würde er mich erneut anklagen, wenn ich den Angriff überlebte.

»136«, murmelte ich immer wieder vor mich hin, um die Zahl nur ja nicht zu vergessen.

»Was brabbelst du da?«, fragte Trushard.

»Merkt euch das«, forderte ich Siegfried und ihn auf und wiederholte die 136 ganz langsam. »Das stand als letzte Zahl auf dem Ei. Bevor Zäsarius mich heute Morgen zu der Grube gelockt hat, fischte er aus einem Baumstumpf ein ganz gewöhnliches Hühnerei.«

»Zahlen auf einem Ei! Seltsame Sitten haben die Lombarden«, brummelte Siegfried.

Trushard grinste. »Die Italiener lassen sich Geheimbotschaften auf Eiern zukommen. Sie werden mit einer Mischung aus Alaun und Essig auf das Ei geschrieben. Solange das Ei roh ist, ist die Schrift unsichtbar. Erst wenn das Ei gekocht und geschält ist, kann man die Nachricht lesen.«

»Woher kennst du dich so gut aus?«, fragte ich misstrauisch.

»Du weißt doch, Liebster, ich habe viele Talente«, erklärte mein Gatte hochnäsig. *Verbrecherische Talente,* ergänzte ich in Gedanken. Hatte er mal als Spion gearbeitet? Für einen Spielmann wäre das durchaus nicht unüblich. Und er hatte mich *Liebster* genannt. Ich musste ihm dringend beweisen, dass ich immer noch eine Frau war. Und was für eine …

Wie wurden wir Siegfried nur los? »Folkwin hat gesagt, er würde heute Abend seinen besten Tropfen herausrücken«, sagte ich mit unschuldigem Augenaufschlag.

»Nichts wie hin.« Siegfried war schneller weg, als wir gucken konnten. Mein Herz hüpfte, als ich ihm hinterhersah.

Plötzlich spürte ich Trushards Hand unter meinem Arm. »Du musst dich entspannen, damit du morgen ausgeruht bist.«

Die Nacht hatte alle Farben aufgesogen und nur graue und schwarze Schattierungen übrig gelassen. Einzig der rötliche Mond hing rund und prall wie eine reife Aprikose über den Palisaden. Der dunkle Himmel war übersät mit Sternen – kleine leuchtende Grüße aus der Unendlichkeit.

»Ich bin froh, dass du gekommen bist«, sagte Trushard. »Du hattest Recht, vier Augen sehen mehr als zwei. Und außerdem darf ich die letzte Nacht wenigstens in deiner Gesellschaft verbringen.«

Dieser Blick, mit dem er mich ansah ... Seine Augen waren Hände, die meinen Körper abtasteten. Und seine Stimme, samtig wie Pfirsichhaut, war ein Blasebalg, der meine Begierde anfachte.

»Komm. Ich weiß, wo wir ungestört sind.« Trushard flog voran. Vor dem überdachten Widder blieb er stehen. »Hier sind wir alleine. Endlich.«

Der Widder sah aus wie eine Hütte auf Rädern, aus der vorne ein Riesenpfahl herausragte, mit dessen Hilfe das Stadttor aufgebrochen werden sollte. Nur eine Seite war offen. Der Platz zwischen dem Pfahl und den Wänden war nur wenig breiter als ein Männerkörper. Verdrossen überlegte ich, ob ich mich wie eine Spinne an die Wand kleben, wie eine Schlange um den Pfahl wickeln oder wie ein Käfer darunter krabbeln sollte. Aber es war der einzige Ort, an dem wir mit Sicherheit ungestört waren, da hatte Trushard Recht. Das Dach und die Wände des Widders würden neugierige Blicke von uns fern halten. Und wenn wirklich jemand kommen sollte, würden wir es rechtzeitig hören.

Trotzdem sah ich mich ängstlich um. »Wir fordern Fortuna heraus. Wenn jemand hinter uns hergeschlichen ist ...«

»Die Männer haben heute Nacht weiß Gott andere Sorgen. Und überhaupt, soll ich morgen in die Hölle hinabfahren, ohne noch einmal deinen zarten Leib liebkost zu haben?«

Seine Worte schnitten mir ins Herz. »Wenn wir dieses Abenteuer wider Erwarten überleben, werde ich für den Rest meiner Tage wie eine Klette an dir hängen«, sagte ich inbrünstig.

»Fang damit ruhig schon einmal an.« Er wies ins Innere. »Darf ich die edle Dame bitten? Es ist leider kein Palast, aber dafür gibt es hier auch kein neugieriges Gesinde.«

Ich warf einen Blick auf den Widder, dann einen auf den lang entbehrten Körper meines Mannes.

Seufzend zwängte ich mich in die Lücke zwischen Pfahl und Wand. »Jetzt weiß ich wenigstens, wozu ich abgenommen habe«, stöhnte ich. Hinter mir fluchte Trushard leise vor sich hin.

Unter dem Holzdach hatte sich die Hitze wie in einem Backofen gestaut. Ich wedelte mir mit der Handfläche Luft zu.

»Gegen das Schwitzen gibt es ein wirkungsvolles Mittel: ausziehen«, schlug Trushard vor.

Nur mit Mühe schaffte ich es, ohne seine Hilfe auf den heftig hin und her schaukelnden Pfahl, der an Ketten vom Dach herabhing, zu krabbeln. Durch die offene Seite fiel helles Mondlicht und überzog Trushards Gesicht mit einem perlweißen Schimmer.

Meine schweißverklebte Haut fühlte sich so klebrig an, als wäre sie mit einer Honigschicht überzogen. Bestimmt stank ich bestialisch. In meinen Haaren piekte es verdächtig. Ich schämte mich so. »Ich konnte mich heute nicht richtig waschen«, sagte ich kläglich.

»Ich liebe dich und alle deine Läuse«, erwiderte der Traum

von einem Ehemann und umfing meine Hüfte mit der rechten Hand. Eine Gänsehaut lief über meinen Körper. Erleichtert stellte ich fest, dass auch bei ihm die Hitze ihre Duftspuren hinterlassen hatte.

»Deine Nase, die nur dank Marie vor dem Abschneiden gerettet wurde, erfährt eine besondere Würdigung«, sagte er, fuhr mit dem Zeigefinger den Nasenrücken hinunter und küsste mich leicht auf die Spitze. Ich zog ihn näher zu mir heran. Der Pfahl schlingerte hin und her wie ein Rheinschiff. Mir wurde übel.

»Ich glaube, auf dem Boden wäre es besser ...« Wir zwängten uns zwischen Pfahl und Wand hinunter und lehnten uns mit dem Rücken an die hintere Wand, durch die der Pfahl hinausragte.

Vorsichtig, um Trushard keine Schmerzen zuzufügen, löste ich die Schlinge, in der sein linker Arm steckte. »Ich weiß nicht, wie du mit dieser Wunde die Sturmleiter hochklettern und kämpfen willst«, sagte ich zweifelnd, als ich den dicken Verband betrachtete.

»Es sieht schlimmer aus, als es ist«, meinte Trushard beruhigend. »Die Heilung macht gute Fortschritte. Und in vielen Epen, die ich als Spielmann vorgetragen habe, kämpfen die Ritter, obwohl sie noch viel schlimmere Wunden haben als ich.«

Um Trushard nicht zu entmutigen, unterließ ich es, ihn auf den berühmten Unterschied zwischen Dichtung und Wahrheit aufmerksam zu machen. Wahrscheinlich hatte kein Sänger, der ein Epos schrieb, vorher am eigenen Leibe ausprobiert, ob es überhaupt möglich war, mit einem verwundeten Arm ein Schwert zu halten.

Sachte hauchte ich einen Kuss auf seinen Verband, als könne ich dadurch seine Schmerzen lindern, dann beugte ich mich zu ihm, zog seinen Kopf ein Stück herunter und suchte seinen Mund. Unser Kuss war labend wie der erste Schluck Wasser nach einem langen Reisetag in der prallen Sonne. Doch je mehr ich davon trank, desto durstiger wurde ich.

»Jost hat uns prophezeit, wir würden in der Hölle landen«, hauchte ich Trushard ins Ohr. »Aber das ist eigentlich kein schlechter Ort, wenn du auch da bist.«

»Marie hat behauptet, du wärst ein Mann.« Prüfend musterte er mich. »Hm, ich weiß es ja eigentlich besser als Marie, aber was, wenn ein Wunder geschehen wäre und ein teuflischer Gehilfe meine Rotrud tatsächlich in Poppo verwandelt hätte?«

Ich lächelte ihn an. »Es ist alles noch so, wie es sein sollte.«

Trushard legte seine Hand auf meinen linken Oberschenkel. »Ich will mich lieber selbst davon überzeugen. Wie sagt Siegfried immer so schön? Vertrauen ist gut, Überprüfung ist besser.«

Ich hatte den Wink mit dem Zaunpfahl verstanden. Da Trushard nur eine Hand zur Verfügung hatte, rollte ich die Beinlinge hinunter, löste den Gürtel der Bruche und zog sie aus.

Unsere Ehe war wie ein allzu dünnes Buch, in dem auf einen kurzen dramatischen Beginn viele leere Seiten folgten – und dann ein abruptes Ende. Dabei fühlte ich so viel Zärtlichkeit für meinen Mann in mir. Alles, was ich ihm während eines langen, erfüllten Ehelebens hatte geben wollen, musste ich ihm nun in einer einzigen Nacht schenken. Jahrzehnte schrumpften zu Stunden zusammen.

Ich versuchte, diese Gefühle mit meinen Händen auszudrücken, als ich ihm half, seine Kleidung auszuziehen. Jedes Fleckchen Haut, das ich freilegte, streichelte ich sanft mit den Fingerspitzen, während ich seinen Geruch tief in mich einsog. Ich spürte, wie Trushard unter meinen Berührungen erschauerte und sein Atem schneller ging. »Komm, leg dich hin«, flüsterte ich ihm zu und stützte ihn, als er vorsichtig auf den Boden glitt.

Ich setzte mich an seine linke Seite und streifte mir den Rock über den Kopf. Besorgt wartete ich auf seine Reaktion. Von den Rundungen, die Trushard so geliebt hatte, war nicht mehr viel übrig geblieben.

»Hast du mich so sehr vermisst?«, fragte er ungläubig, während er mit der rechten Hand die kümmerlichen Überreste meiner Weiblichkeit liebkoste, als wolle er mich in wenigen Augenblicken durch seine Zärtlichkeiten für Kummer und Hunger eines ganzen Jahres entschädigen.

Ich schloss die Augen und nickte, stumm vor Glück und Verlangen. Überall dort, wo er mich berührte, spürte ich ein sanftes Prickeln, wie frisches Quellwasser auf sonnendurchglühter Haut. Ich gab mich seinen Zärtlichkeiten hin, meine Anspannung ebbte ab, und jeder Gedanke an das, was uns morgen bevorstand, verflüchtigte sich wie Nebelschwaden, die dem aufklarenden Tag weichen müssen. Tief in mir spürte ich die Gewissheit, dass die Gefühle, die wir füreinander empfanden, unvergänglich waren. Selbst der Tod würde unsere Liebe nicht bezwingen können.

Ganz behutsam, um ihm nicht wehzutun, setzte ich mich auf ihn, sorgsam darauf achtend, dass ich mein Gewicht möglichst weit von der Wunde weg nach unten verlagerte. Ich stützte mich mit beiden Armen ab und fuhr mit meinen Lippen seinen Hals hinunter und über seinen Oberkörper. Noch nie hatte ich mich ihm so nahe gefühlt. Kummer und Angst hatten das Band, das uns vereinte, noch fester geknüpft.

»Wir können morgen nur gemeinsam überleben oder gemeinsam sterben«, sagte Trushard leise, als hätte er meine Gedanken gelesen, und zog mich mit dem unverletzten Arm enger zu sich heran. »Aber vorher möchte ich noch einmal ganz tief in dir geborgen sein.«

Als er sachte in mich hineinglitt, flog ich, wie von einer unsichtbaren Blide emporgeschleudert, dem Sternenhimmel entgegen.

4. Tag

»Denn Gott hat den Tod nicht gemacht
und hat kein Gefallen am Untergang der Lebenden …«
Weisheit 1, 13

Ein türkisblauer Himmel funkelte über uns. Ein schöner Tag brach an – aber nicht für die Cremasken und nicht für uns.

Trushard und ich hatten die letzte Nacht noch einmal so richtig ausgekostet, uns wieder und wieder geliebt, in den Armen gehalten und alles erzählt, was wir während der Trennung erlebt hatten. So lange es stockdunkel war, hatte ich noch verdrängen können, was uns bevorstand, aber als sich am Himmel die erste Morgenröte zeigte, stürzte sich die Angst wie ein Feuer speiender Drache auf mich. In meinem kurzen Leben hatte ich – Gott sei's geklagt! – dem Tode schon mehrmals ins Auge blicken müssen, aber dieses qualvoll langsame Gemetzel, das uns erwartete, würde schlimmer sein als alles, was ich bisher erlitten hatte. Das Schlimmste aber war, dass ich eine untilgbare Schuld auf mich laden würde. Wenn ich nicht sterben wollte, würde ich töten müssen.

Vor der Küche mussten wir uns in eine lange Schlange einreihen. Jeder wollte sich noch einmal stärken, bevor es losging. Die meisten Männer steckten schon in ihren Rüstungen. Das waren die Glückspilze, denn sie waren besser geschützt als die einfachen Knechte. Auch im Kampf gab es Unterschiede. Die Wahrscheinlichkeit zu sterben, war nicht für jeden gleich. Ich war dem Himmel dankbar dafür, dass Trushard die geliehene Rüstung besaß.

Als wir endlich an der Reihe waren, stellte ich fest, dass auch Folkwin völlig niedergeschlagen war. Schweigend teilte er Brot, Käse und Dünnbier aus.

Während wir mit Mühe das Essen hinunterwürgten, stiefelte Siegfried auf uns zu. Das Schwert baumelte an seiner Seite wie ein Kinderspielzeug. Er trug nur ein ärmelloses Kettenhemd, die Beinlinge waren aus Stoff. »Für Arme und Beine hat das Geld nicht mehr gereicht«, erklärte er, als er meinen Blick auffing. »Mein Körper ist einfach zu mächtig. Das Kettenhemd war schon so teuer, dass wir uns für meinen Bruder nur noch eine gebrauchte Ausrüstung leisten konnten. Hier ist sie.« Er hielt mir einen Helm, einen dick wattierten Leibrock und ein durchgerostetes Kettenhemd hin. »Wenn diese miese Ratte dich schon in den Angriff schickt, dann will ich wenigstens alles versuchen, um dein Leben zu schützen.«

Dankend nahm ich die Sachen entgegen.

Verlegen druckste Siegfried herum: »Poppo, Trushard, in meinem Gepäck liegt ein Brief.«

Erstaunt sah ich ihn an. Seit wann schrieb Siegfried, der stets behauptete, in seiner Faust würde jede Feder zerbrechen, Briefe? Eine zarte Röte überzog Siegfrieds Gesicht. »Würdet ihr den Brief abliefern, falls mir etwas passiert?«

Wir nickten. »Versprochen.«

Siegfried atmete auf, als hätten wir ihm eine große Last abgenommen.

»Wem sollen wir den Brief denn geben?«, hakte ich nach.

Die Röte in Siegfrieds Gesicht verstärkte sich. »Der Name steht drauf«, erwiderte er kurz angebunden.

Ich wunderte mich immer mehr. Sein ungewöhnlicher Bildungseifer, die Andeutung, er müsse mir etwas gestehen, und jetzt der Brief – was war mit meinem Freund los? An Trushards verständnislosem Gesichtsausdruck sah ich, dass er auch nicht mehr wusste als ich.

»Ich muss mich noch rüsten«, sagte Trushard. Seine Pupillen waren so dunkel wie der große Lauterer Weiher an seiner tiefsten Stelle. »Vergiss nicht, die meisten überleben.« Aufmunternd klopfte er mir auf die Schulter. »Was den meisten gelingt, schaffen wir erst recht.« Die meisten kletterten auch nicht als Erster die Sturmleiter hinauf oder standen auf dem Dach eines Belagerungsturms, dachte ich, aber ich wollte mir Trushard gegenüber nichts anmerken lassen.

Trushard wandte sich abrupt um und stolperte davon. Als ich ihm mit wunden Augen hinterhersah, fiel mir siedend heiß sein Amulett ein, das ich vorgestern vergraben hatte.

Ich ließ den verdutzten Siegfried stehen und eilte davon. Als ich die Stelle erreichte, stellte ich mit Erleichterung fest, dass sie noch genauso aussah, wie ich sie verlassen hatte. Hastig schaufelte ich die Erde zur Seite, bis meine Finger an etwas Hartes stießen. Ich atmete auf. Gott sei Dank, das kostbare Stück war noch da. Ich zog es aus der Erde hervor und wischte die Krumen ab. Als ich mir das Amulett umhängte, fühlte ich mich gleich viel besser. Es war, als ob Trushard selbst bei mir wäre.

Nachdem ich mir Josts Rüstung übergestreift hatte, sammelte ich mich mit den anderen vor dem Tor. In der Panzerung fühlte ich mich schwerfällig und dickhäutig wie diese Elefanten, von denen mir Kreuzfahrer erzählt hatten und die ich auf Wandteppichen gesehen hatte.

Ein dürrer Benediktinermönch erteilte uns den Segen, als wir durch das geöffnete Tor gingen. Aber er würde uns damit auch nicht rein waschen können, denn was wir hier taten, war Gotteslästerung – gleichgültig, für wen oder was wir die Waffen führten.

Verzagt betrachtete ich den Belagerungsturm. Als ich mir vorstellte, auf der Spitze des kirchtumhohen Gerüsts zu stehen, wurde mir schlecht. Vorne und an den Seiten war der Turm mit nassen Fellen behängt, damit er nicht in Brand geriet. Hunderte von Knechten standen bereit, um ihn zu ziehen und zu schieben.

Da sie unmöglich einen mit Menschen beladenen Turm vorwärts rollen konnten, mussten wir bis zur Stadtmauer laufen. Für den Angriff war das Mauerstück zwischen dem riesigen hölzernen Castell und dem Tor von Ombriano ausgesucht worden – jenem Tor, durch das der Ausfall der Cremasken stattgefunden hatte. Dieser Teil der Mauer war nicht mit hölzernen Aufbauten versehen worden. Ich befürchtete, die Cremasken würden uns mit einem Pfeilhagel willkommen heißen, aber kein Laut drang aus ihrer Befestigung hervor. Wahrscheinlich sparten sie ihre kostbaren Pfeile für später auf. Trotzdem atmete ich auf, als ich mich gemeinsam mit den anderen unter dem riesigen Schirmdach verkriechen konnte.

Als das Trompetensignal zum Angriff gegeben wurde, fingen meine Knie an zu zittern. Dann warteten wir schweigend darauf, dass der Turm ankam.

Das Knarren der Räder und das Stöhnen der Knechte, die den Turm vorwärts rollten, klangen schon recht nah, als in Crema die Kirchenglocken zu läuten begannen. Dadurch hätte ich fast das Pfeifen über unseren Köpfen überhört. Krachend schlug ein schwerer Steinbrocken in das Schirmdach ein, nur wenige Schritte von mir entfernt.

Holz splitterte. Schmerzensschreie ertönten. Ein Knecht sackte zusammen. Durch das Loch im Dach prasselten Pfeile. Kreischend wichen die anderen zurück. Von allen Seiten prallten Männer gegen mich. Ich hatte das Gefühl, zerquetscht zu werden. Ein Knecht war nicht schnell genug, und ein Pfeil durchbohrte seinen Oberarm. »Ihr Bastarde!«, schrie er auf und starrte ungläubig auf die Wunde.

Wieder pfiff es über uns. Unwillkürlich duckten wir uns, dann folgte ein Stück weiter vorne ein Krachen und Holzsplittern. Über unsere Köpfe hinweg sauste eines der kaiserlichen Geschosse auf die Stadtmauer zu. In der Ferne schlug es donnernd ein. Neben uns knallte ein Geschoss in den Belagerungsturm. Es roch nach Feuer.

»Rückzug!«, bellte eine wütende Stimme. »Zurück, zurück!« Der Befehl pflanzte sich wie ein Echo fort. Ich atmete auf. Jemand packte sich den zusammengesackten Knecht und schleifte ihn fort.

Wir liefen wie die Hasen. Erst als wir in sicherer Entfernung waren, machten wir Halt. Hinter uns mühten sich die Knechte ab, den Belagerungsturm zurückzuziehen. Dem Herrn sei Dank, wir hatten es geschafft. Der sinnlose Angriff war abgebrochen worden. Das dröhnende Glockengeläut ebbte ab. Gleich würde ich meinen Mann wiedersehen, und dann würden wir eiligst aus dem Lager verschwinden und für immer zusammenbleiben. Mein Herz hüpfte vor Erleichterung.

»Die Geiseln! Schafft die Geiseln und die Gefangenen her! Sofort!« Das war wieder die wütende Stimme. Erschrocken horchte ich auf. »Was passiert da?«, fragte ich die Umstehenden.

»Ich habe gehört, dass die Geiseln, die die Cremasken und Mailänder beim Reichstag von Roncaglia gestellt haben, und die Gefangenen an den Belagerungsturm gefesselt werden sollen. Auf der Vorderseite, zur Stadt hin, damit die Cremasken aufhören, den Turm zu beschießen«, antwortete ein hagerer Ritter, der so groß war, dass er mühelos über die Menge hinwegblicken konnte.

»Ein Befehl des Kaisers«, fügte ein rotwangiger Knappe

neben ihm hinzu. »Er sieht wohl sonst keine Möglichkeit, den Turm unbeschadet an die Stadt heranzuschaffen. Er geht natürlich davon aus, dass die Cremasken ihre eigenen Leute nicht töten.«

»Ein kluger Schachzug«, meinte ein dicker Bogenschütze. »Wer zielt schon auf seine Söhne, Brüder oder Eltern?«

Ich behielt meine Meinung für mich. Ich hatte die Entschlossenheit in den Gesichtern der Frauen gesehen, die uns von den Mauern herab beschimpft hatten, und ahnte, dass die Cremasken auch nicht davor zurückschrecken würden, die eigenen Leute zu beschießen. Was blieb ihnen auch anderes übrig? Wenn sie mit dem Beschuss innehielten, konnten wir ungehindert den Turm an die Mauern heranschaffen.

»Sie schleppen sogar Knaben herbei. Und eine Frau! Es sind bestimmt zwanzig Leute«, meldete der hagere Ritter. »Alle in vornehmen Gewändern.«

Ich wartete auf das Fluchen, Betteln oder Weinen der Geiseln, aber vom Turm drangen nur die Befehle der Ritter herüber. Ich bewunderte die Haltung der lombardischen Geiseln. Offensichtlich zeigten sie den kaiserlichen Männern ihre Angst nicht.

»Seht Ihr auch, wie sie die Geiseln festbinden?«, hakte ich nach. »Sie bringen Körbe heran, die wie geflochtene Käfige aussehen«, berichtete der hagere Ritter. »Sie sind höchstens halb so hoch, wie eine Frau groß ist. Die Gefangenen werden sich darin zusammenkauern müssen.«

Körbe? Dann hatte der Rotbart die Grausamkeit von langer Hand geplant, denn die geflochtenen Käfige mussten eigens für die Geiseln angefertigt worden sein. Körbe in dieser Größe und Form gab es nicht auf dem Markt zu kaufen, und vor allem nicht in dieser Anzahl.

Wieder mussten wir bis zum Schirmdach laufen, wieder ertönte das Signal zum Angriff, und wieder warteten wir voller Bangen. Nichts geschah. Brachten es die Cremasken doch nicht übers Herz, auf ihre eigenen Leute zu zielen? Ich hoffte es inständig.

Doch kurz darauf ertönte wieder das schreckliche Pfeifen, gefolgt von einem lang gezogenen Schmerzensschrei. Er kam vom Turm. Die erste Geisel war getroffen worden. Ich zuckte zusammen, als hätte das Geschoss mir gegolten. Vor meinem inneren Auge zeigte sich ein Bild, das so entsetzlich war, dass ich es sofort wieder verdrängte.

»Der Turm ist da. Nichts wie rein!«, befahl der hagere Ritter, der hier offenkundig das Sagen hatte. Vorsichtig schob ich mich aus dem Schirmdach heraus. Es roch verdammt nach Pfeilen. Und tatsächlich, als wir geduckt zum Turm liefen, prasselte ein Hagel von Armbrustbolzen auf uns nieder. Meine Knie schlotterten so sehr, dass ich mehr vorwärts wackelte als lief. Überall um mich herum fuhren die Bolzen zischend in die Erde. Ein Kamerad, nur wenige Schritte neben mir, sank schreiend zusammen. Ich zwang mich, nicht hinzuschauen, sondern weiterzulaufen.

Als ich endlich den Turm erreicht hatte, gestattete ich mir ein kurzes Aufatmen. War die Armbrust nicht auf irgendeinem Konzil verboten worden, überlegte ich, während ich die steile Rampe, die ins Innere des Turmes führte, hochstieg. Doch welcher Herrscher hielt sich schon an kirchliche Verbote oder gar an Jesu Aufruf zur Friedfertigkeit?

Der Turm kam mir vor wie der Bauch des Walfischs, der Jona verspeist hatte. Aber würde er uns auch wieder ausspucken? Ich gab mich keinen Illusionen hin: wahrscheinlich nicht. Nachdem wir ihre Angehörigen an den Turm gebunden hatten, würden uns die Cremasken erst recht mit allen Mitteln bekämpfen.

Auf der ersten Ebene stand ein Ritter, der uns den einzelnen Stockwerken zuwies. »Wie war dein Name? Poppo? Ja, du sollst auf die oberste Plattform. Wenn das Signal zum Angriff gegeben wird, deckst du als Bogenschütze die Männer, die rechts an der Sturmleiter die Mauern hochklettern. Von dir hängt es ab, ob sie ihr Ziel sicher erreichen.« Er drückte mir einen Bogen, einen Köcher voller Pfeile, einen Fingerschutz und einen ledernen Armschutz in die Hand.

Vielleicht war Trushard für die Sturmleiter neben mir eingeteilt worden? Nur mit Mühe schaffte ich es, die Sprossen hochzuklettern, denn in dem Kettenhemd fiel jede Bewegung schwer. Ich hatte das Gefühl, in Eisen gegossen zu sein. Hinter mir ertönte ein Schrei. Erschrocken blickte ich über die Schulter zurück. Ein Knecht war die Leiter hinuntergefallen. Er lag auf dem Boden und wand sich vor Schmerzen. »Ich habe mir das Bein gebrochen«, jammerte er.

»Der will bloß nicht mitkämpfen«, zischte ein Schütze, der sechs Sprossen über mir hing. »Feige Ratte.« Er spuckte nach unten, in Richtung des Gestürzten, dann kletterte er weiter.

Mit zitternden Beinen hangelte ich mich hoch, bis ich endlich auf der obersten Plattform angelangt war. Ich kroch nach rechts und duckte mich neben dem Geländer, während ich versuchte, mir einzubilden, dass ich zu Hause auf dem Söller des Bergfrieds stand. Auf der obersten Ebene eines massiven Steinbaus und nicht auf einem schwankenden Holzgerüst, das von vorne beschossen wurde. Nur nicht daran denken, was mir gleich alles zustoßen konnte …

Nach und nach füllte sich das Stockwerk, bis wir sechs Schützen waren. Wir kauerten auf dem Boden, damit uns die Cremasken nicht mit ihren Pfeilen erwischen konnten. Die Augen fielen mir fast aus dem Kopf, als sich ein Ritter mit allerfeinster Rüstung auf unsere Plattform zog. Ich konnte sein Gesicht nicht erkennen, da es von der Kapuze des Kettenhemdes und vom Helm fast vollständig bedeckt war, aber der rötliche Bart war unverkennbar, und das Kettenhemd war am

Hals mit Goldringen eingefasst. Am Knauf des Schwertes blinkten Edelsteine. O heilige Margarete, steh mir bei, flehte ich innerlich. Jetzt musste ich nicht nur darauf aufpassen, dass ich Trushard beschützte und lebend von diesem Turm hinunterkam, sondern auch noch darauf, dass mich der Kaiser nicht wiedererkannte.

Zu meinem Glück ließ sich Barbarossa in der hintersten Ecke, aber auf meiner Seite, nieder. Wenn er dort hocken blieb, würde er mich nicht entdecken. Ich beruhigte mich mit dem Gedanken, dass der Kaiser wohl kaum damit rechnete, mitten im Kriegsgetümmel die Kammerzofe seiner Gattin zu treffen. Selbst wenn er mich sah, würde er hoffentlich nicht darauf kommen, wer ich wirklich war. Ich hätte mir denken können, dass er hier auftauchte, denn von der Plattform aus hatte man den besten Überblick und konnte sehen, was sich auf den Stadtmauern abspielte. Die anderen Stockwerke des Turms waren vorne geschlossen.

Das Warten, bis der Angriff begann, kam mir endlos vor. Meine Kehle war vor lauter Angst ganz ausgedörrt. Die nassen Felle, mit denen der Turm behängt war, stanken so erbärmlich, als habe man sie den Tieren gerade erst abgezogen.

Plötzlich breitete sich ein stechender Uringestank aus. Einer der Männer hatte sich vor Angst in die Bruche gemacht. Der Kaiser schaute streng in die Runde. Ein ganz junger Bursche errötete und starrte geflissentlich zu Boden.

Der Kaiser räusperte sich. »Der Segen des allmächtigen Vaters begleite euch durch alle Gefahren dieses Kampfes«, sagte er. »Wenn die Klappbrücke herunterfährt, gehe ich ein Stockwerk tiefer und werde als Erster stürmen.« Wenn das meine Kaiserin wüsste, dachte ich. Sie würde sich vor Sorge um ihren Mann bestimmt die Augen aus dem Kopf weinen. Gut, dass sie von all dem auf der sicheren Burg in San Bassano nichts mitbekam.

Tief unter uns im Turm stimmte jemand das Lied an »Christus, der geboren«. »Das singen wir immer im Kampf«, raunte ein Bogenschütze dem jungen Burschen zu, der sich in die Bruche gemacht hatte. Es war wohl sein erstes Gemetzel.

»Jetzt!«, befahl der Kaiser. Einer der Bogenschützen griff sich eine Trompete, stellte sich mutig hoch und schmetterte los. Das Signal war so laut, dass es mir durch alle Knochen dröhnte. Meine Eingeweide krampften sich zusammen, als habe mir jemand in den Bauch getreten. Ein Zischen kam näher, der Trompeter plumpste zu Boden, und nur wenige Handbreit von ihm entfernt blieb ein Bolzen im Boden stecken.

Mit zitternden Händen zog ich mich ganz langsam an der Brüstung hoch. Vorsichtig lugte ich darüber hinweg. Zwischen den Zinnen der Stadtmauern erblickte ich eine Pfeilspitze, die genau auf mich zielte. Ich duckte mich. Der Pfeil sauste über mir vorbei.

»Schießen!«, befahl der Kaiser. Es war unmissverständlich, was er meinte: Obwohl uns die gegnerischen Pfeile um die Ohren pfiffen, sollten wir uns todesmutig über der Brüstung zeigen. Verlegen sahen wir uns an und zögerten.

Der Kaiser nahm einen Pfeil aus dem Köcher, der von seinem Gürtel herabhing, rappelte sich hoch, schritt würdevoll nach vorne, spannte den Bogen und schoss. Wenn er alleine weitermachte, würde Beatrix in wenigen Augenblicken Witwe sein. Uns blieb nichts anderes übrig, als es dem Kaiser hastig gleichzutun, beschämt darüber, dass er so viel mutiger war als wir.

Fast wäre der Bogen meinen schweißnassen Händen entglitten. Aber ich konnte Trushard nur dann schützen, wenn ich vollkommen ruhig war. »Der Kopf entscheidet, ob du triffst oder nicht«, hatte Vater immer gesagt. Ich zwang mich, trotz meiner Furcht den so oft geübten Bewegungsablauf einzuhalten. Ich stellte mich so fest hin, als ob ich Wurzeln schlagen wollte, streifte den Fingerschutz und den Armschutz über, legte den Pfeil ein und atmete tief durch. Die vertrauten Handgriffe gaben mir neue Kraft, und ich spürte, wie ich gelassener wurde. Bisher hatte ich fast immer das Ziel genau getroffen, und deshalb würde ich es auch diesmal schaffen, machte ich mir im Stillen Mut.

Ich fixierte einen kräftigen Bogenschützen, der mir gegenüber unten auf der Mauer stand. Wohin sollte ich zielen? Oberkörper, Hals und Arme wurden durch ein Kettenhemd geschützt. Den Kopf bedeckte ein Helm mit Nasenbügel. Blieben nur noch die Augen. Mit zitternder Hand hob ich den Bogen und blickte in seine Pupillen. Schwarz waren sie, genauso schwarz wie die Pupillen von Trushard. Niemals würde ich in diese Augen zielen können. Ich schoss – neben ihn. Mit voller Absicht.

Da sauste auch schon sein Pfeil auf mich zu. Unwillkürlich duckte ich mich, und der Pfeil raste über meinen Kopf hinweg. Mein schwarzäugiges Gegenüber war weniger zimperlich als ich. Wenn ich so zögernd weitermachte, würde mich irgendwann einer der Feinde erwischen.

Langsam zog ich mich an der Brüstung hoch, stellte mich auf meine wackeligen Beine und legte den nächsten Pfeil ein. Ein Stück vor mir gab der Kaiser einen Schuss nach dem anderen ab. Einen Gegner hatte er schon an der Wange getroffen. Ich hatte gar nicht gewusst, dass Barbarossa so ein guter Schütze war.

Auf der Vorderseite des Turms fing ein Gefangener an zu schreien. Dann fiel eine ängstlich piepsende Knabenstimme ein, ein Dritter kreischte, und schließlich brüllten mehrere Gefangene aus Leibeskräften. Mit Sicherheit flehten sie die Cremasken auf den Mauern an, sie zu verschonen.

Für das, was wir hier taten, verdienten wir alle miteinander die Hölle. Ich fühlte mich so entsetzlich schuldig, weil ich den Gefangenen nicht helfen konnte. Aber selbst wenn ich mein eigenes Leben riskieren würde, um sie aus ihren Käfigen zu befreien, es würde doch nichts nützen. Im Handumdrehen hätten mich die eigenen Leute erwischt.

Ich zwang mich, an Trushard zu denken. Er brauchte mich hier und jetzt, und deshalb musste ich unter allen Umständen Ruhe bewahren. Aber wo steckte er?

Nur eine Handbreit von mir entfernt krachte ein Pfeil in die Zinne. Ich hob den Bogen und schoss wieder mit voller Absicht daneben, denn ich konnte einfach nicht anders. Gleich darauf verfluchte ich mich innerlich selber für meine Skrupel. Der feindliche Bogenschütze grinste mich höhnisch an.

»Versuch's mal mit treffen!«, raunzte mich einer unserer Schützen an. Der Rotbart musterte mich von der Seite. Nicht mehr lange, und meine Verkleidung würde auffliegen. Mein Gott, wie konnte ich es bloß schaffen, diesen Angriff lebend und ohne Verstümmelung zu überstehen?

Um Zeit zum Nachdenken zu gewinnen, legte ich den Pfeil ganz langsam ein. Als ich den Bogen hob, kam mir eine Idee.

Ich kniff die Augen zusammen und zielte – auf den Bogen des schwarzäugigen Schützen. Mein Pfeil traf und blieb im Bogen stecken. Vor Schreck ließ er die zerstörte Waffe sinken und stolperte einen Schritt zurück. Ungläubig starrte er mich an. Einen Schützen nach dem anderen würde ich auf diese Weise außer Gefecht setzen, ohne dass ihnen selbst auch nur ein Härchen gekrümmt wurde.

Rasch legte ich den nächsten Pfeil ein. Als ich die Sehne gespannt hatte, sah ich die Spitze der Sturmleiter neben dem Turm auftauchen. Ein eisenbewehrter Riese, der mit Schild und Axt ausgerüstet war, schob sich mühsam mit der rechten Hand empor. Trushard! Mein Herzschlag setzte aus.

Genau neben meinem Kopf schwirrte ein Pfeil vorbei, aber ich beachtete es nicht. Ich schwenkte meinen Bogen Richtung Sturmleiter. Trushard langte auf den obersten Sprossen an. Mit angehaltenem Atem beobachtete ich, wie zwei Cremasken näher eilten, der eine hielt einen eisernen Haken in der Hand. Noch ehe ich auf ihn zielen konnte, hatte er den Haken gegen die Leiter gestoßen, sodass sie heftig wackelte. Trushard ließ Schild und Axt fallen, griff mit seinen langen Armen zur Mauer und konnte sich gerade noch daran festhalten, bevor der Cremaske mit dem eisernen Haken erneut zustieß. Die Leiter kippte nach hinten weg, aber Trushard schaffte es rechtzeitig, seinen Oberkörper auf die Brustwehr zu ziehen. Ich stieß die Luft aus.

Die Männer, die hinter ihm hochgeklettert waren, stürzten schreiend in die Tiefe. Ich biss mir so heftig auf die Lippen, dass ich Blut schmeckte.

Trushard lag zwischen zwei Zinnen und strampelte mit den Beinen. Mit beiden Armen hielt er sich an den Zinnen fest. Mein Gott, wie konnte er bloß trotz seiner Verletzung so lange durchhalten? Hatten die Dichter am Ende doch Recht? War es die Todesangst, die ungeahnte Kräfte verlieh?

Ich kniff das linke Auge zusammen und peilte seine Feinde an. Der eine hob eine Axt, genau über Trushards Kopf. Schon wollte ich schießen, da sah ich, wie ihn der andere zur Seite zog und auf ihn einredete.

Trushards verwundeter Arm rutschte ein Stück hinunter. Er zappelte zwischen den Zinnen, wie ein Fisch, der am Haken hing. Lange würde er sich nicht mehr halten können. Unter ihm ging es steil in die Tiefe, und der Graben war an dieser Stelle mit Erde und Holz aufgefüllt. Wenn er von der hohen Mauer hinunterstürzte, würde er sich genau wie seine unglücklichen Kameraden das Genick brechen. Er brauchte dringend Hilfe! Warum wurde die Klappbrücke nicht endlich hinuntergelassen? Und wie lange dauerte es denn noch, bis unsere Männer die umgekippte Sturmleiter wieder aufgerichtet hatten?

Vorsichtig riskierte ich nach rechts einen Blick in die Tiefe. Mein Gott, das war ja mindestens so scheußlich hoch wie die Mauern in San Bassano. Ein heftiger Schwindel erfasste mich.

Unten schleppten drei Leute die Leiter heran. Sie waren noch ein gutes Stück von der Mauer entfernt. Um sie herum lagen Tote mit unnatürlich verrenkten Gliedern und Verletzte, die sich vor Schmerzen krümmten. Schaudernd wandte ich den Blick wieder zu meinem Mann.

Meine letzte Hoffnung waren die beiden Cremasken. Vielleicht hielten sie Trushard wegen seiner guten Rüstung für einen edlen Ritter und würden ihn hochziehen? Sobald er in Sicherheit war, konnte ich immer noch auf sie schießen. Deshalb wartete ich ab.

Die Cremasken kamen zurück, packten Trushard links und rechts und zogen ihn nach vorne, bis er auf den Boden des Wehrganges plumpste. Ich atmete auf.

Aber jetzt war der Augenblick zum Schießen gekommen, sonst würden sie ihn in einen Kerker verschleppen. Ich schoss ab. Der Pfeil traf einen der Cremasken ins Bein. Mit einem Schmerzensschrei ließ er Trushard los. Mein Mann rang mit dem zweiten Cremasken. Schnell, der nächste Pfeil! Mit zitternden Händen legte ich ihn ein.

Die Spitze der Sturmleiter blitzte zwischen den Zinnen auf. Endlich! Ich spähte in die Tiefe. Verblüfft sah ich, wie Enno eilig die Leiter hochstieg. Er trug keinerlei Panzerung und noch nicht einmal einen Helm! In den Händen hielt er ein Kurzschwert.

Trushard hatte sich freigekämpft und rannte auf die Leiter zu. Schon streckte er die rechte Hand aus, um Enno hochzuziehen, da näherte sich von hinten ein Cremaske, eine Axt in der Hand. Entsetzt beobachtete ich, wie er die Waffe hob und auf Trushards Rücken zielte. Er war nur ein Knecht, ohne schützenden Panzer und stand mir genau gegenüber. Ohne nachzudenken, schoss ich, mitten in seine Brust. Er ließ die Axt fallen und brach zusammen. Trushard wirbelte herum, griff sich die Waffe und schlug damit auf einen Ritter ein, der sich mit gezücktem Schwert an ihn herangepirscht hatte. »Lombardischer Bastard«, knirschte ich zwischen den Zähnen hervor.

Der Kampf wogte so schnell hin und her, dass ich Angst bekam, womöglich meinen eigenen Mann zu treffen. Zur Untätigkeit verdammt, musste ich zusehen, wie der Ritter Trushard immer näher an die Zinnen trieb, wo er ihn wahrscheinlich in die Tiefe stürzen würde. Instinktiv wich ich den Pfeilen und Bolzen aus, die auf unsere Plattform zuflogen, während ich meinen Blick nicht von dem Wehrgang lassen konnte. Hoffentlich kam Enno meinem Mann gleich zu Hilfe.

Enno krabbelte auf die Brustwehr und schob sich zwischen den Zinnen durch, bis er auf dem Wehrgang stand. Ein Schütze erspähte ihn. Ich sah, wie er den Bogen hob und auf seinen Kopf zielte. Aber Trushard brauchte Enno, denn der Feind drängte ihn immer näher an die Zinnen heran ... Und Enno hatte es nicht verdient, so jung zu sterben ...

Mir blieb nichts anderes übrig. Ich schluckte schwer, dann schoss ich – genau ins Herz des Bogenschützen, der keine Panzerung trug. Ich sah noch, wie er zusammensank, dann schaute ich rasch zur Seite. In mir stieg Übelkeit hoch.

»Gut gemacht!« Der Schütze, der mich vorhin angeraunzt hatte, klopfte mir auf die Schulter, dann drehte er sich zum Rotbart um. »Das schmächtige Kerlchen hier hat schon ganz alleine zwei von den Feinden erledigt.«

Der Kaiser wandte den Kopf in meine Richtung, aber ich

senkte den Blick. Auf keinen Fall durfte er meine verräterischen grünen Augen sehen.

»Wie heißt Ihr?«, fragte Barbarossa.

»Poppo«, brummte ich, so tief ich konnte. Ich musste den Kaiser von mir ablenken. »Da!« Ich deutete auf zwei Frauen, die einen Kessel mit heißem Pech zu den Zinnen schleppten. Ohne jeden Zweifel wollten sie ihn über der zweiten Sturmleiter ausgießen, die gerade angelegt wurde, und unseren Männern über die Köpfe schütten.

Kaum hatte ich den Kaiser auf die Frauen aufmerksam gemacht, als er auch schon einen Pfeil abschoss. In den Rücken getroffen, brach eine der beiden Frauen zusammen. Der Kessel kippte um und verteilte eine zähe, schwarze Brühe auf dem Wehrgang. Fluchend sprang ein Bogenschütze zur Seite. Barbarossa nutzte aus, dass er abgelenkt war, und zielte auf sein Gesicht.

Unwillkürlich drehte ich den Kopf zur Seite. Bange blickte ich zu Trushard und Enno, die gemeinsam mit weiteren kaiserlichen Männern gegen mehrere Cremasken kämpften. Nach rechts und links teilte der Knappe wütende Hiebe mit seinem Kurzschwert aus. So viel Kraft und Kampfesmut hätte ich dem schmächtigen Enno gar nicht zugetraut.

Je mehr Männer Trushard und Enno zu Hilfe kamen, desto besser. Mein Blick wanderte zur Sturmleiter, auf der Graf Otto hochkletterte, mit einem Spieß in der Hand. Der Helm, den er trug, gleißte in der Sonne, denn er war mit Gold überzogen. Solch einen kostbaren Helm trug noch nicht einmal der Kaiser ... Als Graf Otto die Spitze der Leiter erreicht hatte, hob er den Spieß hoch, holte weit aus und schleuderte ihn dem schwarzäugigen Bogenschützen, der schon mehrfach auf mich gezielt hatte und der jetzt mit einem neuen Bogen auf die Zinnen zueilte, in die Brust. Mich durchlief es trotz der Hitze eiskalt. Blitzartig wurde mir klar, dass wir bei der

Untersuchung des Mordes einen Fehler gemacht hatten. Einen sehr dummen Fehler sogar.

Etwas Hartes knallte direkt über meinem rechten Auge gegen den Helm, prallte ab und fiel zu Boden. Ein Pfeil!

Ich riss mich zusammen, duckte mich und spähte vorsichtig über die Brüstung hinweg auf das Kampfgetümmel, das auf der Mauer stattfand. Trushard und Enno schlugen sich wacker, aber wie lange konnte mein Mann noch durchhalten? Bestimmt war seine Wunde wieder aufgebrochen und blutete heftig. Graf Otto war inzwischen auf dem Wehrgang und zückte sein Schwert.

Es knarrte. Hinter mir hatte jemand die Winde in Gang gesetzt, um die Klappbrücke hinunterzulassen. Der heiligen Margarete sei Dank, gleich würden viele weitere Männer Trushard beistehen. Und der Kaiser würde endlich aus meiner Nähe verschwinden.

Barbarossa hatte sich umgedreht und gebückt, um im Schutz der Brüstung zur Leiter zu schleichen, da erblickte ich einen Feuerball, der vom Turm des Stadttores auf uns zuraste.

»Achtung!«, schrie ich. Wir warfen uns zu Boden. Unter uns krachte es. Ein Schrei ertönte, so schrill, dass ich meinte, meine Ohren müssten platzen. Er drang in meinen Körper und ließ mich bis in die kleinste Pore erzittern. Es roch nach Pech und Feuer. Qualm drang durch die Ritzen des Holzbodens.

Ich hustete und robbte zur Seite. Dies hier war die Hölle! Nein, schlimmer, denn in der Hölle ging es wenigstens gerecht zu. Dorthin gelangten nur die unverbesserlichen Sünder, keine unschuldigen Seelen.

»Madre! Maaaaaaaa – dre!« Eine helle klare Knabenstimme, die nach der Mutter schrie. So viel hatte ich schon von der Sprache der Lombarden gelernt, dass ich seinen verzweifelten Ruf verstand. Vor meinem inneren Auge sah ich den Jungen:

eine kauernde Gestalt, gebunden an Händen und Füßen, in einem brennenden Korb, die Flammen griffen auf ihn über, auf die Füße, die Beine, das Haar, das Gesicht ... Tränen stiegen mir in die Augen.

»Schnell, der Turm brennt! Wir müssen das Feuer löschen, bevor es sich ausbreitet!« Ich hörte, wie unter uns die Männer hastig hin und her liefen.

»Madre!« Der Schrei mischte sich in ein trockenes Schluchzen, ging in ein Wimmern über. »Maaaaaaaa ...« Abrupt brach er ab. Es roch süßlich nach verbranntem Fleisch.

Ein Stockwerk tiefer erklang ein lautes Klatschen, als ob Wasser auf die Flammen geschüttet würde.

Vorsichtig hob ich den Kopf. Da mir der Nasenhelm ein Stück über die Augen gerutscht war, würde mich der Kaiser jetzt wohl kaum erkennen. Ich blickte zu ihm hinüber. Er kauerte regungslos auf dem Boden.

Ein ungeheurer Zorn wallte in mir hoch. Der Kaiser könnte und müsste spätestens jetzt den Befehl zum Rückzug erteilen, ehe noch mehr unschuldige Menschen starben. Es war für jeden ersichtlich: Die Cremasken schreckten auch nicht davor zurück, ihre eigenen Leute zu beschießen. Selbst die Kirche verurteilte das, was der Kaiser mit den Geiseln tat: Es war eindeutig verboten, christliche Kriegsgefangene zu töten.

Der Kaiser wandte sich an den ganz jungen Schützen, der blass in einer Ecke hockte. »Lass die Klappbrücke weiter herunter!«

Gehorsam erhob sich der Bursche und setzte die Winde erneut in Gang. Barbarossa robbte zur Leiter.

Ein Steingeschoss flog über die Plattform hinweg und krachte irgendwo hinter dem Turm auf die Erde. Während ich am ganzen Körper zitterte und das Gefühl hatte, kein Fingerglied mehr rühren zu können, kletterte der Kaiser unbeeindruckt die Leiter hinunter. Mut hatte er, das musste man ihm lassen.

Von unten drangen das Klirren von Schwertern, Beschimpfungen, Stöhnen und Schnaufen zu uns hoch. Die Brücke war offenkundig aufgeklappt worden.

Der Schütze neben mir erhob sich. Mit letzter Kraft schaffte ich es, mich aus der Erstarrung zu reißen, nach dem Bogen zu greifen und wie ein Kind, das zum ersten Mal versucht, auf eigenen Beinen zu stehen, an der Brüstung hochzuziehen. Mit eingezogenem Kopf spähte ich zwischen den Holzzinnen hindurch nach unten. Am Turm tobte ein heftiger Kampf. Unsere Leute versuchten, auf den Wehrgang zu gelangen, wurden aber von den Cremasken zurückgedrängt. Von Trushard war nichts zu sehen. Ein Kloß ballte sich in meinem Hals zusammen.

Ein feindlicher Ritter hieb Enno das Schwert in die Wade. Der Knappe brüllte auf und starrte entsetzt auf das Blut, das aus der Wunde strömte. Doch gleich darauf fing er sich wieder und stürzte sich mit seinem Kurzschwert auf den Gegner. Trotz seiner Verletzung schlug er grimmig auf ihn ein. Wo nahm das schmächtige Kerlchen auf einmal so viel Kraft her? Aber lange würde er nicht durchhalten. Ich durfte nichts riskieren. Ich zielte auf den feindlichen Ritter und schoss ihm ins Bein. Ohne einen Schmerzenslaut von sich zu geben, sank er zusammen.

Barbarossa stand auf der Spitze der Brücke, wo er mit dem Schwert zwei Cremasken abwehrte, die mit erhobenen Spießen nach ihm zielten. Wenn das die Kaiserin sähe … Ein Cremaske, der eine lodernde Fackel in der Hand trug, stürmte zur Klappbrücke und schleuderte die Fackel unter lautem Triumphgeheul in den Turm, genau eine Ebene unter mir. Jemand brüllte vor Schmerz. Meine Nase fing den Geruch von Feuer auf.

»Rückzug!« Das war unverkennbar die Stimme des Kaisers. Aber wo steckte Trushard?

Die Cremasken brachen in Jubel aus. Hastig liefen unsere Leute auf die Klappbrücke zu. Einer unserer Männer packte Enno, der sich gerade auf den nächsten Gegner stürzen wollte, an der Schulter und zerrte ihn zum Turm, doch der Knappe wehrte sich heftig. Wollte er etwa unter den Feinden bleiben?

Fieberhaft suchte ich im Getümmel nach meinem Mann. Endlich – da war er! Ein Cremaske schlug ihm mit einem gezielten Schwerthieb die Axt aus der Hand! Mein Herz blieb stehen. Mit zitternden Händen legte ich einen Pfeil ein. Doch ehe ich ihn abschießen konnte, lief ein weiterer Cremaske, der ebenfalls mit einem Schwert bewaffnet war, herbei und hieb meinem Mann auf den Schädel. Entsetzt sah ich, wie Trushard zu Boden sank. Die beiden Cremasken packten ihn an den Armen und schleiften ihn fort, Richtung Stadt. Ich musste zu meinem Mann, gleichgültig wie! Hoffentlich hatte ihn der Schlag nicht getötet. Aber dann hätten ihn die Feinde wohl einfach liegen lassen.

Hinter mir ertönte das Knarzen der Winde. Ich ließ meinen Bogen fallen, streifte hastig den Fingerschutz und den Armschutz ab, riss mir den störenden Helm vom Kopf und hastete die Leiter hinunter. Die anderen Bogenschützen folgten mir.

Ich fuhr zurück, als ich in die Ebene unter mir spähte. Das Feuer hatte auf die Wand übergegriffen. An den Flammen vorbei drängelten sich die Männer, hustend und nach Luft ringend.

»Hej du da, beeil dich mal!« Ein Schütze trat mit dem Fuß nach mir. »Glaubst du, ich will hier verbrennen?«

Ich holte noch einmal tief Luft, dann sprang ich von der Leiter und quetschte mich rücksichtslos zwischen den Männern durch, die mir in wilder Panik entgegenströmten, Richtung Leiter. Unflätige Flüche hallten hinter mir her. Der Rauch biss in meine Kehle. Ich würgte.

Die Brücke setzte sich ächzend in Gang. Ich dachte an Trushard, und das gab mir neue Kraft. Wild um mich schlagend, kämpfte ich mich zur Brücke durch.

Endlich hatte ich es geschafft. Die Klappbrücke hatte sich bereits ein wenig gehoben. Ich nahm Anlauf, hastete hoch und sprang auf die Mauer.

»Was macht Ihr da?«, brüllte Barbarossa. »Kommt zurück! Ich befehle es!«

Die Zeit, in der er mir Befehle erteilen konnte, war vorüber. Jetzt folgte ich den Gesetzen meines Herzens. »Trushard!«, krächzte ich, so laut es meine verrußte Kehle zuließ, in der leisen Hoffnung, er wäre aus seiner Ohnmacht erwacht. Aber es kam keine Antwort. Natürlich nicht, dachte ich, wütend über mich selber. Was hatte ich denn erwartet? Die beiden Ritter hatten meinen Mann längst fortgeschleppt, wahrscheinlich in den Kerker.

Flink wie ein Wiesel sprang ich die Treppen der Mauer hinunter. Die Cremasken waren so verblüfft, dass sie mich wie ein Fabeltier anstarrten und zunächst laufen ließen. Ihre Überraschung war meine einzige Chance.

Ich hüpfte von der letzten Treppenstufe und rannte auf die nächstbeste Gasse zu. Sie war bevölkert – mit Bogenschützen, Rittern und Frauen, die von der Verteidigung der Mauer zurückkehrten. In der Masse konnte ich leicht untertauchen, denn an meinem Äußeren erkannte niemand, dass ich ein feindlicher Krieger war. Jeder würde mich für einen Cremasken halten.

Hinter mir hörte ich aufgeregte Rufe und stampfende Laufschritte. Das waren wohl die Männer, die mich auf der Mauer gesehen hatten. Ich verfluchte das schwere Kettenhemd, das wie ein Bleigewicht an mir hing und mir das Rennen erschwerte.

Ich bog in die Gasse ein. An ihrem Ende lag die zweite Stadtmauer. O nein, ich hatte vergessen, wie gut sich die Cremasken gegen den Angriff schützten. Hoffentlich kam ich irgendwie durch das Stadttor. Ich musste zusammen mit der Menschenmenge hindurchschlüpfen. Ich war winzig, vielleicht würde mich der Wächter übersehen.

Ich hatte keine Ahnung, wie es dann weitergehen sollte, aber mir würde schon etwas einfallen. Die rettende Menge war höchstens noch dreißig Schritte von mir entfernt. Ich warf einen Blick zurück und erschrak. Meine Verfolger waren bedrohlich nahe. Fieberhaft überlegte ich, ob ich mich in die kleine Kirche retten sollte, die auf der linken Seite der Gasse auftauchte. Ob das Kirchenasyl auch im Krieg galt?

Verzweifelt versuchte ich, noch schneller zu laufen, aber da griffen schon von hinten zwei kräftige Arme nach mir und stießen mich zu Boden. Ein Mann warf sich über mich. Ich biss in die Hand, die sich genau vor meinem Mund befand.

»Aua!« Abrupt wurde ich losgelassen, doch dann stürzte sich ein ganzes Männerrudel auf mich. Dolch und Essmesser wurden mir abgenommen, irgendjemand riss mir die Arme nach hinten und band mir die Hände auf dem Rücken zusammen. Unsanft wurde ich hochgezerrt.

Sechs kräftige männliche Körper schlossen sich wie ein Gefängnis um mich und trieben mich vorwärts.

* * *

Trotz meiner Angst sah ich mich neugierig um, nachdem wir das Tor passierten hatten. Ab und an erhaschte ich zwischen den Körperwänden einen flüchtigen Blick auf die Stadt.

Ich staunte über ihren Reichtum und ihre Schönheit. In

den meisten deutschen Städten, die ich kannte, gab es fast nur Fachwerkhäuser, und die Straßen waren höchstens noch mit Bohlen belegt, um den gröbsten Schlamm abzuhalten, aber hier gab es Häuser aus Backstein, die mit Säulen, Erkern und Türmchen verziert waren, und die Gassen waren richtig gepflastert. Tore gaben den Blick in arkadengesäumte, große Innenhöfe frei, die mit Kübeln voller Oleander und Zitronenbäumchen geschmückt waren.

Aber der Krieg hatte seine Spuren hinterlassen. Zertrümmerte Holzläden, große Löcher in den Dächern und beschädigtes Mauerwerk zeugten von der Stärke unserer Wurfmaschinen. In jeder Gasse gab es mehrere Häuser, deren Fenster mit schwarzen Tüchern verhängt waren, zum Zeichen der Trauer um die Angehörigen.

Vor einer schmucklosen kleinen Kirche aus Backsteinen blieben die Männer stehen und bekreuzigten sich. »Santa Maria«, erklärte einer von ihnen ehrfürchtig, als wolle er damit sagen, dass die Bürger der Stadt unter dem Schutz der Gottesmutter ständen und deshalb unverwundbar seien.

Dann schubsten sie mich wieder vorwärts, bis wir einen Turm erreicht hatten. War darin der Kerker untergebracht?

Einer der sechs Männer umfasste meinen Hals mit beiden Händen und tat so, als ob er zudrücken wollte. »Morgen«, fügte er hinzu. »Rache, capito?« Entsetzt starrte ich ihn an. Er hatte doch hoffentlich nicht gemeint, dass die Gefangenen morgen gehängt würden? Anscheinend hielten die Cremasken von kirchlichen Verboten genauso wenig wie der Kaiser.

Zu Tode erschrocken, ließ ich mich in den Turm zerren und eine Treppe hinunterstoßen. Noch ehe wir unten angekommen waren, hatte meine Nase schon den typischen Kerkergestank gewittert: eine Fäulnis, in die sich Angstschweiß und Eiseskälte mischten.

Das Verlies war überfüllt, dreckig und laut. Aber wenigstens gab es Fenster. Durch die Türen drangen italienische Wortfetzen. Die Cremasken schienen auch einige von den Cremonesen, Pavesen und Lodesen, die mit uns kämpften, gefangen genommen zu haben.

Vor einer eisenbeschlagenen Tür machten wir Halt. Die Männer, allesamt Ritter in teuren Rüstungen, musterten mich abfällig, als ich hineingeschoben und mit dem Fuß an die Wand gekettet wurde. Mit einem Blick erfasste ich, dass ich die Einzige war, die zum Fußvolk gehörte.

»Willkommen am Hofe von Friedrich dem Unterirdischen«, spottete ein Ritter, der in eine sichtlich teure Eisenkleidung gehüllt war. Sie blinkte, als sei sie gerade frisch geputzt worden.

»Warum haben sie dich denn nicht gleich an Ort und Stelle getötet?«, wunderte sich ein anderer, der trotz des Angriffs ausgesprochen munter wirkte. Bestimmt hatte er sich sofort ergeben. »Du bist doch vollkommen wertlos.«

Ein Ritter mit einer Mähne, die aussah, als habe er sie mit dem Kräuseleisen künstlich gelockt, musterte mich durchdringend. Mir war klar, welche Schlüsse er ziehen würde. Ich besaß noch nicht einmal Beinschienen oder zumindest Stiefel, und die dreckigen Beinlinge hatten auch schon bessere Tage gesehen. »Wie kommt denn so ein armes Schwein wie du an ein Kettenhemd?«, näselte er. »Na ja, es ist auch ziemlich durchgerostet. Stammt wahrscheinlich noch vom Urgroßvater.«

»Vielleicht wollen sie ihn morgen Früh publikumswirksam hinrichten«, warf ein Mann ein, der sich stöhnend den Arm hielt. »Immerhin kann er noch zur Abschreckung dienen, wenn er auch sonst zu nichts gut ist.«

»Der gibt noch nicht einmal für die Geier ein anständiges Futter ab«, bemerkte der Lockenschopf mit einem abschätzigen Blick auf meine abgemagerte Figur.

Der Ritter in der Luxusrüstung pustete ein imaginäres Staubkorn von seinem Kettenhemd. »Was meinst du, werden sie das Bürschchen aufhängen oder köpfen?«

»Köpfen ist dramatischer«, fand der Verletzte. »Da fließt mehr Blut. Außerdem können sie anschließend den Kopf mit der Blide ins Lager werfen, als kleinen Gruß aus Crema. Und dann schicken sie den Rest hinterher.«

Die anderen murmelten zustimmend. Sie redeten über mich, als wäre ich gar nicht da. Aber das Schlimmste war: Sie hatten Recht. Fußsoldaten und Bogenschützen galten als nutzlose Last. Die Cremasken, die ihre Vorräte sorgsam hüten mussten, würden mich gewiss nicht durchfüttern. Die Ritter hingegen waren wertvolle Faustpfänder, für die man unter Umständen hohes Lösegeld verlangen konnte.

Wo steckte bloß Trushard? Ich hatte so gehofft, ihn wenigstens hier wiederzutreffen. »Habt Ihr einen kaiserlichen Boten namens Trushard gesehen?«, erkundigte ich mich. »So einen dunkelhaarigen Riesen?«

Als Antwort erhielt ich nur ein Kopfschütteln, dann diskutierten meine Kerkergenossen ausgiebig darüber, wer von ihnen das meiste Lösegeld einbringen würde. Wenigstens ließen sie mich nun in Ruhe.

Es hätte noch schlimmer kommen können, so pflegte mein Mann als echter Kölner stets alle Widrigkeiten des Lebens zu kommentieren. Ich versuchte, in diesem gelassenen Spruch einen gewissen Trost zu finden, aber es gelang mir nicht wirklich. Obwohl es bei Licht betrachtet durchaus schlimmer hätte kommen können, denn noch war nicht alles verloren. Auch wenn die Situation hoffnungslos schien – ich durfte nicht aufgeben. Wenigstens war ich unverletzt, und Trushard hatte mit etwas Glück auch nicht mehr als einen betäubenden Schlag abbekommen. Mit Sicherheit lebte er noch, machte ich mir Mut. Wenn er wirklich durch den Schwerthieb getötet worden wäre, hätten sich die Feinde wohl kaum die Mühe gemacht, ihn fortzuschleppen. Außerdem hatte der Helm den Aufprall des Schwertes bestimmt gemildert. Ich hatte noch den restlichen Tag und eine ganze Nacht Zeit, um einen Ausweg zu finden. Falls nicht, wären wir morgen allerdings tot. Und dann konnte selbst der gelassenste Kölner nicht mehr behaupten, dass es noch schlimmer hätte kommen können.

Hoffentlich führten mich die Cremasken heute Nacht nicht zur Vernehmung ab, dachte ich schaudernd. Aber meine Chancen, der Folter zu entkommen, standen schlecht. Die Gelegenheit, vor der Hinrichtung militärisch wertvolle Informationen aus mir herauszuquetschen, würden sich die Cremasken wohl kaum entgehen lassen. Wahrscheinlich war dies auch der Grund dafür, weshalb sie mich nicht sofort getötet hatten. Die Ritter konnten sie nicht allzu hart rannehmen, da sie ihre wertvolle Beute nicht beschädigen durften. Bei einem Bogenschützen sah das natürlich ganz anders aus. Bei den Hörnern der roten Teufel, wie kam ich hier bloß wieder raus? Und wie konnte ich meinem Mann helfen?

Aber so sehr ich auch grübelte, immer wieder musste ich feststellen, dass es tatsächlich keinen Weg gab, aus diesem Kerker zu entkommen. Die Fenster waren selbst für mich Winzling zu klein, um hindurchzuschlüpfen, und außerdem mit engmaschigen Gittern gesichert. Die Wache konnten wir nicht überwältigen, weil wir alle mit Ketten an die Wände gefesselt waren. Und die Tür war viel zu dick, um sie einzutreten, ganz zu schweigen davon, dass unsere Ketten gar nicht bis dorthin reichten. Auch würde niemand ein Lösegeld für mich bezahlen. Also musste ich auf List und Lüge setzen.

Es war schwer in Ruhe nachzudenken, weil die Ritter ihren Streit, wer von ihnen der edelste und teuerste war, mittlerweile mit den Fäusten austrugen. Dummerweise waren ihre Ketten immer noch lang genug, sodass sie sich gegenseitig an die Gurgel gehen konnten. Ich drückte mich fest an die feuchte Wand, um aus der Reichweite ihrer Fäuste zu gelangen.

Kurz nach Einbruch der Dunkelheit war der Ritter mit der Luxusrüstung als Sieger aus dem Wettstreit hervorgegangen. Die anderen saßen mit knirschenden Zähnen auf ihren Strohhäufchen, leckten ihre Wunden und brüteten dumpf vor sich hin. Mir war es gleichgültig, Hauptsache, sie gaben Ruhe. In der wohltuenden Stille hatte ich die Lösung schnell gefunden. Ich besaß etwas, das Trushard und mir vielleicht den Weg nach draußen öffnen würde.

Mein Herz hüpfte. Alles hing davon ab, dass ich die richtigen Schlüsse gezogen hatte. Wenn ich falsch lag, würde es nicht nur mich, sondern womöglich auch Trushard den Kopf kosten. Aber wenn ich untätig blieb, würden wir in jedem Fall sterben. Ich hatte also nichts zu verlieren.

Jetzt erhoffte ich nur noch das, was ich bisher am meisten gefürchtet hatte: dass ich noch in dieser Nacht zur Vernehmung abgeführt würde.

* * *

Zu essen und zu trinken bekam ich natürlich nichts, während ein mürrischer Wächter jedem Ritter einen Napf und einen Becher in die Hand drückte. Mit knurrendem Magen sah ich zu, wie sie den dünnen Haferbrei gierig verschlangen und dann das Wasser in einem Rutsch hinunterschütteten. Obwohl meine Zunge am Gaumen klebte, schaffte ich es, keinen der edlen Herren um einen Schluck Wasser anzubetteln.

Als es dunkel wurde, fielen die Erinnerungen an den Angriff wie Wölfe über mich her. In meinem Kopf hallte der Schrei des Knaben wieder, der so elend verbrannt war. Der Krieg hatte meine Seele zerfressen und meine Hände besudelt. Ich ekelte mich vor mir selber. Ich hatte zwei Männer getötet, in Notwehr gewiss, aber auch sie hatten nur ihre Pflicht erfüllt. Hatte ich dadurch Frauen zu Witwen und Kinder zu Waisen gemacht? Niemals würde ich diese Schuld abtragen können. Auch wenn Kirche und Kaiser behaupteten, es wäre keine Sünde, Feinde zu töten – eine innere Stimme sagte mir das Gegenteil. Für Gott war jedes Leben kostbar, davon war ich überzeugt. Und behaupteten nicht auch die Geistlichen, die auf Seiten der Cremasken und Mailänder standen, es sei ein gottgefälliges Werk, die Anhänger des Kaisers umzubringen? Inbrünstig betete ich für das Seelenheil aller Menschen, die bei dem Angriff gestorben waren, und ganz besonders der beiden Männer, für deren Tod ich verantwortlich war. Wieder und wieder flehte ich die heilige Margarete um Beistand für meinen Mann an.

Irgendwann in der tiefsten Finsternis – war es mitten in der Nacht oder schon kurz vor dem Morgengrauen? – öffnete sich die Tür, der mürrische Wächter schlurfte auf mich zu, nahm mir die Fußkette ab und schleppte mich durch einen langen Gang in einen Raum, der lediglich von einer Fackel erhellt wurde.

Was ich in dem schummrigen Licht sah, ließ mir das Blut in den Adern gefrieren: Zangen, Äxte und Hämmer, fein säuberlich aufgereiht an den Wänden, als wäre dies eine Schmiede und kein Folterkeller. In einer Ecke glimmte ein Kohlenbecken. Darin wollten sie bestimmt Zangen erhitzen, um mir das Fleisch von den Knochen zu reißen. Ich zuckte zusammen, als würden meine Peiniger bereits über mich herfallen. Falls mein Plan fehlschlug, würde ich alles erzählen, was sie hören wollten, und notfalls ein militärisches Geheimnis erfinden. Ich hatte nicht vor, mir die letzten Stunden mit sinnlosen Schmerzen zu verderben.

Der Wächter zwang mich, den dicken Leibrock und das

Kettenhemd auszuziehen. Jetzt war der Zeitpunkt zum Handeln gekommen. Entweder war gleich alles aus, oder der erste Schritt in Richtung Freiheit war getan. Ich schickte noch ein Stoßgebet zur heiligen Margarete, dann holte ich aus meinem Beutel Zäsarius' Flammensiegel hervor, das ich gestern eingesteckt hatte, hielt es dem Wachmann hin und sagte: »Flammae irae.«

Er blinzelte mich verdutzt an.

»Flammae irae«, wiederholte ich und streckte ihm das Siegel drängend entgegen.

Nach einigem Zögern nahm er es und klemmte es hinter seinen Gürtel. Dann band er mich an der Säule fest, drehte sich wortlos um und knallte die Tür hinter sich zu. War das jetzt ein gutes oder ein schlechtes Zeichen? Holte er einen, der mit den Verrätern im Bunde stand, den geheimnisvollen Auftraggeber womöglich, oder suchte er den Henker, damit er mir gleich den Kopf abschlug?

Vor Angst und Kälte bibbernd, wartete ich. Nach Stunden, wie mir schien, öffnete sich die Tür. Eine Frau trat herein.

Vor mir stand eine hübsche Schwarzhaarige in schlichtem dunkelbraunen Gewand und mit einem dicken Zopf. Ihre von dunklen Rändern umgebenen Augen waren von einem lodernden Schwarz. Über der Nase sprossen feine Härchen, sodass es aussah, als ob die Augenbrauen dort zusammenwuchsen. Hatte der Bäcker nicht erzählt, Klara, die Freundin von Marie, hätte genau diesen kleinen Makel?

»Du hast von den Flammen des Zorns gesprochen?« Ihr Deutsch war fast perfekt, abgesehen von einem kaum hörbaren Akzent. Das bestätigte meine Vermutung, dass es Klara war. Sie musste im Lager unsere Sprache gelernt haben, sie gehörte zu den Verschwörern und war von den Cremasken angeblich gewaltsam mitgenommen worden.

Ich beschloss, vorerst nur von mir und nicht von Trushard zu sprechen, um ihre Reaktion zu testen. »Ich gehöre zu Euch. Zu den Verschwörern des Flammensiegels.« Selbst meine Stimme zitterte, so kalt war mir. Oder lag es an meiner Angst?

Misstrauen glomm in ihren Augen. »Das kann jeder behaupten.«

»Hat Euch der Wachmann nicht das Siegel gezeigt?«, gab ich so ruhig wie möglich zurück.

Sie kam näher und blieb einen Schritt von mir entfernt stehen. »Du hast den armen Mann ganz schön verwirrt. Er hat mich geholt, weil ich eure Sprache beherrsche. Ich halte mich schon im Gefängnis auf, weil ich bei deiner Vernehmung übersetzen soll.« Sie legte den Kopf schief. »Ich denke, du hast das Siegel ganz einfach gestohlen.«

»Das wäre natürlich möglich«, gab ich offen zu. »Aber glaubt mir, es ist nicht der Fall.«

Sie verschränkte die Hände hinter dem Rücken. »Wer hat dich angeworben?«

Diese Frage hatte ich befürchtet. Hoffentlich waren meine Schlussfolgerungen richtig. Wenn ich jetzt den falschen Namen nannte, war es aus. »Zäsarius«, antwortete ich. Der Mönch hatte das Wasser geschleppt, in dem die Unglückssuppe gekocht worden war, und dabei wohl das Gift hineingeschüttet. Gewiss hatte er absichtlich von dem Eintopf gegessen, um jeden Verdacht von sich abzulenken. Er hatte sich nachts mit Marie am Turm getroffen und sie gefragt, ob alles vorbereitet sei. Damit hatte er wohl die Schlangenplage gemeint. Da er mit der Hure lieber im Dunkeln reden wollte, um nicht erkannt zu werden, falls zufällig jemand vorbeikam, hatte er die Fackel erst nach dem Gespräch mit ihr an einer Feuerstelle entzündet. Dann war er zurückgekehrt und hatte den Belagerungsturm in Brand gesteckt. Der Mönch hatte den Brief im Baumstumpf hinterlegt und das Ei mitgenommen. Er musste einfach zu den Verschwörern gehören.

Mit gerunzelter Stirn sah sie mich an. Warum sagte sie nichts?

»Ich war bei ihm zur Beichte«, schob ich nach. »Als ich meine Zweifel am Krieg äußerte, hat er mir von dem Bund erzählt.«

»Was genau hat er dir erzählt?«, hakte sie nach.

Ich hatte damit gerechnet, dass sie mich auf die Probe stellen würde. Jeder Satz, den ich sagte, konnte meine Unwissenheit verraten. Deshalb hatte ich mir eine Antwort zurechtgelegt, die eines kaiserlichen Diplomaten würdig war. »Nur das Nötigste. Je weniger der Einzelne weiß, desto besser für uns alle, hat Zäsarius gemeint.«

»Eine kluge Antwort«, spottete die Schwarzhaarige. »Damit hast du alles und nichts gesagt. Nein, ich glaube dir nicht.«

Sie drehte sich um.

»Halt!«, rief ich panisch. »Ich … ich… packe aus!«

Abrupt wandte sie sich um. Ihre Augen glitzerten. »So, so. Wer bist du?«

Ich atmete ein wenig leichter. Immerhin hatte sie mich nicht allein gelassen. Vielleicht konnte ich sie doch noch überzeugen. »Poppo, ein Bote der Kaiserin.«

Sie musterte mich, als wäre ich ein Edelstein, dessen Wert festgelegt werden müsste. Dann schüttelte sie den Kopf. »Du bist unnütz für uns. Wenn wir dich einfach so laufen lassen, werden die kaiserlichen Männer Verdacht schöpfen, denn sie wissen, dass wir unsere wertlosen Gefangenen töten.«

Die Tatsache, dass ich mich verkleidet hatte, würde mir jetzt hoffentlich das Leben retten. Ich wechselte zu meiner echten, viel helleren Stimme. »In Wahrheit bin ich eine Frau. Ich heiße Rotrud und diene der Kaiserin als Kammerzofe.

Ihr seht, niemand wird Poppo, den Boten, im Lager vermissen, aber Beatrix wird ohne Zweifel froh sein, ihre Vertraute wohlbehalten zurückzubekommen. Die Kaiserin hatte mir ein paar Tage freigegeben, damit ich zusammen mit meinem Ehegatten den Mord an unserem gemeinsamen Freund Franz aufkläre.«

Kein Wimpernzucken verriet, ob ich sie mit meiner Beichte überrascht hatte.

»Ich habe Euch eben angelogen«, gestand ich. »Nicht über Zäsarius habe ich zu den Verschwörern gefunden, sondern über meinen Mann. Er dient dem Kaiser als Bote.«

Immer noch schwieg sie. Sie umkreiste mich lauernd wie ein Wolf seine Beute. Wie lange wollte sie dieses Spielchen denn noch mit mir treiben? Die Furcht fraß sich immer mehr in meine Eingeweide hinein. Meinem Zeitgefühl nach musste bald der Morgen grauen. Und dann wäre es für mich zu spät.

»Ihr wisst, dass Zäsarius und Marie tot sind«, schob ich nach.

Sie riss erschrocken die Augen auf. »Marie?!«, hauchte sie. Meine Vermutung bestätigte sich. Sie schien Klara zu sein. Woher sonst sollte sie Marie kennen?

Ich hatte ihren Gefühlspanzer durchbrochen. Die gute Marie half mir selbst nach ihrem Tod noch. »Sie ist in meinen Armen gestorben«, sagte ich leise. »Ein Dreckschwein hat sie mit Eisenhutsalbe vergiftet.«

Ihr Adamsapfel hüpfte auf und ab.

»Ihr wollt doch auch, dass der Mörder unserer Freundin gefasst wird, oder?«, fragte ich verzweifelt. »Dann helft mir hier heraus! Gemeinsam können wir ihn finden und zur Rechenschaft ziehen.«

»Hm.« Mehr rang sie sich nicht ab. Ihr Schweigen machte mich wahnsinnig. Meine Arme und Beine waren schon ganz taub von den einschnürenden Seilen, ich fror entsetzlich, meine Zunge fühlte sich wie ein ausgetrocknetes Herbstblatt an – und sie tat so, als ob wir alle Zeit der Welt hätten! »Ihr müsst Klara sein«, sagte ich aufs Geratewohl. »Marie hat mir von Euch erzählt.«

Sie nickte. »Jetzt sind schon drei tot«, sagte sie nachdenklich. »Es wird immer schwieriger, den Plan durchzuführen.«

Hieß das, sie überlegte ernsthaft, mich freizulassen? Ein Gefühl wie der erste Sonnenstrahl nach einem eisigen Winter stieg in mir auf.

Klara wickelte sich das Ende ihres Zopfes um den rechten Zeigefinger. »Zäsarius hat mir nichts von dir erzählt.«

Auf diesen Einwand war ich vorbereitet. »Mein Mann hat ihn gebeten, äußerstes Stillschweigen zu bewahren. Als Bote zählt er zu den engsten Vertrauten des Kaisers und wird häufig damit betraut, geheime Nachrichten zu überbringen. Nur ein falsches Wort, und mein Mann wäre entlarvt.« Mit meiner Antwort hatte ich gleichzeitig unseren Wert geschickt nach oben getrieben, denn als Bote des Kaisers, der über alle Geschehnisse am Hofe bestens informiert war, wäre Trushard ein äußerst wichtiger Verbündeter für die Cremasken.

»Wie ist Zäsarius gestorben?«, fragte Klara. An ihrem Gesichtsausdruck konnte ich nicht erkennen, ob ich sie überzeugt hatte.

Ich erzählte es ihr. »Deshalb also ist sein Brief nicht angekommen«, meinte Klara. »Aber zum Glück hat er ja für uns gesungen. Klar und deutlich. Ich habe hinter den Zinnen alles mitgeschrieben. Ritter ist tot, Morgen Angriff Crema. Mit dem Ritter war natürlich Franz gemeint. Eine Warnung, dass uns jemand auf den Fersen sein könnte.« Sie seufzte. »Schade um Zäsarius. Er war so schlau. Nimm in den ersten beiden Versen das jeweils zweite Wort und im letzten Vers das erste Wort. Die Idee war von ihm.« Sie lachte leise vor sich hin.

Ihre Augen funkelten. »O ja, dank Zäsarius hatten wir genügend Zeit, uns auf den Angriff vorzubereiten.«

Deshalb also dieses merkwürdige Liedchen, das Zäsarius angestimmt hatte! Und deshalb also kamen die Frauen jeden Tag um dieselbe Zeit auf die Mauer, um die Männer zu beschimpfen. In aller Öffentlichkeit hatten die Verschwörer ihre geheimen Nachrichten ausgetauscht.

»Es wäre wohl besser, ich würde zur Kaiserin mitkommen«, antwortete Klara. Mitkommen – das klang gut! Aus dem Sonnenstrahl wurde ein ganzes Sonnenbad.

»Ja.« Bloß kein Wort zu viel. »Was erzählen wir der Kaiserin?«, tastete ich mich vorsichtig weiter.

»Sag ihr, ich überbringe eine Friedensbotschaft von den Frauen aus Crema.« Klara seufzte. »Sie wollen ihre Männer behalten und deshalb die Stadt ausliefern. Sie haben einen Plan entwickelt, um die Stadttore heimlich zu öffnen.«

Das klang glaubhaft, fand ich, und überdies so verlockend, dass die Kaiserin sie tatsächlich empfangen würde. Aber vorher würde ich Beatrix natürlich warnen und ihr als Beweis Zäsarius' Brief zeigen. Schließlich hatte ich nicht wirklich vor, mit den Verrätern gemeinsame Sache zu machen. Klara ebnete mir den Weg zur Freiheit, und zum Dank würde sie im Kerker landen. Der Anflug eines Gewissensbisses plagte mich, aber ich unterdrückte ihn rasch. Wenn ich sie nicht benutzte, um hier herauszukommen, würden Trushard und ich sterben.

Klara straffte die Schultern. »Ich sorge dafür, dass du umgehend freikommst, damit wir uns gleich auf den Weg nach San Bassano machen können. Nur nachts haben wir noch eine kleine Chance, ungesehen aus Crema zu entkommen. Die Feinde haben einen eisernen Belagerungsring um die Stadt gezogen.«

Die Feinde – das waren die Männer des Kaisers. An die

vertauschte Seite musste ich mich erst noch gewöhnen. Ich stellte die Frage, die mir auf der Seele brannte: »Was ist mit meinem Gatten? Wisst Ihr, wie es ihm geht? Er ist ein Riese mit schwarzem Schopf – ein ziemlich auffallender Mann.«

Ein kleines Lächeln stahl sich auf Klaras Lippen. »Deine Torheit hat sich herumgesprochen. Es kommt nicht oft vor, dass jemand freiwillig in die Hände der Feinde rennt, um einem anderen zu folgen. Deshalb habe ich auch von deinem Mann gehört. Er ist hier im Kerker und soll aus seiner Ohnmacht bereits wieder erwacht sein.«

Eine Riesenlast fiel mir von der Seele. »Der heiligen Margarete sei Dank«, murmelte ich inbrünstig.

In Klaras Augen schimmerte Mitgefühl auf. »Aber so Leid es mir tut, wir können ihn nicht mitnehmen«, beschied sie mir. »Wenn wir ihn laufen ließen, würde es im kaiserlichen Lager Verdacht erregen.«

»Ich gehe nicht ohne ihn«, gab ich mit fester Stimme zurück.

Klara zuckte die Achseln. »Das wirst du müssen.«

Hart bleiben, ermahnte ich mich, sonst war Trushard verloren. Ich war seine einzige Überlebenschance. »Lieber sterbe ich mit ihm, als ohne ihn zu leben.«

»Welch große Liebe«, sagte Klara spöttisch. »Oder sollte ich eher sagen – welch große Dummheit?«

»Ohne mich kommt Ihr nicht zur Kaiserin«, bemerkte ich.

Schweigend ging Klara auf und ab, immer wieder. Konnte sie nicht ein bisschen schneller denken?

»Es muss so aussehen, als würde er fliehen«, brummte sie vor sich hin. Ruckartig straffte sie die Schultern und drehte sich zu mir um. »Ich habe einen Plan. Vertrau mir.«

Das war leichter gesagt als getan. Ich blieb hart: »Ich muss mit eigenen Augen sehen, dass mein Mann freikommt, sonst bringe ich Euch nicht zur Kaiserin.«

»Dir wird nicht gefallen, was du sehen wirst.« Klara öffnete die Tür und rief den Wächter. Der erste Teil war geschafft – aber würde uns die heilige Margarete auch weiterhin beistehen?

5. Tag

»Da pries ich die Toten, die schon gestorben waren, mehr als die Lebendigen, die noch das Leben haben.«
Der Prediger Salomo 4, 2

Bibbernd hockte ich mit Klara in einem Gebüsch, genau gegenüber der Stadtmauer, auf der Seite der so genannten »Feinde«, also der kaiserlichen Truppen.

Klara hatte Wort gehalten und mich befreit. Natürlich war mir klar gewesen, dass wir nicht einfach durch das Stadttor hinausspazieren konnten, aber dass ich mich an einem Seil von der äußeren Stadtmauer hinunter zum Wassergraben hangeln musste, damit hatte ich nun wirklich nicht gerechnet. »Bedank dich beim Kaiser für das erfrischende Bad«, hatte Klara spöttisch zu mir gesagt.

Ich schälte mich aus der nassen Männerkleidung und griff nach dem Handtuch, das Klara vor unserem Seilakt zusammen mit zwei Frauengewändern, unseren Schuhen und meinem Beutel zu einem Päckchen verschnürt und über den Wassergraben hinweggeworfen hatte, damit es trocken blieb. Sie selbst war in aller Seelenruhe nackt hinuntergekrabbelt. Es hatte eine Weile gedauert, bis sie mir das Zeichen gegeben hatte, dass ich ihr folgen sollte. Ohne jede Spur von Aufregung hatte sie mich aus dem Wasser gefischt und an Land gezogen. Anscheinend hatte sie diese ungewöhnliche Form des Mondscheinspaziergangs schon öfter praktiziert, um geheime Nachrichten zu schmuggeln.

»Wie hast du es eigentlich geschafft, das Ei heil aus Crema herauszubekommen?«, fragte ich, während ich mich abtrocknete. Nachdem sie mich beharrlich duzte, war auch ich einfach zu der vertraulichen Anrede übergegangen.

Klara lachte leise. »Das Ei war in mehreren Schichten Stoff in meinem Beutel verpackt. Beim Schwimmen habe ich ihn hochgehalten.«

Es war so dunkel, dass man kaum die Hand vor den Augen sehen konnte. Nur mit Mühe schaffte ich es, in meine Schuhe zu schlüpfen und das Frauengewand anzuziehen, das Klara für mich besorgt hatte. Im kaiserlichen Lager war es totenstill. Unsere Männer trauerten um ihre gefallenen Kameraden, versorgten ihre Wunden oder schliefen den Schlaf der Erschöpften. Dafür herrschte auf der Stadtmauer umso emsigeres Treiben. Ich hörte feste Männerschritte, die eilig hin und her liefen, und das Knacken von Holz. Plötzlich setzte ein metallisches Hämmern und das Knirschen von Stein ein, als ob jemand mit einer Spitzhacke Löcher in die Stadtmauer schlug. Wo blieb Trushard bloß? Wenn ich doch nur etwas sehen könnte!

»Ich würde vorschlagen, wir gehen endlich los, bevor wir entdeckt werden.« Klara warf einen ängstlichen Blick zum Lager. »Wenn mich jemand sieht, kann er sich ausrechnen, dass ich in Wahrheit zu den Feinden gehöre, denn wie hätte ich sonst aus Crema entkommen können?«

Ich breitete das Handtuch aus und setzte mich darauf. »Erst muss ich mit meinen eigenen Augen sehen, dass Trushard freikommt.«

Seufzend wickelte sich Klara in ihren Mantel. Als sich im Osten ein roter Schimmer zeigte, erkannte ich schemenhafte Gestalten. Sie schleppten drei lange, dicke Äste, die in eine gabelförmige Spitze ausliefen, auf die Stadtmauer. Verblüfft beobachtete ich, wie die Astgabeln aufgerichtet wurden, wahrscheinlich in die Löcher, die man zuvor in die Mauer geschlagen hatte. Erst als Querbalken auf die Astgabeln gelegt wurden, begriff ich. Sie bauten Gabelgalgen! Sprachlos starrte ich in die Höhe. Das also hatte der Krieger gestern mit »Rache« gemeint. Dieses Schicksal hätte mich auch erwartet, wenn mich nicht das Flammensiegel gerettet hätte. Es war höchste Zeit, dass sie Trushard freiließen. Aber wo steckte er?

Im Osten schob sich eine leuchtend rote Morgensonne empor. Mein Herz stockte, als ich Trushard zwischen den Zinnen erblickte. Seine Hände waren vor dem Oberkörper gefesselt, und er war umringt von Gefangenen und Wachmännern. Es war unmöglich für ihn zu fliehen. Nur noch wenige Augenblicke, dann würde er am Galgen baumeln. Klara hatte mich getäuscht.

»Was soll das?«, zischte ich ihr wütend zu. »Du hast mir versprochen, dass er freikommt.«

»Ich habe dir gleich gesagt, dass dir nicht gefallen wird, was du siehst«, erwiderte Klara ruhig. »Wollen wir nicht lieber gehen?«

Hinter uns summten die Stimmen von Menschen, die aufgeregt durcheinander redeten, wie ein nahender Bienenschwarm. Erschrocken drehte sich Klara um. »Die Kaiserlichen strömen herbei, um zuzusehen. Schnell, lass uns gehen!«

Ich konnte meinen Blick nicht von der Stadtmauer wenden. »Nein.«

Klara zupfte an meinem Ärmel. »Deinem Trushard wird nichts passieren. Vertrau mir doch!«

»Vertrauen ist gut, Überprüfung ist besser. Das pflegt mein bester Freund Siegfried stets zu sagen.« Ich schüttelte Klaras Hand ab. Sie hatte mich nicht überzeugt. Wie sollte Trushard denn aus dieser aussichtslosen Lage befreit werden? Wahrscheinlich stimmte es doch, dass die Lombarden allesamt Lügner waren. Was aber bezweckte Klara mit ihrem Wortbruch?

»Wehe, du schreist«, warnte sie mich. Die Zuschauer nahmen uns hinter dem Strauch gar nicht wahr, sondern blieben ein ganzes Stück von uns entfernt stehen.

Ich wandte meinen Blick wieder zu Trushard. Es war das Schlimmste, das man mir antun konnte: zusehen zu müssen, wie er hingerichtet wurde. Lieber hätte ich mein Leben für seines hingegeben. Aber solange es möglich war, wollte ich ihn anschauen und jede noch so winzige Kleinigkeit von ihm – seinen Körper, sein Gesicht, seine Haltung, seine Mimik – für immer in mein Gedächtnis bannen.

Trushard starrte zu Boden. Wahrscheinlich hatte er die Hoffnung auch schon aufgegeben. Oder war er völlig erschöpft von den Schmerzen? Sein kostbares Kettenhemd hatte man ihm abgenommen, er trug nur noch den wattierten Leibrock. Plötzlich hob sich sein Kopf ein winziges Stück. Wenige Augenblicke später ruckte er weiter in die Höhe, ganz, ganz langsam, und Trushard heftete den Blick auf die Brustwehr. Suchte er mich etwa? Wusste er, dass ich hier unten auf ihn wartete? Mein Herz hüpfte. Sein Blick blieb an einer Lücke in der Brustwehr hängen. Eines unserer Geschosse hatte eine Zinne weggefegt.

Plötzlich rannte er los. Ehe ihn die Wachen greifen konnten, hatte er sich über die abgeschossene Zinne kopfüber in die Tiefe gestürzt. Ich biss mir auf die Lippen, um nicht loszuschreien. Es gab einen mächtigen Platsch, dann tauchte Trushard in den Graben ein. Da seine Hände gefesselt waren, konnte er nicht schwimmen. Er würde jämmerlich ertrinken, wenn ich ihn nicht schnellstens herauszog.

Voller Panik sprang ich auf.

Klara packte meinen Ärmel und riss mich nach unten. »Willst du alles kaputtmachen?«, zischte sie. »Sei doch vernünftig. Die kaiserlichen Leute werden ihren eigenen Mann gewiss nicht im Stich lassen. Sieh da, ihm wird schon geholfen!«

Arnaldus hatte die Situation sofort erfasst. Er winkte einigen seiner Söhne. Blitzschnell griffen sie sich lange Stangen, an denen Haken hingen, und rannten zum Graben, obwohl von oben ein Pfeilregen einsetzte. Die Zuschauer feuerten Arnaldus und seine Gefolgsleute mit aufmunternden Rufen an.

Wie gebannt starrte ich auf das Wasser. Warum war Trushard immer noch nicht aufgetaucht? Ich schmeckte Blut auf meinen Lippen.

Klara drückte meinen Arm. »Gleich kommt er hoch«, raunte sie mir zu, als hätte sie meine Gedanken gelesen. Um nicht vor Angst verrückt zu werden, fing ich an, leise zu zählen. Als ich bei zwanzig angekommen war, sah ich einen schwarzen Fleck auf dem Wasser. Trushards Schopf! Arnaldus eilte zu ihm hin, schob den Haken in Trushards Leibrock und zog ihn damit an Land. Die Zuschauer kommentierten seine Heldentat mit Beifallsrufen, Johlen und Klatschen.

Einer der so genannten »Söhne« sank, von einem Pfeil getroffen, zusammen. Die Zuschauer verstummten abrupt. »Sein Leben für das deines Mannes«, sagte Klara. »Es wäre allzu unglaubwürdig, wenn unsere ausgezeichneten Bogenschützen niemanden getroffen hätten.«

Der dritte Mann, an dessen Tod ich Schuld trug. Und alles nur, um Trushard zu retten. Drei Leben für eines.

Mit großer Erleichterung beobachtete ich, wie Arnaldus Trushard hinter ein schützendes Schirmdach zog.

Klara löste ihre aufgesteckten Haare, dann zupfte sie mich am Ärmel und erhob sich. »Komm jetzt endlich.«

Widerstrebend rappelte ich mich hoch. Ich setzte mir den bunten Schleier auf, um meine verstümmelten Haare zu verbergen, und betrachtete seufzend das grellgelbe Gewand mit dem viel zu tiefen Ausschnitt.

»Geh langsam und aufreizend«, ermahnte Klara mich. »Denk dran, wir sind zwei Krämerinnen, die von einem nächtlichen Stelldichein zurückkehren.«

Ich gab mir große Mühe, von dem steifen Schritt, den ich mir mittlerweile angewöhnt hatte, auf ein weibliches Wiegen der Hüften umzustellen.

Eingehakt wie zwei Busenfreundinnen, liefen wir an der Stadtmauer entlang und dann zwischen den Lagern durch, Richtung Serio. War es wirklich erst zwei Tage her, dass ich auf diesem Weg Zäsarius hinterhergeschlichen war? Mit Schaudern erinnerte ich mich daran, welches Ende meine Verfolgung genommen hatte. Aber diesmal hatte ich zum Glück eine Führerin bei mir, die alle Fallen kannte.

Auf den Palisaden des Lagers, das sich auf unserer rechten Seite befand, zeigte sich eine Wache. Er winkte uns freundlich zu. »Na, wie wär's mit uns, ihr Hübschen?«

»Später, mein Lieber«, rief Klara zu ihm hoch und gähnte. »Die Nacht war anstrengend. Eure Männer waren nach dem Angriff so lebenslustig.« Sie warf ihm eine Kusshand zu. »Aber heute Abend habe ich wieder Kraft für dich gesammelt.«

Als wir die Fernstraße nach Cremona erreichten, atmeten wir auf. Der Weg nach San Bassano war mühsam. Zum ersten Mal war ich froh, dass die beiden Städte in einer Ebene lagen und ich wenigstens keine Berge erklimmen musste. Doch der Fußmarsch zog sich so lange hin, dass ich daran zweifelte, überhaupt jemals anzukommen. Wie schnell war ich dagegen auf meinem Pferd ins Lager geflogen! Ich stank so sehr nach Kerker, nach den verfaulten Abfällen im Graben und nach Schweiß, dass ich meinen Geruch selber nicht mehr ertragen konnte.

Klara schwieg. Das war mir recht, denn so konnte ich in Ruhe noch einmal alles durchgehen, was in den letzten Tagen passiert war. Das Nachgrübeln über die Morde lenkte mich von meiner Sorge um Trushard ab. Mit jedem Schritt klärten sich meine Gedanken ein Stück mehr. Wie gut, dass ich mich so stark für das Geschehen im Reich interessierte und die Gespräche, die die Ritter am Hofe der Kaiserin führten, immer aufmerksam verfolgt hatte, denn so konnte ich die Mosaikstückchen in einen Gesamtzusammenhang einordnen. Ich wusste jetzt, wer hinter dem Flammensiegel steckte: Verräter, die von Mailändern und Cremasken bezahlt wurden und dafür sorgen sollten, dass der Kaiser freiwillig abzog. Der Plan war klug ausgetüftelt: Er baute darauf auf, dass die kriegsmüden Männer nur allzu bereitwillig an die angeblich von Gott gesandten Zeichen glauben würden. Der Zeitpunkt war geschickt gewählt. Ein Ende des Krieges lag in weiter Ferne, denn Crema erwies sich als überaus starker Gegner, und die Mailänder waren aufmüpfig wie eh und je. Der Kanzler Rainald von Dassel, der Kriegstreiber und Scharfmacher, war in diplomatischer Mission unterwegs, was die Chance auf ein Einlenken Barbarossas erhöhte. Außerdem schien es, als habe Gott dem Kaiser seine Gunst entzogen: Er war von der Exkommunikation bedroht, und die Kaiserin gebar keinen Thronerben. Der verlorene Angriff schien eine weitere Bestätigung dafür zu sein, dass dieser Krieg und dieser König nicht von Gott gewollt waren. Die Schlinge um Barbarossas Hals zog sich immer enger zusammen.

Ich ärgerte mich darüber, dass ich bei der Aufklärung der Morde bisher eine entscheidende Tatsache übersehen hatte. Kleine Begebenheiten und Worte, denen ich keine große Bedeutung beigemessen hatte, fügten sich zu einem Gesamtbild zusammen, das mir eindeutig das Antlitz einer bestimmten

Person zeigte. Und diese Person würde ich überführen, ich wusste auch schon, wie. Das Motiv bereitete mir noch Kopfzerbrechen, aber nach einigem Überlegen glaubte ich, die Beweggründe zu verstehen. Ich atmete tief durch. Hoffentlich würde es nicht allzu schwierig werden, den Kaiser vom Ergebnis meiner Nachforschungen zu überzeugen.

Doch nach meiner Ankunft in San Bassano musste ich mich zuerst um einen dringenderen Schwelbrand kümmern. Ich wusste nicht, was Klara vorhatte, aber mir schwante, dass es nichts Gutes sein würde. Wenn wir sie überwältigen konnten, würde ich belobigt werden, weil ich eine Verschwörung aufgedeckt hatte. Wenn sie aber schneller war als ich und irgendein Unheil anrichten konnte, würde ich mit Sicherheit bestraft werden. Das Wohl des Reiches lastete auf meinen allzu zarten Schultern, und das gefiel mir ganz und gar nicht. Ich war bloß eine Kammerzofe und im Umgang mit Verrätern völlig unerfahren. Ich wünschte, Trushard wäre bei mir. Ab und an drehte ich mich um und hielt sehnsüchtig Ausschau nach einem Reiter. Aber nichts regte sich in der vor Hitze flirrenden Ebene.

Meine Füße schmerzten, als ob ich über glühende Kohlen liefe. Die Sonne stand schon hoch am Himmel, als die mächtigen Mauern der Burg von San Bassano endlich vor uns auftauchten. Ich schickte ein Dankgebet zur heiligen Margarete. Erschöpft blickte ich zu den Fenstern meines Kämmerleins hoch. Dahinter lag der für mich wohl schönste Ort der Welt – mein Strohlager, das ich mit Gisla teilte.

Ich raffte den letzten Rest Kraft zusammen und wackelte auf die Burg zu. Vor dem Tor, das sich in einem mächtigen Rundturm befand und rechts und links von zwei kleineren Rundtürmen flankiert wurde, kam ich mir noch winziger als sonst vor. Ich schrieb es meinem schlechten Gewissen und der Sorge vor der Reaktion des Torwächters zu. Ich zupfte noch einmal das Gewand und den Schleier zurecht, kniff mir in die Wangen, um einen Hauch von Röte ins Gesicht zu zaubern, und rang mir trotz meiner Angst um Trushard ein Lächeln ab.

Der schwabbelbäuchige Torwächter stand breitbeinig vor dem geöffneten Eingang. »Sieh an, die Zofe der Kaiserin geruht auch mal wieder vorbeizusehen. Wo habt Ihr denn so lange gesteckt? Wir dachten schon, die Cremasken hätten Euch gefressen.« Höhnisch grinste er mich an.

Sein schlechter Witz kam der Wahrheit ziemlich nahe. Sollte ich hier und jetzt um Hilfe schreien, damit Klara festgenommen wurde? Ich entschied mich dagegen. Der Schwabbelbauch war einfach zu dämlich. Bis er verstanden hatte, was ich von ihm wollte, wäre Klara längst auf und davon. Nein, was ich begonnen hatte, musste ich erfolgreich zu Ende führen. Und dazu musste ich Klara unauffällig in die Burg schleusen.

Ich blinzelte den Torwächter verschwörerisch an. »Ich darf nicht darüber reden, was ich in den letzten Tagen gemacht habe. Ein Geheimauftrag.«

Er kniff die Augen zusammen. »Neue Kleidung? Ein bisschen aufreizend für eine Zofe, findet Ihr nicht?«

»Das ist Teil meines Geheimauftrags, Ihr versteht?«, gab ich zurück.

Er musterte mich abfällig. »Geheimauftrag als Frau? Dass ich nicht lache!«

Ich verlor die Geduld. »Wir müssen alle unseren Teil dazu beitragen, den Krieg schnellstmöglich zu gewinnen. Auch Ihr, mein Lieber. Und deshalb wäre es gut, Ihr würdet mich jetzt endlich durchlassen, damit ich der Kaiserin unverzüglich Bericht erstatten kann.«

Ungerührt blieb er mitten vor dem Tor stehen. »Und wer ist das?« Er deutete auf Klara.

Ich stemmte die Hände in die Hüften. »Wenn Ihr mich nicht sofort durchlasst, werde ich mich bei der Kaiserin über Euch beschweren, und dann seid Ihr die längste Zeit Torwächter gewesen.« Ich raffte den Rock, winkte Klara zu mir heran und zwängte mich an ihm vorbei in den Hof.

Er rümpfte die Nase und wich einen Schritt zurück. »Habt Ihr Euch unter den Schweinen herumgetrieben?«, rief er hinter mir her.

Ich würdigte ihn keines Blickes mehr, sondern wandte mich stattdessen an Klara. »Warte dort, bis ich dich abhole.« Ich deutete auf den Burggarten. Hinter den Zäunen konnten die Wachen sie leicht überwältigen.

Ich beobachtete, wie Klara die Tür zum Garten aufklinkte, hindurchschlüpfte und sie wieder hinter sich schloss. Inständig hoffte ich, dass sie brav dort sitzen bleiben würde. Dann eilte ich zur Kaiserin, so schnell mich meine schmerzenden Füße trugen.

Sie war in ihrer Kemenate und saß mit dem Rücken zur Tür vor dem Fenster. »Was stinkt denn hier auf einmal so nach Misthaufen?«, beschwerte sie sich bei Gisla, die ihr den Spiegel hinhielt. Die Augen meiner Freundin strahlten mir entgegen, als wäre ich ein lang vermisster Liebhaber.

Ich hielt vier Schritte Abstand und versank in einem tiefen Knicks vor dem Sessel meiner Herrin.

Über den Spiegel hinweg lächelte Beatrix mich an. »Du riechst wie eine Schweinemagd, aber wie ich sehe, bist du unverletzt, Rotrud.«

Ich nickte.

»Der Kaiser kommt noch heute hierher«, berichtete sie mit einem glücklichen Lächeln, während sie im Spiegel die mit Perlenschnüren durchzogenen Zöpfe begutachtete.

Hoffentlich brachte er Trushard mit. Ich warf einen sehnsüchtigen Blick auf die Tür, die nach nebenan in meine Kammer führte. Dahinter waren – o Gipfel irdischen Glücks! – mein Lager, ein Badezuber und saubere, anständige Gewänder.

Ich erzählte der Kaiserin fast alles, was ich in den vergangenen Tagen erlebt hatte. Ich verschwieg auch nicht, dass ich in Gefangenschaft geraten war und wie ich mich daraus befreit hatte. Mit großen Augen lauschten Beatrix und Gisla und stießen nur dann und wann einen kleinen Schreckensschrei hervor, wenn ich von den Gefahren erzählte, in die ich geraten war. Als ich bei den Geiseln anlangte, die der Kaiser an den Turm hatte binden lassen, sah Beatrix nachdenklich aus dem Fenster. Unverblümt schilderte ich den qualvollen Tod des Knaben, berichtete der Kaiserin aber auch vom Heldenmut ihres Mannes, der den Kampf angeführt hatte. Vor Schreck wurde sie ganz blass.

Als ich das Ergebnis meiner Nachforschungen und meinen Plan zur Überführung des Mörders erläuterte, senkte ich die Stimme zu einem Flüstern. Am Hof hatten selbst die Wände Ohren. Den Namen des Verbrechers hauchte ich nur noch. Beatrix und Gisla starrten mich ungläubig an.

»Was? Wozu? Ich meine … Bist du dir ganz sicher?« Die Kaiserin war verwirrt.

Ich nickte. »Ihr habt Euch nicht verhört. Alles war so, wie ich es geschildert habe. Aber zunächst haben wir ein drängenderes Problem. Klara. Sie gehört auch zu den Verschwörern. Ihr müsst sie umgehend festnehmen lassen, Majestät.«

»Sagtest du nicht, sie hätte eine Friedensbotschaft für mich?«, fragte die Kaiserin, während sie den Saphirring, den sie am Mittelfinger trug, hin und her drehte.

»Aber das ist doch nur ein Vorwand, um zu Euch zu gelangen!«, rief ich aus. »Wer weiß, was sie wirklich vorhat.«

»Trotzdem werde ich sie anhören«, erklärte Beatrix. »Bitte sie sofort in meine Kemenate.«

Ich war erstaunt über ihre Entscheidung. »Und wenn sie Euch etwas antut, Majestät?«

Beatrix zuckte die Achseln. »Zwei meiner stärksten Männer werden im Raum sein.«

Ich wagte einen letzten Versuch. »Majestät, Klara ist eine Verräterin.«

Beatrix seufzte – über meine Hartnäckigkeit? »Ob ich sie im Hof festnehmen lasse oder hier oben – was spielt das für eine Rolle? Aber vielleicht liefert mir das Gespräch mit ihr aufschlussreiche Hinweise. Wir wissen immer noch nicht, was genau die Verschwörer als Nächstes planen und wer womöglich noch zu ihnen gehört. Deshalb brauchen wir jede Information, die wir bekommen können. Außerdem möchte ich kein Aufsehen erregen. Je sicherer sich die Verräter fühlen, desto besser für uns.«

Das leuchtete mir ein. Dennoch hatte ich ein ungutes Gefühl. Die Kaiserin riskierte viel zu viel, fand ich. Aber das war nun nicht mehr meine Sache. Ich hatte meine Pflicht erfüllt. Eilig lief ich in den Burggarten und schickte Klara widerstrebend nach oben.

Eigentlich musste mein Mann jeden Augenblick bei mir eintreffen. Anfangs hielt ich das Warten auf ihn noch ganz gut aus, weil ich damit beschäftigt war, mich für ihn so hübsch zu machen, wie es meine bescheidenen Voraussetzungen erlaubten. Ich nahm ein Bad, zog meinen schönsten Bliaut an und stärkte mich mit einem guten Essen, um nicht ganz so mitgenommen auszusehen. Aber nachdem ich den Schleier hundertmal zurechtgerückt und das halbe Fläschchen Lavendelwasser hinter den Ohrläppchen und an den Unterarmen verteilt hatte, wusste ich nichts mehr mit mir anzufangen. Ich versuchte es mit Arbeiten, aber das ging gründlich schief. In die verhasste Altardecke stickte ich nur Knoten hinein, den hauchdünnen Schleier der Kaiserin zerriss ich beim Zusammenfalten versehentlich, und als ich meiner Herrin, die sich zum Beten in die Kapelle begeben hatte, hinterherräumen wollte, entglitt der Alabastertopf mit ihrer Schönheitssalbe meinen fahrigen Händen und krachte zu Boden.

Resigniert machte ich mich auf den Weg zu Gisla. Vielleicht konnte ein Plausch mit ihr mich ablenken. Als ich gerade die Kemenate der Kaiserin verlassen hatte, um meine Freundin zu suchen, hörte ich ein fernes Grummeln, wie von einer Reiterschar, die näher kam. Das musste Barbarossa mit seinem Gefolge sein, und ganz gewiss war auch mein Mann dabei!

In halsbrecherischer Geschwindigkeit stürmte ich aus dem Palas. Am liebsten wäre ich den Reitern entgegengerannt, aber gerade noch rechtzeitig fiel mir ein, wie unschicklich ein solches Benehmen gewesen wäre. Seufzend ließ ich mich auf der Bank nieder, auf der Elisabeth kurz vor ihrer Entführung gesessen hatte, und sah besorgt zum Himmel, wo sich schwarze Wolken zusammenschoben. Bald würde ein Gewitter losbrechen.

Um mich abzulenken, fing ich an, in Gedanken Schäfchen zu zählen. Als ich bei fünfhundert angelangt war, erscholl Lärm draußen vor dem Tor, bei fünfhundertundfünfzig stürmten die ersten Reiter in den Hof, allen voran der Kaiser, und bei sechshundert waren meine Hoffnungen zerstoben. Kein Trushard.

Dafür aber eine Elisabeth, die mir freudig erzählte, dass sie Dietrich auf den Pfad der Tugend zurückgeführt habe und nur durch das Eingreifen der heiligen Agnes gerettet worden sei. Über den Verbleib ihres irdischen Retters verlor sie kein Wort. Erst als ich zaghaft nachbohrte, ob sie vielleicht wisse, wo mein Mann blieb, sah sie mich erstaunt an und erwiderte kurz angebunden, sie habe ihn zuletzt in Zäsarius' Zelt gesehen.

Auch die anderen Ankömmlinge zuckten nur mit den Achseln. Um Jost machte ich einen weiten Bogen, auch wenn er mir jetzt keine Anklage mehr wegen arglistiger Täuschung anhängen konnte. Ich entdeckte noch einige andere Bekannte im Gefolge von Barbarossa, die ich aber vorsichtshalber mied: Enno, Graf Otto und Arnaldus.

Mein Entschluss stand fest: Morgen Früh würde ich wieder in Männerkleidung schlüpfen und nach Crema aufbrechen, um meinen Mann zu suchen. Wegen des drohenden Gewitters konnte ich heute nicht mehr fortreiten. Aber ich würde die Zeit nutzen und den Mörder stellen.

* * *

Mit der ihr eigenen Liebenswürdigkeit hatte Beatrix es geschafft, ihren Rotbart bereits kurz nach seiner Ankunft zu einem Treffen in der Schmiede zu überreden. So hatten wir es verabredet, denn wir durften keine Zeit verlieren. Ich glaubte zwar zu wissen, was in den letzten Tagen gespielt worden war, aber ich mochte auch nicht ausschließen, dass doch noch ein weiteres Verbrechen geschehen würde.

Der Schmied war gerade dabei, die Hufe eines Streitrosses mit einer Feile glatt zu raspeln, und beachtete uns nicht weiter.

Barbarossa zog die Augenbrauen hoch, als er mich sah. »Ich erinnere mich nicht, Euch mit den Ermittlungen beauftragt zu haben.«

Beatrix legte ihre kleine Hand auf seinen Arm und lächelte ihn strahlend an. »Dank ihrer außerordentlichen Klugheit hat meine Zofe etwas Wichtiges herausgefunden. Das Schicksal des armen Franz ließ ihr einfach keine Ruhe. Auch wenn wir nur Frauen sind, versuchen wir dennoch, mit unseren bescheidenen Kräften den Erfolg deines kaiserlichen Auftrages zu fördern und die Last auf deinen Schultern zu erleichtern.«

»Ich versichere Euch, Majestät, ich werde Eure kostbare Zeit nicht länger als notwendig beanspruchen«, sagte ich mit aller Demut, die ich aufbringen konnte. »Ich schlage vor, wir spielen den Mord an Franz von Kesselheym nach.«

Ich ging voran und stellte mich vor die Ecke, in der es passiert war. Es war ein merkwürdiges Gefühl, dass das Kaiserpaar mir folgte und nicht umgekehrt, wie es sich geziemt hätte. Ich fragte mich, was aus Klara geworden war. Beatrix hatte kein Sterbenswörtchen über ihre Unterredung verlauten lassen.

Ich deutete auf die verwischten Rußspuren an der Wand zwischen der Esse und der Ecke, in der die Jagdspieße lehnten. »Hier muss der Mörder gesessen haben.«

»Und wenn es jemand anders war?«, warf der Kaiser ein. Am Blitzen seiner Augen erkannte ich, dass ich sein Interesse geweckt hatte.

»Bei der dicken Luft in der Schmiede hält sich niemand gerne hier auf, schon gar nicht an einem heißen Sommertag«, antwortete ich. »Franz lief auf die in der Ecke kauernde Person zu. Der Mörder stand auf, wahrscheinlich wechselten beide ein paar Worte, dann nahm der Mörder den Spieß, der in der Ecke lehnte, stach zu, und Franz fiel nach hinten.«

»Ja, so muss es gewesen sein«, stimmte Barbarossa zu.

»Genau so *kann* es nicht gewesen sein.« Ich wandte mich an Beatrix. »Majestät, wärt Ihr so gütig und würdet Euch an die Stelle begeben, an der Franz kurz vor seinem Tod gestanden haben muss?«

Willig kam die Kaiserin meiner Bitte nach. Ich stellte mich an die Wand, griff mir einen Spieß und versuchte, ihn abzusenken. Es ging nicht, denn ich hatte keinen Platz, um auszuholen.

Der Kaiser schlug sich vor die Stirn. »Ihr meint, Franz von Kesselheym wurde gar nicht mit dem Spieß umgebracht?«

»Es ist selbst beim besten Willen nicht möglich.« Ich stellte die Waffe wieder an ihren alten Platz. »Daraus folgt, dass der Spieß hinterher in die Leiche gesteckt wurde.«

»Könnte es nicht auch sein, dass der Mörder die Leiche bewegt hat?«, warf Barbarossa ein.

Ich deutete auf den Boden. »Seht Ihr, wie viel Ruß sich dort angesammelt hat? Am Mordabend haben wir keine Schleifspuren gefunden, nur Fußabdrücke. Und Franz muss hier, in der Schmiede, umgebracht worden sein, denn es wäre aufgefallen, wenn jemand mit einer Leiche über den belebten Burghof gelaufen wäre.«

»Aber warum wurde der Spieß erst hinterher in die Leiche gestoßen?«, grübelte der Kaiser laut.

»Um von der wahren Todesursache beziehungsweise der wahren Tatwaffe und damit auch von dem Mörder abzulenken«, antwortete ich. »Ich gehe davon aus, dass Franz erstochen wurde. Der Mörder hatte die Tat nicht geplant, sondern sie in einer heftigen Gefühlsaufwallung begangen und zu der einzigen Waffe gegriffen, die er wie immer am Gürtel bei sich trug: seinem Essmesser. Mit der scharfen Spitze kann man jemandem durchaus eine tödliche Wunde zufügen. Nach der Tat muss der Mörder das Messer weggeworfen haben. Er stand nun vor einem großen Problem, denn überall in der Burg wäre nach der Tatwaffe gesucht worden, und dann hätte sich herausgestellt, dass er der Einzige war, der sein Essmesser nicht mehr hatte. Aber durch die große Wunde, die er mit dem Spieß dem Toten beibrachte, war die kleine Wunde nicht mehr sichtbar.«

»Aber der Mörder hätte sein Messer nach der Tat doch einfach reinigen können«, unterbrach mich der Kaiser.

Ich hob die Achseln. »Fragt den Täter, warum er es nicht getan hat. Ich kann es nur vermuten.«

Der Kaiser zupfte an seinem Bart. »Und wer ist nun der Mörder?«

»Nicht so ungeduldig.« Beatrix schenkte ihrem Gatten ein bezauberndes Lächeln. »Hör doch weiter zu. Meine Zofe hat noch einiges zu erzählen.«

»Ihr macht es so spannend wie die Troubadoure beim Vortragen ihrer endlosen Epen.« Der abfällige Tonfall des Kaisers verriet mir, was er von der Dichtkunst hielt: weniger als nichts. Wahrscheinlich lauschte er den Sängern immer nur seiner Frau zuliebe, während er in Gedanken den nächsten politischen Plan austüftelte, um mal wieder einen Gegner schachmatt zu setzen.

»Man berichtete mir, dass es noch einen zweiten und dritten Mord gab: Giftanschläge auf eine Krämerin namens Marie, die ihre Unterkunft bei den Händlern und Handwerkern vor Eurem Lager hatte, und auf den Zisterziensermönch Zäsarius. Die beiden Verbrechen fanden am Tag vor dem Angriff auf Crema statt.« Ich hielt das Salbentöpfchen, das ich bei Marie gefunden hatte, hoch. Den Wurf über den Stadtgraben hinweg hatte es, dank der Frauengewänder, in die ich meinen Beutel gewickelt hatte, unbeschadet überstanden. »Der Hauptbestandteil des tödlichen Inhalts ist Eisenhut. Der Krämerin wurde bei dem Ausfall der Cremasken eine tiefe Wunde zugefügt. Der Mörder muss es erfahren und den Inhalt des Töpfchens ausgetauscht haben, denn vorher befand sich eine harmlose Wundsalbe darin. Zäsarius wurde durch Wein, der die zerriebene Wurzel von Wasserschierling enthielt, umgebracht.«

»Ihr seid bemerkenswert gut informiert«, bemerkte der Kaiser. »Und wo habt Ihr den Salbentopf her?«

Die Kaiserin strich ihm über den Arm. »Friedrich, ich habe überall meine Leute. Sie halten Augen und Ohren offen, um Unheil von uns abzuwenden.«

»Ihr erinnert Euch, dass wir bei Franz von Kesselheym dieses merkwürdige Siegel mit der Inschrift *Flammen des Zorns* entdeckt haben«, fuhr ich fort. »Bei dem dritten Toten, dem Zisterziensermönch Zäsarius, wurde das gleiche Siegel gefunden. Franz und Zäsarius und wahrscheinlich auch die tote Krämerin gehörten zu einem Bund von Verschwörern, die Euch dazu bringen wollten, die Belagerung abzubrechen. Ich nehme an, dass es Zäsarius war, der die Suppe in Eurer Küche vergiftet und den Belagerungsturm in Brand gesetzt hat. Für die Schlangenplage war wahrscheinlich Marie verantwortlich. Vermutlich haben mailändische Helfer die Reptilien gesammelt. Maries Aufgabe bestand darin, willige Männer zu finden, die die Tiere heimlich ins Lager brachten. Da sie mit ihrer bezaubernden Art jeden um den Finger wickeln konnte, war es ein Leichtes für sie, den einen oder anderen kriegsmüden Freier davon zu überzeugen, ein angeblich gutes Werk zu tun.«

Gewiss war Folkwin einer von ihnen gewesen. Natürlich hatte sie ihm nichts von der Verschwörung erzählt, sondern ihn nur um den kleinen Gefallen gebeten, ein paar harmlose Schlangen ins Lager zu schmuggeln. Und er hatte sofort eingewilligt, weil er hoffte, den Kaiser durch die inszenierte Plage zur Versöhnung mit dem Papst zu bewegen. Schließlich fürchtete er um seine eigene Zukunft, denn einem exkommunizierten Herrn durfte niemand dienen. Möglicherweise hatte er die Fässer auch ganz alleine auf einem Karren ins Lager gebracht und behauptet, es wären Weinfässer, die für die kaiserliche Tafel bestimmt seien. War nicht auch eine Warzenkröte aus Barbarossas Weinkrug gerutscht? Handelte es sich dabei um einen Streich des Kochs, der sich am Kaiser dafür rächen wollte, dass er ständig fürchten musste, wegen eines verdorbenen Essens in den Kerker geworfen zu werden?

Ich sah dem Kaiser in die Augen. »Die letzten Worte von Marie lauteten ›Gift‹, ›Topf‹, ›Truhe‹. In dieser Reihenfolge. Man könnte meinen, das Opfer wollte darauf aufmerksam machen, womit es vergiftet wurde, denn das Salbentöpfchen stand auf einer Truhe. Aber mir fiel noch etwas anderes ein. Majestät, auf Euch wurde doch ein Anschlag mit vergifteten Geschenken gemacht, nicht wahr? Darunter sollen auch Heilmittel gewesen sein.«

»Stimmt«, gab der Kaiser zu. »Glaubt Ihr, die Salbe stammt aus der Sammlung dieser Geschenke?«

Ich nickte. »Was habt Ihr damit gemacht, nachdem der Attentäter überführt worden war?«

Die Antwort kam ohne Zögern. »Franz von Kesselheym sollte die Geschenke und das Gift des Attentäters vernichten.«

»Ich glaube kaum, dass er das getan hat«, seufzte ich. »Vielmehr wollte er die Sachen für seine eigenen Zwecke benutzen, zum Beispiel um die Suppe zu vergiften. Der Mörder von Zäsarius und Marie hat sie aus diesem Bestand genommen, der sich in einer Truhe befunden haben muss. Wer hatte kein Messer? Wer hatte Zugang zur Gifttruhe? Die Antwort auf diese Fragen führt uns zu ein und derselben Person.«

»Nun sagt endlich, wer es ist«, drängte der Kaiser.

Als ich den Namen nannte, schüttelte er verwundert den Kopf. »Wie sehr man sich doch in einem Menschen täuschen kann«, murmelte er. Dann sah er mich etwas ratlos an. »Eure Überlegungen sind sehr schlüssig, aber wir haben keine handfesten Beweise.«

Ich lächelte triumphierend. »Ich weiß schon, wie wir den Mörder überführen können. Es wird allerdings etwas schmerzhaft für Euch, Majestät.«

* * *

Die ersten dicken Regentropfen tränkten das durstige Land. Nach dieser Hitze lechzte mein Körper förmlich nach Nässe und Abkühlung. Das Grummeln war inzwischen bedrohlich laut geworden. Angesichts des nahenden Unwetters war mit Trushards Ankunft gewiss nicht mehr zu rechnen. Mit Schaudern dachte ich an die einsame Nacht, die vor mir lag. Mit Sicherheit würde ich aus Angst um meinen Mann kein Auge zutun.

Ich stellte mich näher an das Fenster von Beatrix' Kemenate und atmete die erfrischende Luft ein, während ich beobachtete, wie Enno vor Beatrix und Barbarossa, die in Faltsesseln thronten, niederkniete. Ennos Gesicht war von blutigen Pickeln und frischen Kratzspuren durchzogen. Und seine Fingernägel waren abgenagt.

»Ihr habt wahrlich tapfer gekämpft gestern«, lobte Barbarossa. Beatrix lächelte huldvoll. Als wäre alles in bester Ordnung.

»Ich habe nur meine Pflicht erfüllt, wie es einem Knappen wohl ansteht«, erwiderte Enno demütig.

»Ihr habt eine Wunde davongetragen«, fuhr Barbarossa fort.

Errötend senkte Enno den Blick. »Nichts Ernstes. Nur ein kleiner Kratzer an der Wade.«

»Ich habe eine besonders wirksame Wundsalbe.« Würdevoll erhob sich der Kaiser von seinem Sitz und deutete auf den Hocker, der an der Seite stand. »Bitte setzt Euch doch. Da Ihr mir gestern so gut gedient habt, werde ich Euch selber verarzten.«

Sichtlich erfreut über das kaiserliche Lob, ließ Enno sich auf dem Hocker nieder und entblößte seine linke Wade, die mit einem dicken Verband umwickelt war.

Die Kaiserin hielt sich zurück. Schließlich gehörte Enno zu Friedrichs Gefolge und nicht zu ihrem. Sie war nur als Zeugin dabei.

Barbarossa kniete vor Enno nieder und entfernte den Verband, unter dem eine messerlange Schnittwunde zum Vorschein kam. »Das sieht aber böse aus«, stellte der Kaiser fest. Er klang aufrichtig besorgt. »Von wegen kleiner Kratzer.« Dann griff er in seinen Beutel, zog Maries Salbentopf hervor und stellte ihn dicht vor Enno ab. Wie gut, dass der Topf mit einem auffallenden Rankenmuster verziert war!

Enno zuckte zusammen. Mein Schuss war genau ins Ziel gegangen, dachte ich triumphierend.

Langsam zog der Kaiser den Stöpsel aus dem Topf. Der beißende Geruch von Eisenhut würde gewiss auch in Ennos Nase dringen. Auf der Stirn des Knappen bildeten sich Schweißperlen.

»Ihr werdet sehen, die Salbe wirkt sofort«, versicherte Barbarossa. »Ihr dürft sie als Erster ausprobieren. Bald seid Ihr Eure Schmerzen los.« Er zog den Topf näher zu sich heran. Der Schnitt, den er sich an seinem Zeigefinger beigebracht hatte, war gut sichtbar.

»Ihr … ihr habt ja selber eine Wunde, Majestät!«, brachte Enno mit erstickter Stimme hervor.

Der Kaiser winkte ab. »Das ist doch nicht der Rede wert. Seht her, die Verletzung ist so unbedeutend, dass ich noch nicht einmal einen Verband tragen muss.«

Ennos Adamsapfel hüpfte auf und ab, als er schwer schluckte. »Also, ich finde, der Schnitt sieht ziemlich tief aus. Ihr solltet Euren Finger schonen.«

Barbarossa lächelte. »Wozu? Es ist ja schließlich eine Wundsalbe. Indem ich Euch verarzte, tue ich auch meinem Finger etwas Gutes.« Seine Hand näherte sich langsam dem Töpfchen.

»Haltet ein!« Aus Ennos Stimme klang Panik.

»Ihr wollt nicht gesund werden?«, wunderte sich der Kaiser.

»Doch, doch, es ist nur … ich … äh … also das ist so …«, stotterte Enno.

»Könnt Ihr Euch auch etwas genauer ausdrücken?«, erkundigte sich Friedrich.

Aber Enno verhedderte sich immer mehr. »Ich meine doch nur ... also diese Salbe ist ein wenig ... vielleicht sollte man ...«

»Ach, ich verstehe. Ihr seid etwas schamhaft, weil ich Euch selber verarzte. Ihr meint, das wäre mit der kaiserlichen Würde nicht vereinbar? Dankbarkeit und Großzügigkeit gehören zu den herausragendsten Tugenden eines Herrschers. Wer die Treue seiner Untertanen nicht zu ehren weiß, verdient es nicht, sie zu regieren.« Friedrich lächelte Enno an und schickte sich wieder an, ihn zu salben.

Enno sprang auf. »Nein!«

»Also wirklich, Ihr benehmt Euch kindischer als eine alte Jungfer«, tadelte der Kaiser. »Nun, wenn Ihr Euch nicht freiwillig behandeln lassen wollt, müssen wir Euch wohl zu Eurem Glück zwingen.«

Einer von Barbarossas Leibwächtern eilte herbei und drückte Enno auf den Hocker. Der schmächtige Knappe verschwand in seinen Armen.

»Dann können wir ja endlich anfangen.« Friedrichs Zeigefinger schwebte auf das Töpfchen zu.

»Nein, nicht Ihr, Majestät! Fasst die Salbe nicht an! Sonst war alles umsonst.« Kleine Rinnsale aus Schweiß liefen über Ennos Gesicht.

Der kaiserliche Zeigefinger war von der Salbe nur noch eine Nadelbreite entfernt. Ich bewunderte die Nervenstärke des Kaisers.

Enno schrie laut auf. »Haltet ein! Die Salbe ist vergiftet.« Das Lächeln in Beatrix' Gesicht erlosch so abrupt, wie die Flamme einer Kerze, die ausgepustet wird.

Friedrich erhob sich. »Wiederholt es noch einmal klar und deutlich, damit es alle im Raum hören können.«

»Die Salbe ist vergiftet«, stieß Enno schwer atmend hervor.

»Ihr habt Recht.« Barbarossas Stimme war klirrend kalt. »Der Inhalt ist tödlich, aber der Topf stammt von Marie. Einer Krämerin, die vorgestern vergiftet wurde. Nur der Mörder konnte wissen, dass sich in diesem Töpfchen aus Maries Besitz nicht die harmlose Wundsalbe befindet, die ursprünglich darin war, sondern giftige Salbe. Der Inhalt wurde ausgetauscht.«

Enno sackte zusammen. »Ich tat es nur, um das Reich zu retten. Franz, Marie und Zäsarius gehörten zu einer Gruppe von Verrätern, die mit dem Feind zusammenarbeiten.«

Barbarossas Hals lief rötlich an. »Warum seid Ihr nicht zu mir gekommen?«

»Hättet Ihr einem einfachen Knappen Glauben geschenkt?« Enno hob die Hände. »Ich hatte keinerlei Beweise, und Franz war einer der meistgeschätzten Ritter im Lager.«

Der kaiserliche Hals war mittlerweile hahnenkammrot, aber Barbarossa zügelte seinen Zorn. Mit festen Schritten ging er zu seinem Sessel zurück. »Wie habt Ihr von der Verschwörung erfahren?«, fragte er einigermaßen ruhig, als er wieder saß.

Enno sah aus wie das personifizierte Elend. »Mein Herr hat sich schon seit einiger Zeit so merkwürdig benommen und war andauernd mit Zäsarius zusammen.« Enno krampfte die Finger ineinander. »Eines Nachts ist mein Herr heimlich aufgestanden. Ich bin ihm hinterhergeschlichen und habe beobachtet, dass er sich bei den Belagerungstürmen mit Marie getroffen hat. Zunächst dachte ich, mein Herr wollte gewisse körperliche Bedürfnisse befriedigen, aber dann habe ich gemerkt, dass die beiden nur getuschelt haben. Ich wurde immer misstrauischer und habe meinen Herrn nicht mehr aus den Augen gelassen. Durch eine Ritze im Zelt habe ich gesehen, wie er Botschaften geschrieben und mit diesem merkwürdigen Flammensiegel verschlossen hat. Ich habe auch mitgekriegt, dass Franz das Gift und die Geschenke, die Ihr ihm zur Vernichtung gegeben hattet, entgegen Eurer Anweisung aufbewahrt hat. Er hat die Truhe, in der sich der tödliche Inhalt befand, zwar in den Fluss geworfen und damit so getan, als ob er Eurem Befehl nachgekommen wäre, aber von da an war seine eigene Truhe verschlossen. Eines Tages ging mein Herr zum Baden an den Serio und ließ den Beutel, in dem er den Schlüssel mit sich herumtrug, ausnahmsweise im Zelt. Wahrscheinlich fürchtete er, er könne ihm am Flussufer gestohlen werden. Natürlich habe ich die Gelegenheit genutzt, um einen Blick in die verschlossene Truhe zu werfen. Dabei habe ich festgestellt, dass Franz den tödlichen Inhalt lediglich von einer Truhe in die andere geräumt hatte.« Die Worte sprudelten nur so aus Enno heraus, als warte er schon seit langem darauf, sie endlich loszuwerden.

Enno verdrehte die Hände mit den verkrampften Fingern, bis die Knöchel scharf hervortraten. »Zwei Tage vor dem Ausfall habe ich Franz und Zäsarius belauscht«, fuhr er fort. »Der Mönch hat gefragt, ob Franz es ihnen mitgeteilt habe. Die Erwiderung meines Herrn werde ich nie vergessen: *Ich habe den Brief in unserem Versteck hinterlegt. Wie vereinbart.* Und Zäsarius darauf: *Übermorgen sind wir unserem Ziel ein ganzes Stück näher.* Erst habe ich gar nicht begriffen, worum es ging, aber als die Nachricht von dem Ausfall der Cremasken eintraf, wurde mir schlagartig alles klar, zumal Franz auch an jenem Tag ungewöhnlich bedrückt war.«

»Ihr habt Euren Herrn dann zur Rede gestellt«, warf der Kaiser ein.

Enno nickte. »Ich hatte mich in die Schmiede zurückgezogen, um in Ruhe darüber nachzudenken, wie ich mich verhalten sollte. Aber auch Franz wollte wohl alleine sein. Als er in die Schmiede kam, habe ich ihm meinen Verdacht auf den Kopf zugesagt. Er hat es sofort zugegeben. Der Krieg sei ein großer Fehler, und wir müssten ihn so schnell wie möglich beenden, damit nicht noch mehr Blut vergossen wird. Unsere Ritter würden ihre Ehre und Tugend vergessen, weil sie plündern, morden und vergewaltigen. *Anstatt die Schwachen zu schützen, machen sie jeden Tag weitere Frauen zu Witwen und weitere Kinder zu Waisen.* Genauso hat er sich ausgedrückt! Franz hat mir auch gestanden, dass ihm der Verrat außerordentlich schwer falle. Jede Nacht quäle ihn sein Gewissen. Aber er sehe keinen anderen Weg, um als Ritter und Christ vor Gott bestehen zu können. Obwohl ihm Zäsarius nicht ganz geheuer sei, müsse er mit ihm zusammenarbeiten. Und dann hat er so ekelhafte Sachen über Euch, Majestät, gesagt …«

»Zum Beispiel?«, unterbrach ihn der Kaiser.

»Euch ginge es gar nicht um das Wohl Eurer Untertanen, sondern nur um Eure Macht. Wie Schlachtvieh würdet Ihr uns benützen. Da habe ich den Kopf verloren und mit meinem Essmesser zugestochen. Ich weiß nicht, wie es passieren konnte. Ich wollte nur, dass er mit seinen lästerlichen Reden aufhört.« Verständnis heischend blickte Enno den Kaiser an.

Barbarossa atmete schwer. »Franz hat unsere eigenen Leute an den Feind verraten. Aber das gab Euch nicht das Recht, dieses Verbrechen selber zu bestrafen!«

Ein Donner schlug krachend ins Mauerwerk ein, als habe uns das Geschoss einer Blide getroffen. Gleich darauf spaltete ein greller Blitz den dunklen Himmel. Unwillkürlich fing ich an zu zittern. Der Regen klang wie das Prasseln eines riesigen Feuers.

Schuldbewusst starrte Enno zu Boden. Er hatte uns etwas verschwiegen, was er sich wahrscheinlich selber noch nicht einmal eingestehen mochte: Franz hatte ihm den Lebenssinn genommen. Nachdem der schwächliche Enno jahrelang verspottet worden war, hatte er auf diesem Feldzug wegen seines Mutes endlich ein wenig Anerkennung bekommen. Im Kampf gegen die Reichsfeinde hatte er seine Aufgabe gefunden, und dann hatte ihm sein Herr in wenigen Sätzen den Boden unter den Füßen weggezogen.

»Ihr habt Euren Herrn mit dem Messer erstochen, nicht mit dem Jagdspieß. Den habt Ihr erst später in die Leiche gesteckt.« Es kostete den Kaiser sichtliche Mühe, über solch eine widerwärtige Tat zu reden.

Enno nickte. »Ich war entsetzt über das, was ich angerichtet hatte. Im ersten Schrecken wollte ich die Waffe loswerden, mit der ich meinen eigenen Herrn erstochen hatte. Damit sie mich nicht mehr an mein Verbrechen erinnerte, habe ich sie in den Brunnen geworfen. Erst danach habe ich gemerkt, wie dumm das gewesen war. Bei der Suche nach der Tatwaffe wäre ich in Erklärungsnot geraten.«

»Hat Franz die Namen der anderen Verschwörer genannt?«, forschte Barbarossa.

Enno schüttelte den Kopf. »Aber ich konnte es mir zusammenreimen. Mit Zäsarius hat er sich auffallend oft unterhalten, und Marie hatte ich zusammen mit ihm bei einem geheimen Treffen beobachtet.«

»Und dann habt Ihr auch sie getötet …« Barbarossa schüttelte fassungslos den Kopf. Beatrix holte tief Luft. Sie sah aus, als habe sie in eine Zitrone gebissen. Auch der Wachmann, der Enno an den Oberarmen festhielt, schluckte schwer.

»Ich musste mich in der Gifttruhe nur bedienen, um Zäsarius, diesen Heuchler im Ordensgewand, in die Hölle zu befördern, wo er hingehört! Und die Glockenmarie …« Enno kratzte mit den Fingern über seinen Handrücken, als wolle er sich die Haut abreißen. »Es tat mir Leid um sie, aber sie hatte sich für den Verrat entschieden, und deshalb konnte ich sie nicht leben lassen. Es ging so einfach, dass man es fast für eine göttliche Fügung halten könnte. Morgens habe ich ihren Stand aufgesucht, um ein Essmesser zu kaufen und mich mit ihr zu verabreden. Dabei fiel mir auf, dass sie hinkte. Ich habe ihr vorgeflunkert, ich hätte auch eine kleine Wunde. Da hat sie mir bereitwillig ihren Salbentopf mitgegeben und gemeint, ich könnte ihn ja bei unserem verabredeten Schäferstündchen am Mittag wieder mitbringen. Ihr Nachbar, der Bäcker, musste so viel Kundschaft bedienen, dass er bestimmt nicht mitbekommen hatte, worüber wir redeten. Ich konnte davon ausgehen, dass mich niemand verdächtigen würde. Und Zäsarius? Der Riss in seinem Zelt kam schon fast einer Einladung gleich. In aller Ruhe konnte ich das Gift in den Weinkrug schütten, der darunter stand.«

Enno sah den Kaiser flehend an. »Versteht doch, Majestät, mir war klar, dass ich rasch handeln musste, um Schaden vom Reich abzuwenden. Und dass ich alleine handeln musste. Stellt Euch vor, welchen Aufruhr es unter den reichstreuen Bischöfen und Äbten gegeben hätte, wenn ein Mönch ohne stichhaltige Beweise des Verrats angeklagt worden wäre! Hätte Euch die Geistlichkeit dann weiterhin so geschlossen unterstützt? Zumal jetzt, wo Euch der Papst mit der Exkommunikation droht? War es nicht auch für Euch günstiger, die Sache unauffällig zu regeln, anstatt alles an die große Glocke zu hängen?«

»Es steht Euch nicht an, darüber zu urteilen, was dem Wohl des Reiches dient!«, donnerte der Kaiser. Die Röte hatte vom Hals auf das Gesicht übergegriffen.

»Ich weiß, dass ich ein schändlicher Mörder bin«, fuhr Enno fort. »Aber wer die Ehre des Kaisers verletzt, verletzt damit auch die Ehre seiner Gefolgsleute. Obwohl ich nur einer der geringsten Diener Eurer Majestät bin, muss ich dennoch meinen Teil beitragen, um Eure Ehre wiederherzustellen. Als Kaiser seid Ihr das Haupt des Heiligen Reiches, wir gewöhnlichen Sterblichen sind seine Glieder. Ohne das Haupt sterben auch die Glieder ab. Den Galgen habe ich verdient, aber ich sterbe im Bewusstsein, meine Pflicht erfüllt zu haben.«

Schade um Enno, dachte ich. Wie viele Früchte hätte sein Leben tragen können, wenn er seinen Mut und seinen Eifer für eine gute Sache eingesetzt hätte, anstatt Richter zu spielen! Mir war elend zumute, obwohl ich erfolgreich ermittelt hatte. Aber ich hätte mir gewünscht, dass mich das Ergebnis zu einem anderen Mörder geführt hätte. Beim Angriff auf Crema hatte Enno den Tod im Kampf gesucht, weil er unter den Morden litt, die er glaubte begehen zu müssen. Er war kein eiskalter Verbrecher, sondern eine arme, irregeleitete Seele.

Der Kaiser zupfte an seinem Backenbart. Enno hatte ihn in eine äußerst unangenehme Lage gebracht. Üblicherweise verpflichteten erbrachte Hilfe und erwiesene Treue zu einer Gegenleistung. Mit seiner klugen Rede hatte Enno den Kaiser indirekt an diese Pflicht erinnert. Andererseits: Im Namen des Kaisers zu morden – welche Anmaßung! Ob Barbarossa den Knappen vielleicht »versehentlich« entkommen lassen würde? Aber ich bezweifelte es. Wenn er Ennos Verbrechen durchgehen ließ, wo würde das enden? Dann könnte jeder im Namen des Kaisers morden und stehlen!

»Ihr wisst nicht mehr, was Ihr redet.« Barbarossa winkte die Wachen herbei. »Schafft ihn in den Kerker. Morgen tagt das Hofgericht. Ich denke, das Urteil wird einstimmig gefällt.«

Erneut krachte es. Wie ein gewaltiger Peitschenschlag hörte sich der Donner an. Gleich darauf warf der Blitz ein glühendes Zick-Zack-Muster auf den pechschwarzen Himmel. Das Gewitter war genau über uns.

»Ich bereue nur, dass ich diesen Sumpf nicht mehr ganz trockenlegen konnte und die Namen der restlichen Verschwörer nicht herausgefunden habe«, sagte Enno leise, als er abgeführt wurde. »Wir sind zu fünft, hat Franz in der Schmiede gesagt. Es ist jetzt an Euch, Majestät, die fehlenden beiden Personen zu entlarven.«

Fünf?? Von Klara wusste Enno nichts. Rasch zählte ich nach: Franz, Zäsarius, Marie, Klara und wer noch?

Ich drehte mich zum Kaiserpaar um. Weder Beatrix noch Barbarossa hakten bei Enno nach.

* * *

Ich brauchte jetzt dringend eine Stärkung. Die letzten Tage hatten meine Kräfte ausgelaugt. Mit dem guten lombardischen Wein wollte ich meine Sorge um Trushard hinunterspülen.

Ich hatte gedacht, bei dem Unwetter wäre nicht mehr mit der Ankunft weiterer Gefolgsleute von Barbarossa zu rechnen. Umso erstaunter war ich, als ich vor der Tür, die in die Halle führte, Siegfried stehen sah. Mit seinen klatschnassen Gewändern und den triefenden Haaren sah er aus wie ein riesiger Wassermann, der gerade dem Fluss entstiegen war. Er starrte die Tür an, als hinge sein Schicksal von ihr ab.

Mein Herz hüpfte. »Ist Trushard mit dir hergeritten?«, fragte ich ihn hoffnungsvoll.

Er wandte mir den Kopf zu. Ich erschrak. Siegfried war blass wie der Winterhimmel an einem bewölkten Tag. »Bist du verletzt?«, erkundigte ich mich besorgt.

Stumm schüttelte er den Kopf.

»Nach dem Ritt durch den Regen brauchst du dringend eine Stärkung. Komm!« Ich packte ihn am Unterarm, um ihn in den Saal zu zerren.

Er blieb stehen, unverrückbar wie eine Eiche. »Ich kann nicht hineingehen«, gestand er kläglich.

»Ja, warum das denn nicht?«, wunderte ich mich.

Siegfried schluckte schwer. »Sie ist da drin.«

Ich kannte die Scheu vieler Männer vor meiner Herrin. Ihre Schönheit und Klugheit brachten sogar die tapfersten Ritter ins Schwitzen. Daher lachte ich gutmütig. »Die Kaiserin ist noch oben in ihrer Kemenate. Aber selbst wenn sie hier wäre, vor ihr brauchst du keine Angst zu haben. Du hast sie doch schon in Lautern kennen gelernt. Sie ist die Güte in Person. Also komm!«

»Ich bin so dumm, und sie ist so gebildet«, murmelte Siegfried vor sich hin. »Ich bin so plump, und sie ist so anmutig. Ich bin so hinterwäldlerisch, und sie ist ...«

»Auch die Kaiserin ist nur ein Mensch«, unterbrach ich ihn.

»Jetzt entscheidet sich alles«, brummte er. Hatte er Fieber?

»Was ist mit Trushard?«, drängte ich. »Hast du ihn gesehen? Wie geht es ihm?«

Siegfried reagierte nicht.

Mein Gott, er wusste doch, wie sehr ich meinen Mann liebte! Als echter Freund hätte Siegfried mir eine Antwort geschuldet, fand ich. »Von mir aus bleib da stehen bis zum Jüngsten Gericht«, sagte ich verärgert. »Ich habe Durst und gehe hinein.«

Er griff nach meinem Flatterärmel. »Du musst mir helfen«, raunte er mir beschwörend zu.

Endlich verstand ich. »Selbstverständlich diene ich dir als Fürsprecherin bei der Kaiserin. Welches Anliegen hast du denn?«

Die Tür öffnete sich. Mit wiegenden Schritten kam Gisla heraus. Siegfrieds Gesichtsfarbe wechselte blitzschnell von winterhimmelblass zu hagebuttenrot.

Meine Freundin stieß einen erstickten Schrei aus. Verwirrt sah ich von einem zum anderen.

Gislas Gesicht strahlte wie Sonne, Mond und alle Sterne zusammen. »Siegfried, was machst *du* denn hier? Du hast dich gar nicht verändert seit unserem letzten Treffen in Lautern.«

Die beiden schienen mich vergessen zu haben. Um ihre Wiedersehensfreude nicht zu stören, huschte ich um die Ecke.

»Ich will dich fragen, ob du meine Frau werden möchtest«, platzte er heraus.

Abrupt blieb ich stehen, dann trippelte ich ein paar Schritte rückwärts, um Gislas Antwort nur ja nicht zu verpassen. Jetzt war mir auch klar, für wen der Brief bestimmt war, den wir nach Siegfrieds Tod hätten übergeben sollen.

»O ich Trottel«, jammerte er. »Da nehme ich ein ganzes Jahr lang Unterricht, nur um dich mit meinem Wissen und meinem höfischen Benehmen zu beeindrucken, doch dann verliere ich den Kopf, sobald ich dich sehe, und platze mit meinem Anliegen heraus wie ein Bauernlümmel. Und wie sehe ich jetzt aus in meiner nassen Kleidung …«

»Du bist mir hinterhergereist?«, fragte Gisla ungläubig.

»Was sollte ich denn machen?«, gab Siegfried zurück. »Ich hätte dich nie gehen lassen dürfen. Aber ich dachte, ich wäre so ein grober Klotz und du so eine feine Dame …«

»Und ich dachte, ich sei sowieso keine Frau zum Heiraten. Bei dem zweifelhaften Ruf, den ich habe. Bevor wir uns kennen lernten, hatte ich zahlreiche Liebhaber.« Gisla klang ungewohnt kleinlaut und schüchtern.

»Ich war auch kein Trauerkloß.« Siegfried atmete schwer. »Was ist, Gisla, mein Täubchen, ja oder nein? Du bist das Glück meines Lebens, komm, sag schon ja!«

Ich schob mein Ohr näher, aber ich hörte nur ein kurzes Schmatzen und dann das leise Klirren von Schmuck und ein

Kleiderrascheln. Bestimmt lagen sie sich in den Armen. Auch das war eine eindeutige Antwort.

Hinter mir erklangen eilige Schritte. Ich zuckte schuldbewusst zusammen, wie ein Kind, das man dabei ertappt, wie es die Mandelkruste vom Butterkuchen klaubt.

Ich hörte ein Zischen, wie von einem Messer, das heransauste. Mein Körper wurde unwillkürlich steif wie ein Brett, ich sah eine blitzende Klinge ganz dicht vor meinen Augen vorbeirasen – und dann steckte sie schon in der Wand fest.

Ich hätte es mir denken können: Männer kreuzen immer dann auf, wenn die Arbeit bereits erledigt ist. Aber die Hauptsache war doch, dass er überhaupt kam. Ein tiefes Glücksgefühl durchströmte mich, und fast zärtlich betrachtete ich das Messer in der Wand. Hatte er schon gelernt, mit der unverletzten rechten Hand zu zielen?

Ich schloss die Augen. Eine patschnasse Hand umschloss sachte meine Taille. Das Wasser drang mir bis auf die Haut.

»Was für eine Begrüßung«, sagte ich spöttisch, ohne die Augen zu öffnen.

»Ich muss allmählich wieder in Übung kommen, damit ich als Messerwerfer Geld für uns verdienen kann. Die Freiheit naht. Ich kann sie schon riechen«, wisperte es zurück.

Ich roch etwas ganz anderes: einen Gestank nach vergammeltem Fisch, brackigem Wasser und Schweiß.

»Und ausgerechnet bei deinem Weib fängst du mit dem Üben an?«, fragte ich grinsend.

Trushard wirbelte mich herum und presste mich mit seinem nassen Körper an die Wand. Mein Bliaut saugte sich begierig mit Wasser voll, als habe er nur darauf gewartet. Ich öffnete die Augen und sah die Klinge direkt neben meinem Schleier.

»Eine gefährliche Begrüßung für ein gefährliches Weib.« Trushard zwinkerte mir zu. »Es ist ein Wunder, wie du es immer wieder schaffst, mich aus dem Kerker zu zaubern.«

»Purer Egoismus«, gab ich leise zurück. »Gute Liebhaber sind dünn gesät.«

Trushard sah ein wenig zerknirscht aus. »Üblicherweise schützen die Männer die Frauen, aber bei uns ist es umgekehrt, fürchte ich.«

Ich lächelte ihn an. »Ich brauche keinen Mann, der auf mich aufpasst. Das kriege ich schon selber hin. Aber ich brauche einen Mann, der mich mit seinen Liedern und Geschichten zum Lachen bringt und mich mit seinem Körper wärmt. Du bist der Einzige, der das schafft. Ohne dich wäre mein Leben eine Wüste.«

Trushards feuchter Mund näherte sich. Der Gestank, der ihm entströmte, erinnerte mich an ein Fischmaul, aber die Zärtlichkeit der Lippen ließ mich den leicht fauligen Geschmack schnell vergessen. Mein tollkühner Gatte hatte sich trotz des Unwetters auf den Weg gemacht, um ganz schnell bei mir zu sein. Ich war gerührt.

»Bist du außer der Wunde am Oberarm wirklich unverletzt?«, fragte ich nach einem ausgiebigen Kuss, der mich in eine Nixe verwandelt hatte.

»Der Schädel brummt noch ein bisschen, und die Wunde schmerzt, aber ich strotze trotzdem vor Kraft. Soll ich es beweisen?« Er hob mich mit dem rechten Arm hoch, als wäre ich eine Feder, und schwenkte mich hin und her, dass die Wassertropfen flogen.

»Ich glaube, in der Schmiede ist jetzt niemand«, raunte ich ihm zu. »In der Halle wird gleich das Abendessen aufgetragen.«

»Erst das Essen, dann die traute Zweisamkeit«, entschied Trushard. »Selbst der verliebteste Ehemann braucht gelegentlich etwas zu futtern.«

* * *

Nachdem wir uns hastig abgetrocknet hatten, gingen wir in die Halle, wo Beatrix den versammelten Rittern und Hofdamen reichlich auftischen ließ. Trotz des missglückten Angriffs herrschte im Saal Feststimmung. Alle hatten aufgeatmet, weil der gefährliche Mörder gefasst worden war. Wenigstens *ein* Erfolg für den Kaiser. Nur mich quälte weiterhin die Angst, dass noch etwas Schreckliches passieren könnte. Immerhin hatten wir den fünften Verschwörer nicht gefasst. Aber Enno hatte zutreffend bemerkt, dass es am Kaiser war, die fehlende Person zu entlarven. Ich hatte damit nichts mehr zu tun und konnte mich ungestört meinem Ehemann widmen.

Trushard zog die Platte mit dem Fasanenbraten zu uns heran und legte mir das dickste Stück auf die Brotscheibe. »Hier, iss, ich muss dich aufpäppeln. Sonst sagt man mir noch nach, ich würde meine Ehefrau vernachlässigen. So abgemagert wie du bist, nimmt mir doch niemand den liebenden Minnesänger ab. Ich will schließlich nicht, dass mein guter Ruf unter deiner Appetitlosigkeit leidet.«

Seit ich das Wimmern des verbrennenden Knaben am Belagerungsturm mit angehört hatte, wurde mir beim bloßen Anblick von gegartem Fleisch schlecht. Ich schüttelte den Kopf. »Ich kann nichts mehr essen, was einmal schreien konnte.«

»Dann nimm einen Fisch«, schlug Trushard vor. »Fische schreien nicht.«

»Doch«, beharrte ich. »Wir hören es nur nicht. Aber auch die Fische haben ein Maul.«

Mit seinem langen Arm hangelte Trushard nach der Schüssel mit dem Erbsenbrei. »Selbst der liebe Gott würde auf einer Erbse keinen Platz finden, um ihr einen Mund zu verpassen.«

Während ich genüsslich kaute, bemerkte ich, dass sich der

Kaiser von seinem Sitz erhob. Schlagartig verstummten die Gespräche im Saal.

»Heute ist ein glücklicher Tag für das Reich. Dank des tapferen Einsatzes zweier Menschen ist ein Mörder gefunden und eine Verschwörung aufgedeckt worden.«

Hastig schluckte ich den restlichen Brei hinunter. Trushard sah mich verständnislos an. »Habe ich irgendetwas verpasst, während ich im Lager über unsere Feinde ausgefragt wurde?«, flüsterte er mir zu. »Was hast du denn diesmal wieder angestellt?« In der ersten Wiedersehensfreude hatte ich vergessen, ihm von meinen erfolgreichen Ermittlungen zu erzählen, denn mich hatte vor allem interessiert, wie es ihm seit dem Angriff ergangen war. Und anschließend waren wir nicht mehr allein gewesen.

Bevor ich ihn aufklären konnte, winkte uns der Kaiser nach vorne. »Trushard von Köln und Rotrud von Saulheim, Ihr habt uns bestens gedient.«

Wir bemühten uns, schnellen, aber würdigen Schrittes zum oberen Ende der Tafel zu gehen. Dort knieten wir vor dem Kaiserpaar nieder.

Barbarossa nahm einem Diener einen prall gefüllten Geldbeutel ab. Feierlich überreichte er ihn Trushard. »Ihr habt einen gefährlichen Mörder gestellt, einen entlaufenen Entführer wiedergefunden und eine heimtückische Verschwörung aufgedeckt. Dafür verdient Ihr reichlich Lohn. Trushard, ich werde Euch mit einem eigenen Gut in Hinterfelsenthal belehnen.« Der Kaiser sprach den Namen des Ortes so stolz aus, als redete er von Paris oder Rom.

Wo lag Hinterfelsenthal eigentlich? Noch nie hatte ich von einem Ort dieses Namens gehört. Wo auch immer es war, es war mit Sicherheit mindestens zehn Tagesreisen vom nächsten Marktflecken entfernt. Und überhaupt: Wieso bekam Trushard das Lehen, während ich die ganze Arbeit geleistet hatte? Hatte die Kaiserin in der Schmiede nicht ausdrücklich von *meiner* außerordentlichen Klugheit gesprochen?

Der Kaiser sah Trushard interessiert an. »Wie seid Ihr eigentlich auf den Mörder gekommen?«

»Ich bin mit einem blitzgescheiten Weib gesegnet«, entgegnete mein Gatte in ungewöhnlicher Bescheidenheit. »Das größte Verdienst gebührt ihr.«

Das größte? Das ganze Verdienst! Zu Trushards Gunsten nahm ich an, dass er dem Kaiser nicht vor dem versammelten Gefolge zu verstehen geben wollte, er habe Geld und Lehen der falschen Person zugesprochen.

Der Kaiser wedelte mit der Hand. »Man tut immer gut daran, auf sein Weib zu hören, nicht wahr, Beatrix?« Er strahlte sie an. Im Saal erklang Gelächter.

»Was führte Euch letzten Endes auf die Spur des Mörders?«, hakte Barbarossa nach.

Mein Mann erwiderte den Blick so gelassen, als wüsste er über alles perfekt Bescheid. »Im Grunde sind es immer wieder dieselben Gründe, warum ein Mensch einen Mord begeht. Da wäre zunächst einmal die Rachsucht …«

Erst Augenblicke später begriff ich, dass Trushard von mir entsprechende Signale erwartete. Demonstrativ blickte ich zu Boden, um ihm zu zeigen, dass es nicht die Rachsucht gewesen war.

»Dann gibt es noch die Eifersucht …«, fuhr Trushard fort.

Wieso fing er eigentlich mit den unwahrscheinlichsten Motiven an? Ich rührte mich nicht.

»Habgier …«, schob Trushard nach.

Allmählich wurde mein Nacken von dem krampfhaften Blick nach unten steif.

»… und den Verrat.« Hörte ich eine leise Verzweiflung aus Trushards Stimme heraus?

Wie zufällig berührten meine Hände den Beutel, der von

meinem Gürtel herabhing und den verräterischen Brief beinhaltete.

»Nun, wir hatten bei Franz und Zäsarius das Flammensiegel gefunden, das die Verschwörer benutzten.« Ich atmete auf. Trushard hatte den Wink verstanden. »Deshalb musste man davon ausgehen, dass die Morde mit dem Verrat zusammenhingen. Und so war es leicht, auf den Mörder zu kommen.«

»Aber wie Ihr die wahre Todesursache herausgefunden habt und welche Schlussfolgerungen Ihr daraus gezogen habt, das verdient höchsten Respekt«, lobte der Kaiser.

»Ihr überschätzt mich, Majestät«, gab Trushard demütig zur Antwort. Endlich ein wahres Wort, dachte ich.

Der Kaiser erläuterte den Gästen in kurzen Sätzen, wie wir den Mörder überführt hatten, obwohl die meisten im Saal schon Bescheid wussten. Als er Ennos Namen nannte, blitzte es in Trushards Augen auf.

»Und so jemanden habe ich in meine Dienste genommen«, erregte sich Graf Otto. »Den eigenen Herrn umzubringen, das ist ja nicht zu fassen.« Ich konnte verstehen, was er sagte, denn der Truchsess, der sich gewiss noch gut an die peinliche Auseinandersetzung beim letzten Festmahl erinnerte, hatte den Grafen ohne Zögern ganz in die Nähe des Kaiserpaares gesetzt.

»Nun sind alle Übeltäter gefasst«, erklärte Barbarossa abschließend. Und was war mit dem fünften Mann? Und Klara?

»Mit Euren exzellenten Sprachkenntnissen und Eurer Gewandtheit seid Ihr unverzichtbar für mich«, fuhr der Kaiser, an Trushard gewandt, fort. »Gleich morgen Früh brecht Ihr wieder auf, zu einer heiklen Mission nach Rom. Ich habe einen Brief, der dem Papst dringend übergeben werden muss.«

Trushard und ich tauschten einen langen Blick. Nicht schon wieder, dachte ich seufzend. Schweigend verbeugten wir uns und standen auf.

Als wir wieder auf unseren Plätzen saßen, hagelte es Glückwünsche von allen Seiten. Für Trushard wohlgemerkt. Selbst Guillaume kam in seinen affektierten Schnabelschuhen angeschlichen. Hatte die Kaiserin diesen unfähigen Sänger immer noch nicht von ihrem Hof verbannt? »Ich werde ein Epos über Trushard den Tapferen schreiben und Euren Ruhm an allen Höfen Europas verbreiten«, kündigte er an.

»Wie ich schon sagte, das Verdienst gebührt meiner Gattin«, wehrte Trushard ab. »Ehrt sie und nicht mich!«

»Nicht so bescheiden, mein Freundchen! Als ob Frauen denken könnten, ha! Mal ehrlich, das glaubt doch sowieso keiner.« Guillaume klopfte meinem Mann auf die Schulter und schlurfte in seinem unpraktischen Schuhwerk wieder davon.

Resigniert sah ich ihm nach. Das war Frauenlos – wir erledigten die Arbeit, und die Männer sonnten sich im Erfolg.

»Hauptsache, wir wissen, wer den Mörder wirklich überführt hat«, raunte meine Freundin mir tröstend zu.

Vorsichtig lugte ich zu Jost hinüber, der zwei Tafeln weiter saß. Er fing meinen Blick auf und schickte ihn mit Gift beladen zurück. Trotz der Hitze trug er einen Schal um den Hals. Hatte er sich erkältet? Elisabeth hockte neben ihm und redete unablässig auf ihn ein, aber er beachtete sie nicht.

»Elisabeth hat sich einfach neben ihn gesetzt.« Gisla grinste. »Es sieht aus, als ob ihm das gar nicht recht wäre. Aber er wird sie nicht mehr los. Sie hängt wie eine Klette an ihm.«

Siegfried, der Gislas Händchen mit seiner Pranke streichelte, musterte seinen Bruder befriedigt, dann wandte er sich zu Trushard und mir. »Nach dem missglückten Angriff habe ich den ganzen Weg und den Wassergraben rund um

Crema nach euch beiden abgesucht.« Er schluckte. »Ich habe euch zwar unter den vielen Leichen, die bei der Stadtmauer lagen, nicht gefunden, aber ich konnte mir denken, dass man euch gefangen genommen hatte und dass ihr bestimmt bald hingerichtet werdet. Ich war außer mir vor Wut über meinen Bruder, der an eurem Unglück schuld war. Deshalb habe ich ihn mir geschnappt. Am liebsten hätte ich ihn verprügelt, aber es ist leider verboten, im Lager einen handfesten Streit anzuzetteln.« Siegfried schmunzelte. »Doch es ist nicht verboten, für Sauberkeit zu sorgen. Ich habe also mein Brüderchen in den Serio getunkt. Nachts natürlich, weil es dann am kühlsten ist. Immer wieder habe ich ihn hineingeschmissen, bis er blau angelaufen war.« Er lachte schadenfroh. »Jetzt ist er erkältet und kann nicht mehr sprechen. Aber mir reicht das nicht als Rache für das, was er euch angetan hat.«

Nachdenklich drehte Trushard den Weinbecher hin und her. »Du sagtest, dein Bruder könne nicht mehr sprechen?«

»Keinen Pieps«, versicherte Siegfried. »Ein seliger Zustand, der nur leider nicht sehr lange anhalten wird.«

»Dann müssen wir das ausnutzen, solange es geht.« Trushard grinste breit. »Ich habe eine Idee, wie wir Jost für seine Bosheit bestrafen. Wir werden ihm eine Lektion erteilen, die er sein ganzes Leben lang nicht mehr vergessen kann.«

* * *

Es war nicht schwer gewesen, die Fäden zu spinnen. Ich hatte der Kaiserin vorgeschlagen, sich vor dem Schlafengehen noch einmal mit Elisabeth im stillen Kämmerlein zu unterhalten. Beatrix hatte ohne Zögern zugestimmt. Auch Elisabeth war entzückt gewesen, als ich sie in Beatrix' Kemenate eingeladen hatte.

Mit leuchtenden Augen thronte sie auf einem Hocker. »Die Kaiserin will sich wirklich nach meinem Wohlergehen erkundigen?«, fragte sie.

»Du hast Schweres durchgemacht«, antwortete ich salbungsvoll und zupfte die Bettdecke zurecht. »Ihre Majestät will sich vergewissern, dass du keinen bleibenden Schaden davongetragen hast.«

»Ich habe meinem Peiniger verziehen, wie es sich für eine fromme Christin gehört«, erklärte Elisabeth. »Morgen vor Gericht werde ich mich für ihn einsetzen und aussagen, dass er mich stets gut behandelt hat, auch wenn das nicht stimmt. Was geschieht denn jetzt mit ihm?«

»Er sitzt im Kerker der Burg«, erwiderte ich, während ich auf dem Bett die purpurroten Seidenkissen einladend drapierte. »Wenn morgen das Gericht zusammentritt, wird auch über seine Vergehen befunden.«

»Ich werde ihm ein reichhaltiges Frühstück bringen«, kündigte Elisabeth an. »Zum Zeichen dafür, dass ich ihm vergeben habe. Liebet eure Feinde, hat Jesus gesagt. Und deshalb habe ich auch die Küchenmagd dazu überredet, ihre Anklage gegen Dietrich zurückzuziehen. Ich habe ihr gesagt, dass sie dann einen Ehrenplatz im Himmelreich erhält.«

Meinen Feind zu lieben – das würde mir bei Jost niemals gelingen. Stattdessen würde ich unsere Rache voll auskosten. Aber bevor es losging, wollte ich Elisabeth noch ein wenig auf den Zahn fühlen.

»Wo wir schon bei der Liebe sind …« Ich senkte meine Stimme und blinzelte Elisabeth verschwörerisch zu. »Jost von Lautern scheint dir sehr zu gefallen.«

Elisabeths Gesicht leuchtete auf, aber sie schwieg vielsagend.

»Ich kenne Jost seit Jahren und habe den Eindruck, dass du ihm auch gefällst«, fuhr ich fort. »Er ist nur ein bisschen schüchtern, aber ich bin sicher, dass er sich dir bald zu erkennen geben wird.«

»Ich würde ihn ohne Zögern heiraten«, gestand sie. »Schließlich ist er ein Mann von großer Tugend. Er weiß genau, was sich gehört und was nicht. Das ist ja heutzutage, wo sich die Sitten immer mehr verschlechtern, nicht selbstverständlich. Schau dir nur das ganze Pack an, das sich so am Hofe herumtreibt, angefangen von den zuchtlosen Spielleuten ...« Erschrocken klappte sie den Mund zu.

Aber ich lächelte sie nur liebenswürdig an. »Ihr verdient einander«, flötete ich. Das war nicht gelogen. Was Heuchelei anging, waren Elisabeth und Jost einander ebenbürtig. Wie hatte Großmutter immer so treffend gesagt? »Auf jede Truhe passt ein Deckel.«

Die hässliche Hofdame hatte soeben bestätigt, was ich schon seit langem geahnt hatte: Die Geschichte, dass sie lieber ins Kloster als an den Hof gegangen wäre, hatte sie uns nur aufgetischt, weil sie sich schämte, dass sie keinen Mann fand. Bereitwillig würde sie ihren himmlischen Gemahl gegen einen irdischen eintauschen. Was sie wohl an dem miesepetrigen Jost fand? Nun ja, gemessen an ihr war er eine Schönheit.

Als die Tür aufging, zuckte ich zusammen. Gleich war es so weit. Strahlend wie die aufgehende Morgensonne schritt die Kaiserin auf Elisabeth zu, die sich hastig erhob und knickste. »Meine Liebe, ich bin überglücklich, dich wieder an meinem Hof begrüßen zu können.«

Gerade hatte die Kaiserin im Faltsessel Platz genommen, da klopfte es. »Siegfried und Jost von Lautern sowie Trushard von Köln wünschen Euch dringend zu sprechen«, meldete die Leibwache.

Siegfrieds mächtiger Leib quetschte sich durch den engen Türrahmen. Es sah aus, als ob er ihn sprengen wollte. Hinter ihm erschienen ein mürrischer Jost und ein strahlender Trushard. Siegfried und Trushard hatten Jost gesagt, die Kaiserin habe nach ihnen verlangt.

Ich zog mich diskret in den Hintergrund zurück. Die drei Männer verbeugten sich formvollendet. Die Szenerie war perfekt, genau so, wie wir es geplant hatten. Der schmächtige Jost stand in der Mitte zwischen Trushard und Siegfried, die ihn um mehrere Köpfe überragten und Schatten auf Josts Gesicht warfen. Ich hatte nur eine einzige Kerze entzündet und sie neben den Sessel der Kaiserin gestellt. Dadurch waren die Gesichter der drei Männer nur schemenhaft erkennbar.

Lächelnd nahm Beatrix die Huldigung entgegen. »Ihr wolltet mich sprechen?«

Ich spitzte die Ohren. Kein einziges Wort wollte ich mir entgehen lassen!

»Majestät, ich, Jost von Lautern, wollte Euch demütigst um Erlaubnis fragen, Eure Hofdame Elisabeth von Trauenstein ehelichen zu dürfen.« Nach wenigen Worten schon sperrte Jost verblüfft den Mund auf. Jetzt sah es wirklich so aus, als ob er selber spräche. Ich war mit meinem Gatten außerordentlich zufrieden. Seine Stimme klang wie die von Jost, nur sehr rau. Schließlich war der Ärmste auch erkältet. Mein Mann war wirklich ein ausgezeichneter Bauchredner.

Als Trushard alias Jost den Satz beendet hatte, riss Elisabeth verzückt die Augen auf, während ihr künftiger Gemahl hilflos den Kopf schüttelte. Er zerrte an seinem Schal, brachte aber nur erstickte Laute hervor. Trushard hatte sein unschuldigstes Lächeln aufgesetzt.

»Jost, Liebster, ich bin für immer und ewig die Deine«, hauchte Elisabeth, ohne abzuwarten, bis die Kaiserin sie nach ihrem Einverständnis fragte.

Beatrix schmunzelte. »Einer solch großen Liebe werde ich natürlich nicht im Wege stehen, auch wenn mir Elisabeth sehr fehlen wird. Jost von Lautern, ich erteile Euch hiermit die Heiratserlaubnis.« Sie erhob sich. »Damit wäre alles abgemacht.«

Jost schüttelte wild den Kopf.

»Du kannst dein Glück wohl gar nicht fassen, Brüderchen. Ich gratuliere euch.« Siegfried hieb ihm schmunzelnd auf die Schulter.

Hatte Jost Tränen in den Augen? Vor Wut? Ich freute mich diebisch.

»Ich verstehe Eure Rührung nur zu gut«, sagte Beatrix lächelnd zu ihm. »Ihr bekommt eine wahre Perle als Ehefrau. Ihre Tugend ist über jeden Zweifel erhaben.«

Elisabeth errötete und versank in einem tiefen Knicks.

Jost gestikulierte wild mit den Händen. »Danke, Majestät, für Eure übergroße Güte«, krächzte Trushard mit Josts Stimme.

Beatrix winkte ab. »Schon gut, lieber Jost, es ist meine Aufgabe als Kaiserin, für das Wohlergehen meiner Untertanen zu sorgen.« Dann schritt sie würdevoll hinaus.

Jetzt konnte Jost nicht mehr zurück, ohne sich die Kaiserin zur unversöhnlichen Feindin zu machen. Wohl oder übel würde er Elisabeth ehelichen müssen. Bevor er die Kemenate verließ, warf er mir einen warnenden Blick zu. Ich lächelte ihn triumphierend an. Er konnte mir nichts mehr anhaben. Bald waren Trushard und ich ganz weit weg.

* * *

Die Rache an Jost hatte mir Auftrieb gegeben und meine merkwürdige Unruhe besänftigt. Der fünfte Verschwörer befand sich gewiss weit weg von uns in Crema – falls es ihn oder sie überhaupt gab. Vielleicht hatte Enno sich auch verhört oder uns absichtlich angelogen. Was sollte Trushard und mir schon passieren? Vor uns lag eine wunderbare Nacht, die wir – oh seltenes Glück! – gemeinsam verbringen würden.

Von Vorfreude erfüllt, summte ich vor mich hin, während ich meinen abendlichen Pflichten nachging. Wie immer holte ich den Krug mit dem schweren Rotwein, den meine Herrin vor dem Einschlafen zu trinken pflegte. Diesmal stellte ich einen zweiten Becher für den Rotbart dazu und vergaß auch nicht die Käsehäppchen, falls sie noch mitten in der Nacht Hunger bekämen.

Dann zog ich mich in den Nebenraum zurück, in dem ich mit Gisla schlief und in dem heute ausnahmsweise mein Gatte auf mich wartete. Gisla hatte sich mit Siegfried in die Schmiede zurückgezogen.

»Wie bist du eigentlich auf Enno gekommen?«, fragte Trushard, als ich zu ihm unter die Decke schlüpfte.

Wohlig schnurrend kuschelte ich mich an seine unverletzte Seite. »Beim Angriff habe ich gesehen, wie Graf Otto mit dem Spieß ausholte. Da wurde mir schlagartig klar, dass es in der engen Schmiede gar nicht möglich gewesen wäre, Franz auf diese Weise umzubringen. Der Spieß passte nicht ins Bild, und deshalb hat er mich auf die Spur des Mörders geführt.« Meine rechte Hand spielte mit Trushards Ohrläppchen. »Ich habe Enno bei Marie getroffen, als er ein neues Messer gekauft hat. Ich dachte, das Messer wäre für ihn nur ein Vorwand gewesen, um mit Marie ins Gespräch zu kommen, aber er brauchte es wirklich.«

»Du bist eine lebenstüchtige Frau. Für das, was du geleistet hast, ist dieses merkwürdige Lehen viel zu wenig. Hinterfelsenthal! Wie das schon klingt!« Trushard schnaubte verächtlich. »Von diesem Ort habe ich noch nie gehört, und ich kenne nun mittlerweile wirklich jeden Weg in diesem Reich. Es muss das allerletzte Kaff sein. Wahrscheinlich besteht es nur aus einer windschiefen Hütte und einem verwilderten

Acker, der seit den Zeiten Kaiser Heinrichs IV. nicht mehr bestellt worden ist.«

Meine Hand ließ das Ohrläppchen los und fuhr den Hals entlang. »Wenigstens könntest du dort ungestört dichten.«

Trushard seufzte schwer. »Und wem soll ich meine Epen vortragen? Den Kühen vielleicht?«

Ich lachte. »Sie geben bestimmt mehr Milch, wenn du ihnen etwas Hübsches vorsingst.«

»Lass uns morgen gleich nach dem Frühstück abhauen«, flüsterte er mir ins Ohr.

»Ich wünschte, es wäre schon vorbei«, seufzte ich. »Ich habe solche Sorgen, dass man uns erwischt.«

»Du wirst sehen, alles klappt genau so, wie wir es geplant haben.« Trushard wuschelte mit der Hand durch meinen Lockenschopf. »Deine Frisur hat so etwas Verwegenes. Wie eine Piratenbraut. Eigentlich gar nicht schlecht.«

»Nicht schlecht?«, gab ich empört zurück. »Ich habe meine lange Pracht nur für dich geopfert. Du müsstest aus Dankbarkeit jedes Haar einzeln küssen.«

»Es gibt andere Stellen an deinem Körper, die sich zum Küssen besser eignen«, kündigte Trushard an und ließ seinen Worten Taten folgen.

Niemals würde ich von ihm genug bekommen, dachte ich, während wir uns liebten, als wäre es unsere letzte gemein same Nacht.

Aber nun würde unser Leben erst richtig losgehen. Der Mörder war gefasst, wir hatten eine großzügige Belohnung erhalten, die uns für die nächste Zeit ein sorgenfreies Leben ermöglichen würde, und morgen würden wir den Hof verlassen und für immer und ewig zusammen sein. Mit glücklichen Gedanken an eine Zukunft als Spielweib schlief ich, eng an Trushard geschmiegt, ein.

Ich träumte von unserem ersten gemeinsamen Auftritt auf

dem Marktplatz einer großen, prächtigen Stadt. Wir badeten förmlich in dem lauten Applaus, mit dem uns die Menge nach unserer Darbietung freudig bedachte. Die Meute stürmte auf uns zu und schien uns förmlich zu zerquetschen. Irgendjemand drückte meinen Arm so fest, dass es wehtat. Du liebe Güte, dieser Zuhörer übertrieb es wirklich mit seiner Begeisterung. Eine Männerstimme drang an mein Ohr: »Zu guter Letzt hat sie sich doch noch verraten.« War das mein Vater, der mein Tun missbilligte? Aber wie hatte er mich in der Ferne gefunden?

Irgendjemand rüttelte mich an den Schultern. »Aufwachen!«

Aufwachen?

»Die tut nur so, als ob sie schläft«, zischte eine zweite Männerstimme.

Ich wurde hochgezerrt. Verwirrt öffnete ich die Augen. Die beiden Wachmänner, die Enno aus der Kemenate geschleppt hatten, standen links und rechts von mir und umklammerten meine Arme.

Trushard wurde von zwei weiteren Wachen festgehalten. Schlaftrunken blinzelte er in das Licht, das durch die geöffnete Tür von der Kemenate aus in unseren Raum fiel. Er stand in all seiner Pracht da, wie Gott ihn geschaffen hatte. Ich hatte wenigstens noch das Schlafhemd an, das ich zu tragen pflegte, weil mich die Kaiserin mindestens einmal pro Nacht zu sich rief.

»Zieh dich an«, befahl einer der Wachleute meinem Mann. Ungelenk hangelte Trushard nach seinen Sachen.

Wo steckte Gisla? Sie amüsierte sich bestimmt noch mit Siegfried in der Schmiede.

»Was ist denn los?«, stammelte ich. Meine Zunge war unbeweglich, wie immer kurz nach dem Aufstehen.

»Spiel uns nicht das Unschuldslamm vor, das glauben wir

dir sowieso nicht mehr«, fuhr mich einer der Wachmänner an. »Wir bringen dich jetzt erst mal zur Kaiserin. Sie hat nach dir verlangt. Aber diesmal geht es nicht um den Nachttopf.«

Verständnislos glotzte ich ihn an. War es ein Verbrechen, dass heute Nacht ausnahmsweise mein Mann und nicht meine Freundin bei mir geschlafen hatte? Aber wenn es so wäre, müsste das halbe Gefolge von Beatrix eingesperrt werden, denn ich war schon im Dunkeln über so manches Pärchen gestolpert. Und die waren im Gegensatz zu uns nicht verheiratet. Zumindest nicht miteinander.

Der Wachmann schnaubte. »Na, dämmert' s endlich bei dir da oben?«

Ich rieb mir den Schlaf aus den Augen. Hatte uns jemand belauscht und der Kaiserin verraten, dass wir fliehen wollten? Aber würde man mich deshalb mitten in der Nacht von meinem Lager zerren?

»Abführen!«, befahl einer der beiden Wachmänner, die mich gepackt hielten, und deutete auf Trushard. »Er wird im Keller eingesperrt. Und mit ihr wird sich das kaiserliche Paar erst einmal ausgiebig unterhalten.«

»Lasst meine Frau in Ruhe!«, protestierte Trushard entsetzt. »Mein Gott, wir haben doch nichts getan.«

Auf meinen Lippen brannte noch Trushards letzter Kuss, ich spürte noch die Wärme seines Körpers ... »Ich will bei meinem Mann bleiben!« Meine Zunge war plötzlich hellwach. Ich stolperte auf Trushard zu und streckte meine Hand nach ihm aus. Aber die Wachen waren schneller und zerrten ihn von mir weg.

Trushard drehte sich im Türrahmen noch einmal nach mir um. »Liebste, es ist bestimmt nur ein Missverständnis«, rief er mir zu und schenkte mir ein schiefes Lächeln.

»Bestimmt«, plapperte ich ihm nach wie ein Vogel, der sprechen lernt, ohne zu begreifen, was ich da von mir gab. War das alles ein Albtraum?

Die Kälte der Steinfliesen fraß sich in meine nackten Füße, als ich in die Kemenate gebracht wurde. Mir war zumute, als liefe ich über einen zugefrorenen Weiher, der nur von einer dünnen Eisschicht bedeckt war. Jeden Augenblick konnte ich einbrechen.

Meine Augen tasteten hektisch das Bild ab, das sich mir in der Kemenate bot. Vor dem unbenutzten Bett saßen Beatrix und Friedrich in Faltsesseln, beide noch genauso vollständig bekleidet wie beim Abendessen. Beatrix war unnatürlich blass und wirkte bedrückt, während der Hals des Kaisers flammendrot angelaufen war. Finster starrte er mich an. Neben dem Kaiserpaar stand Klara mit einem triumphierenden Lächeln auf den Lippen.

Auf dem Tisch war alles noch genauso, wie ich es aufgebaut hatte: der Silberleuchter, in dem Honigkerzen brannten, die mit frischem Obst verzierten Käsehäppchen, die beiden Becher ... Doch halt, wo war der Weinkrug?

Als mein Blick auf ihn fiel, gefror mir das Blut in den Adern. Er stand neben einer Katze, die so regungslos dalag, als wäre sie an die Fliesen geleimt worden. Ihre Glieder waren unnatürlich verrenkt und ihre Augen starr. Neben ihr befand sich ein Tonschälchen mit einer dunkelroten, fast schwarzen Flüssigkeit – der Wein!

Ein ungeheuerlicher Gedanke schoss mir durch den Kopf: Gift! Jemand hatte versucht, das Kaiserpaar umzubringen. Und nun warfen sie mir vor, ich hätte meine Pflichten vernachlässigt, weil ich mich nebenan mit meinem Mann vergnügt hatte, während sich ein Meuchelmörder in die Kemenate geschlichen hatte.

»Niemals hätte ich das von dir gedacht, Rotrud.« Die Kaiserin sah traurig aus. »Ich habe dir vertraut.«

Ich fiel auf die Knie. Hinter mir bauten sich die Wachmänner auf. »Majestät, verzeiht, dass ich meine Pflichten vernachlässigt und nicht genügend aufgepasst habe«, flehte ich. »Es tut mir aufrichtig Leid. Aber ich wähnte Euch in Sicherheit. Immerhin wird Eure Tür von unseren zuverlässigsten Männern bewacht. Ich verstehe nicht, warum sie nichts gemerkt haben.«

Ich sah an mir hinunter und schämte mich so entsetzlich, als wäre ich nackt. Ich war bekleidet wie eine Bademagd. Das ärmellose Hemd war dünn und verwaschen, aber es war ja auch nur zum Schlafen und Nachttopf-Holen gedacht. Sonst trug ich nichts am Leib. In einem solch unschicklichen Aufzug zeigte man sich nicht vor dem Kaiser.

»Leugnen macht alles nur noch schlimmer, Rotrud.« Die Stimme der Kaiserin zitterte leicht.

Ratlos blickte ich sie an. Ich hatte meine Schuld doch zugegeben?

Beatrix schluckte schwer. »Du sagst es selbst: Die Wachen haben nichts gemerkt.«

Ich hatte das Gefühl, als ob ich durch die dünne Eisschicht einbrach und vom kalten, dunklen Wasser verschlungen wurde. Jetzt erst begriff ich. »Ihr wollt doch nicht etwa sagen, dass *ich* das Gift in den Krug geschüttet habe?«, flüsterte ich ungläubig.

Die Kaiserin nickte. »Der Tod lauerte nur eine Tür von mir entfernt.« Sie klang fassungslos.

Barbarossas Hände umschlossen die Sessellehne so fest, als wollten sie sie zerquetschen. »Dem Herrn sei Dank, man hatte uns vorgewarnt. Wir haben den vergifteten Wein an der Katze ausprobiert.«

Attentate auf den Kaiser wurden mit dem Tode bestraft. Mit einem besonders grausamen Tod: gevierteilt, von Pferden zerrissen, gerädert, gekreuzigt oder ausgeweidet. Die Angst bohrte sich wie ein spitzer Eiszapfen in meinen Unterleib. Nur mit Mühe rang ich mir eine Antwort ab. »Ich stelle jeden Abend einen Weinkrug an das Bett der Kaiserin«, krächzte ich. »Das gehört zu meinen Aufgaben. Wenn ich meine Herrin wirklich hätte umbringen wollen, hätte ich es schon längst getan.«

»Es ist der unheilvolle Einfluss Eures verdorbenen Gatten. Er muss Euch dazu überredet haben. Spielmannsgesindel!«, regte sich der Kaiser auf.

Der Wind klatschte dicke Tropfen an die Holzläden. Ich schlotterte vor Angst und Kälte. Der Regen hatte die Luft abgekühlt, und mein Hemd war viel zu dünn. »W-w-w-wieso sollte ich meiner sanften Herrin nach dem Leben trachten?«, brachte ich stotternd hervor, während ich mir die klammen Oberarme rieb, um sie zu wärmen.

Die Kaiserin gab Klara ein Zeichen. »Sagt es ihr.«

Klara trat einen Schritt vor. »Der Anschlag galt nicht in erster Linie der Kaiserin, sondern dem Kaiser. Du und dein Mann gehört auch zu den Verrätern.« Ihre schwarzen Augen glänzten wie geschliffener Onyx, wahrscheinlich in Vorfreude auf die dicke Belohnung, die sie einstreichen würde.

»Aber das habe ich doch bloß behauptet, um aus dem Kerker zu entkommen!«, rief ich verzweifelt aus. »Es war eine Notlüge. Das alles habe ich Euch schon erzählt, Majestät!«

»Ich erinnere mich noch sehr gut daran, wie du mich gedrängt hast, Klara zu verhaften«, antwortete Beatrix eisig. »Um eine Mitwisserin loszuwerden, nehme ich an.«

Ich verstand rein gar nichts mehr. »Aber Klara ist doch auch eine Verschwörerin …«

Die Kaiserin schüttelte energisch den Kopf. »Um die Verschwörer auszuspionieren, hat sie so getan, als ob sie auf der Seite der Mailänder und Cremasken stünde. Doch in Wirklichkeit gehört sie zu uns.«

Ich war noch so müde, und mein Kopf war schwer vom Schlaf. Aber ich musste das Netz entwirren und begreifen, worum es hier ging. »Ja, ist sie denn keine Mailänderin?«

Klara reckte stolz den Kopf. »Ich bin die Tochter eines Mailänder Konsuls. Aber ich bin mit einem kaiserlichen Mann verheiratet! Wir haben uns kennen gelernt, als er nach Mailand gekommen ist, um bei meinem Vater Gnade für die Bürger seiner Stadt zu erbitten.«

Ich konnte mir den Rest zusammenreimen: Aus Liebe zu ihrem Gatten war sie ihren eigenen Leuten untreu geworden. Sie hatte ihre Heimatstadt verlassen, um an seiner Seite für eine bessere Zukunft zu kämpfen. Und welche andere Möglichkeit hatte eine Frau, als zu spionieren? Wahrscheinlich hatte sie zuerst den Mailändern angeboten, für sie tätig zu werden. Da sie aus einer angesehenen Familie stammte, vertraute man ihr. Aber in Wahrheit hatte sie alle Geheimnisse, die ihr die eigenen Leute mitgeteilt hatten, an den Kaiser weiterverraten. Im Gegenzug hatte sie den Mailändern nur harmlose Informationen geliefert – bis zu dem Zeitpunkt, an dem sie von der Verschwörung erfahren hatte.

Beatrix und Friedrich hatten also von Anfang an über den Verrat Bescheid gewusst. Deshalb war der Kaiser auch so still gewesen, als wir das Flammensiegel gefunden hatten. Aber weil er grundsätzlich jedem misstraute, hatte er uns nicht informiert. Ich verstand jetzt auch, warum Klara darauf gedrängt hatte, mit nach San Bassano zu kommen: um die Kaiserin vor mir zu warnen.

»Warum habt Ihr so kurze Haare?«, fragte der Kaiser abrupt und deutete auf meinen Lockenschopf.

Unwillkürlich griff ich an meine Nase. »Ich habe sie abgeschnitten und Männerkleidung angezogen, um zu ermitteln …«

»Wo und wann habt Ihr Eure Nachforschungen betrieben?« Die Augen des Kaisers waren kalt und hart wie blauer Beryll.

»Äh ... in Eurem Lager vor Crema«, gestand ich kaum hörbar.

»Ich habe ausdrücklich untersagt, dass sich dort Frauen aufhalten«, erregte sich der Kaiser. »Ihr habt es gewagt, mein Verbot zu missachten!«

»Aber doch nur, um den Mörder zu finden!«, verteidigte ich mich. »Es war zu Eurem Besten!«

Barbarossa presste die Lippen zusammen. »Diese Ausrede habe ich heute schon einmal gehört. Es ist interessant, was so alles zu meinem Besten unternommen wird.«

Ungläubig hatte ich seine Worte vernommen. »Ihr wollt mich doch nicht auf eine Stufe mit einem Mörder stellen?«

»Nein. Ihr seid noch viel schlimmer als Enno.« Der Kaiser musterte mich so abfällig, als wäre ich eine hässliche Erdkröte. »Ihr seid eine Verräterin, und außerdem wolltet Ihr Euch an der königlichen Majestät vergreifen.«

Mit Sicherheit würde im Gericht genau dieses Urteil über mich gefällt werden. Hochverrat, Attentat auf das kaiserliche Paar, Ketzerei, der verbotene Aufenthalt als Frau im Lager ... Da kamen schon einige Verbrechen zusammen. Mein Sterben würde langsam und qualvoll sein. Verrätern wurde vor dem Tode die Zunge herausgerissen. Dann würden sie mir die Nase abschneiden, und dann ... Ich riss mich zusammen. Trotz meiner Panik musste ich einen kühlen Kopf bewahren. Fieberhaft suchte ich nach Argumenten für meine Unschuld. »Und wenn Klara diejenige ist, die das Gift in den Krug geschüttet hat?«, wagte ich einzuwerfen.

»Ich habe euch beide beobachten lassen«, sagte die Kaiserin. »Den ganzen Tag über. Klara ist noch nicht einmal in die Nähe des Kruges gekommen. Im Gegensatz zu dir, Rotrud.

Nach dir und Trushard hat niemand die Kemenate betreten. Das bestätigen die Wachen.«

Ich griff an mein Amulett. Etwas von der Kraft der Hände, die es für mich geschnitzt hatten, floss auf mich über und stärkte mich. »Dann muss das Gift vorher hineingeschüttet worden sein«, gab ich zurück.

»Die Köchin hat den gefüllten Krug keinen Wimpernschlag lang aus den Augen gelassen«, antwortete Beatrix.

Das würde ich auch behaupten, wenn ich die Köchin wäre, dachte ich. Laut sagte ich: »Wo sollte ich das Gift denn herhaben?«

»Ihr oder Euer sauberer Gatte habt bestimmt bei den Ermittlungen ausgekundschaftet, wo Enno die tödlichen Geschenke versteckt hatte.« Der Kaiser hatte auf alles eine Antwort!

Meine Glieder waren so taub, als wäre ich mit Schierling vergiftet worden. Aber mein Verstand war beweglich. Ein guter Einwand zu meinen Gunsten fiel mir noch ein. »Woher sollten wir das Geld gehabt haben, um die Verschwörer zu bezahlen?«

»Die Mailänder sind reich genug«, antwortete Barbarossa. »Ein Bote kommt viel herum. Außerdem hat Euer Mann in meinem Auftrag Abgaben eingetrieben. Wahrscheinlich hat er nicht alle ordnungsgemäß in meiner königlichen Schatzkammer abgeliefert, sondern etwas davon für sich behalten. Es passt alles perfekt zusammen.«

Nichts konnte das kaiserliche Paar überzeugen. »Wenn Ihr so fest an meine Schuld glaubt, wieso habt Ihr mich dann nicht vorher schon als Verräterin festgenommen?«, fragte ich resigniert.

»Ich wollte es nicht wahrhaben, Rotrud. Du hast mir so gut gedient, und du wirkst immer offen und ehrlich.« Beatrix krampfte ihre Hände um den Gürtel. »Ich habe darauf bestanden, dass ihr beide erst überführt werdet, bevor man euch verhaftet.«

»Heute Abend habt Ihr Trushard und mich großzügig entlohnt und vor dem ganzen Hof gelobt«, erinnerte ich mich bitter. Mehr als ein Jahr lang hatte ich der Kaiserin treu gedient. Nacht für Nacht hatte ich mich aus dem Bett gequält, wenn sie nach mir verlangte, hatte ihr Tag für Tag schwere Mäntel, Bücher oder was auch immer ihr Herz begehrte, hinterhergeschleppt, hatte ihr Gepäck ordentlich zusammengehalten, hatte sogar mein Leben riskiert, um Mörder und Verschwörer zu entlarven – und das war der Lohn!

Der Kaiser fixierte mich starr wie eine Schlange. »Wir wollten Euch in Sicherheit wiegen, damit Ihr es riskiert, Euren lang gehegten Plan in die Tat umzusetzen.«

»Woher wusstet Ihr davon?«, hakte ich nach. Meine Knie schmerzten von den harten Fliesen, aber ich traute mich nicht aufzustehen.

»Wir wussten nur, dass auf den Kaiser ein Anschlag geplant war, falls er die Truppen nicht freiwillig zurückzog«, erklärte Klara. »Wir wussten aber nicht, wann und wie. Vor allem wussten wir alle – bis auf Zäsarius – nicht, wer die fünfte Person war, das heißt unser Auftraggeber. Ihn wollten wir in erster Linie fangen. Wir ahnten, dass er eine Persönlichkeit ist, die Barbarossa nahe steht.«

Die Kaiserin winkte eine der beiden Wachen heran. »Wiederhole laut und deutlich, was du gehört hast, als du Trushard und Rotrud im Nebenzimmer belauscht hast.«

»*Ich wünschte, es wäre schon vorbei. Ich habe solche Sorgen, dass man uns erwischt.* Das hat die da gesagt.« Mit seinem speckigen Zeigefinger deutete er auf mich. »Darauf er: Du wirst sehen, alles klappt genau so, wie wir es geplant haben.«

Verdammter Schnüffler! Er musste sein abstehendes Ohr

wirklich ganz dicht an die Tür gepresst haben. Gott sei Dank hatte Trushard geflüstert, als es um die Flucht gegangen war.

»Ich denke, das war eindeutig.« Barbarossa gab den Wachen ein Zeichen. Sie packten mich unter den Armen und zerrten mich hoch.

Ich spürte, wie sich in meiner Kehle Tränen sammelten. »Wir haben von einem harmlosen Streich gesprochen, den wir jemandem spielen wollten!« Ich war eine erbärmliche Lügnerin, und das sah ich auch an Barbarossas versteinertem Gesicht.

»Ich habe alles so gemacht wie jeden Abend. Ich habe kein Gift in den Krug geschüttet. Niemals könnte ich meiner Herrin auch nur ein Härchen krümmen, bitte glaubt mir doch!«, flehte ich.

»Euch zu vertrauen ist ein bisschen viel verlangt, nach allem, was passiert ist«, stellte der Kaiser fest. Seine Stimme war schneidend wie ein Dolch. »Ihr trickst und lügt, wenn Ihr nur den Mund aufmacht.«

»Dank dieser Tricksereien haben wir den Mörder überführt«, wagte ich einzuwerfen.

»Ihr müsst wohl immer das letzte Wort haben, wie?«, fuhr mich der Kaiser an. »Noch so eine schlechte Eigenschaft von Euch. Aber das Gericht wird schon dafür sorgen, dass Ihr Eurer gerechten Strafe zugeführt werdet.« Er gab den Wachen ein Zeichen. »Schafft sie mir aus den Augen.«

* * *

Immerhin durfte ich mir noch etwas Anständiges anziehen, bevor ich ins Gefängnis gebracht wurde. Hastig drückte ich den Schleier auf die kurzen Locken. Ich griff nach meinem Beutel, in dem sich auch die Geheimbotschaft von Zäsarius befand, und hängte ihn rasch an den Gürtel.

»Kein Beutel«, grunzte der Wachmann und machte Anstalten, ihn mir zu entreißen.

Ich wich zurück. »Es geht nicht ohne«, erwiderte ich entschieden. Das stimmte sogar, denn die Entschlüsselung von Zäsarius' Nachricht war meine letzte Rettungsmöglichkeit. Vielleicht würde uns der Brief verraten, wer der Auftraggeber war. Doch dann fügte ich eine Lüge hinzu: »Es ist die Zeit meiner weiblichen Unpässlichkeit. In dem Beutel sind die Leinenstreifen. Einige sind allerdings schon benutzt. Ich bin noch nicht dazu gekommen, sie zu waschen. Wollt Ihr hineinsehen?«

»Schon gut«, fiel mir der Wachmann ins Wort. Er tastete den Beutel nur kurz ab, aber als er kein Messer erspürte, gab er Ruhe. Angewidert band er mir die Hände zusammen und schubste mich vorwärts. Meine Rechnung war aufgegangen. Dieser kleine Sieg über den Wachmann erfüllte mich mit neuer Zuversicht, und ich war wieder einigermaßen gefasst, als wir im Bergfried ankamen. Das Weib eines Spielmanns gibt niemals auf, dachte ich mit grimmiger Entschlossenheit.

Als der Wächter die Tür aufsperrte, kam ein drohendes Knurren aus einer dunklen Ecke. »Kann man in diesem gottverfluchten Loch noch nicht mal in Ruhe pennen?« Die wütende Stimme erkannte ich sofort. Sie gehörte zu Dietrich.

»Halt's Maul, du elende Laus, sonst darfst du morgen einen Fastentag einlegen!« Der Wächter schüttelte drohend die Faust in Dietrichs Richtung.

»Reg dich doch nicht auf, Dietrich«, erklang Ennos müde Stimme. »Sei froh, dass du der Kastration entgehst. Obwohl du es nicht verdient hast, dass die arme Magd ihre Anklage zurückgezogen hat.«

Es war bereits der vierte Kerker, den ich in meinem kurzen Leben kennen lernte. Routiniert wie ein erfahrener Verbrecher betrachtete ich ihn, während mich der Wächter zu meinem Platz schubste. Schimmel? Ab und an ein kleiner Fleck. Gestank? Nur ein bisschen muffig. Altes Gemäuer eben. Wasserpfützen? Keine. Sauberkeit? Wie geleckt. Kälte? Lausig. Ketten? Nur für die Füße, wie immer. Aber wenigstens kein Halseisen. Licht? Der Kerker hatte sage und schreibe fünf vergitterte Fenster, wie ich mit Freude feststellte. Sie waren zwar nur so groß wie Brotlaibe und unerreichbar hoch über unseren Köpfen angebracht, aber am Tag würden sie Licht spenden. Und es gab frische Strohhaufen, bemerkte ich anerkennend, als ich mich auf einem von ihnen häuslich einrichtete. Die Bürger von San Bassano hatten Stil, das musste man ihnen lassen. Sie wussten, wie man unschuldig Eingekerkerte behandelte. Ihr Verlies war mit Abstand das beste unter den vieren, die ich bereits besucht hatte, und sogar besser als viele Herbergen, in denen wir auf unserer Reise in die Lombardei genächtigt hatten. Ein Edelkerker sozusagen. Wenn ich die Anklage lebend überstand, würde ich diese gastliche Unterkunft weiterempfehlen.

Das miese bisschen Leben, das mir noch bleiben würde, war nur mit galleschwarzem Humor zu ertragen, dachte ich.

»Ich brauche dringend eine Mütze Schlaf, sonst bin ich morgen Nachmittag beim Gericht nicht ausgeruht«, quäkte Dietrich weiter, als wir unter uns waren. Es war stockfinster, denn die Wache hatte die Fackel mitgenommen. »Die Grube, in die man mich im Lager gesteckt hat, war nicht sehr bequem.«

»Bald habe ich Ruhe genug«, sagte Enno leise. »Bis es so weit ist, bin ich froh über jede Ablenkung.«

»Damengesellschaft – wie fein«, spottete Dietrich. »Ausgerechnet dieses Mannweib, das mit dem Pfeil auf mich gezielt hat, kommt hereinspaziert. Ehrlich gesagt, es befriedigt mich zutiefst, dich so elend im Kerker zu sehen.«

Widerliche Plattnase. Wer war eigentlich so blöd gewesen, ihm jetzt schon zu sagen, dass die Magd die Anklage zurückgezogen hatte? Man hätte ihn ruhig bis zum Gericht schmoren lassen sollen. Ich häufte Stroh über meine Füße, um sie zu wärmen.

»Was wirft man dir und deinem Mann vor?«, klang Ennos Stimme durch die Dunkelheit. Er duzte mich. Nun ja, der Kerker war nicht der richtige Ort für Förmlichkeiten.

Vielleicht hatte Enno etwas beobachtet oder erfahren, was mir helfen konnte. Deshalb berichtete ich mit zitternder Stimme von der Ungerechtigkeit, die mir widerfahren war, und gestand auch, dass ich als angeblicher Poppo im Lager gewesen war.

»Es war bestimmt diese Klara«, sagte ich wütend. »Sie ist übrigens auch eine der Verschwörerinnen, aber sie behauptet, in Wahrheit dem Kaiserpaar zu dienen. Ich traue ihr nicht über den Weg.«

»Alle Lombarden sind Heuchler«, pflichtete Enno mir bei. »Wie haben die Mailänder doch so schön gesagt, als sie ihren Schwur, sich dem König unterzuordnen, gebrochen haben? Wir haben wohl einen Eid geschworen, aber nicht geschworen, den Eid auch zu halten!«

Ich bibberte in meinem dünnen Sommergewand, das feucht geworden war, als mich der Wachmann im Regen über den Hof geschleppt hatte. Das Stroh reichte nicht aus, um die Kälte, die von unten heraufdrang, abzuhalten. Wenn ich das hier überlebte, so schwor ich mir, würde ich mich Tag und Nacht nicht von meinem warmen Umhang trennen. Nur für den Fall, dass ich mal wieder unverhofft verhaftet werden sollte oder in einer Fallgrube landete. Außerdem würde ich stets kerkertaugliche, dicke Wollsocken tragen und in meine Schuhsohlen eine winzig kleine Säge einarbeiten.

»Bereust du deine Taten?«, fragte ich.

»Nein.« Ennos Antwort war schnell und entschieden gekommen. »Ich bin ein Mörder, aber wenn ich nicht eingegriffen hätte, wären die Folgen für das Reich unabsehbar gewesen. So mancher von unseren Männern ist schon seit über einem Jahr hier in Italien und ist nun des Kämpfens überdrüssig. Du hast ja gemerkt, wie bereitwillig die Mär von den himmlischen Zeichen verbreitet wurde. Engel, die im Lager herumfliegen! So ein Unsinn!« Enno schnaubte. »Der Druck auf den König wäre immer stärker geworden, bis er sich hätte zurückziehen müssen. Friedrich wäre geschlagen nach Deutschland zurückgekehrt. Er wäre nur noch ein Schatten seiner selbst gewesen, ein schwacher König, wie sein Vorgänger Konrad.«

»Das wäre nicht lange gut gegangen«, meinte ich nachdenklich. »Die Fürsten hätten mit ihm machen können, was sie wollen.«

»Herzog Heinrich von Bayern und Sachsen liegt schon in Lauerstellung«, erklärte Enno. »Er hat viel Macht angehäuft und ein zweites Imperium aufgebaut, das von Bayern bis in den Nordosten reicht. Er wartet nur auf eine Schwäche des Kaisers, um selber nach der Königskrone zu greifen.«

»Du bist ganz schön blöd, dich für das Wohl des Rotbarts aufzuopfern«, knurrte Dietrich. »Dir kann es doch völlig gleichgültig sein, wer das Reich regiert.«

»Friedrich ist neben Franz der Einzige, der mich nicht verspottet hat«, erzählte Enno. »Von Kindheit an wurde ich auf unserer Burg nur gehänselt und herumgeschubst. Mein Vater stand schon kurz davor, mich ins Kloster zu geben, weil ich so schwächlich bin. Aber Franz hat mich zu sich geholt. Im vergangenen Jahr bin ich unserem Kaiser Friedrich einmal persönlich begegnet. Er hat mich angelächelt und für meine Tapferkeit gelobt. Er ist der beste aller Herrscher: gerecht, mutig und gütig.«

»Der beste aller Herrscher wird dich hängen lassen«, warf Dietrich ein.

Enno antwortete nicht gleich. »Einen Mörder kann er nicht einfach laufen lassen. Das war mir von Anfang an klar. Das Recht steht über allem, sonst würde Chaos herrschen. Nicht umsonst ist die vornehmste Aufgabe des Herrschers die Rechtsprechung. Und ich habe das Recht gebrochen. Ich musste es brechen, denn ich hatte nicht genügend Beweise, um die Verräter anzuklagen. Aber ich gebe mein Leben gerne als Opfer für den Kaiser und das Reich. Das Einzige, was ich bedauere, ist, dass ich das Oberhaupt der Verschwörung nicht erwischt habe. Aber Franz sagte, nur Zäsarius würde den Auftraggeber kennen und dessen Befehle an die anderen weiterleiten.«

»Mensch, Bürschchen, du hast auch wirklich nichts begriffen im Leben«, höhnte Dietrich. »Alleine für deine Dummheit verdienst du schon aufgehängt zu werden.«

Hatte Dietrich nicht Recht, überlegte ich. Jeder musste zuerst an sich denken, denn treue Dienste wurden nicht belohnt. Diese schmerzhafte Lektion hatte ich heute Nacht ein für alle Mal gelernt. Enno war da ganz anders. Ein selbstloser Mörder – ein Widerspruch in sich. Und widersprüchlich war sein Charakter in der Tat. Graf Otto hatte gesagt, dass Enno ein aufrichtiger Mensch sei. Das stimmte in gewisser Weise. Enno hatte uns nichts vorgespielt. Die Tränen, die er um Franz vergossen hatte, waren echt gewesen. Er trauerte wirklich um seinen Herrn – den früheren, kaisertreuen, den er so bewundert hatte und den er irgendwo zwischen Mailand und Crema verloren hatte. Er war wie ein Vater für mich, hatte Enno über Franz gesagt. Den fremden Verräter, in den sich Franz verwandelt hatte, konnte er nicht ertragen, gerade weil er selber im Grunde seines Herzens aufrichtig und vor allem treu war.

»Irgendwie bin ich froh, dass ich überführt wurde«, gestand Enno. »Ich hatte das Gefühl, dieses falsche Spiel keinen einzigen Tag länger ertragen zu können. Ich habe mich gehasst für das, was ich getan habe.«

»Deshalb hast du beim Angriff auch so tollkühn gekämpft«, erinnerte ich mich.

Ich hörte ein Kratzen. Wahrscheinlich fingerte Enno wieder an seinen Pickeln herum. »Ich habe gehofft, ich würde den Tod finden. Ich wäre lieber so gestorben als am Galgen.«

Ich hauchte in meine Handflächen und rieb sie aneinander. »Du hast mir sofort geglaubt, dass ich keine Verräterin bin.«

Ennos Kette klirrte. »Du scheinst anders als die anderen Verschwörer zu sein. Mein Herr war ein weltfremder Idealist. Als ob die Bösewichter von alleine friedlich würden! Nicht wahr, Dietrich?«

Als Antwort kam nur ein verächtliches Schnauben.

»Zäsarius tat es vermutlich aus Habgier«, fuhr Enno fort. Der nimmersatte Mönch wollte sich gewiss auch Maries Geld unter den Nagel reißen. Wahrscheinlich war ihm Enno nur zuvorgekommen, als er die Krämerin ermordete.

»Marie wollte ein neues Leben anfangen«, ergänzte ich. »Das hat sie mir selbst gesagt.«

Aus Ennos Ecke drang das Knistern von Stroh. »Aber welchen Grund solltest du haben, das Kaiserpaar umbringen zu wollen? Du bist weder idealistisch noch gierig noch verzweifelt.«

»Ich liebe meine sanftmütige und kluge Herrin«, erklärte ich. »Und sie ist immer noch in Gefahr, weil wir die fünfte Person nicht aufgespürt haben. Wenn wir sie nicht finden, war dies nicht der letzte Anschlag auf das Kaiserpaar. Und damit wäre dein Opfer umsonst, Enno.«

»Hm.« Mehr war von ihm nicht zu hören.

»Lasst uns gemeinsam nachdenken«, schlug ich vor. »Wir haben ohnedies nichts Besseres zu tun.«

»O doch«, protestierte Dietrich. »Ich will jetzt pennen.

Quatscht gefälligst leise, wenn ihr schon unbedingt quatschen müsst.« Lautstark raschelte er mit dem Stroh, als wühle er sich ganz tief hinein. Wahrscheinlich machte er es sich gerade so gemütlich, wie das unter diesen Umständen möglich war.

»Ich kann kein Auge zutun«, wisperte Enno. »Mir droht sowieso der Galgen, aber dich können wir vielleicht noch retten. Also fangen wir an.«

Ich schlang die Arme um meinen zitternden Körper und drückte die Knie ganz fest gegen die Brust. »Wer hatte Zugang zur Gifttruhe?«

»Mein Herr trug den Schlüssel stets bei sich. Ich habe ihn aus seinem Beutel genommen, nachdem ich …« Enno gab einen erstickten Laut von sich, dann atmete er tief durch. »Gleich am nächsten Tag habe ich die Truhe leer geräumt und wieder verschlossen, um zu verhindern, dass das Gift in die Hände der Verschwörer fällt.«

Ich legte meinen müden Kopf auf die Knie. »Wo hast du es versteckt?«

»Ich … ich habe im Lager ein Loch gegraben und ein Fass darauf gestellt.« Die Antwort kam zögerlich.

»Und am nächsten Tag hast du die tödliche Salbe und den Wasserschierling wieder ausgebuddelt?«, hakte ich nach.

»Ja.« Das klang sehr entschieden. Aber ich konnte es kaum glauben. Gift vergrub man doch nicht einfach so im Boden, wo es jeder hätte finden können! Nur: Warum sollte Enno mich anlügen – in seiner ausweglosen Situation? Da ich von dem Knappen jetzt nicht mehr erfahren würde, ließ ich die Sache vorerst auf sich beruhen. Doch ich würde später noch einmal darauf zurückkommen.

»Der Mörder könnte sich das Gift natürlich auch woanders besorgt haben«, äußerte ich.

»Das ist zwar nicht ausgeschlossen, aber eher unwahrscheinlich«, gab Enno leise zurück. »Die Verräter rechneten ja damit, das Gift zur Hand zu haben, und hatten deshalb keinen Ersatz vorrätig.«

Ich erinnerte mich an das Gespräch zwischen Zäsarius und Marie. Zäsarius hatte verzweifelt geklungen, als er sagte: »Die Truhe von Franz ist leer.«

»Es ist sinnlos«, sagte ich resigniert. »Wir finden ja doch nicht heraus, wer der Auftraggeber ist. Dietrich hat Recht, wir sollten besser versuchen zu schlafen, damit wir morgen wenigstens halbwegs frisch sind. Gute Nacht, Enno.«

Aber ich kam nicht zur Ruhe, denn vor lauter Angst war mein Geist hellwach. Wieder und wieder überlegte ich, wie ich aus dieser verzweifelten Situation herauskommen konnte. In meinem Beutel lag Zäsarius' Brief. Wenn ich ihn doch nur lesen könnte!

Als sich in den Fenstern ein schwacher rötlicher Schimmer zeigte, fiel mir eine kleine Begebenheit wieder ein. Es war bestimmt nichts Wichtiges, aber in meiner Lage musste ich jeder noch so winzigen Spur nachgehen.

»He, wach auf!«, rief ich, so laut ich konnte, in Dietrichs Richtung.

Als Antwort erhielt ich nur ein unwirsches Grunzen.

»Eine Magd erzählte, du hättest Franz vor seinem Tod unter Druck gesetzt. Ganz blass sei Franz nach eurem Gespräch gewesen.« Ich hatte Dietrich fast angeschrien, damit er nur ja wach wurde.

Dietrich gähnte laut. »Ich habe ihn erpresst«, erklärte er unverblümt. »In den letzten Tagen vor seinem Tod bin ich ihm hinterhergeschlichen. Da er mir nicht freiwillig helfen wollte, war mir klar, dass es nur über Erpressung laufen würde. Also habe ich versucht, irgendetwas zu finden, womit ich ihn unter Druck setzen konnte. In einer Nacht habe ich ihn zusammen mit Marie am Belagerungsturm beobachtet. Ich habe ihm gedroht, seiner Frau zu sagen, dass er ihr untreu geworden sei. Seine Frau war seine Schwachstelle, denn er betete sie förmlich an.« Dietrichs verächtliches Schnaufen verriet mir, dass er liebende Ehemänner für Dummköpfe hielt.

»Er betete sie an?«, echote ich ungläubig.

Aus Ennos Ecke drang Strohrascheln. »Sie ist wunderschön«, schwärmte der Knappe. Seine Stimme klang so wach, als habe auch er kein Auge zugetan. »Die Ehe war sehr glücklich. Während des Feldzuges hat Franz ihr jede Woche einen Brief geschrieben.«

Dass Franz seine Frau vermisste, hatten mir auch die Männer an der Eiche erzählt. Aber ich hatte geglaubt, er habe den liebenden Gatten nur gespielt. Doch nun bestätigten mir Enno und Dietrich, dass es der Wahrheit entsprach. Der idealistische Franz, der sein Leben riskierte, um den blutigen Krieg zu beenden, war wohl doch der vorbildliche Ritter gewesen, für den ich ihn ursprünglich gehalten hatte, bevor ich das anstößige Lied in seiner Truhe fand. Ich rief mir die Frage ins Gedächtnis, die mir geholfen hatte, Enno zu überführen: Was passte nicht ins Bild? Bei dem Mord an Franz war es der Spieß gewesen, jetzt war es das Lied. Ich hatte es als Zeichen für sein Doppelleben gedeutet, aber in Wirklichkeit würde der liebende Ehemann gewiss keinen Gefallen an Versen finden, in denen der Verfasser seine »Alte« kaltblütig gegen eine Neue eintauschte.

Ich kramte nach dem Lied und stellte mich unter ein Fenster. Mittlerweile war es so hell, dass ich es entziffern konnte. Gespannt las ich den Anfang vor. »Kennt das einer von euch?«

»Endlich mal ein vernünftiges Lied«, urteilte Dietrich. »Nicht so ein Blödsinn von reiner, geistiger Liebe und so.«

Enno schüttelte den Kopf. »Ich habe es noch nie gehört. Woher hast du es?«

Nachdem ich es erklärt hatte, zog er verblüfft die Augenbrauen hoch. »Nie und nimmer hätte Franz an solch einem Schund Gefallen gefunden«, erklärte er entschieden.

Folglich konnte es nur einen Grund geben, warum Franz den Text besessen hatte: Er war die Grundlage für die Entschlüsselung der Geheimbotschaften!

Aufgewühlt zog ich Zäsarius' Brief aus meinem Beutel. Immerhin wusste ich schon, dass 156 für Z stand und 136 für K. Also, wo in dem Lied kam ein Z vor? Ganz hinten. Ich zählte durch. Es war das 156. Wort in dem Text und fing mit Z an. Das 136. Wort begann mit einem K. Das war der Schlüssel: die Anfangsbuchstaben der Wörter!

Ich wünschte mir eine Feder herbei. Unmöglich konnte ich all die Buchstaben im Kopf behalten. Womit konnte ich bloß die Botschaft aufschreiben? Aufgeregt sah ich mich um. Natürlich – Stroh! Das war die rettende Idee! Aus kleinen Strohstückchen konnten wir die Buchstaben zusammenlegen.

Enno und ich arbeiteten wie die Besessenen, während Dietrich uns verständnislos zusah. Enno zählte und diktierte mir, was ich zusammenzulegen hatte. Als die Morgensonne hell ins Gefängnis schien, waren wir fertig:

Morgen wird Crema angegriffen. Der Kaiser kämpft oben im Turm. Setzt Bogenschützen und Feuer auf ihn an. Z

Stirnrunzelnd besah Enno den Text. »Der Kaiser kämpft oben im Turm. Das ist aber seltsam.«

»Wieso?«, hakte ich nach.

»Woher wusste Zäsarius, dass der Kaiser oben im Turm sein würde?«, fragte Enno. »Der Angriffsplan wurde einen Tag vorher, ganz früh am Morgen, bei einer Besprechung festgelegt. Nur die engsten Vertrauten des Kaisers waren dabei. Mein neuer Herr hat mir erzählt, dass Friedrich ganz oben auf der Plattform kämpfen würde. Nun weißt du, für welch tapferen Kaiser du dein Leben riskierst, hat er mir gesagt. Für ihn lohnt sich jedes Opfer!«

Entgeistert starrte ich den Knappen an. »Das ist es«, stöhnte ich. »Du sagtest, dein Herr war bei der Besprechung?«

»Natürlich! Auf diesem Italienzug hat er sich das Vertrauen des Kaisers erworben. Schließlich war Graf Otto von Anfang an dabei und ist sogar geblieben, als der Kaiser nach dem scheinbaren Sieg über die Mailänder im vergangenen Herbst einen Großteil seiner Truppen in die Heimat entlassen hat.« Stolz schwang in Ennos Stimme mit. Dann wurde er auf einmal ganz blass. »Du meinst doch nicht etwa …?«

»O doch«, erwiderte ich grimmig. »Jetzt passt alles zusammen. Enno, er hat dich nur benutzt. Du warst sein Werkzeug, um die Morde auszuführen. Er ist der Auftraggeber und das Haupt der Verschwörung.«

In meinem Kopf arbeitete es. Der Graf, der den Knappen zu sich nahm … Herzog Heinrich von Bayern und Sachsen, der zweitmächtigste Mann im Reich, der einem Geschlecht entstammte, das stets nach Höherem strebte … Und der Graf zählte zu den engsten Vertrauten des Herzogs. Die Mosaiksteinchen fügten sich ineinander.

Enno sackte an der Wand zusammen. »Das kann gar nicht sein«, stöhnte er. »Graf Otto hat mich doch gedrängt, auch die anderen Verräter zu ermorden. Niemals sonst hätte ich Marie und Zäsarius vergiftet! Aber Otto entschied, es müsste sein, um den Kaiser zu retten.«

»Er hat dich nur benutzt«, warf Dietrich ein. »Du hast für ihn die lästigen Mitwisser aus dem Weg geräumt, nachdem sie ihre Pflicht und Schuldigkeit getan hatten. Außerdem konnte Otto sich so die Entlohnung der Verräter sparen.«

»Ich habe ihm vertraut«, jammerte Enno. »Otto hat mich nach dem Mord in der Schmiede angetroffen, als ich den Spieß … Nun ja, ihr wisst schon.«

»Fandest du es nicht seltsam, dass ausgerechnet Otto, der sonst so viel Wert auf vornehmes Benehmen legt, einen Blick in die stinkende Schmiede geworfen hat?«, hakte ich nach. »Er hat meinem Mann gesagt, er hätte im Burghof frische Luft geschnappt. Aber vermutlich wollte er sich unauffällig nach Franz umschauen, um zu verhindern, dass er womöglich etwas Unüberlegtes tut.«

»Ich war einfach nur dankbar, dass jemand da war, der mir verständnisvoll zuhörte und mich nicht für das verurteilte, was ich begangen hatte«, erwiderte Enno. »Ich wollte meine Tat rechtfertigen, und da habe ich Otto alles erzählt, was ich über die Verschwörung wusste. Nun musst du zu Ende führen, was du begonnen hast, sagte Otto und fügte hinzu, ich hätte dem Kaiser einen großen Dienst erwiesen. Er hat mich gedrängt, gleich am nächsten Tag zu ihm zu ziehen und ihm den Inhalt der Gifttruhe auszuhändigen. Ich werde ihn vor den Verrätern sicher verstecken, hat Otto gesagt. Später hat er mir dann die tödliche Wundsalbe und den zerriebenen Wasserschierling gegeben und mir genau erklärt, was ich damit machen soll. Da im Lager die merkwürdige Krankheit wütete, wäre es bestimmt nicht verdächtig, wenn jemand an Durchfall und Krämpfen starb, hatte Otto gemeint.«

»Wahrscheinlich hat Franz den Teil des Giftes, der für die Suppe gedacht war, schon vor der Abreise nach San Bassano an Zäsarius ausgehändigt, für den Fall, dass er selber nicht rechtzeitig zurückkehren würde«, merkte ich an. »Den Rest des Giftes bewahrte Franz nach wie vor in seiner Truhe auf. Für einen Anschlag auf den Kaiser.«

»Warum haben die Verschwörer den Kaiser denn nicht gleich ermordet?«, warf Dietrich ein.

»Ein Anschlag auf den Kaiser wird besonders grausam bestraft.« Ich schluckte schwer, als ich daran dachte, was mir womöglich bevorstand. »Deshalb nehme ich an, dass die Verschwörer versuchen wollten, ihr Ziel auf andere Weise zu erreichen. Sie hatten gehofft, es würde genügen, die himmlischen Zeichen zu inszenieren und den Kaiser dadurch zum Rückzug zu bewegen. Erst als der Plan fehlschlug, wurde ihnen klar, dass sie Barbarossa umbringen mussten. Zunächst hatten sie gehofft, dass ihre Verbündeten ihn beim Angriff erwischen würden. Deshalb hatte Zäsarius den Cremasken den Hinweis gegeben, wo der Kaiser kämpfen würde. Als auch das nicht klappte, wollte Otto es mit dem Gift versuchen. Der Zeitpunkt war günstig. Nachdem im Heer eine Krankheit gewütet hatte, würde jeder denken, der Kaiser habe sich – und damit auch seine Frau – angesteckt. Da Herzog Heinrich vor kurzem zum Heer gestoßen ist, wäre er sofort als neuer Oberbefehlshaber verfügbar gewesen. Seinen Anspruch auf den Thron hätte er durch das große Heer, das er mitgebracht hatte, wirkungsvoll untermauern können.«

Hinter dem ganzen Zauber steckten also nicht die Mailänder, sondern die eigenen Leute. Wie gerissen Graf Otto vorgegangen war! Niemand wäre auf den Gedanken gekommen, dass ausgerechnet der Übeltäter von Gift und nicht von einer Krankheit sprechen würde. Durch die Warnung, die er dem Kaiser überbracht hatte, hatte er so getan, als wäre er um das Wohlergehen des Herrschers besorgt. Enno hatte er sofort zu sich genommen, um den wissenden Knappen unter seiner Kontrolle zu haben. Mitleid mit Enno überkam mich, und Hass auf Otto, der die Notlage und den Gefühlsaufruhr des Knappen so schamlos für seine eigenen Zwecke ausgenutzt hatte.

Eine letzte Sache mussten wir noch aufklären. »Wie kam das Gift bloß in den Krug?«, grübelte ich. Ich versuchte, es in Gedanken nachzuvollziehen. »Jeden Morgen räume ich die Kanne weg und bringe sie wieder in die Küche. Dort hängt sie an einem Haken an der Wand, bis eine Magd sie abends in den Weinkeller bringt und füllt. Sie stellt sie dann auf den Küchentisch, wo ich sie abhole. Weißt du, wie das Gift aussah?«

»In der Gifttruhe befand sich auch ein Beutel mit weißem Pulver«, antwortete Enno.

»Der Krug ist aus Alabaster«, erklärte ich. »Ein weißliches Pulver auf dem Grund würde gar nicht auffallen. Graf Otto hat das Gift vorher hineingetan, bevor die Magd loslief, um den Krug zu füllen. Wahrscheinlich hat er bei seinem Besuch vor ein paar Tagen ausgekundschaftet, welcher Krug von der Kaiserin benutzt wird.«

»Deine Schlussfolgerung ist ja schön und gut«, meinte Enno. »Aber wir können es Otto nicht nachweisen. Selbst wenn ihn jemand in der Küche gesehen hätte, würde es als Beweis nicht ausreichen.«

»Da hast du Recht«, gab ich entmutigt zu. »Wir haben viele Anhaltspunkte, aber keinen einzigen handfesten Beweis für Ottos Schuld. Jetzt bleibt nur zu hoffen, dass ich den Kaiser trotzdem überzeugen kann. Oder dass Otto alles gesteht, wenn ich ihm die Wahrheit ins Gesicht sage.« Aber daran glaubte ich selbst nicht so recht. Nur ein Wunder konnte Trushard und mich noch retten.

6. Tag

»Trau niemals deinem Feinde;
denn wie das Eisen immer wieder rostet,
so lässt auch er nicht von seiner Niedertracht.«
Sirach 12, 9/10

Noch bevor ich etwas zum Frühstück bekam, wurde ich abgeholt. Ich wunderte mich, denn Dietrich hatte gesagt, das Gericht würde nachmittags tagen. Noch erstaunter und vor allem verängstigter war ich, als ich feststellte, dass nur ich abgeholt wurde. Alleine weggeschleppt zu werden, verhieß nichts Gutes, das hatte ich in Crema gelernt. »Viel Glück!«, rief Enno mir hinterher.

Die Wache legte mir eiserne Fußfesseln um, band mir die Hände zusammen und schleppte mich über den Hof Richtung Palas.

Ich atmete ein wenig auf. Im Palas würde mir wohl kaum Gefahr drohen. Nach dem feuchten Muff im Kerker sog ich die frische Morgenluft begierig ein. Der Himmel war bedeckt, aber wenigstens regnete es nicht mehr. Mein knurrender Magen erinnerte mich schmerzhaft daran, dass ich die letzte Mahlzeit am vergangenen Abend zu mir genommen hatte. Ich wagte kaum, den Blick zu heben, so sehr schämte ich mich, wie eine Schwerverbrecherin abgeführt zu werden.

Als ich durch die Tür der Halle gestoßen wurde, fiel mein erster Blick auf das Kaiserpaar, das wie immer in Faltsesseln am Kopfende thronte. Dem Herrn sei Dank, auch Beatrix war anwesend. Vielleicht war meine Herrin zugänglicher als ihr strenger Mann? Barbarossas Hals war ungewöhnlich blass. Sein Zorn schien sich über Nacht abgekühlt zu haben. Neben dem Sessel des Kaisers standen Arnaldus und Klara, Hand in Hand! Kein Wunder, dass sie sich bisher nicht öffentlich zu ihm bekennen konnte. Kaum jemand trat für die kaiserliche Sache energischer ein als er. Als Gattin von Arnaldus hätte Klara ihrer geheimen Tätigkeit niemals nachgehen können, denn jeder, der auf der feindlichen Seite stand, wäre ihr mit größtem Misstrauen begegnet. Mir wurde klar, warum Barbarossa Arnaldus mit so viel Respekt behandelte. Nicht wegen der »Söhne«, die er befehligte, sondern weil Arnaldus das, was Klara bei den Mailändern und ihren Verbündeten ausspionierte, an den Kaiser weitergab. Ich verstand plötzlich auch, woher Arnaldus genau gewusst hatte, was zu tun war, als Trushard von der Stadtmauer in den Graben gesprungen war. Hatte es nicht merkwürdig lange gedauert, bis Klara mir das Zeichen zum Abseilen gegeben hatte? Bestimmt hatte sie in der Zwischenzeit ihren Gatten über alles informiert.

Mein Herz schlug Purzelbäume, als ich Trushard sah. Besorgt musterte ich ihn. Er sah erschöpft aus. Hatte er nicht eine Schramme auf der linken Wange? Er war nur an den Füßen gefesselt und trug den verletzten Arm wieder in einer Schlinge. Wenigstens hatte der Kaiser so viel Anstand besessen, seine Wunde angemessen versorgen zu lassen. Der Bliaut war zerdrückt, und die Locken waren verwuschelt. Hoch aufgerichtet, stand er zwischen den beiden Wachmännern, als stünde ihm die Krönung bevor und nicht die Hinrichtung. Man sah ihm an, dass er sich keiner Schuld bewusst war. Ich war stolz auf ihn.

Er lächelte mich zärtlich an. Ich versuchte, diesen Augenblick in meinem Gedächtnis festzuhalten – für die einsamen

Stunden, die mir noch bevorstanden. Sein Lächeln als Waffe gegen die Angst, die mich in der nächsten Nacht zerfleischen würde.

Die Fußketten schleiften scheppernd über die Fliesen, als mich die Wache vorwärts stieß. Am liebsten wäre ich vor Scham im Boden versunken. Die ungewöhnliche Leere der Halle, in der sonst immer ein lebhaftes Treiben herrschte, wirkte beklemmend. Sämtliche Tafeln, Bänke und Hocker waren entfernt worden. Aus einem Festsaal war ein Gerichtssaal geworden. Als ich das Kaiserpaar erreicht hatte, fiel ich auf die Knie. Mein Herz trommelte schmerzhaft gegen die Rippen.

»Euer Mann hat nicht geredet«, knurrte der Kaiser. »Ich hoffe, dass Ihr Euch einsichtiger zeigt. Wer hat Euch bezahlt? Wer sind Eure Hintermänner in Mailand und Crema? Sind noch weitere Personen aus dem Lager daran beteiligt?« Die Fragen prasselten wie Pfeile auf mich nieder.

Ich hob die gefesselten Hände beschwörend hoch. »Majestät, wie können wir reden, wenn wir mit den Verbrechen nichts zu tun haben?«

»Kaum taucht Ihr im Lager auf, beginnen die mysteriösen Plagen. Das kann doch kein Zufall sein.« Der Kaiser atmete schwer. »Es besteht kein Zweifel daran, dass Ihr das schlimmste aller Verbrechen begangen habt: ein Attentat auf die kaiserliche Majestät. Soll ich verraten, was Euch morgen erwartet?«

Ich wollte es lieber nicht wissen.

»Man wird Euch die Nase abschneiden, die Zunge herausreißen, kurz aufhängen, lebend vom Galgen nehmen, vierteilen und ausweiden. Wir können die Prozedur verkürzen, wenn Ihr Euch geständig zeigt. An der Todesstrafe selbst ändert das natürlich nichts.«

Sprachlos starrte ich den Kaiser an. Meine allerschlimmsten Befürchtungen bestätigten sich. »Ihr liebt Euren Mann, nicht wahr?«, fuhr Barbarossa fort. »Nun, Ihr könnt ihm und Euch eine Menge Schmerzen ersparen, wenn Ihr redet.«

Meine Zunge lag dick und schwer im Mund. Ich brachte keinen Ton hervor.

»Aber warum sollten wir Eurer Ansicht nach all diese Verbrechen begangen haben, die Ihr mir und meiner Frau zur Last legt?«, warf Trushard ein.

Barbarossa gab Arnaldus ein Zeichen.

Der Anführer der zerlumpten Gestalten ließ Klaras Hand los und trat vor. »Trushard hat sich lästerlich über den Krieg und den Kaiser geäußert. Ich wage kaum, seine Worte wiederzugeben.«

Natürlich wagte er es doch, und das nur allzu gerne, wie ich an seinen glitzernden Augen erkannte. Anklagend wiederholte Arnaldus, was Trushard am Abend vor dem Angriff gesagt hatte. »Alleine für seine Ansichten verdient er schon den Tod«, fügte er verächtlich hinzu.

Besorgt beobachtete ich, wie sich am Hals des Kaisers die ersten roten Flecken bildeten. Ein Wutausbruch stand unmittelbar bevor. Ich musste das Gespräch rasch auf ein anderes Thema lenken. Mühsam rappelte ich mich hoch und trat vor, ohne auf eine Erlaubnis zu warten. »Majestät, verzeiht, wenn ich das Wort ergreife, aber ich habe heute Nacht noch etwas herausgefunden, das für die Aufklärung hilfreich ist.« Trushard zog anerkennend die Augenbrauen hoch.

»Ich dachte, Ihr hättet die Nacht im Kerker verbracht?«, wunderte sich der Kaiser.

»Dort ist es mir gelungen, den Brief zu entziffern, den Zäsarius an die Verschwörer geschrieben hat.« Trotz der gebundenen Hände schaffte ich es, ihn aus dem Beutel zu kramen und dem Kaiser hinzuhalten. »Dieses Schreiben enthält einen wichtigen Hinweis auf den Auftraggeber.«

Der Kaiser warf nur einen kurzen Blick darauf. »Den Brief hat mir schon Euer Mann im Lager gezeigt. Aber jeder kann ihn geschrieben haben. Es ist kein Beweis.«

Beatrix erhob ihre Stimme. »Was steht deiner Ansicht nach in dem Schreiben, Rotrud?«

Ich gab den Inhalt wieder, dann erklärte ich, welche Schlüsse wir aus der Botschaft zogen. »Zu dem Zeitpunkt, als Zäsarius seine Geheimbotschaft schrieb, wussten nur die wenigsten, dass der Kaiser oben auf der Plattform kämpfen würde. Graf Otto zählt dazu. Und von denen, die den Angriffsplan kannten, ist er der Einzige, der auch hier in San Bassano ist. Deshalb kann nur er der Auftraggeber sein.«

»Woher wusstest du, wie du die Nachricht zu entschlüsseln hattest?«, merkte Beatrix interessiert an.

»Nur die Verräter kannten den Schlüssel«, warf der Kaiser ein, ohne mir Zeit zum Antworten zu lassen.

Jedes Wort wurde mir im Munde herumgedreht. Ohnmächtig vor Wut starrte ich auf den Kaiser. Ich zwang mich, trotzdem ruhig zu antworten. »In der Truhe von Franz habe ich ein frivoles Lied gefunden, das nicht zu ihm passte, da er seine Ehefrau liebte.«

»Ich denke nach wie vor, Ihr habt das Schreiben ganz einfach im Nachhinein gefälscht«, erklärte Barbarossa.

Kampflos gab ich mich nicht geschlagen. »Aber es gibt noch mehr Hinweise auf Graf Otto«, erklärte ich. »Enno kann uns dazu etwas sagen.«

Beatrix beugte sich zu ihrem Mann und legte ihre kleine Hand auf seinen Arm. »Friedrich, sollten wir Enno nicht anhören?«

Widerwillig folgte der Kaiser ihrem Vorschlag. »Und bittet Graf Otto dazu«, befahl er. »Er soll wissen, was man ihm vorwirft.«

Ich nutzte das Warten, um mit Trushard Blicke auszutauschen. Lautlos bewegte er die Lippen. Ich versuchte, die Worte abzulesen: *Was gibt uns Kraft in jeder Not? Liebe ist stärker als der Tod …* Die Verse des Liedes, das er für mich geschrieben hatte, als wir uns kennen lernten! Mein Herz schlug langsamer, und mein Atem beruhigte sich. Ich zog sein Amulett unter dem Obergewand hervor und barg es in meinen gefesselten Händen. Trushard schenkte mir ein warmes Lächeln. Ich sehnte mich nach seiner Umarmung. Aber seine bloße Anwesenheit tat mir schon gut.

Ich schrak zusammen, als die Tür aufgestoßen wurde. Würdevoll schritt Graf Otto herein. Hinter ihm wurde ein gefesselter Enno von einem Wachmann eilends vorwärts geschubst, ohne Rücksicht darauf, dass dem verwundeten Knappen das Gehen schwer fiel. Ennos Gesicht war schmerzverzerrt, aber er gab keinen Mucks von sich.

Als alle versammelt waren, erklärte der Kaiser, welche Anschuldigung ich gegen den Grafen erhoben hatte.

Otto hob lediglich amüsiert die Augenbrauen.

»Rotrud, wie bitte soll Graf Otto das Gift in den Krug getan haben?«, fragte die Kaiserin. »Nachdem er gefüllt worden war, hat ihn die Köchin nicht aus den Augen gelassen.«

»Das Gift wurde in den Krug geschüttet, bevor der Wein hineingegossen wurde«, antwortete ich. »Das Gift ist höchstwahrscheinlich ein weißes Pulver. Auf dem alabasterfarbenen Grund des Kruges fällt es nicht auf.«

»Was sagt Ihr dazu?«, wandte sich der Kaiser an den Grafen.

»Woher sollte ich Eurer Meinung nach das Gift haben?«, fragte Otto hochnäsig. »Ich pflege keinen Umgang mit Verbrechern, und Gift ist nicht auf jedem Markt zu haben.«

»Ich habe Euch den Inhalt der Gifttruhe übergeben.« Ennos Stimme schallte laut und deutlich durch die Halle.

Otto lachte spöttisch. »Majestät, wem glaubt Ihr mehr, einem verwirrten Knappen, der drei Menschen auf dem Gewissen hat, oder mir?«

»Ihr habt mich doch angestiftet zu den Giftmorden an Marie und Zäsarius«, gab Enno heftig zurück.

»Wie ist es dazu gekommen?«, wollte Barbarossa wissen.

Enno wiederholte klar und deutlich alles, was er mir schon im Kerker anvertraut hatte.

»Warum habt Ihr uns das nicht gestern schon gestanden?«, fragte Barbarossa.

»Ich wollte Graf Otto schützen«, antwortete Enno. »Er war gut zu mir gewesen und hatte mich nach dem Tod meines Herrn sofort aufgenommen. Es reicht doch, wenn einer von uns beiden hingerichtet wird, dachte ich gestern.«

»Nie und nimmer habe ich das getan, was mir mein dreister Knappe unterstellt.« Otto warf Enno einen zornerfüllten Blick zu. »Schämst du dich nicht, mir meine Güte so zu vergelten, indem du mich der ruchlosesten Verbrechen bezichtigst?«, fuhr er ihn an.

»Ihr habt keine Zeugen für Eure Behauptungen, oder?«, fragte Barbarossa den Knappen.

Enno schüttelte betreten den Kopf. Der Karren war festgefahren. So sehr wir auch zerrten und zogen – er versackte immer tiefer im Schlamm.

Inzwischen hatte jemand die Köchin geholt – eine apfelwangige Frau, die vom häufigen Kosten der Speisen schon ganz dick geworden war und mit ihrer blütenweißen Schürze wie die Anständigkeit höchstpersönlich aussah.

»War gestern jemand in der Küche, der sie üblicherweise nicht aufsucht?«, forschte die Kaiserin.

Die Köchin deutete auf den Grafen.

»Sie ist bestochen«, rief Otto erregt aus. »Ich möchte nicht wissen, wie viel Geld ihr unser verbrecherisches Pärchen für diese Aussage gegeben hat.«

Die Köchin stemmte die Arme in die Hüften. »Ich bin für kein Geld der Welt zu haben, merkt Euch das!«, donnerte sie zurück.

»Was wollte er bei Euch?«, fragte der Kaiser ruhig, ohne sich von dem Geschrei beeindrucken zu lassen.

»Was sie alle bei mir wollen«, schnaufte die Köchin. »Er hatte Hunger. Ich habe ihm ein Stück von dem Mandelkuchen gegeben.«

»Hattet Ihr ihn die ganze Zeit über fest im Auge, oder hätte er die Möglichkeit gehabt, das Gift in den Krug zu schütten?«, hakte Barbarossa nach.

Die Köchin rückte ihre schneeweiße Haube zurecht. »Ich war kurz in der Vorratskammer, um den Kuchen zu holen.«

»Hat außer Euch noch jemand den Grafen in der Küche gesehen?«, wollte Beatrix wissen.

Die Köchin schüttelte den Kopf.

»Da habt Ihr's!«, rief Otto triumphierend aus. »Es gibt keine Zeugen für meinen angeblichen Besuch in der Küche. Sie lügt.«

Arnaldus trat einen Schritt vor. »O nein«, sagte er mit fester Stimme. »Beim Abendessen habe ich neben Graf Otto gesessen, wie Ihr Euch vielleicht erinnern werdet, Majestät. Als die Süßspeisen aufgetragen wurden, sagte er zu mir, ich solle mal von dem Mandelkuchen kosten, er sei wirklich ganz hervorragend. Woher wusste er das, wenn er nicht in der Küche gewesen war?«

An Arnaldus' Aussage war nicht zu rütteln. Mein Herz tat einen kleinen Hüpfer.

Der Graf schrumpfte zusammen. »Ich gestehe, dass ich an Naschsucht leide. Eine Schwäche, die mir sehr peinlich ist.«

»Ihr habt mich eben angelogen«, sagte der Kaiser. »Aber das alleine ist kein Verbrechen. Das tun viele, um nicht zu sagen, so gut wie jeder. Leider«, fügte er seufzend hinzu. »Es macht Euch zwar verdächtig, aber es beweist nicht den Giftanschlag.«

Ich las die Verzweiflung in Trushards Augen. Es war aus.

Plötzlich kniff er die Augen zusammen. Er trat einen Schritt vor und verbeugte sich so würdevoll, wie es mit seinem verletzten Arm möglich war. »Majestät, gestattet mir noch einen Vorschlag.«

Der Kaiser wirkte auf einmal sehr müde. »Sprecht.«

»Ich rege an, dass wir die Sachen des Grafen untersuchen.« Trushard klang sehr ehrerbietig.

»Unerhört!«, rief Otto empört. Seine lange Nase zuckte. »Ihr vergesst wohl, wer ich bin.«

»Der Vorschlag ist nur recht und billig«, befand Friedrich. »Da wir nichts finden werden, ist es ein weiterer Beweis für Eure Unschuld.«

Ein Knecht schleppte das Gepäck des Grafen herbei und packte es aus. Mit jedem Kleidungsstück und jedem Beutel, in dem nichts gefunden wurde, stieg meine Verzweiflung.

»Wir haben kein Gift entdeckt«, stellte Barbarossa nach eingehender Untersuchung fest.

Meine letzte Hoffnung hatte sich zerschlagen. Sollte ich jetzt gleich die Verbrechen gestehen, die wir nicht begangen hatten, oder bis kurz vor dem Gericht warten? Und wen sollte ich als angeblichen Hintermann in Mailand benennen? Ich kannte doch niemanden. Aber hießen nicht viele Italiener Giuseppe? Ich würde einfach einen alten Handwerker namens Giuseppe erfinden. Denn eine Verkürzung der Hinrichtungsprozedur erschien mir auf einmal sehr verlockend.

Fassungslos bemerkte ich, dass Trushards Augen aufleuchteten. Hatte die heilige Margarete ihm in ihrer Güte den Verstand verwirrt? Begriff er nicht, was uns bevorstand? Dann hatte er auch keine Angst mehr. Ich gönnte es ihm von Herzen. Bei meinem Geständnis würde ich alle Schuld auf mich nehmen. Vielleicht kam er lebend davon.

Trushard räusperte sich. »Wir haben noch nicht alles durchsucht.«

»Was fehlt denn noch?«, fragte der Kaiser gereizt.

Trushard deutete auf die Hand des Grafen. »Der Ring.«

Mein Gatte hatte wirklich den Verstand verloren. Wie sollte uns ein gewöhnlicher Silberring retten?

Aber dann beobachtete ich überrascht und erleichtert, dass Otto sich brüsk umdrehte und mit einem Satz an der Tür war. Die Wache erwischte ihn jedoch und hielt ihn fest. Der Graf wehrte sich, als man ihm den Ring – ein schlichtes Stück mit eingefasstem Onyx – gewaltsam vom Mittelfinger zog.

Barbarossa drehte ihn hin und her.

»Klappt den Onyx auf«, drängte Trushard.

Tatsächlich – der Stein sprang zur Seite auf! »In der Fassung befindet sich ein kleiner Hohlraum«, stellte der Kaiser fest. Er trat ans Fenster, um den Ring ins Licht zu halten. »Zwischen den Einfassungen hängen noch kleine weiße Körnchen«, sagte er schließlich. »Das muss das Giftpulver sein.«

Ein Raunen ging durch den Saal. Arnaldus sah so triumphierend aus, als habe er den Grafen persönlich überführt. Enno warf mir einen aufmunternden Blick zu. Trotz seiner eigenen Not freute er sich für uns. Die Kaiserin schenkte mir ein Lächeln, in dem die Bitte um Vergebung stand. Erleichtert lächelte ich zurück.

»Warum habt Ihr uns nach dem Leben getrachtet, Graf Otto?«, fragte Beatrix.

»Mein Herr wäre der bessere Kaiser«, stieß Otto hervor. »Jedenfalls besser für mich. Herzog Heinrich weiß meine Abkunft und meine Verdienste zu schätzen. Bei ihm wäre ich schnell aufgestiegen. Ihr hingegen, Majestät, Ihr habt meine Ehre verletzt – und in mir Flammen des Zorns entzündet.« In Ottos Augen stand der blanke Hass.

Der Kaiser sah peinlich berührt aus.

»Seit mehr als einem Jahr harre ich an Eurer Seite in Italien aus, und Ihr wisst meine Treue nicht zu würdigen!«, giftete Otto weiter. »An Euren Besprechungen darf ich teilnehmen, aber nur weil Euch mein scharfer Verstand nützt. An der Tafel dagegen werde ich weit weg von Euch platziert, und auch mein Zelt durfte ich nicht in Eurer Nähe aufschlagen. Und dann hattet Ihr zugesagt, dass mein Bruder den Bischofsstuhl von Lüttich erhält. 500 Mark habe ich dafür geopfert. Aber Ihr habt ihn nicht an meinen Bruder vergeben, wie es ihm auf Grund seiner Leistung und edlen Abkunft zugestanden hätte, sondern an den unwürdigen Konkurrenten. Sagt, wie viel war ihm der Bischofsstuhl wert?«

»Ich habe Euch angeboten, die 500 Mark zu erstatten«, wies ihn der Kaiser zurecht.

»Die Ehre meines Bruders und damit auch meine Ehre sind unbezahlbar«, zischte Otto.

»War Herzog Heinrich eigentlich in die Verschwörung eingeweiht?«, fragte Barbarossa. Seine Stimme klang heiser.

Otto schüttelte den Kopf. »Wozu? Nach Eurem Tod hätte er schon von alleine nach der Krone gegriffen.«

Der Kaiser gab den Wachen ein Zeichen. »Bringt den Grafen in den Weinkeller!«

»An einem Machtkampf mit Herzog Heinrich kommt Ihr trotzdem nicht vorbei, Majestät«, sagte Otto höhnisch, als er abgeführt wurde. »Eines Tages ist es so weit. Ihr werdet sehen.«

Vor mir blieb er stehen. Die rote Narbe auf seiner linken Wange schien zu glühen. »Meine Mutter hat immer behauptet, ich sei kein Stier, sondern ein Steinbock. Zielstrebig und zäh«, sagte Otto. »Seit ich denken kann, wollte ich hoch hinaus. In gewisser Weise habe ich mein Ziel erreicht.« Ein bitteres Lächeln glitt über sein Gesicht. »Vom Galgen aus kann ich auf alle hinuntersehen.«

* * *

»Wie bist du auf den Ring gekommen?«, fragte ich, nachdem sich das Kaiserpaar bei uns entschuldigt und uns als Entschädigung einen weiteren dicken Geldbeutel in die Hand gedrückt hatte. Wir saßen an meinem Lieblingsplatz im Burggarten. Meine Füße fühlten sich ohne die schweren Ketten herrlich leicht an.

Trushard schmunzelte. »Wie hattest du gestern Abend so schön gesagt? Was passt nicht ins Bild? Der Silberring war viel zu schlicht für den Grafen. Alles, was er besitzt, ist von erlesener Qualität. An dem Abend, an dem Franz ermordet wurde, trug er an jedem Finger einen Goldring. Außerdem habe ich solch einen Giftring einmal auf einer Burg gesehen. Diese Dinger sind sehr praktisch, weil man nicht erst umständlich in seinem Beutel kramen muss, um das Giftfläschchen herauszuholen. Otto brauchte nur die Hand auszustrecken, um das Gift in den Krug zu schütten. Er wusste, dass er in der Küche nicht allein sein würde. Es musste blitzschnell gehen, wenn er keinen Verdacht erregen wollte.«

»Eines verstehe ich nicht«, sagte ich nachdenklich. »Warum hat Barbarossa zugelassen, dass die Cremasken den Ausfall durchführen? Dank Arnaldus und Klara wusste er doch vorher Bescheid.«

»Der Ausfall kam dem Kaiser sehr gelegen«, antwortete Trushard. »Er lieferte ihm einen willkommenen Vorwand, um gegen die Cremasken härter vorgehen zu können und seine Männer hinter sich zu scharen.«

»Aber es sind doch auch so viele von unseren Leuten gestorben«, wandte ich ein.

»Was sind für einen Kaiser schon ein paar Menschenleben wert, wenn es um das Wohl eines ganzen Reiches geht?« Trushard zuckte resigniert die Achseln. »Indem Barbarossa die inszenierten Gotteszeichen duldete, ging er natürlich auch ein Risiko ein. Aber er war ja vorbereitet und hat die Geschehnisse geschickt in seinem Sinne gedeutet. Er hat darauf vertraut, dass letzten Endes mehr Männer für den Krieg sind als dagegen. Die Soldaten, die mit den Nachschubtruppen hergekommen sind, haben schließlich nicht die lange und gefährliche Reise unternommen, um gleich darauf wieder kampflos abzuziehen.«

Ich genoss es, die prall gefüllten Geldbeutel auf meinem Schoß zu halten. Wieder und wieder betastete ich sie, um mich zu vergewissern, dass wir jetzt wirklich reich waren. Zumindest für das nächste Jahr. Trushard nahm mir die Beutel ab und stellte sie neben uns auf der Bank ab. Er rückte näher und legte den rechten Arm um mich. Sein erwartungsfrohes Grinsen verriet mir, was er vorhatte.

Sein Atem roch nach Fäulnis. Meiner stank bestimmt ebenso. Nach unserer Freilassung hatten wir keine Zeit mehr gehabt, uns frisch zu machen. In Gedanken reihte ich parfümiertes Mundwasser in die Liste der Gegenstände für meine Kerker-Grundausstattung ein – für den Kuss danach.

Aber es lag nicht nur an dem Mundgeruch, dass ich seine Zärtlichkeit nicht richtig genießen konnte. Vielmehr plagte mich die Angst, irgendetwas könnte im letzten Augenblick die geplante Flucht vereiteln. Ich würde mich erst dann wieder sicher fühlen, wenn ich weit entfernt von diesem Hof war. Nach einem ausgiebigen Kuss bog ich den Kopf zur Seite, während meine Finger mit seinen Locken spielten. »Lass uns bloß keine Zeit mehr verlieren«, drängte ich flüsternd. Man wusste nie, wer wieder mithörte. »Nichts wie weg, ehe uns ein weiteres Unglück ereilt.«

»Du hast Recht«, stimmte er genauso leise zu und hauchte einen Kuss auf meine Nasenspitze. »Ich kenne eine gute Herberge in der Nähe von Mailand. Wenn wir gleich aufbrechen, schaffen wir es heute noch bis dorthin.«

»Gibt es dort auch eine Badestube?«, fragte ich. Allmählich wurde ich zur Sauberkeitsfanatikerin.

»Mit echter Lavendelseife«, schwärmte Trushard.

Ich sprang auf. »Dann nichts wie hin.«

Unsere Habseligkeiten waren schnell gepackt. Da Trushard vom Kaiser den offiziellen Auftrag hatte, eine Eilbotschaft nach Rom zu bringen, hatte er einen passenden Vorwand für die Abreise. Grinsend steckte er den Brief des Rotbarts ein, der sein Ziel nie erreichen würde – aber so war das nun mal in Kriegszeiten. Als Bote besaß er auch Pfeil und Bogen, schließlich musste er sich bei seinen gefährlichen Reisen verteidigen können. Wie praktisch. Ich nahm nur einen Bliaut und ein zweites Paar Schuhe mit. Sie fanden bequem in einem großen Korb Platz. Ich drapierte ein kariertes Leinendeckchen darüber, als ginge ich zum Einkauf, dann stieg ich aufatmend auf Trushards Stute. Verwundert musterte ich meinen Mann, der trotz der Hitze in seinen dicken Wollumhang gehüllt war. »Schwitzt du nicht?«

Trushard schüttelte lächelnd den Kopf und presste den Umhang mit dem verletzten Arm noch ein wenig fester an seinen Körper. »Ich bin die Hitze mittlerweile gewöhnt.«

Als Trushard das Pferd über den Hof führte, war die klare Stimme des Priesters zu hören, der in der Kapelle gerade die Trauung vornahm. »Willst du, Jost von Lautern, die hier anwesende Elisabeth von Trauenstein zu deiner Gemahlin nehmen und sie ehren in guten wie in schlechten Tagen?« Josts mühsam hervorgekrächztes »Ja« hörte sich eher nach einer

Kriegserklärung als nach einem freudigen Einverständnis an.

Wie anders war es doch bei meiner eigenen Trauung gewesen! Mit strahlenden Augen hatten Trushard und ich das Eheversprechen abgelegt. Bisher war die Hochzeit der glücklichste Tag meines Lebens gewesen, aber nun wurde er von diesem Tag weit übertroffen. So frisch dem Tode entronnen, erfreute ich mich doppelt am Leben: an der klaren Luft, der Sonne, die sich zaghaft durch die Wolkendecke stahl, an der neu gewonnenen Freiheit und vor allem an meinem Mann, von dem ich nun nie wieder getrennt sein würde.

Ich bedauerte nur, dass ich mich von Gisla und Siegfried nicht verabschieden konnte. Aber nach allem, was vorgefallen war, mochte ich mich selbst meiner besten Freundin nicht anvertrauen.

Eine letzte Hürde mussten wir noch nehmen: den Torwächter. Ich schenkte ihm ein strahlendes Lächeln. »Ich soll neuen Stoff kaufen auf dem Markt.« Ich verdrehte die Augen. »Die Kaiserin behauptet, sie habe nichts mehr anzuziehen.«

Der Torwächter lachte. »Meine Alte ist genauso«, bemerkte er. »Ob hoch oder niedrig – die Weiber sind doch alle gleich.«

»Ich nehme meine Alte jedenfalls zum Markt mit.« Mit der Rechten schwenkte Trushard den Brief des Kaisers durch die Luft. »Eine Eilbotschaft.« Er seufzte. »Nach Rom. Da bin ich wieder einmal lange unterwegs.«

Aus der Burgküche erschollen laute und äußerst unflätige Flüche. Das musste die Köchin sein. Ich wunderte mich darüber, welche unschicklichen Worte sie kannte. Bisher hatte ich sie für ein anständiges Weibsbild gehalten.

»Bestimmt hat ein Küchenjunge eine kostbare Platte fallen lassen«, sagte Trushard, eine Spur zu harmlos, wie mir schien.

Der Torhüter winkte uns hinterher, als Trushard hinter mir aufsaß und die Zügel ergriff. »Wie schön, dass Eure Unschuld bewiesen ist!«, rief er uns nach.

Wir waren davongekommen, aber Enno würde morgen gehängt. Bis zum Serio drang das Hämmern der Zimmerleute, die in aller Eile den Galgen errichteten. Ich zuckte zusammen und sprach im Stillen ein Gebet für seine Seele. Dietrich hatte mehr Glück und würde wohl mit einer Geldstrafe davonkommen. Die Schuld, die ich auf mich geladen hatte, war hingegen nicht mit Münzen aufzuwiegen.

»Ich komme nicht darüber hinweg, dass ich zwei Menschen auf dem Gewissen habe«, gestand ich. »Ob ich für sie Seelenmessen lesen lassen sollte? Oder eine Pilgerreise unternehmen?«

»Du hast sie nicht freiwillig getötet, sondern um mein Leben zu retten«, erwiderte Trushard, während er die Stute durch die Furt des Serio lenkte. »Mit Seelenmessen und Pilgerreisen kannst du das, was du getan hast, auch nicht rückgängig machen. Aber wir werden bestimmt noch so manche Gelegenheit bekommen, Not leidenden Menschen zu helfen.«

Ungehindert durchquerten wir die Furt und bogen Richtung Crema ab. Wir hatten es tatsächlich geschafft zu entkommen, dachte ich selig, während ich mich enger an meinen Mann lehnte.

Ich warf noch einen letzten Blick auf die Burg zurück, als wir auf der Fernstraße waren. Durch die Spiegelung im Fluss sah sie doppelt so hoch aus. Sie schien irgendwo in der Mitte zwischen Himmel und Erde zu schweben. Wie passend, dachte ich. Dünkten sich die Bewohner dieser Burg nicht auch über die gewöhnlichen Sterblichen erhaben?

Die riesigen Pappeln, die den Weg säumten, grüßten mich wie alte Bekannte. Ich packte meine Sachen in die Satteltasche und warf den Korb in hohem Bogen zur Seite. Trushards

Hand streichelte meinen Bauch. Diese Zärtlichkeit würde ich von nun an jeden Tag genießen. Ich konnte es noch gar nicht glauben.

In der Ferne war eiliges Pferdegetrappel zu hören. Ich erschrak. »Das ist gewiss nur ein Bote«, sagte Trushard beruhigend. »Du wirst sehen, er prescht einfach an uns vorbei, ohne uns zu beachten.«

Das Pferdegetrappel kam näher. Ich versteifte mich.

»Halt!« Eine dumpfe Männerstimme. Es klang, als ob er einen Helm trug.

Trushard drückte der Stute die Sporen in die Flanken. Jetzt waren sie uns doch auf den Fersen. Aber wie hatten sie so schnell Wind von unserer Flucht bekommen? Steckte am Ende wieder einmal Jost dahinter?

»Im Namen des Kaisers, wartet!« Die dumpfe Stimme klang schon viel näher.

Unwillkürlich griff ich zur Satteltasche, um Pfeil und Bogen herauszuholen. »Nichts da«, sagte Trushard energisch. »Jetzt bin ich dran, uns zu verteidigen. Sonst glaubst du noch, ich wäre ein Schwächling und könnte dich nicht beschützen. Übernimm die Zügel!« Trushard drückte sie mir in die Hand, dann öffnete er seinen Umhang. Neben meinem Gesicht blitzte ein Küchenmesser auf. Ich drehte den Kopf nach hinten. Zwischen seinen linken Arm und den Oberkörper hatte er einen Beutel gepresst. »Wie viele Küchenmesser sind da drin?«, fragte ich verblüfft.

»Das kaiserliche Paar kann ruhig einmal Erbsenmus löffeln«, antwortete Trushard. Jetzt wusste ich, warum die Köchin so geflucht hatte.

Ein Pfeil flog an uns vorbei und landete auf dem Boden.

Zitternd lehnte ich mich enger an Trushard. Wenn ich doch bloß ein Kettenhemd trüge! Fast wären die Zügel meinen schweißnassen Händen entglitten.

Ein weiterer Pfeil sauste haarscharf an uns vorbei. Der nächste würde gewiss treffen.

Trushard drehte sich auf dem Pferd um, das Messer in der rechten Hand. »Siegfried, halte an! Sonst treffe ich deine geliebte Gisla!«, rief er warnend. Was – ausgerechnet unsere besten Freunde trachteten uns nach dem Leben?

»Herrgott noch mal, wir tun euch nichts!« Gislas Stimme klang schrill vor Aufregung. »Wir fliehen mit euch!« Das behaupteten sie wahrscheinlich nur, damit wir anhielten. Was für ein mieser Trick! Die Pfeile hatten eine andere Sprache gesprochen. Winkte Siegfried als Belohnung das Lehen in Hinterfelsenthal?

Das Pferdegetrappel wurde lauter. Sie mussten ganz dicht hinter uns sein. Ich wandte den Kopf und blickte in Gislas erschrockenes Gesicht.

Meine Freundin saß vor Siegfried auf dem Hengst. »Ich verstehe ja, dass ihr misstrauisch seid, nach allem, was euch in den letzten Tagen passiert ist, aber wir wollen wirklich mit euch kommen!«, rief sie mir beschwörend zu.

»Glaubt ihr etwa, ich wäre so eine miese Ratte wie mein Brüderchen und würde euch nach dem Leben trachten? Haltet doch an! Bitte!« Siegfried warf den Bogen zur Seite, dann brachte er seinen Hengst zum Stehen. Schnaufend stieg er ab und hob Gisla so mühelos vom Pferd, als wäre sie ein Hühnchen und keine Frau.

Trushard hielt an. Aber er blieb sitzen, und auch ich rührte mich nicht von der Stute. »Warum hast du mit dem Pfeil auf uns gezielt, du Trottel?«, zischte Trushard.

»Ich hatte keine Lust, bis heute Abend wie ein Irrer hinter euch her zu preschen«, gab Siegfried zurück, während er sich den Straßenstaub aus dem Rock klopfte. »Aber natürlich habe ich euch absichtlich verfehlt.«

»Während wir gemütlich reiten, könnt ihr uns haarklein erzählen, was ihr seit gestern Abend erlebt habt. Siegfried und ich sind vor Sorge um euch fast gestorben.« Gisla zupfte ihr verrutschtes Perlenschapel zurecht.

Ich war immer noch fassungslos. »Warum wollt ihr denn mit uns kommen?«

»Wir wollen euer Schicksal nicht teilen.« Siegfried grinste uns an. »Bei den Hörnern der roten Teufel, ich habe doch nicht mein Leben riskiert, um meine schnuckelige Gisla wiederzufinden und sie dann höchstens alle paar Jahre für einen halben Tag zu sehen.«

»Das nenne ich wahre Liebe«, sagte Trushard.

»Drei Dinge darf man nie vergessen: lieben, saufen, kräftig fressen«, dröhnte Siegfried. »Das mit dem Saufen ging ja noch ganz gut im Lager, aber das Essen … Folkwins Vorräte werden auch immer knapper. Bis die Kaiserlichen Crema eingenommen haben, wäre ich verhungert.« Ein tiefer Seufzer ließ die mächtige Brust erbeben. »Ganz zu schweigen von der Liebe.«

Mein Misstrauen war noch nicht besänftigt. »Woher wusstet ihr denn, dass wir fliehen wollten?«

Gisla grinste. »Mädel, ich bin zwar blond, aber nicht blöd. Ich habe vor der Kapelle gelauscht, weil ich mit eigenen Ohren hören wollte, wie Jost und seine Hässliche getraut werden. Da habe ich auch mitgekriegt, wie du dem Torwächter erzählt hast, die Kaiserin hätte behauptet, sie habe nichts anzuziehen. Beatrix würde es nicht mal im Traum einfallen, so etwas zu sagen! Ich bin gleich rauf in unser Kämmerlein und habe gesehen, dass deine wichtigsten Sachen fehlten. Da wusste ich, dass ihr weg seid. Du warst so unglücklich im letzten Jahr. Deshalb habe ich geahnt, dass du früher oder später mit deinem Liebling heimlich verschwindest.«

Ich strahlte Gisla an. »Wie schön, dass ich meine beste

Freundin nicht verliere.« Mit einem Blick auf Siegfried setzte ich hinzu: »Und meinen besten Freund.«

»Eure Verstärkung können wir gut gebrauchen.« Trushard musterte Gisla. »Aus dir wird bestimmt eine ausgezeichnete Tänzerin.«

»Ja, nicht wahr?« Sie wackelte mit den Hüften.

Trushard schaute stirnrunzelnd zu Siegfried. »Aber was machen wir mit dir, mein Freund?«

Siegfried schlug sich auf die Brust. »Kündigt mich doch einfach als stärksten Mann der Welt auf dem Markt an. Soll mir erst mal jemand beweisen, dass ich es nicht bin. Ich werde die Hauptattraktion sein.« Er spannte die Muskeln an. Die Oberarme schwollen zur Größe eines Schinkens an. Gisla starrte ihn bewundernd an und legte ihre winzige Hand darauf. »Siegfried, der Unbezwingbare«, hauchte sie verzückt.

»Wo geht' s denn überhaupt hin?«, fragte Siegfried.

Trushard und ich sahen uns ein wenig ratlos an. »Darüber haben wir noch nicht gesprochen«, antwortete mein Mann. »Wir wollten erst mal nur so weit wie möglich weg von diesem lebensgefährlichen Hof. Aber ich denke, Okzitanien wäre die beste Idee. Was meinst du, Rotrud?«

»Hervorragend«, stimmte ich zu. »Ich möchte endlich das Meer und die berühmten Lavendelfelder sehen.«

»Das klingt gut. Am Meer war ich noch nie.« Siegfried kratzte sich am Schädel, dann hob er Gisla aufs Pferd. »Aber wo bitte liegt Okzitanien?«

»Lass dich überraschen.« Trushard schnalzte mit der Zunge. Seine Stute trabte folgsam los.

Mit jedem Schritt, den das Pferd machte, wurde mir leichter ums Herz, obwohl am Horizont neue Regenwolken aufzogen. Aber was war ein bisschen Nässe gegen das Glück, am Leben zu sein und den Ehemann bei sich zu haben?

Als wir schon ein gutes Stück von San Bassano entfernt waren, drehte Trushard sich noch einmal um. »Dem Herrn sei Dank, ich bin nur ein einfacher Gaukler. Und ich habe es auch gar nicht nötig, etwas Besseres zu sein.«

Glossar

Alemannen	ein Stamm, der sich während der Zeit der Völkerwanderung in Südwestdeutschland, im Elsass und in der Nordschweiz niederließ. Im 8. Jahrhundert erlosch das Stammesherzogtum Alemannien und entstand im 10. Jahrhundert als Herzogtum Schwaben. »Alamania« bezeichnet in lateinisch verfassten Quellen des 12. Jahrhunderts häufig auch den deutschen Teil des Reiches.
Aquamanile	von lateinisch »aqua« (Wasser) und »manus« (Hand). Eine Wasserkanne, die man bei Tisch benutzte, um die Hände zu reinigen.
Barbarossa	italienischer Name für Kaiser Friedrich I. Er bedeutet wörtlich »Rotbart«.
Bliaut	Nicht erst heute, sondern schon im hohen Mittelalter galt der modische Grundsatz: Je unbequemer, desto eleganter. Und schon zu Barbarossas Zeiten stammte die »haute couture« aus Frankreich. Damals war der Bliaut der letzte Schrei. Franzosen – oder Französinnen? – kreierten dieses Monstrum von Obergewand: weite Tütenärmel, enges Oberteil

	und ein Rock mit üppigen Falten. Der Bliaut für den Mann war nur etwas kürzer, und die Ärmel waren gemäßigter.
Bruche	mittelalterlicher Vorläufer der Unterhose
Heimliches Gemach	Toilette
Lautern	das heutige Kaiserslautern
Ministeriale	sozusagen die Beamten des Mittelalters. Sie waren unfreie Dienstleute, die für Adelige, Geistliche und den König verschiedenste militärische, administrative und wirtschaftliche Aufgaben erfüllten.
Minne	Bezeichnung für die höfische Liebe
Okzitanien	Südfrankreich
Palas	mehrgeschossiges Wohngebäude in einer Burg
Pestilenz	Im hohen Mittelalter bezeichnete man jede Seuche als »Pestilenz«, auch die Malaria und die Ruhr.
Rebec	birnenförmiges Saiteninstrument mit zartem Ton. Vorläufer der Violine.
Rock	männliches Obergewand, das über dem Hemd getragen wurde
Schapel	kranzförmiger Kopfschmuck, im Hochmittelalter von Frauen und Männern gleichermaßen getragen
Schultheiß	hier: ein königlicher Dienstmann, der in Lautern die Gerichtsbarkeit ausübte und für Barbarossa Verwaltungsaufgaben wahrnahm
Skapulier	Teil der Ordenstracht: ein Überwurf, der aus zwei Tuchstreifen besteht, die fast bis zum Boden reichen. Sie bedecken den Rücken und die Brust. Ursprünglich eine Arbeitsschürze.
Truchsess	eines der königlichen Hofämter. Der Truch-

sess war zuständig für die Speisen und die Tischordnung.

Zofe — Das Wort selbst ist erst seit dem 17. Jahrhundert belegt. Aber schon früher gab es die »Zoffmagd« als Bezeichnung für eine Magd, die der Herrin hinterherläuft. Laut Herkunftswörterbuch des Dudens bedeutet das Wort »Zofe« eigentlich »Hinterhertrotterin« – und damit drückt es genau Rotruds Gefühle aus. Daher habe ich den Ausdruck – trotz der zeitlich falschen Einordnung – benutzt.

Zitierte Quellen

Das Lied, das in der Truhe von Franz gefunden wurde, stammt aus: »Carmina Burana«. Die Gedichte des Codex Buranus Lateinisch und Deutsch. Zürich und München 1974.

Die Bibel-Zitate sind entnommen: »Luther-Bibel«. Bibeltext in der revidierten Fassung von 1984. Herausgegeben von der Evangelischen Kirche in Deutschland, Stuttgart 1991.

Und:

»Die Apokryphen der Lutherbibel«. Stuttgart 1971, 1981.

Die Zitate im Nachwort sind entnommen:

»Ottos Morena und seiner Fortsetzer Buch über die Taten Kaiser Friedrichs« in: Ausgewählte Quellen zur deutschen Geschichte des Mittelalters. Freiherr vom Stein-Gedächtnisausgabe, Band XVII a (»Italische Quellen über die Taten Kaiser Friedrichs I. in Italien und der Brief über den Kreuzzug Kaiser Friedrichs I.«). Übersetzt und herausgegeben von Franz-Josef Schmale. Darmstadt 1986.

Bischof Otto von Freising und Rahewin: »Die Taten Friedrichs oder richtiger Cronica« in: Ausgewählte Quellen zur deutschen Geschichte des Mittelalters, Freiherr vom Stein-Gedächtnisausgabe, Band XVII. Übersetzt von Adolf Schmidt, herausgegeben von Franz-Josef Schmale. Darmstadt 1974.

Nachwort

Seit Karl dem Großen gehörte der nördliche und mittlere Teil Italiens zum Reich. Doch unter Barbarossas Vorgängern konnten die lombardischen Städte immer mehr Freiheiten erringen. Natürlich waren sie beim Regierungsantritt von König Friedrich I. keinesfalls bereit, ihre Selbstständigkeit aufzugeben. Friedrich wiederum war natürlich nicht bereit, auf seine Herrschaftsansprüche – und damit auch auf eine Menge Geld – zu verzichten. Ein erbitterter Kampf begann.

Auf seinem ersten Italienzug beließ es Barbarossa bei der Zerstörung der Stadt Tortona, denn erstens war sein Heer zu schwach, um Mailand einzunehmen, und zweitens hatte er nicht viel Zeit, da er auf dem Weg zu seiner Kaiserkrönung nach Rom war. Aber im Sommer 1158 machte er sich erneut auf den Weg über die Alpen, diesmal mit einem riesigen Heer. Im September 1158 musste Mailand kapitulieren. Doch der Frieden hielt nicht lange an.

Auf dem Reichstag in Roncaglia im November 1158, an dem die höchsten geistlichen und weltlichen Würdenträger des Reiches und Vertreter der lombardischen Städte teilnahmen, bemühte sich der Kaiser um eine dauerhafte Regelung der Verhältnisse in Reichsitalien. Vier Rechtsgelehrte aus Bologna und 28 Richter aus den betroffenen Städten sprachen ihm das Recht zu, im italienischen Reichsteil Hoheitsrechte auszuüben und Abgaben einzutreiben. Außerdem mussten die Städte einen kaiserlichen »Kontrolleur« – den podestà – akzeptieren.

In den lombardischen Kommunen kippte die Stimmung. Als der Reichskanzler Rainald von Dassel im Januar 1159 nach Mailand reiste, zeigten sich die Bürger gewohnt aufmüpfig. Sein Besuch löste einen Aufstand in der Stadt aus, und nur mit Mühe kamen er und seine Begleiter mit dem Leben davon. Als sich auch noch in dem unweit von Mailand gelegenen Städtchen Crema heftiger Widerstand regte, war das Maß voll. Der Kaiser beschloss, ein Exempel zu statuieren.

Aber an der Belagerung von Crema wäre er fast gescheitert. Von Juli 1159 bis Januar 1160 trotzten die Bewohner der kaiserlichen Übermacht.

Im Roman habe ich die Ereignisse erheblich gerafft. Tatsache ist, dass Kaiserin Beatrix im Sommer 1159 Verstärkungstruppen in die Lombardei brachte. Am 20. Juli sollen sie in Crema eingetroffen sein. Wann genau die Kaiserin ihren Mann wiedersah, ist nicht überliefert. Denn Barbarossa kam zwar im Juli vor Crema an, um mit seinem gesamten Heer die Stadt einzuschließen, unterbrach den Aufenthalt im Lager jedoch, um vor Mailand zu kämpfen. Spätestens auf der Burg San Bassano, wo sie der Kaiser des Öfteren besuchte, dürfte es jedoch zu einem Wiedersehen gekommen sein – und damit auch zu einem Wiedersehen zwischen meinen beiden erfundenen Hauptfiguren Rotrud und Trushard.

Rahewin, der zeitgenössische Biograf Barbarossas, berichtet, die Cremasken hätten die Tatsache, dass der Kaiser seine Gemahlin in San Bassano besuchte, zu einem Ausfall genutzt. Spätestens jetzt hatten sie jedes Recht auf Schonung verwirkt. Bei einem Angriff auf die Stadt ließ der Kaiser tatsächlich Geiseln und Gefangene an den Belagerungsturm binden. Darunter befanden sich auch Knaben! Neun von den Opfern starben, zwei weitere erlitten schwere Verletzungen. Dennoch hielten die Cremasken mit dem Beschuss nicht inne. Der Angriff musste abgebrochen werden, und die Spirale der Gewalt schraubte sich immer höher. Beide Seiten überboten sich darin, die Gefangenen unter den Augen des Feindes grausam hinzurichten.

Doch schließlich hielten die belagerten Bürger dem fortdauernden Beschuss nicht stand. Der Anfang vom Ende nahte, als Marchesius, der beste Ingenieur der Cremasken, zu Barbarossa überlief und für den Kaiser wirkungsvolle Gerüste mit ausklappbaren Brücken konstruierte, mit deren Hilfe die Stadt Tag und Nacht beschossen werden konnte. Zwar missglückte ein Generalangriff auf Crema, aber die Kaiserlichen schafften es, ihre Feinde von der äußeren Stadtmauer zu verdrängen und viele von ihnen zu verwunden. Als immer mehr Menschen aus Crema flüchteten, gaben die Belagerten auf.

Am 26. Januar 1160 wurde der Friedensvertrag geschlossen. Barbarossa gewährte den Cremasken, Mailändern und Brescianern, die sich in der Stadt aufhielten, freien Abzug mit allem, was sie auf einmal hinaustragen konnten. Ein Chronist berichtet, der Kaiser habe den Belagerten geholfen, beim Auszug eine schwierige Engstelle zu passieren. Mit eigenen Händen habe er gar einen Siechen hinausgeleitet. Die Stadt selbst wurde geplündert und dem Erdboden gleichgemacht.

Aber die »Flammen des Zorns« erloschen in der Lombardei nicht. Zunächst erwies sich Friedrich als der Stärkere. 1162 ließ er Mailand dem Erdboden gleichmachen. Doch als sich die lombardischen Städte und Feudalherren zusammenschlossen, trat eine Wende ein. 1167 wurde mit Unterstützung von Papst Alexander III. der Lombardenbund gegründet. 1176 erlitt Barbarossa bei Legnano eine schwere Niederlage. Ein

Jahr später schloss er mit dem Papst einen Waffenstillstand, und 1183 wurde der lange verlustreiche Krieg im Frieden von Konstanz endgültig beendet. Der Kaiser musste auf die meisten Abgaben und Hoheitsrechte verzichten.

Frei erfunden habe ich die Geschichte mit dem Flammensiegel und der Verschwörung. Aber sie hätte sich durchaus so ereignen können, denn im Mittelalter glaubten viele Menschen bereitwillig an himmlische Zeichen und göttliche Wunder. So genannte »Gottesurteile« entsprachen der damals gültigen Rechtsprechung. Und wenn im Heer eines Herrschers eine Seuche ausbrach, war schnell davon die Rede, Gott habe ihm seine Gunst entzogen.

Erfunden sind auch die meisten Personen wie zum Beispiel Graf Otto, genannt »der Stier«, Klara, Franz, Enno und Zäsarius. Ob sich tatsächlich keine Frauen im Heereslager aufhalten durften, wissen wir nicht genau. Es wäre aber meiner Ansicht nach eine logische Konsequenz aus der überlieferten Anordnung des Kaisers, dass kein Mann ein Weib beherbergen dürfe. Berichtet wird auch, der Kaiser habe 1158 befohlen, die zahlreichen Trossknechte, Dirnen und Marketender, die sich dem Heer angeschlossen hatten, fortzujagen und fern zu halten, da die Krieger zu verweichlichen drohten. Im Buch musste ich allerdings eine Person wie Marie einbauen. Und schließlich ist es ja auch mehr als fraglich, ob die kaiserlichen Männer es tatsächlich schafften, dauerhaft ohne weiblichen Beistand auszukommen ... Die Marketender (zumeist Frauen) waren für die Versorgung der Truppen mit Lebensmitteln und Gütern des täglichen Bedarfs von großer Bedeutung.

Apropos weiblicher Beistand: Die Verehrung der heiligen Lutrina auf der Burg Beilstein, die sich fünf Kilometer östlich der Innenstadt von Kaiserslautern befindet, hat nie stattgefunden. Die gute Lutrina ist eine Sagengestalt, die angeblich die

Siedlung Lautern gegründet haben soll. Ihre Gebeine wurden natürlich bis heute nicht gefunden.

Arnaldus und seine Söhne hat es tatsächlich gegeben. Sie werden in dem Geschichtswerk des kaisertreuen Richters Otto Morena und seiner Fortsetzer erwähnt, das die Italienpolitik des Kaisers aus der Sicht der von Mailand hart bedrängten Stadt Lodi schildert: »Damals befand sich bei dieser Belagerung dort eine große Gesellschaft von Armen und Bedürftigen versammelt, die aus Spott ›Söhne des Arnaldus‹ genannt wurden und täglich, Tag und Nacht, die Cremasken und auch alle sonst, die sich in der Feste Crema aufhielten, so belästigten, dass niemand in der Feste sich in der Nähe ihrer Mauern bewegen konnte, ohne dass sie ihn mit Geschossen und Steinen verwundeten.« Der Rest ist Ausschmückung, die einzig und allein meiner Fantasie entstammt.

Was war Friedrich Barbarossa eigentlich für ein Mensch? Der Kaiser sei »gegenüber Freunden und Guten liebenswürdig und gütig, schrecklich aber gegenüber Bösen und unerbittlich«, heißt es bei Otto Morena, der hinzufügt: »Er verehrte die Gerechtigkeit und liebte die Gesetze.« Diese Einschätzung wird von anderen Zeitgenossen, die Barbarossa persönlich gekannt haben, geteilt. Übereinstimmung herrscht auch darin, dass Barbarossa äußerst kriegerisch und tapfer gewesen sei, stets habe er in vorderster Linie mitgekämpft und sein eigenes Leben nicht geschont.

Zwischen Herzog Heinrich von Bayern und Sachsen, der uns besser bekannt ist als »Heinrich der Löwe«, und Kaiser Friedrich Barbarossa brach ein offener Machtkampf aus, den der Herzog jedoch verlor. 1179 wurde er geächtet, und 1180 verlor er beide Herzogtümer. Lediglich Braunschweig und Lüneburg durfte er behalten. 1181 musste er ins Exil in die damals englische Normandie gehen. Seine Versuche, die Herzogtümer zurückzuerobern, scheiterten. 1194 söhnte er sich mit Kaiser Heinrich VI. aus und sicherte sich damit den Titel des Herzogs von Braunschweig. Ein Jahr später starb er.

Und der Papst? Nun, die drohende Exkommunikation konnte abgewendet werden, aber nur, weil Hadrian IV. am 1. September 1159 das Zeitliche segnete. Bei der Wahl des Nachfolgers kam es zu einem Schisma. Eine kaiserfreundliche Minderheit sprach sich für Viktor IV. aus, die anderen wählten Alexander III. – jenen Papst, den Barbarossa 1177 im Frieden von Venedig anerkennen musste.

Bei der Porta Serio in Crema erinnert noch heute eine Gedenktafel an die Belagerung durch Friedrich Barbarossa. 800 Jahre nach den schrecklichen Ereignissen wurde sie von den Bürgern gestiftet. Die Inschrift lautet: »Den heroischen Bürgern von Crema, die unerschrocken auf den Stadtmauern ihre Freiheit gegen Friedrich Barbarossa verteidigten, kämpften und fielen. Den gefolterten Geiseln, die Crema zur Ehre gereichten.«

Übrigens leitete der Kaiser 1185 höchstpersönlich den Wiederaufbau von Crema ein. Mit ihren lauschigen Plätzen, den prachtvollen Kirchen und den liebevoll gepflegten Häusern bietet die Stadt ihren Bürgern heute eine hohe Lebensqualität. Leider wissen wir nicht, wie es in Crema 1159/ 60 ausgesehen hat, denn die überlieferten Beschreibungen beschränken sich auf die Befestigungsanlagen. Doch da die italienischen Kommunen im Mittelalter reich waren, können wir getrost davon ausgehen, dass Crema zu Barbarossas Zeiten schon eine Reise wert war. Bei meinem letzten Besuch in Italien beschlich mich der unhistorische Gedanke, am Ende wäre es den deutschen Kaisern mit ihrer Italienpolitik nicht alleine um Geld und Macht gegangen. Vielleicht waren es auch – ganz banal – die Sonne und die Schönheit des Landes, die sie immer wieder über die Alpen lockten?

DANKSAGUNG

Im Grunde genommen ist es ungerecht, dass auf der Vorderseite eines Buches nur der Name des Autors beziehungsweise der Autorin prangt, denn an Herstellung und Vertrieb sind zahlreiche Personen beteiligt. In allererster Linie sind hier natürlich die Mitarbeiterinnen und Mitarbeiter der Verlagsgruppe Lübbe zu nennen, denen ich für ihr Engagement danken möchte. Mein Lektor, Dr. Lutz Steinhoff vom Scripta Literatur-Studio in München, hat das Manuskript gemeinsam mit mir akribisch durchgearbeitet. Von ihm stammt übrigens auch die rettende Idee, wie man ohne Feder und Pergament im Kerker einen kurzen Text »aufschreiben« kann.

Ein ganz besonderer Dank gilt meinem Agenten Bastian Schlück, der mir stets mit Rat und Tat zur Seite steht. Wie viel ich von ihm halte, lässt sich in drei Worten ausdrücken: simply the best!

Die äußerst professionell organisierte Pfalzbibliothek, die in Kaiserslautern die Möglichkeit der Fernleihe bietet, war wie immer eine große Hilfe bei der Recherche.

Überwältigend waren die Hilfsbereitschaft und Auskunftsfreudigkeit in San Bassano. Die Bürgermeisterin Cesira Bassanetti, der Bibliothekar Maurizio Bonarti und Dr. Roberto Landi, der Direktor des Istituto Comprensivo »Marco Gerolamo Vida«, haben mich spontan freundlich willkommen geheißen und mir alles Wissenswerte über die Burg von San Bassano mitgeteilt. Sie haben es mir sogar ermöglicht, in die Reste der Burg, die sich heute in Privatbesitz befindet, zu gelangen. Ihnen allen und den heutigen Besitzern des Gutes ein ganz herzliches *mille grazie!*

Während meiner Recherchen in der Lombardei habe ich gelernt, nicht alles zu glauben, was in Reiseführern steht. Ich verließ mich auf den Hinweis, das Museum von Crema habe auch nachmittags geöffnet, aber als ich dann an einem glutheißen Julitag dort auftauchte, war es natürlich geschlossen. Temperaturbedingt gelten im Hochsommer andere Öffnungszeiten. Die Italiener sind eben klüger als wir Deutschen. Wir schuften auch dann noch weiter, wenn der Schweiß schon aufs Papier tropft. Aber obwohl das Museum offiziell geschlossen war, haben mir die Mitarbeiterinnen und Mitarbeiter hilfreiche Auskünfte erteilt. Das ist nicht selbstverständlich!

Gabriele Rosenthal, eine kompetente Deutsch- und Geschichtslehrerin, hat das Manuskript mit vielen wertvollen Anregungen bereichert.

Natürlich dürfen auch die kleinen Helfer, die einen großen Beitrag geleistet haben, nicht unerwähnt bleiben. Miriam Tuschen von der Mittelaltergruppe »Die Horte«, die Milites zur Zeit der Salier darstellen, hat mir beim letzten Mittelaltermarkt in Kaiserslautern interessante Einblicke in das Lagerleben gewährt und geduldig meine zahlreichen Fragen beantwortet. Karin Junkers-Molitor hat die Inschrift aus Crema für mich übersetzt, und von Dr. Heike Löschen stammt so mancher medizinische Tipp.

Bedanken möchte ich mich auch bei den Leserinnen und Lesern. Offenkundig haben Sie bis zur letzten Zeile durchgehalten und sogar diese gewiss höchst langweilige Danksagung gelesen! Respekt!

Susanne Kraus

Zwischen Alchemie und Apokalypse

Barbara Goldstein
DIE KARDINÄLIN
Historischer Roman
928 Seiten
ISBN-13: 978-3-404-15467-8
ISBN-10: 3-404-15467-3

Florenz 1491. Caterina, illegitime Tochter von Lorenzo il Magnifico, wird in die geheime Kunst der Alchemie eingeweiht. Als der fanatische Mönch Savonarola die Apokalypse über Florenz prophezeit, flieht Caterina nach Rom. Sie stürzt sich in eine leidenschaftliche Affäre mit Cesare Borgia, dem Sohn des Papstes. Ihr roter Alchemistentalar und ihre enge Beziehung zu den Borgia machen sie in Rom als »Kardinälin« bekannt. Doch schließlich muss sie vor den Intrigen der Borgia erneut fliehen. Am Hof von Ludovico il Moro sucht sie verzweifelt nach dem al-Iksir, dem Lebenselixier der Alchemisten, um ihr eigenes Leben zu retten.Wird es ihr gelingen, das geheimnisvolle Elixir zu erschaffen und die Liebe ihres Lebens zurückzugewinnen?

Bastei Lübbe Taschenbuch

Seeschlachten, Kanonendonner und Piraten: ein schillerndes Karibikabenteuer im 17. Jahrhundert

Michael Peinkofer
DIE ERBEN DER
SCHWARZEN FLAGGE
Historischer Roman
560 Seiten
ISBN-13: 987-3-404-15417-3
ISBN-10: 3-404-15417-7

Obwohl das Weltreich der Spanier im Niedergang begriffen ist, ächzen die Kolonien unter der Knute der spanischen Herren, deren Galeonen die Schätze der Neuen Welt nach Europa tragen. Vor diesem Hintergrund erfahrt der junge Nick Flanagan, der im Sklavencamp von Maracaibo ein elendes Dasein fristet, vom Geheimnis seiner Herkunft. Auf der Suche nach seiner Bestimmung ergreift Nick die Flucht und wird zum Bukanier – nicht ahnend, dass eine ungeheure Bedrohung die karibische Sonne verfinstert. Ein unheilvoller Plan, ein tragisches Schicksal und der geheimnisvolle Zauber des Voodoo reißen den jungen Flanagan in ein aufregendes Abenteuer um Rache, Sühne und die Liebe seines Lebens. Ein farbiges Historiengemälde und romantisches Epos, das ein verloren geglaubtes Genre mit neuem Leben füllt.

Bastei Lübbe Taschenbuch